EXCALIBUR

Fantasy bei Knaur

herausgegeben
von Kai Lindberg
und Sophie Loewen

Die Wanderer
Band 1: Die Ankunft der Mönche
Band 2: Der Heilige Baum
Band 3: Der Plan der Druiden
Band 4: Das Reich der Danaan
Band 5: Die Bewahrer der alten Wege
Band 6: Die Schlacht von Samhain

»Im sanften Schein des Feuers saß ein alter Mann. Seine Hände waren rau, da er sein Leben damit verbracht hatte, das Feld zu bestellen. Nun saß er hier und wärmte sich. Seine Augen leuchteten, als ich eine Flasche öffnete und mich zu ihm setzte. Als wir schließlich den letzten Schluck guten, alten Whiskeys tranken, hatte ich einige der wunderbarsten Geschichten gehört – und war mir sicher, dass er die besten immer noch für sich behalten hatte …«

Caiseal Mór wurde zwar in Australien geboren, wuchs aber als Sohn irischer Eltern mit den Traditionen der gälischen Musik und des Geschichtenerzählens auf: *»Musik und Geschichtenerzählen sind seit meiner Kindheit ein wichtiger Teil meines Lebens. Meine Großmutter war eine Meisterin darin, verschiedene Geschichten zu einer einzigen zu verbinden.«* Anfang der achtziger Jahre reiste Caiseal Mór nach Irland: *»Ich hatte das Glück, dort einige der besten Geschichtenerzähler zu treffen. Die Legenden und Anekdoten, die sie zu berichten hatten, inspirierten mich dazu, so viel wie möglich davon aufzuschreiben. Als ich nach Australien zurückkehrte, legte ich meine Notizen allerdings zunächst beiseite.«* 1990 schloss er sein Studium an der University of Western Sydney ab. Er arbeitete erfolgreich als Schauspieler, Lehrer und Musiker. *»Und dann erinnerte ich mich wieder an meine Aufzeichnungen.«* Mit seinem Romanzyklus *Die Wanderer*, der auf diesen Notizen beruhte, wurde Caiseal Mór über Nacht weltberühmt.

Caiseal Mór

DIE BEWAHRER DER ALTEN WEGE

Die Wanderer · Roman

Aus dem Englischen
von Susanne Gerold und
Gerd Rottenecker

Knaur

Die australische Originalausgabe erschien 1997 unter dem Titel *The Water of Life* bei Arrow Book, einem Imprint von Random House Australia Pty Ltd. Mit freundlicher Genehmigung des Autors erscheint dieses Buch in Deutschland in zwei Bänden – *Die Bewahrer der alten Wege* und *Die Schlacht von Samhain.*

Besuchen Sie uns im Internet:
www.knaur-fantasy.de
Sagen Sie uns Ihre Meinung zu diesem Buch:
fantasy@droemer-knaur.de

Deutsche Erstausgabe 2003

Redaktion: Ralf Reiter
Umschlaggestaltung: ZERO Werbeagentur, München
Umschlagabbildung: AKG-Images, Berlin
Satz: Ventura Publisher im Verlag
Druck und Bindung: Nørhaven Paperback A/S
Printed in Denmark
ISBN 3-426-70264-9

2 4 5 3 1

KARTEN

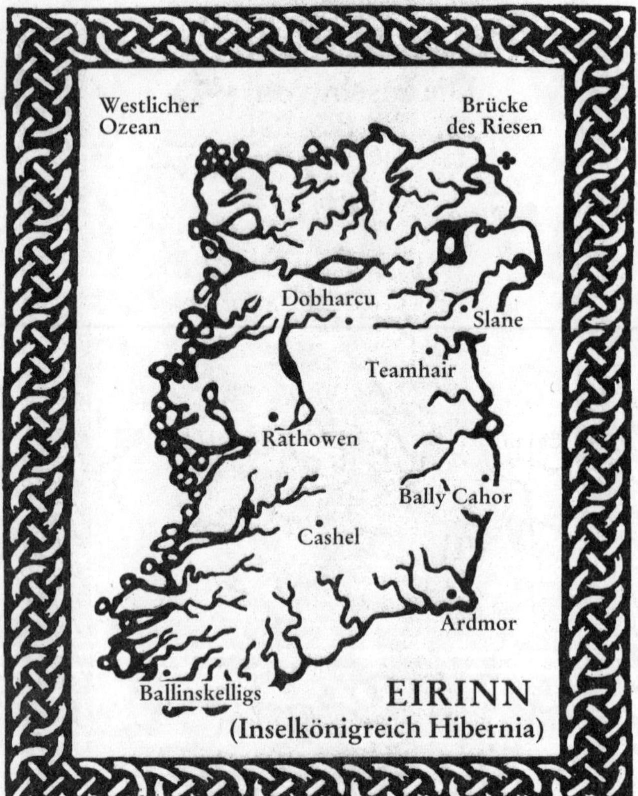

Westlicher Ozean
Brücke des Riesen
Dobharcu
Slane
Teamhair
Rathowen
Bally Cahor
Cashel
Ardmor
Ballinskelligs
EIRINN
(Inselkönigreich Hibernia)

Die Inseln von
ALBA
Cruitne
Eirinn
Dal
Araidhe
Candida
Casa
Inis Mannan
Insel der Barden
Cymru

GALLIEN
und
BRITANNIEN
Cymru
Eboracum
Irische See
(hibernisches
Meer)
Sächsische
Küste
Cunomori
Bretonen
Königreich
der
Franken
Nantes

Nach
Dun Breteann
Der
Große Wald
Dun Righ
Halbinsel
Strath-Clota
Lager
der
Sachsen
Nach
Eirinn
Halbinsel
der
Gälen
St. Ninians
STRATH-CLOTA
in Alba

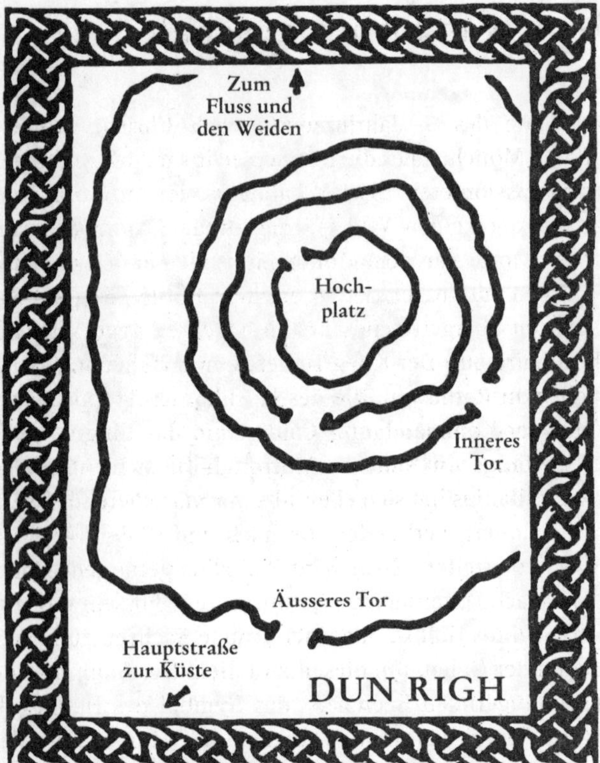
Zum
Fluss und
den Weiden
Hoch-
platz
Inneres
Tor
Äusseres Tor
Hauptstraße
zur Küste
DUN RIGH

Was bisher geschah ...

Gegen Ende des 5. Jahrhunderts nach Christus kommen christliche Mönche über die Irische See ins wilde Land Eirinn, um es zu missionieren. Bischof Palladius, der Anführer, ist ein Fanatiker, der keinen Widerspruch duldet. Unter dem Eindruck des Mordes an dem Mönch Linus, den er den einheimischen Gälen zuschreibt, zettelt er einen Bürgerkrieg an. Zum Christentum übergetretene Fürsten begehren gegen Hochkönig Leoghaire auf. Der Krieg findet seinen Höhepunkt in der Schlacht von Rathowen, die des Hochkönigs Truppen durch den Mut der Kommandantin Caitlin und das Eingreifen des späteren Königs von Munster, Murrough, für sich entscheiden können. Palladius hat sich ebenfalls mit marodierenden sächsischen Söldnern verbündet, die nach der Niederlage weiter durchs Land streifen. Zwar wird Palladius gefangen genommen und nach Britannien verbannt, jedoch eilt sein eifrigster Mönch, Seginus Gallus, mit einer Truppe Sachsen zum Heiligen Baum der Gälen, um diesen zu fällen. Der Baum mit den lebensverlängerndcn Beeren ist das Symbol des Bundes der Gälen mit dem Feenvolk der Danaan, und wenn er fällt, wird dies den uralten Vertrag ungültig machen. Murrough und Caitlin verfolgen Seginus, können die Zerstörung des Baums jedoch nicht verhindern. Die Danaan entscheiden sich vorerst dafür, die Gälen weiter zu unterstützen, und schicken eine

Rabenarmee, die die Sachsen aufreibt. Seginus wird nach Britannien verbannt.

Die Druiden der Gälen haben jedoch erkannt, dass ihr Volk sich auf Dauer nicht gegen die von Rom beauftragten Missionare durchsetzen kann, und entwickeln einen Plan: Gegen die stetige Bedrohung durch die Sachsen und gegen die Willkür solcher Menschen wie Palladius willigen sie ein, den Schutz Roms zu erbitten und Christen zu werden, jedoch werden zwei Kinder, Mawn und Sianan, ausgesucht, die als unsterbliche »Wanderer« die alten Traditionen des Druidentums im Volk von Eirinn wach halten sollen. Mawn und Sianan sollen zu Druiden ausgebildet werden und von den Beeren des Heiligen Baums essen, um so unsterblich zu werden. Der Druide und Barde Gobann wird ihr väterlicher Lehrer.

Neun Jahre nach diesen Ereignissen werden in Teamhair, der Festung des Hochkönigs, Mawn und Sianan zu Druiden geweiht. Sie sind inzwischen junge Erwachsene und die Festivität zieht sogar Druiden der Danaan nach Teamhair, die den uralten Initiationsritus vollziehen.

Hochkönig Leoghaire plagen derweil weitere Sorgen: Ihm erwachsen neue Rivalen im eigenen Reich, und er entschließt sich, den gefährlichsten Gegner, König Enda von Laigin, gleich doppelt zu ehren, indem er zum einen seine Tochter heiratet und zum anderen Enda selbst als Botschafter nach Britannien schickt, um die Reiche Eirinn und Britannien im Kampf gegen die Sachsen zu vereinen. Darüber hinaus ist die neue Königin Mona Christin, was wiederum den Plänen, Eirinn zu einer römischen Provinz zu machen, zuträglich ist.

Rom schickt eine erneute Abordnung nach Eirinn; diesmal ist es der tolerante Legat Patricius, in dessen Gefolge sich neben zwei Dutzend römischen Legionären auch Seginus Gallus befindet. Während einer Kerkerhaft in Nantes, wo Seginus im Auftrag seines Herrn Palladius gelandet war, trug ihm der

Geist seines ermordeten Halbbruders Linus auf, seinen Mörder zu suchen. Und der weilt zurzeit in Eirinn. Es ist Isernus, Gehilfe des Abtes Deklan, der in Britannien dem Kloster Sankt Ninian vorsteht. Isernus hatte seinerzeit Linus erstochen, weil dieser sexuell zudringlich wurde, und spürt auch heute, zehn Jahre danach, tiefe Reue angesichts seiner ungesühnten Tat.

Auch die Danaan rühren sich wieder, und niemand weiß, ob sie den Vertrag mit den Gälen nicht doch aufkündigen und Eirinn mit Krieg überziehen wollen. Die Danaan-Hexe Cailleach jedenfalls hat nichts Gutes im Sinn: Sie erscheint Caitlin, der Gattin Murroughs und neuen Königin von Munster, und will ihr Kind rauben, um es ins Dämonenreich zu entführen, aber die Geliebte des Barden Gobann, Sila, kann die finstere Danaan-Kreatur bannen.

Bei der Ankunft des Legaten Patricius kommt es, angefacht sowohl durch finstere Danaan als auch durch Seginus Gallus, zu Missverständnissen zwischen Leoghaires Volk und den Römern. Es bricht ein unnötiger Kampf aus, der jedoch abgebrochen werden kann, bevor es erneut zu heftigem Blutvergießen kommt. Seginus Gallus wird gefangen genommen und Abt Deklan und Isernus überantwortet, womit Seginus dem Mörder seines Bruders endlich nahe kommt.

Während sich Eirinn unter der sanften Anleitung von Patricius langsam dem Christentum öffnet, schickt Leoghaire den König von Munster, Murrough, sowie dessen Frau Caitlin mit einem Kontingent gälischer Krieger nach Dal Araidhe in Britannien, um den dortigen Vettern im Kampf gegen die Sachsen beizustehen. Begleitet werden sie sowohl von den von römischen Legionären eskortierten Mönchen Deklan und Isernus wie auch von den beiden jungen Wanderern und ihrem Lehrer Gobann.

Einleitung

Begebt euch an einem frischen Sommermorgen auf einen der hohen, grasbewachsenen Hügel von Uisneach. Wandelt durch die Ruinen aus grauen Steinen, die mit weichem, dunklem Moos bewachsen sind. Schützt eure Augen vor der grellen Morgensonne, während ihr euren Blick über Feld und Wald nach Osten zu den Königreichen von Laigin schweifen lasst.

Wenn der Himmel klar ist, könnt ihr vielleicht einen Blick auf das weit entfernte Meer werfen, das sich unaufhörlich verändert, eine schmale Linie aus tiefem Indigoblau, die sich wie ein bestickter Saum am leuchtenden grünen Horizont kräuselt. Wenn ihr wisst, wo ihr suchen müsst, erhascht ihr vielleicht auch einen Blick auf die alte Festung von Teamhair, das Heim der früheren Hochkönige und ihrer Druidenberater, Brennpunkt aller fünf Königreiche und Ruhestätte sämtlicher Helden der Legenden.

Viele Jahre lang, während all der unzähligen Umwälzungen, die über Eirinn hereingebrochen sind, war Uisneach ein stummer Zeuge der Zyklen, denen diese Welt unterworfen ist. Kriege und Könige haben sich hier einen Namen gemacht. Dichter und Zauberer haben in tiefblauer Nacht ihre Magie wirken lassen, und zwischen den Ruinen der ersten Festung, die jemals an diesen Gestaden errichtet wurde, streifen die

Geister längst verstorbener Krieger wachsam durch die Nacht, so als gelte es hier noch immer ein Geheimnis zu bewahren.

Richtet euren Geist jetzt, da sich der Tag dem Ende zuneigt, auf dieses verzauberte Vorgebirge. Stellt euch die grasbewachsenen Felder um den Gipfel herum vor, eingehüllt in das unglaublich kalte und ruhige Blau des Abends. Die Farben am Horizont sind zu Grau verblasst, als würde verschüttete Tinte in elfenbeinfarbenes Pergament einsickern und die Worte verschlucken, die darauf geschrieben stehen. Unzählige Lichter, einzeln betrachtet winzig und unbedeutend, flackern auf dem riesigen Teppich aus Dunkelheit, der den Himmel bildet.

Es ist, als hätte irgendein himmlischer Juwelier bewusst Tausende von Kristallen über das Firmament verteilt. Die Sterne, diese glitzernden Perlen, scheinen geradezu auf einen mutigen Abenteurer zu warten, der sie pflückt und zur Erde zurückbringt, damit sie dort den Einband eines heiligen Buches oder das edelsteinbesetzte Zepter eines mächtigen Königs schmücken.

Aber noch etwas gleitet durch die Himmelssphären, und sein Strahlen übertrifft sogar die zarte Schönheit der Sterne. Wer immer auf Erden lebt, hat dieses Wunder gesehen, diese Perle, die sich jede Nacht verändert und doch unverändert bleibt. Die Königin der Sterne, so wird sie von einigen genannt. Andere bezeichnen sie als die Herrscherin der Wasser Jenseits Unserer Welt. Sie ist eine silbrige Kugel auf einem Bett aus exotischer Seide, die von allen gesehen werden kann.

Der Mond.

Sein bleiches Licht fällt auf die Felder von Eirinn, taucht sie in einen geheimnisvollen graugrünen Schimmer. Im Schein dieser elfenbeinfarbenen Laterne lässt sich leicht glauben, dass die Türen zwischen den Welten auf ewig offen stehen.

Eine leichte Brise erhebt sich über der Ebene, gerade stark genug, um einen spüren zu lassen, dass die Luft ein bisschen kühler ist als die Haut. Abgesehen davon liegt das Land vollkommen still da. In dieser heiteren Ruhe kann man selbst die winzigsten Bewegungen der Nachttiere leicht erkennen, und die der Menschen sind unmöglich zu übersehen.

Langsam kriecht ein tiefes, rhythmisches Geräusch über die Hügel und stört die Ruhe. Eine feierliche Prozession von etwa zwanzig Männern und Frauen, die in lange Gewänder in der Farbe des Nachthimmels gekleidet sind, nähert sich Uisneach von Osten her auf der breiten Straße. Sie halten brennende Fackeln in den Händen, deren orangefarbene Flammen ihren blassen Gesichtern ein unnatürliches rötliches Glühen verleihen. Ein gleichmäßiger Gesang begleitet die Gruppe, der zugleich fröhlich und voller Kummer, aufmunternd und unsäglich traurig ist.

Eine weibliche Stimme intoniert eine zarte Melodie zu den harmonischen Klangwellen. Die Worte entstammen einem uralten Gebet, das mein Volk seit unzähligen Generationen kennt und in dem um eine sichere Reise gebeten wird. Diese Prozession hat eine Versammlung der heiligen Druiden zum Ziel.

Das Gebet ist nicht nur für all jene gedacht, die Segel setzen und über das Meer fahren wollen, sondern auch für diejenigen, die für ihre Herren oder ihren König auf fremden Straßen unterwegs sind. Es ist eine Bitte an die Götter zugunsten all jener, die die Reise des Lebens auf sich nehmen, ein Anflehen der Unsterblichen, die über die Mühsal der Sterblichen wachen.

Es gibt ein Wort für diese lange Reise durch die Jahre, die alle Menschen unternehmen müssen; ein Wort, das vom großen Kreislauf des Daseins kündet – und von der Gewissheit, dass er niemals endet, sondern immer weitergeht.

Imramma.

Die Reise des Entdeckens. Die Reise des Wagnisses. Die

Reise des Geistes in uns allen. Das Auskundschaften des inneren Selbst. Dies ist der Name, den die Menschen meines Volkes dem sich endlos wiederholenden, traumähnlichen Pfad gegeben haben, auf dem sie und ihre Vorfahren wandelten. Auf ähnliche Weise schreitet jetzt die Gruppe der Druiden feierlich auf den Hügel zu, auf dem die Zeremonien stattfinden werden.

Von den Feldern und Senken der Umgebung strömen immer mehr in ähnliche Gewänder gehüllte Gestalten herbei und schließen sich der feierlichen Prozession an, stimmen in das Summen ein, das das Tal erfüllt. Unzählige Lichter erwachen flackernd zum Leben, als weitere Fackeln entfacht werden. Der Chor schwillt an wie eine Meereswoge, die kurz davor steht, sich an den Felsen zu brechen, doch statt den erwarteten Höhepunkt zu erreichen, wird der Gesang wieder schwächer, erstirbt für einen Moment.

Dann nehmen die Geheiligten ihn erneut auf. Die Sängerin wird jetzt von einer Männerstimme unterstützt, dann von einer weiteren; die beiden nehmen ihre Melodie auf so vollkommene Weise auf, dass es fast den Anschein hat, als vermischten sich alle drei Stimmen zu einer einzigen.

Die Prozession schwankt leicht hin und her, während sie sich fortbewegt, und es sieht so aus, als hätten alle ihre Einzigartigkeit zugunsten der größeren Ziele der Gemeinschaft aufgegeben. Irgendwie scheint es, als wären sie zu einem einzigen Wesen verschmolzen, einem Wesen, das sich die Straße entlangschleppt, auf die Steine zu, die die Grenze des alten Bezirks von Uisneach markieren.

Zwei Steine beiderseits der Straße halten an der Stelle Wache, wo der Pfad langsam die Anhöhe erklimmt. Hier bleibt die Prozession stehen. Zwei Gestalten allerdings gehen weiter, bahnen sich ihren Weg durch die Menge nach vorn. Die anderen Druiden teilen sich vor ihnen, machen ihnen Platz. Als das Paar an der Spitze der Kolonne angelangt ist, werden die Fackeln gelöscht, und die Szenerie versinkt erneut in Dunkelheit.

Wer immer in diesem Moment seinen Blick über die Felder schweifen ließe, würde sich schon sehr anstrengen müssen, um die Versammlung der Geheiligten zu erkennen. Ihre dunklen Gewänder verschmelzen mit der Nacht, und niemand rührt sich, kratzt sich oder zuckt auch nur mit der Wimper. Die gesamte Gemeinschaft steht vollkommen still da.

Nur jene beiden marschieren an ihren Kameraden und Kameradinnen vorbei in die Dunkelheit, ohne dass ihnen von einem Licht der Weg gewiesen würde. Die Eingeweihten steigen den steilen Pfad hinauf, schweigend und voller Anspannung angesichts der vor ihnen liegenden Prüfung. Auf diesem großen Hügel, dem geistigen Zentrum Eirinns, werden sie in ihrer Berufung bestätigt werden. Einen Mond zuvor war auf dem Hügel der Prüfung von Teamhair in einer rituellen Zeremonie ihr Rang als Druiden anerkannt worden. Jetzt werden sich die Wanderer durch einen anderen Vertrag binden, einen Vertrag, der sie für immer von ihren Brüdern und Schwestern trennen wird.

Oben auf der Kuppe warten zwischen den Ruinen einer steinernen Festung neun verhüllte Gestalten, umgeben vom allabendlichen Nebel. Man könnte die neun leicht für einen Kreis behauener Granitsteine halten, denn sie stehen so reglos da, als würden sie aus kaltem grauen Fels bestehen. Sieben von ihnen bilden den inneren Rat der Druiden, und sie stehen jeweils für eine der Künste: Musik, Dichtkunst, Heilkunst, Gesetz, Baukunst, Bannsprüche und Weissagungen. Die anderen beiden Gestalten gehören nicht zum Volk der Gälen. Sie sind keine Nachfahren der Söhne Mils. Sie entstammen der Blutlinie der Tuatha De Danaan, die lange vor den ersten Ahnen der Gälen in Eirinn weilten.

Es ist die Zeit der Mondhelle, der drei hellsten Tage des Mondumlaufs. Es ist die Zeit, in der die Welt durch seine Anwesenheit erhellt wird und er im Zenit seiner Macht steht. Ein monatliches Ritual kennzeichnet das Frohlocken, das seiner vollen Blüte vorausgeht, so wie während der Zeit des Neumonds bestimmte andere Bräuche und Sitten durchgeführt werden, um den dreitägigen Tod der silbernen Kugel zu kennzeichnen.

Atemlos und schwitzend erreichen die beiden jungen Eingeweihten die Hügelkuppe. Sie schieben die Kapuzen zurück, so dass ihre Gesichter und die geschorenen Köpfe zum Vorschein kommen. Der Kreis der neun öffnet sich, um sie willkommen zu heißen, fordert sie schweigend auf, in ihre Mitte zu treten. Auch die sieben gälischen Druiden nehmen ihre Kopfbedeckungen ab, während die Danaan ihre Gesichter weiterhin verhüllt halten und zu Boden blicken, als würden sie die Neuankömmlinge gar nicht bemerken.

In der Mitte des Kreises liegt ein langer, flacher Stein auf der Seite, von zwei kleineren Felsbrocken auf eine Weise gestützt, dass er eine Art Bank bildet. Über diesem behelfsmäßigen Tisch ist ein Stück weißes Tuch ausgebreitet; darauf befinden sich die Gerätschaften für das Ritual. Die beiden Neuankömmlinge gehen auf den Tisch zu und knien vor ihm nieder, ohne dass die Älteren sie dazu aufgefordert hätten. Kaum haben sie sich niedergelassen, verlassen die beiden Danaan den Kreis der anderen.

Eines dieser Geschöpfe aus der Anderswelt begibt sich rasch und schweigend zum einen Ende des Tisches, das andere bezieht auf der entgegengesetzten Seite Position. Dann treten zwei gälische Druiden hinzu, stellen sich den Neuankömmlingen gegenüber, und nach und nach folgen die Übrigen.

Auf dem kostbaren, leuchtend weißen Leinen stehen Teller mit Brot und ein einzelner Becher. Der Kelch ist aus Silber und

Gold gearbeitet und aufs Wunderbarste mit Spiralen und seltsamen Tiermotiven verziert, die für die Metallarbeiten der Danaan typisch sind. Die älteren Druiden recken ihre Stäbe in einer unausgesprochenen, aber kraftvollen Anrufung gen Himmel, lassen sie dann wieder zu Boden sinken. Beinahe unmerklich nickt einer von ihnen den anderen zu. Während dieses Nicken die Runde macht, heben die Danaan ihre schmalen, drahtigen Hände und nehmen die Schleier ab.

Die Eingeweihten erschauern. Als die Danaan ihre Kapuzen zurückschieben, kommen zwei lange, bleiche Gesichter zum Vorschein, die beinahe die gleiche Farbe haben wie das Licht des Vollmonds. Die Gesichtszüge sind zeitlos: jung und strahlend, aber niedergedrückt von der Weisheit hohen Alters. Ungeheuren Alters. Unzähliger Jahre.

Als einer der Danaan zu sprechen beginnt, sind alle Anwesenden von dem lieblichen Ton seiner Stimme angerührt, in der ein Mitgefühl schwingt, das zugleich beschwichtigend, ergeben und unglaublich müde klingt.

»Wir haben uns hier versammelt, um gemeinsam das Fest des Lebens zu feiern«, erklärt er mit tiefer, beruhigender Stimme.

Seine Kameradin hebt die Arme, die Handflächen nach oben gerichtet, die Ellenbogen dicht am Körper, wie es der Gebetshaltung der Druiden entspricht. In ihren Augen spiegelt sich all der Kummer, den sie gesehen hat, und auch all die Freude. Es sind graue, glasartige, an die Augen von Katzen erinnernde Gebilde im leuchtenden Weiß. Ihr Gesicht wirkt unirdisch, aber ihre Miene ist beruhigend und ähnelt der ihres Kameraden so sehr, dass man die beiden für Bruder und Schwester halten könnte, obwohl sie doch Mann und Frau sind.

Die pechschwarzen Haare wehen ihr ins Gesicht, während sie spricht. »Dies ist das uralte Ritual unseres Volkes, das wir mit den Söhnen und Töchtern Mils durchführen, um unser Friedensversprechen zu festigen.« Ihr Tonfall ist kräftig, irdisch und erhebend. »Denn wir vom Volk der Sidhe beschreiten den gleichen Pfad wie ihr Druiden.«

Ihr Kamerad nimmt ein Stück Gerstenbrot vom Tisch und bricht es mit beiden Händen in zwei Teile. »Dies ist das Brot des Lebens, an dem wir alle, die wir auf Erden wandeln, teilhaben müssen, wenn wir leben wollen. Nehmet und esset davon und merkt euch, dass es keine heiligere Tat gibt, als sich mit einer anderen Seele ein Stück Brot zu teilen.« Er reicht den beiden Eingeweihten das Brot, dann greift er in die Falten seines Gewandes und holt einen kleinen Beutel hervor. Seine Kameradin entnimmt ihrem eigenen Gewand einen ähnlichen Beutel.

»Wir sind gekommen, um unser Brot mit euch zu teilen«, verkündet die Frau. »Ihr sollt an dem teilhaben, was unser Volk als das Brot des Lebens bezeichnet. Nur wenige von eurem Volk haben es jemals mit uns geteilt.«

Gemeinsam leeren die Danaan ihre Beutel auf dem Tisch aus, und Hunderte von winzigen, leuchtend roten Beeren ergießen sich auf das weiße Leinentuch. Die Danaan nehmen jeweils eine Vogelbeere und beugen sich leicht vornüber, um sie den Eingeweihten in den Mund legen zu können.

»Ihr erhaltet nun das Geschenk des ewigen Lebens, das uns von unseren Vorfahren vor langer Zeit gegeben wurde«, intonieren sie gemeinsam.

Die jungen Druiden nehmen die Beeren in den Mund und schlucken sie unzerkaut hinunter. Dann beißen sie von dem Gerstenbrot ab und kauen langsam.

Der Danaan hält den Kelch aus Gold und Silber mit beiden Händen hoch in die Luft. Er scheint sich in tiefer, inniger Versenkung zu befinden, und es dauert einige Augenblicke, ehe er aus dieser Konzentration wieder auftaucht. Schließlich spricht er. »Trinkt nun von dem heiligen Wasser, das aus den Beeren des heiligen Lebensbaumes gewonnen wird. Dies ist das Blut des heiligen Astes, so wie die Beeren seinen Körper darstellen.«

Der Danaan beugt sich wieder nach vorn, um einem der Eingeweihten den Becher an die Lippen zu halten. Als der Junge einen kräftigen Schluck genommen hat, reicht er den Becher zufrieden seiner Kameradin, die ihn nun dem Mädchen an die Lippen legt. Als die Danaan sicher ist, dass das dunkelhaarige Mädchen mehr als nur einen Mund voll getrunken hat, nimmt auch sie einen Schluck, bevor sie den Kelch ihrem Kameraden zurückgibt.

Der Danaan leert den Kelch, dreht ihn sodann in einer einfachen Geste auf den Kopf, um deutlich zu machen, dass keine Flüssigkeit übrig geblieben ist. Dann stellt er den Becher wieder richtig herum auf den Tisch.

»Die Gemeinschaft der Wanderer akzeptiert euch, Sianan mit den sanften Augen und Mawn mit dem verhüllten Herzen. Möge die Brise stets in eurem Rücken wehen und möge die Sonne vor euch sein und euch den Weg leuchten. Mögen die Meere eure Schiffe sicher tragen und möge die Straße sich euren Schritten fügen. Wir wünschen euch eine angenehme Reise auf eurer langen *Imramma.*«

Die sieben Druiden rücken jetzt näher und helfen den beiden Eingeweihten auf die Beine. Während die Danaan an dem Tisch inmitten ihrer lange verlassenen, zerfallenen Festung stehen bleiben, führen die Älteren das Paar den Hügel von Uisneach hinab und zu der Menge, die nur darauf wartet, sie beglückwünschen zu dürfen. Nachdem die Gälen gegangen sind, verschmelzen die Danaan wieder mit der Nacht, kehren zurück zur Wärme ihrer eigenen Herdfeuer und in die Gemeinschaft ihres eigenen Volkes.

Am Fuß des Hügels werden die Fackeln wieder entfacht, als

die Wanderer sich nähern. Ein großes Fest ist ihnen zu Ehren am Rand eines nahe gelegenen Feldes vorbereitet worden. Und als hätte sich plötzlich jeder Stern in eine flammende Laterne verwandelt, erhellen unzählige Lichter den Weg. Das Fest dauert bis zum Morgengrauen und bei Sonnenaufgang zerstreut sich die große Gesellschaft in alle vier Ecken von Eirinn, kehren die Druiden wieder in ihre jeweilige Heimat und zu ihren eigenen Clans zurück. Sie alle wissen nur zu gut, dass sie sich nur noch einige wenige kostbare Male so wie jetzt treffen können, denn die Welt verändert sich rasch und tief greifend.

Die beiden jungen Druiden werden von dem Zeremonienfeld geholt, um sich dem großen Gefolge des Königspaars von Munster anzuschließen. Schon bald werden sie alle zusammen Eirinn im Auftrag von Hochkönig Leoghaire verlassen. Noch vor dem nächsten Mondwechsel werden sie ihren Fuß auf Alba setzen und die Königreiche der Stämme der Dal Araidhaner betreten.

Die Zeit vergeht, und alle sieben Jahre begebe ich mich erneut auf den Hügel von Uisneach, wie ich es in der Nacht meiner Initiation getan habe. Hier, an diesem uralten Ort, treffe ich mich erneut mit den Danaan und nehme an ihrem Ritual teil. Denn selbst ihre weise Kunst dauert ohne Erneuerung nicht ewig an. Alle sieben Jahre gehe ich dorthin, um das Brot und die Beeren mit ihnen zu teilen, um meine lebenslange Freundin zu treffen, die in jener Nacht in der Festungsruine neben mir kniete, und um von dem heiligen Gebräu zu trinken, das die Danaan für uns zubereiten.

Das geheiligte Wasser des Lebens.

I

Eine Woge aus kaltem Meerwasser schwappte über die bloßen Füße der sieben Seereisenden hinweg und brachte sie zum Frösteln. Unverzüglich reckten sie die Hälse in dem Versuch, einen Blick auf die sich nähernde Gefahr zu erhaschen. Einen schrecklichen Augenblick lang schien der Ozean still zu stehen, als sie alle gleichzeitig – entsetzt über das, was sie sahen – aufhörten zu rudern.

»Na los, legt euch in die Riemen!«, befahl der Steuermann; seine krächzende Stimme verriet die Panik, die ihn ergriffen hatte. »Rudert um euer Leben, sonst werden wir alle getötet!«

Die Reisenden folgten der Aufforderung, ohne zu zögern; sie packten die Ruder und nahmen den Takt wieder auf, als hätte es nie eine Unterbrechung gegeben. Entschlossen rissen sie sich von dem Furcht erregenden Anblick los und konzentrierten sich auf die Aufgabe, die vor ihnen lag. Ihre Münder waren trocken vor Angst, ihre Köpfe voll von den Geschichten anderer Seeleute, die das gleiche schreckliche Schicksal erlitten hatten, das jetzt ihnen drohte.

Was die Reisenden derart in Angst und Schrecken versetzte, war nicht die Gefahr, von stürmischen Wogen verschlungen zu werden. Das Gewässer zwischen Eirinn und Britannien war noch nicht einmal annähernd so Furcht erregend wie die Bedrohung, die sich ihnen jetzt näherte.

Kaum noch vier Bogenschussweiten entfernt kam aus dem Nebel heraus ein Feind auf sie zugesegelt, den alle, die die kalten Gewässer des Nordens durchpflügten, gleichermaßen fürchteten und verfluchten. Der dunkelbraune Schemen, der an ein riesiges, wütendes Monstrum aus den Legenden erinnerte, legte sich schräg, als er herumschwang, um Jagd auf das kleine, fellbespannte Curragh zu machen. Aber dieser Riese war keine hungrige Kreatur aus den Tiefen des Meeres, die eine leichte Mahlzeit suchte. Und es war auch keiner der gefährlich dahintreibenden Eisberge, die im dichten Nebel ganz nah an ein Boot herankommen und es zermalmen konnten. Diese Gefahr war weit größer als alles, was das Meer sonst hervorbringen mochte. Und viel unbarmherziger.

Die Sachsen.

Das geschmeidige Kriegsschiff, das kaum Tiefgang besaß, pflügte rasch durch das ruhige Wasser, brachte den spitzen Bug geschickt herum. Sekunden später steuerte das Schiff des Todes direkt auf das Boot aus Kuhhaut zu, gewann zügig an Fahrt. An Bord des Langschiffs legten sich die Plünderer mit solcher Heftigkeit in die Riemen, dass das Wasser um sie herum weiß aufschäumte.

Das immer schneller heranrasende Kriegsschiff ließ keinen Zweifel an den Absichten der Sachsen: Sie hatten vor, das hilflose Curragh zu rammen. Ein solches Manöver würde das Lederboot zerfetzen und die Reisenden ohne jede Möglichkeit zur Verteidigung der Gnade der wilden Plünderer ausliefern. Ein Trommler an Bord des fremden Kriegsschiffs schlug einen raschen Takt für die Krieger an den Rudern. Das tiefe Dröhnen hallte über das Wasser und ließ die Gälen angesichts des schrecklichen Schicksals, das sie erwartete, vor Furcht erzittern.

Alle anderen Geräusche wurden von dem dichten Nebel erstickt. Selbst das Plätschern, mit dem die Wellen gegen die

Lederhülle des Curragh schwappten, schien aus weiter Ferne zu kommen; es wirkte dünn und armselig verglichen mit den unaufhörlichen, bedrohlichen Trommelschlägen, die vom Langschiff herüberdrangen.

Als die Reisenden erkannten, dass ihr Schicksal besiegelt war, änderte sich die Stimmung der fünf Männer und zwei Frauen an Bord; ihre Entschlossenheit schwand dahin. Niedergeschlagen ließen sie nacheinander die Ruder sinken; sie waren so überwältigt von der schrecklichen Bedrohung durch die Sachsen, dass sie jegliche Hoffnung aufzugeben schienen.

Innerhalb weniger Augenblicke wurde es spürbar dunkler, als noch mehr Nebel aufwallte und das ansonsten helle, morgendliche Sonnenlicht verschluckte. Niemand hätte es den Gälen in diesem Augenblick verdenken können, wenn sie geglaubt hätten, in irgendein unwirkliches Traumland gesegelt oder vielleicht durch eine geheime Tür in die Anderswelt der Sidhe gelangt zu sein.

Das Piratenschiff der Sachsen legte sogar noch an Geschwindigkeit zu, als es von der Strömung erfasst wurde und den Kurs leicht änderte. Es dauerte einige Augenblicke, bis die Reisenden begriffen, dass das Kriegsschiff nicht mehr direkt auf sie zuhielt; doch als es ihnen dann klar wurde, stiegen ihre Hoffnungen, dass der dichter werdende Nebel sie irgendwie den Blicken der Sachsen entzogen hatte.

Das feindliche Schiff änderte den Kurs erneut, wandte sich noch weiter von dem Curragh ab. An Bord des winzigen Lederbootes beteten die Reisenden, flehten stumm ihre Götter an, sie zu retten. Aber wenige Sekunden später drang ein gedämpfter Schrei in einer seltsamen Sprache über das Wasser zu ihnen. Jegliche Hoffnung, dass der Ausguck an Bord des Kriegsschiffs sie nicht entdeckt hatte, erstarb.

»Sie kommen herum, um uns den Weg abzuschneiden und

dann zu entern«, schrie der Steuermann. »Es wird nicht lange dauern, dann haben sie uns eingeholt. Schließlich haben sie viermal so viel Ruder wie wir und es weht noch nicht einmal der leiseste Windhauch.«

»Wenn wir nicht schneller rudern, werden sie bald nahe genug sein, um Pfeile auf uns abzuschießen, noch bevor wir eine Chance haben, ihnen zu entkommen«, stammelte ein anderer Seemann verzweifelt. »Wir müssen schneller rudern. Wir dürfen nicht aufgeben.«

»Seid doch nicht närrisch!«, schnappte die Frau, die am Bug saß. Sie griff nach ihren langen, durcheinander geratenen braunen Haaren und band sie zurück, so dass sie ihr nicht ins Gesicht fielen. »Sie werden uns sowieso einholen, egal, wie viel Schweiß wir vergießen, um ihnen davonzurudern. Was nützt es, wenn wir uns an den Rudern verausgaben? Aber wenn wir jetzt anhalten und auf sie warten, werden wir zumindest noch genügend Kraft haben, um zu kämpfen.«

Ihre Begleiter sollten nicht die Gelegenheit erhalten, ihr zu widersprechen, denn kaum hatte sie geendet, da schickten die Sachsen ihre erste Pfeilsalve los. Die Luft war plötzlich voller tödlicher Geschosse mit eisernen Spitzen, die unbarmherzig die Entfernung zwischen den beiden Booten überbrückten und in hohem Bogen herangeschwirrt kamen. Ohne jedes weitere Wort rollten sich alle im Curragh instinktiv zusammen; sie bargen die Köpfe in ihren Händen und warteten angespannt darauf, dass die Pfeile sie trafen.

Wenig später hörte der Pfeilregen auf, als wäre es nur ein kurzer, heftiger Hagelschauer gewesen. Die Gälen erhoben sich vorsichtig, um die Folgen dieses ersten Angriffs in Augenschein zu nehmen. Auf wundersame Weise waren sämtliche Pfeile entweder im Wasser gelandet oder hatten das lederne Segel getroffen, aus dem sie jetzt wie barbarische

Verzierungen herausragten. Niemand machte sich die Mühe, die Pfeile zu entfernen; alle wollten möglichst weit weg sein, wenn die nächste Salve kam.

Als der erwartete Angriff ausblieb, machte sich die Frau mit den langen, verfilzten Haaren daran, die Position des feindlichen Schiffes zu überprüfen. Während sie dies tat, zog sie ihren langen blauen Wollumhang fester um sich. Das Kleidungsstück bot zwar keinerlei Schutz vor den Pfeilen, aber sie fühlte sich dennoch besser so.

»Sie sind noch immer weit genug weg, dass sie nicht genau zielen können«, bemerkte sie. »Beim nächsten Mal könnte es aber dennoch Opfer geben. Wir müssen uns Deckung suchen, so gut es geht.«

Die Frau streckte die Arme aus und zog das Ledersegel mit einem Ruck vom Masttop. Einer der Seeleute stand auf, um ihr zu helfen, während ein anderer sich zum Bug begab und alle zusätzlichen Lederstücke aus der Kiste hervorholte, in der sie normalerweise aufbewahrt wurden.

»Was habt ihr da eigentlich mit meinem Boot vor?«, erhob der Steuermann Einwände. »Ich kann es mir nicht leisten, wertvolles Leder zu verschwenden.«

Die anderen Reisenden ignorierten ihn und warfen rasch das Segel über die Mitte des Decks, um eine Art Zeltdach zu errichten. Als die Enden festgezurrt waren, gab es darunter gerade genug Platz für sie alle, und bis auf den Steuermann kauerten sich auch alle hin, um auf den nächsten Angriff zu warten.

Sie mussten nicht lange warten. Nur wenige Augenblicke, nachdem sie unter das Zeltdach gekrochen waren, kam die nächste Pfeilsalve herangezischt. Noch bevor der erste Pfeil einschlagen konnte, brachte sich auch der Steuermann mit einem Satz zu den anderen in Sicherheit; sein Gesicht war schweißnass.

Diesmal trafen die meisten Pfeile das kleine Boot, bohrten sich an mehreren Stellen in die Abdeckung. Die Eisenspitzen durchdrangen die Lederplane jedoch nicht tief genug, um jemanden von denen zu verletzen, die darunter Schutz gefunden hatten. Als der tödliche Regen aufhörte, war niemand in dem Curragh ernsthaft verletzt, doch vom Sachsenschiff erscholl ein Schrei. Ein Siegesschrei.

Die Frau in dem blauen Umhang kroch unter dem Leder hervor und sah, wie nah das feindliche Schiff war und wie es ihrem kleinen Boot bei dem Angriff der Sachsen ergangen war.

»Was schlägst du jetzt vor, Sila?«, brüllte der Steuermann sie an. »Sollen wir uns unter dem Leder verstecken, bis sie hier sind und uns als Galeerensklaven gefangen nehmen?«

»Wenn niemand verletzt ist, wenn sie zu uns kommen, haben wir immerhin die Chance, sie abzuwehren und zu fliehen«, erklärte Sila scharf.

»Sie sind dreißig und wir nur sieben!«, keuchte der Mann. »Unser Schiff ist nur zwölf Schritt lang und ihres ist mindestens fünfzig Schritt lang. Wir haben keine Waffen und keinerlei Hoffnung, sie in einem sauberen Kampf zurückzuschlagen.«

Sila stand kurz davor, ihm zu sagen, dass sie nicht die Absicht hatte, sauber zu kämpfen, als die nächste Pfeilsalve durch die Luft zischte. Die Reisenden warfen sich wieder unter das schützende Leder. Die Sachsen kamen rasch heran, und es war offensichtlich, dass der Steuermann Recht hatte, wenn er glaubte, dass sie sie entern wollten. Da das Wasser ruhig war, würde es für die Piraten einfach sein, ihr Schiff nahe neben das dahintreibende Lederboot zu lenken. Der Kapitän des feindlichen Schiffes hatte bereits die Segel einholen lassen und seine Ruderer hielten die hölzernen Ruderblätter ins Wasser, um die Fahrt des Schiffes zu verlangsamen.

»Sie wollen uns zu Sklaven machen!«, rief der Maat des Steuermanns.

»Sollen sie doch rüberkommen und versuchen, uns zu kriegen«, gab Sila zurück. Dann wandte sie sich an die anderen Reisenden. »Erhebt nicht die Hand gegen sie, solange sie nicht in den Seilen stehen. Und schlagt erst dann zu, wenn ihr sicher seid, dass ihr sie treffen werdet. Unsere einzige Chance besteht darin, sie unerwartet anzugreifen und schwer zu treffen. Wir müssen ihre Anzahl verringern, bevor sie begreifen, was da passiert.«

»Ich hätte nicht gedacht, dass eine Druidin so dumm sein kann!«, rief der Steuermann aufgebracht. »Wenn wir geflohen wären, hätten wir eine Chance gehabt, ihnen zu entkommen. Jetzt sind wir dazu verdammt, von den Wilden überwältigt zu werden und unser restliches Leben als Sklaven auf den Ruderbänken eines sächsischen Langboots zu verbringen.«

»Greif dir ein Ruder und bereite dich darauf vor, es als Waffe zu benutzen«, brüllte Sila ihn an. »Und reiß dich zusammen und zeige diesen Fremden gegenüber etwas Mut! Noch sind wir keine Sklaven! Ihr alle werdet irgendetwas finden, mit dem ihr euch wehren könnt.« Nach einigem Zögern rührten sich die anderen und taten, was sie gesagt hatte.

In der Zwischenzeit hatte sich das feindliche Schiff so weit genähert, dass seine Ruder bereits an der Seite des Curragh entlangschabten. Ein paar Sachsen machten sich daran, Enterhaken auf das wehrlose Schiff zu werfen. Da das Meer sehr ruhig war, dauerte es nicht lange, bis sich ein Haken in der ledernen Bordwand des kleinen Bootes festgehakt hatte. Daraufhin packten sechs seiner Kameraden die Leine und zogen gemeinsam das Curragh neben ihr eigenes Schiff.

Während die Sachsen das Lederboot zu sich heranzogen, schlugen andere Haken in dem Curragh ein und gruben sich in seine verstärkte Hülle. Einer der Eisenhaken rutschte über den

Boden und verursachte einen kleinen Riss, durch den sofort Wasser einzudringen begann. Der Steuermann stand auf und zog sein Messer; er wollte das Seil durchschneiden, das an dem Haken hing, aber fast augenblicklich traf ihn ein Pfeil im Rücken. Er fiel vornüber auf den Haken und sein Gewicht trieb den Haken noch tiefer in den Boden. Das Wasser strömte jetzt schneller ins Boot, stand schon bald knöcheltief.

Sila hob die Arme, wies die anderen mit drängender Stimme an zu bleiben, wo sie waren, und sich von dem Steuermann fern zu halten. »Lasst ihn liegen. Ihr könnt nichts mehr für ihn tun. Setzt euch nicht den Pfeilen aus. Bleibt unter dem Schutzdach.«

Sila glaubte, dass den Sachsen ihr übersteigertes Selbstvertrauen zum Verhängnis werden würde, wenn sie sich nur ein bisschen Zeit verschaffen konnten. Mit Glück würden die Fremden sogar versuchen, an Bord des kleinen Bootes zu kommen, ohne sich zu vergewissern, dass es keinen Widerstand geben würde.

Die Sachsen verfügten jedoch noch über eine andere tödliche Waffe, mit der Sila nicht gerechnet hatte.

Feuer.

Inzwischen war das Curragh an fünf Seilen mit dem Sachsenschiff verbunden, und dessen Kapitän konnte deutlich sehen, dass die Gälen sich vor Angst unter ihrem Segel zusammenkauerten. Zufrieden, dass alles nach Plan verlief, beschloss er, mit seinen Opfern etwas zu spielen. Er erklomm eine erhöhte Stelle des Decks und rief seinen Männern etwas zu.

Am Bug entfachten drei Bogenschützen die in Pech getauchten Spitzen ihrer Pfeile in einer Eisenpfanne, aus der dicker schwarzer Qualm aufstieg. Kaum hatte der ölige Brennstoff Feuer gefangen, wurden die brennenden Pfeile an die Sehnen gelegt und auf das Curragh abgeschossen. Die ersten drei Pfeile trafen das behelfsmäßige Schutzdach. Die Flammen griffen sofort um sich, und weil die Reisenden nicht sofort begriffen, was geschah, hatte sich das Feuer bereits über das Segel ausgebreitet, bis sie erkannten, dass sie sich in weit größerer Gefahr befanden, als sie es sich vorgestellt hatten.

Als ihr der Geruch von verschmortem Leder in die Nase stieg, wurde Sila rasch klar, welcher neuen Gefahr sie sich gegenübersahen. Einen Augenblick lang bereute sie, dass sie nicht versucht hatten zu fliehen, als sie noch Gelegenheit dazu gehabt hatten. Aber dieser Gedanke währte nur einen flüchtigen Augenblick. Tief in ihrem Innern wusste sie, dass die Reisenden durch nichts hätten gerettet werden können, seit die Sachsen sich entschieden hatten, sie anzugreifen. Dass sie jetzt auch noch Brandpfeile eingesetzt hatten, machte es offensichtlich, dass diese Piraten nicht nur auf der Suche nach Sklaven waren. Sie suchten außerdem auch noch Unterhaltung.

Zwei der Gälen kamen unter dem Schutzdach hervor, um das brennende Segel mit Eimern voller Meerwasser zu löschen, aber es gelang ihnen nur, sich selbst zu leichten Zielen für die Bogenschützen zu machen. Einer der Seeleute fing sich einen Pfeil im Unterschenkel ein und stürzte schreiend unter das Schutzdach zurück. Die Flammen erloschen in dem Wasser, das im Boot stand, aber der Schaft des Pfeils brach ab und trieb dabei dem Mann die Spitze noch tiefer ins Fleisch.

Sila kam zu dem Schluss, dass sie die Sache in die Hand nehmen musste, wenn sie noch irgendeine Chance haben wollten, das alles zu überleben. Sie packte den anderen Seemann am Arm, um ihn daran zu hindern, weiter zu versuchen das Feuer zu löschen. »Lass das Feuer! Lass das Leder ruhig brennen. Zieht unser Boot nahe an ihres und wir werden ihr Schiff ebenfalls in Brand stecken«, brüllte sie. »Packt ihre Seile!«

Ohne zu zögern, ließ der Seemann den Eimer fallen und tat, wie ihm geheißen. In der Zwischenzeit kamen die anderen mutig unter dem schützenden Ledersegel hervor, um die brennenden Pfeile aus dem Boot zu zupfen und auf den Feind zurückzuschleudern. Die Seile, die dazu benutzt worden waren, das Curragh festzuhalten, standen jetzt in Flammen, und das Feuer fraß sich rasch auf das Langboot zu.

Es dauerte einige Zeit, bis die Sachsen begriffen, was da vor sich ging, aber als sie es taten, hatte Silas schlaue Strategie eine große Wirkung auf sie. Der Kapitän der Piraten schaute vollkommen ungläubig zu, wie die Flammen über die Seile auf sein Schiff zukletterten. Als er begriff, dass er es womöglich verlieren könnte, brüllte er den Bogenschützen zu, keine weiteren Brandpfeile mehr abzuschießen. Wütend befahl er einer Gruppe von Männern, in das Curragh zu steigen und sich der lästigen Gälen rasch zu entledigen. Der Kriegsführer war des Spiels schlagartig müde geworden.

Sila verstand die sächsische Sprache nicht, aber sie ahnte, was vorgefallen war, als die Bogenschützen plötzlich Eimer voller Wasser in den Händen hatten und die Seiten ihres eigenen Schiffes damit begossen. Dann kletterten vier Krieger über die Bordwand, bereit, das Curragh zu entern.

Der erste Fremde, der in das lederbespannte Boot sprang, landete so hart, dass er mit seinem großen Stiefel durch die Hülle brach. Er versuchte, sich zu befreien, da er schnell begriff, dass er sich in einer höchst wehrlosen Position befand. Doch bevor es ihm gelang, daran etwas zu ändern, trat einer der gälischen Seeleute zu ihm. Aus irgendeinem Grund musste der Krieger gedacht haben, dass der Seemann ihm helfen wollte, denn er streckte dem Mann die Hand entgegen. Der Gäle hingegen zog ein langes Messer unter seinem Umhang hervor und hieb nach dem Arm des Sachsen, packte ihn an den Haaren, riss seinen Kopf in den Nacken und entblößte so seine Kehle. Vor den Augen der Sachsenkrieger schlitzte der Gäle dann dem Piraten mit einer raschen Bewegung seiner kalten Klinge die Kehle auf. Das Blut schoss aus der Wunde, während sich der Sachse an den Hals fasste und verzweifelt versuchte, den Blutfluss zu stoppen.

Der Fremde gab einen verzweifelten, gurgelnden Laut von sich und kippte vornüber, und der Seemann rammte ihm das Messer in den Rücken. Die Arme des Sachsen hingen leblos an seiner Seite, das Bein steckte noch immer in der Lederhülle fest. Beinahe sofort sprang ein weiterer Sachsenkrieger vom feindlichen Schiff herab. Er hatte mehr Glück als sein Kamerad und glitt nur leicht auf dem Deck aus. Sobald er das Gleichgewicht wiedergefunden hatte, streckte er die Hand aus, um den Seemann am Arm zu packen.

Der Krieger verfehlte sein Ziel beim ersten Versuch, doch er traf den Mann mit der Faust, so dass er zu Boden ging. Er riss sein Schwert hoch, um ihm den tödlichen Hieb zu versetzen, doch es gelang dem Seemann, rechtzeitig auf die Beine zu kommen und den Sachsen am Handgelenk zu packen, ihn daran zu hindern, zuzuschlagen. Ein paar spannungsgeladene Augenblicke lang hielt der Seemann seinen Feind in Schach, dann traf einer der anderen Gälen den Piraten mit einem Bootshaken am Hinterkopf. Der Helm des Sachsen rollte ihm vom Kopf, und seine Augen weiteten sich, als er tot vornüberstürzte. Binnen weniger Herzschläge war seine Leiche über den Bootsrand und ins Wasser gerollt.

Die beiden unerwarteten Erfolge machten den Reisenden Hoffnung, dass sie möglicherweise doch in der Lage sein würden, den Feind zu vertreiben. Sie standen auf, inzwischen trotzig geworden, und warteten begierig auf den nächsten Krieger, der dumm genug wäre, in ihr Boot zu springen. Der

Kapitän des Sachsenschiffes konnte sehen, dass er nur noch mehr Krieger verlieren würde, wenn er sie auf das Curragh schickte. Der begrenzte Platz in dem kleinen Boot hatte zur Folge, dass immer nur ein oder zwei Sachsen gleichzeitig das Boot betreten konnten, so dass sie stets in der Unterzahl sein würden.

Die Geduld des Kapitäns verflog jetzt rasch, und er kam auf eine viel bessere Idee, wie er mit seinen Opfern umgehen könnte. Er befahl dem Krieger, der sich darauf vorbereitete, in das Curragh zu springen, die restlichen Seile durchzuschneiden, die die beiden Boote miteinander verbanden. Inzwischen drang durch zwei Löcher Wasser in das kleine Lederboot. Es würde nicht mehr lange dauern, so vermutete der Sachse, bis diese dreisten Gälen ertrunken waren, vom Gewicht ihres eigenen zerstörten Bootes auf den Meeresgrund gezogen. Der sächsische Kapitän rief alle Mann an die Ruder.

Als Sila sah, dass die Sachsen die Seile durchtrennten und sich mit ihren Rudern von dem Curragh abstießen, konnte sie ihr Glück gar nicht fassen. Sie hatten die Sachsen nicht nur rasch und leicht zurückgeschlagen, sondern es schien auch noch, als würden sich die Fremden ganz zurückziehen. Sobald die Leinen durchtrennt waren, nahm sie eins der schmalen Ruder und stieß sich von dem Langboot ab. Während das Sachsenschiff davonruderte, machte sie sich mit den anderen an die verzweifelte Aufgabe, die beiden Löcher im Bootsrumpf abzudichten.

Der größte Riss war dort, wo der Sachse lag, dessen Bein feststeckte. Es war beinahe unmöglich, diese Stelle freizumachen, denn durch seine Rüstung war der tote Mann so schwer, dass sie ihn nicht heben konnten. Schließlich, nach mehreren Versuchen, die Leiche auf dem begrenzten Platz zu bewegen, holte einer der Seeleute ein scharfes Messer, das er normalerweise benutzte, um Lederstreifen zu schneiden. Ohne irgendein Gefühl angesichts dieser grausigen Tat zu zeigen, hackte er durch Fleisch und Knochen, bis sich das Bein vom Körper löste, stieß es dann durch den Boden des Curragh. Jetzt, da das Hindernis beseitigt war, konnten zwei Seeleute den Toten ohne weitere Probleme über die Bordwand rollen.

Teile des verbrannten Segels wurden in Stücke geschnitten, um die Lücken in der Bootswand zu stopfen, und einer der Seeleute benutzte Zwirn aus Lederstreifen, um die Flicken an Ort und Stelle festzunähen. Zwei der Reisenden schöpften mit Ledereimern Wasser aus dem Boot, während die anderen ihnen halfen, so weit es bei dem begrenzten Platz möglich war.

In ihrer Eile, das Boot zu reparieren, achteten die Reisenden nur noch wenig auf das sächsische Kriegsschiff. Nur durch Zufall bemerkte einer der Seeleute, dass die Feinde aufgehört hatten zu rudern und sich daranmachten, weitere Pfeile in ihre Richtung abzuschießen.

Der Kapitän der Sachsen hatte anscheinend vor, die Reparaturarbeiten durch einen stetigen Pfeilhagel zu behindern, und aus diesem Grund hielt er sein großes Schiff stets in Bogenschussweite zu den Gälen. Immer mal wieder schossen die sächsischen Bogenschützen eine Salve von Brandpfeilen ab, von denen die meisten die Lederhülle trafen. Einige brannten eine Zeit lang heftig, bis sie gelöscht wurden, sobald sich eine Pause im Angriffshagel bot, während andere auf dem wassergetränkten Fell ausgingen.

Die Sachsen hielten dies offensichtlich für einen großen Spaß. Ihr Gelächter drang über das Wasser hinweg zu den Gälen, ließ ihnen das Mark in den Knochen gefrieren. Wann immer ein Pfeil sein Ziel erreichte oder einer der Reisenden unter das schützende Dach tauchte, ergingen sich die Sachsen in beleidigenden Rufen oder spöttischen Bemerkungen in ihrer eigenen Sprache. Aber ihre höhnischen Worte kamen bei den Gälen nicht an, denn niemand an Bord des Curragh verstand diese seltsame Sprache.

Schließlich begann sich der Kriegsführer erneut zu langweilen. Er war sich ziemlich sicher, dass er von diesen armen Leuten weder Gold noch eine andere kostbare Ladung zu erwarten hatte. Es waren keine Kaufleute. Diese Leute waren kaum mehr als Fischer und noch nicht einmal als Rudersklaven zu gebrauchen. Der Kapitän ging zum Bug seines Schiffes, um einen Blick auf seine Opfer zu werfen, dann gab er seinen Ruderern den Befehl, mit aller Kraft auf das Curragh zuzuhalten.

Als Sila bemerkte, dass der Pfeilregen aufgehört hatte, blickte sie von ihrer Arbeit auf – sie war damit beschäftigt gewesen, einen Lederflicken auf die Hülle des Curragh zu nähen – und sah, wie das feindliche Schiff sich mit Besorgnis erregender Geschwindigkeit auf sie zubewegte. Sein Bug zerteilte das Wasser mit der gleichen Leichtigkeit, mit der ein großes Schwert Weizenhalme niedermähte. Ohne jeden Widerstand teilte sich das Meer vor dem Langboot in weißer, aufspritzender Gischt.

Erneut überkam Panik die Gälen, während sie ebenfalls nach ihren Rudern griffen. Sie waren jedoch zu langsam, um den Ausgang dieses Wettrennens irgendwie verändern zu können. Das Piratenschiff wurde immer schneller, und nachdem der Kapitän befohlen hatte, Segel zu setzen, konnte es sogar eine leichte Brise auffangen. Sila hörte auf zu rudern – es gab nichts zu tun, als sich auf den Ruck des Zusammenpralls vorzubereiten. Die Druidin stemmte ihre Füße fest gegen den Boden des Curraghs. Die zweite Frau an Bord starrte benommen auf das feindliche Schiff, und die anderen Reisenden hielten sich am Bootsrand fest, kümmerten sich nicht weiter um die Ruder. Dieses Mal würden sie der Zerstörung nicht entkommen können.

Der gleiche Wind, der das Schiff der Sachsen abrupt beschleunigt hatte, brachte auch eine Nebelbank mit, die über das Langboot hinwegwallte und es einhüllte, so dass sowohl die Gälen wie auch die Sachsen für kurze Zeit von einer dichten, undurchdringlichen Nebelsuppe umgeben waren. Sila wusste, dass es nicht lange dauern würde, bis das Schiff der Sachsen auf ihr Boot prallte, aber selbst sie war überrascht, als es gegen den hinteren Teil des Curraghs stieß, es um die eigene Achse drehte und das Heck unter Wasser drückte. Das bloße Gewicht des Langboots sowie die Wucht, mit der es auf das Curragh geprallt war, drückten das leichte Lederboot wie ein Spielzeugschiffchen im Teich unter die Wasseroberfläche. Das grässliche Geräusch von berstendem Holz und reißendem Leder vermischte sich mit den abscheulichen Jubelrufen der Sachsen und dem Rauschen des Meeres.

Sila wurde zur Seite geschleudert. In dem Versuch, das Gleichgewicht zu halten, streckte sie die Hand aus und wollte sich am Bootsrand fest halten, doch bevor ihr dies gelang, kippte das Curragh um, und sie wurde hochgerissen. Ihre Hände glitten über die nasse Lederhülle, während das Boot kenterte, und sie hatte keine Chance mehr, sich noch irgendwo fest zu halten. Im nächsten Augenblick klatschte sie auch schon mit voller Wucht ins kalte Wasser.

Zwar gelang es der Druidin, den Kopf über Wasser zu halten, aber es dauerte nicht lange, da schwand sämtliche Hoffnung, dass sie diese Tortur überleben könnte. Ihre Augen brannten vom Salzwasser, und ihre Ohren waren zu, so dass sie erst einmal gar nichts hören konnte. Dann spürte sie, wie sie nach unten gezogen wurde, obwohl sie sich bemühte, oben zu bleiben. Im nächsten Augenblick war sie völlig vom kalten dunklen Ozean umgeben, und obwohl sie wild mit den Armen ruderte, schaffte sie es nicht, ihren Kopf aus dem Wasser zu recken.

Das Meer zog Sila so stark in die Tiefe, als hätte sie Gewichte an den Beinen. Sie versuchte zu atmen, doch statt die Lungen mit Luft zu füllen, drang Wasser in ihren Mund und ihre Nase, drohte, auch in ihre Lungen zu gelangen. Sie zwang sich, das Salzwasser auszuspucken, um nicht daran zu ersticken, und hielt sich die Nase mit zwei Fingern zu. Dann wurde ihr plötzlich klar, dass ihr blauer Wollumhang sie so schwer machte. Einen Augenblick später war sie verzweifelt damit beschäftigt, sich aus dem Druidenumhang zu schälen; ohne einen Gedanken daran zu verschwenden, löste sie ihre kostbare Schnalle, um das Kleidungsstück so rasch wie möglich über den Kopf ziehen zu können.

Sobald sie sich des Umhangs entledigt hatte, begann sie sich wieder an die Oberfläche zu kämpfen, denn ihre Lungen schrien nach Luft. Es war ein langer, harter Aufstieg, dem Licht entgegen, und als ihr Kopf endlich durch die Wasseroberfläche stieß, hatte sie beinahe das Bewusstsein verloren. Sila spuckte erst einmal keuchend und schnaubend all das Meerwasser aus, das sie geschluckt hatte, und atmete dann mehrmals tief ein.

Ihre nassen Haare hingen ihr ums Gesicht und nahmen ihr die Sicht, aber ihre Augen brannten ohnehin so sehr, dass sie sie nicht öffnen konnte. Die Druidin hustete ein wenig und versuchte, sich ganz ruhig im Wasser treiben zu lassen. Plötzlich berührte ihre Hand ein großes Stück Holz, das neben ihr auf den Wellen tanzte. Sie griff danach, lehnte sich darauf, um herauszufinden, ob es sie tragen würde. Als sie feststellte, dass dem tatsächlich so war, hievte sie sich quer über das Stück Holz und versuchte, ihre Atemzüge ruhiger werden zu lassen, so dass sie nicht würgen musste.

Sila neigte den Kopf erst in die eine, dann in die andere Richtung, um das Wasser aus den Ohren zu bekommen. Als sie wieder hören konnte, wurde ihr klar, dass alle Geräusche, die sie wahrnahm, seltsam gedämpft und aus weiter Ferne an ihr Ohr drangen. Die Druidin strich sich die Haare aus dem Gesicht, um zu erkennen, was um sie herum vorging, aber noch immer brannten ihre Augen von dem Salzwasser, und es dauerte einige Augenblicke, ehe sie sie vollständig öffnen konnte.

Als es ihr schließlich gelang, sich ein wenig umzublicken, sah sie um sich herum nichts als Nebel sowie ein paar Seile und Lederfetzen, die ganz in der Nähe im Wasser trieben. Das Stück Holz, über dem sie hing, war einst die Ruderpinne gewesen, und da sie noch ganz war, konnte dieses Wrackteil sie mit Leichtigkeit tragen.

Was die Plünderer betraf, so war nichts mehr von ihnen zu sehen. Das Kriegsschiff war so rasch wieder im Nebel verschwunden, wie es aufgetaucht war. Da der Spaß vorüber war, waren die Sachsen einfach weitergesegelt, ohne sich die Mühe zu machen, ihre Opfer aufzulesen oder auch nur nachzusehen, ob sie das Curragh tatsächlich zerstört hatten.

Es gab auch keinerlei Hinweise auf Silas Kameraden. Die Druidin rief einige Zeit lang in der Hoffnung, zumindest von einem anderen Menschen ein Lebenszeichen zu bekommen, aber es kam keine Antwort, nicht der leiseste Hinweis, dass noch jemand diesen Überfall überlebt hatte. Schließlich musste Sila sich damit abfinden, dass sie vermutlich die einzige Überlebende des brutalen Angriffs der Sachsen war.

Die Druidin rollte sich herum und legte sich auf den Rücken, die Arme ausgebreitet, um leichter das Gleichgewicht halten zu können, die Augen zum Himmel gewandt. Während der Tag verstrich, löste der Nebel sich auf und enthüllte einen strahlend blauen Himmel mit nur wenigen Wolken. Sila zwang sich, nicht nachzudenken, während sie tief atmete. Als der Schock über das, was gerade geschehen war, etwas nachließ, begann sie die Tatsache anzuerkennen, dass ihr Leben durch irgendein Wunder verschont geblieben war. Als Dank ihren Göttern gegenüber sprach sie im Stillen ein kleines Gebet.

Dann begann Sila, darüber nachzudenken, wie sie es schaffen könnte, das Land zu erreichen.

II

Eine Reihe kurzer, scharfer Schreie zerriss die nächtliche Stille. Die Schreie folgten rasch aufeinander, und am Ende erklang ein schriller Ruf, der sich genau so anhörte wie das Heulen eines Wolfs, der sich auf der Jagd befand. In der Kapelle von Sankt Ninian schreckte der betagte, ehrwürdige Bruder Kilian aus seinen Gebeten auf und griff instinktiv nach seinem Evangelium.

Ohne die Augen öffnen zu müssen, fand er das Buch auf dem Boden vor sich; mit kräftigen, drahtigen Fingern griff er nach dem mit silbernen Einlegearbeiten versehenen Buchrücken und klemmte sich das Evangelium langsam unter den Arm, während er vorsichtig auf weitere Geräusche lauschte. Die ganze Zeit über murmelte er leise die letzten Worte des Vaterunser. Als das Gebet zu Ende war, verharrte er reglos.

Schließlich konnte der alte Mönch nicht mehr anders – er musste sich ein wenig bewegen, um es sich bequemer zu machen. Seine Muskeln waren kalt von dem Luftzug, der unter der Tür hereinpfiff – so kalt, dass er einen Augenblick dachte, der Winter wäre unerwarteterweise nach Strath-Clota zurückgekehrt. Sein linkes Bein war vom langen Knien auf dem Steinboden taub geworden. Er hatte gerade damit begonnen, seine Gliedmaßen warm zu reiben, als ein weiterer unmenschlicher, schriller und unheimlicher Schrei die Stille zerriss. Der Mönch erstarrte vor Entsetzen, als der Schrei von den Wänden der kleinen, steinernen Kapelle widerhallte und dann verklang.

Kilian hielt die Luft an, während die Minuten still vergingen. Angstschweiß trat dem alten Mönch auf die Stirn, rann durch die tiefen Falten seines Gesichts zu seinem Kinn hinab und tropfte auf seinen einfachen wollenen Umhang. Einen Augenblick lang schien die Welt des Klosters Sankt Ninian heil und ruhig und gesegnet zu sein. Dann trug der Wind von weiter nördlich – von den Hügeln, wo die Dal Araidhaner wohnten – einen weiteren Schrei heran. Wie eine gewaltige Schneelawine gellte der Schrei die Hügel hinunter dem Meer entgegen und säte Furcht in die Herzen all derer, die ihn hörten. Kilian musste an die Schreie von Wölfen denken, obwohl er selbst nie einen gehört hatte und sich auf die Erzählungen anderer Mönche verlassen musste, um zu diesem Urteil zu gelangen.

Er wusste aber nur zu gut, dass es in diesem Teil Britanniens keine Wölfe mehr gab, seit die römischen Legionen hier durchgezogen waren. Die Schreie stammten von anderen Jägern. Aus vielerlei Gründen hätte Kilian jetzt allerdings lieber einem Rudel Wölfe gegenübergestanden statt den Feinden, die – wie er befürchtete – genau in diesem Augenblick über seine Ansiedlung herfielen.

Der Mönch stützte sich auf den Steinaltar und holte tief Luft, bevor er sich mit knirschenden Gelenken erhob. Das Gefühl äußerster Dringlichkeit verdrängte jede Angst, die er um seine eigene Sicherheit haben mochte. Als ältester Mönch hatte er die Pflicht, im Falle eines Angriffs die Gemeinschaft zusammenzutrommeln. Seine einzige Sorge war, dass er zu lange gebetet hatte, um seine Kameraden noch retten zu können.

Kaum war Kilian aufgestanden und hatte sich bekreuzigt, da hörte er draußen vor dem Gebäude laut Männer streiten. Im nächsten Augenblick schwang die große Eichentür auf und schlug mit solcher Wucht gegen die Steinmauer der Kapelle, dass die Dachziegel erzitterten. Plötzlich erfüllten helles Fackellicht und seltsame Stimmen die winzige Kapelle.

Zu dem Zeitpunkt, da der Mönch sich endlich umgedreht hatte, um der Störung ins Auge zu sehen, waren bereits drei Krieger durch die Stuhlreihen gepflügt und hatten dabei so viele Stühle wie möglich umgestoßen. Jetzt standen sie bedrohlich nah bei ihm. Sie hielten ihre Binsenfackeln in die Höhe, um den alten Mann besser sehen zu können.

Kilian, der entsetzt darüber war, dass die Plünderer so rasch in das Kloster eingedrungen waren, nahm zunächst von den bedrohlichen Sachsen kaum Notiz. Daher machte ihn auch ihr rücksichtsloses Verhalten weit mehr betroffen als die Gefahr, die sie möglicherweise für seine eigene Sicherheit darstellen mochten. Nach Luft schnappend musterte er das Strohdach der Kapelle, suchte nach Rauch. Nur zu leicht konnte sich ein Funke von einer der Fackeln am Stroh festfressen und die gesamte Kirche in Brand stecken. Das wäre tatsächlich ein großes Unglück.

Er bat die Krieger, die Fackeln nicht so hoch zu halten, aber das veranlasste sie nur dazu, ihn noch mehr zu ängstigen, indem sie die Binsenfackeln absichtlich so hoch wie möglich reckten. Kilian schlug das Herz bis zum Halse, und er schrie sie an, damit aufzuhören, aber sie lachten ihn nur aus und gaben vor, nicht zu verstehen, warum er so aufgebracht war.

Ihr Spott und Hohn verwirrten den Mönch so sehr, dass er gar nicht bemerkte, wie der größte der Fremden seine in einem Kettenhandschuh steckende Faust hob und Kilian damit einen Schlag gegen den Hinterkopf versetzte. Der Mönch geriet ins Taumeln, verlor das Gleichgewicht und prallte hart gegen den Altar.

»Deklan?«, fragte der Krieger mit schroffem Akzent. »Du Deklan?«

Der Mönch kam rasch wieder auf die Beine; er kratzte seinen ganzen Stolz zusammen und trat dem Krieger erneut entgegen, als hätte ihm der Schlag nichts ausgemacht. Abt Deklan hatte immer gesagt, dass man diesen Wilden gegenüber niemals seine Gefühle offenbaren durfte. Kilian war entschlossen, ihnen nicht zu zeigen, wie verängstigt und entsetzt er über den unerwarteten Angriff war.

»Deklan ist nicht hier«, stammelte er. »Ich vertrete den Abt während seiner Abwesenheit. Was kann ich für euch tun?« Es war gut, dachte er, dass der Abt weit weg in Eirinn war. Kilian hatte das unbehagliche Gefühl, dass diese Männer geschickt worden waren, um Deklan umzubringen.

Der große Krieger stieß ein lautes, tief aus der Kehle kommendes Knurren aus und hob die Hand, als wollte er noch einmal zuschlagen, während er seinen Kameraden kurz die Situation erklärte. Der Mönch, der jeden Augenblick damit rechnete, einen weiteren Schlag zu erhalten, schloss die Augen und lehnte sich gegen den Altar, betete stumm zu seinem Gott um Kraft.

Dies war der Weg Christi, sagte er sich im Stillen: Nicht die Hand gegen die Feinde zu erheben, keine Vergeltung zu verüben, sondern ihnen und ihrer Gewalttätigkeit zu vergeben. Der Hieb kam einen Augenblick später und war sogar noch härter als der erste, so dass die Haut unter Kilians linkem Auge aufplatzte und Blut aus der Wunde strömte. Das Evangelium, das er noch immer in der linken Hand gehalten hatte, fiel zu Boden, mit dem verzierten Silberrücken nach oben. Lachend bückte sich der große Krieger unverzüglich, um die Beute aufzuheben.

Der alte, ehrwürdige Bruder Kilian öffnete die Augen genau in dem Augenblick, da der Fremde das Buch packen wollte. Im

Kopf des Mönchs hallte Deklans Rat, dem Angreifer auch noch die andere Wange hinzuhalten, wider wie die Glocke, die die Brüder jeden Morgen zum Gebet rief. Das Gesetz seines heiligen Ordens, sich jeglicher Gewalt zu enthalten und allen Menschen zu vergeben, war nicht vergessen. Kilian glaubte sogar, er könnte den ersten Abt Ninian davon reden hören, wie die Sanften und Freundlichen dieser Welt eines Tages die ganze Erde bewohnen würden. Trotzdem konnte der Mönch den Gedanken nicht ertragen, dass einer dieser heidnischen Wilden ein heiliges Buch besudelte.

Binnen eines einzigen Augenblicks brachen sich die ganze Enttäuschung und Wut der letzten paar Monate über die Überfälle der Wilden, die die Gemeinschaft belästigten, Bahn und kamen an die Oberfläche. Kilian konnte angesichts solcher Brutalität nicht länger ruhig bleiben. Er konnte nicht länger so tun, als wäre er nicht ärgerlich. Er hatte seine Wange ein Dutzend Mal hingehalten, seit Deklan nach Eirinn gegangen war, und er war jedes Mal erbarmungslos geschlagen worden. Wie sollten jemals sanfte Menschen die ganze Erde bewohnen, wenn ihr Leben von Furcht und Brutalität beherrscht wurde?

Kilian ließ sich von seiner Wut und seinem Zorn mitreißen, schob alles beiseite, was er jemals über Demut im Angesicht feindseliger Angreifer und Mitleid und Vergebung gegenüber all jenen, die Unrecht taten, geglaubt hatte. Ohne den Blick von seinem Peiniger zu nehmen, zog der Mönch mit einer geschmeidigen Bewegung das lange, dünne Messer unter seinem Gewand hervor, das ein Schreiber gewöhnlich bei sich trug, um damit seine Schreibfedern anzuspitzen. Er hob es so abrupt, so rasch hoch, dass die Fremden völlig überrascht wurden.

Binnen eines Lidschlags schwang die Klinge nach unten, bohrte sich tief in den ungeschützten Rücken des großen Kriegers, in eine Stelle hinter dem linken Schulterblatt. Das Messer war gerade lang genug, um das Herz des Mannes zu durchbohren, und der Fremde fiel ohne einen Ton von sich zu geben vornüber auf den steinernen Fußboden. Instinktiv machten seine Kameraden einen Sprung zurück, um außer Reichweite der tödlichen Waffe zu kommen. Und während sie zurückwichen, ließen sie die Fackeln fallen, so dass die Kapelle wieder in Dunkelheit versank.

In diesem Augenblick glitt Kilian leise hinter den Altar; er zitterte vor Entsetzen über das, was er getan hatte, aber er wusste, dass er nur wenig Zeit zur Flucht hatte und rasch handeln musste. In der einen Hand hielt er noch immer das blutverschmierte Messer, umklammerte es so fest, dass die Knöchel ganz weiß waren; mit der anderen griff er nun nach dem Holzkreuz, das auf dem Altar stand, und warf es mit aller Kraft so weit wie möglich in Richtung Tür. Es prallte mit einem lauten Knall gegen eine der hinteren Bänke. Noch nicht einmal einen Atemzug später stürzten sich die beiden Sachsen in dem verzweifelten Bemühen, den Mönch nicht entkommen zu lassen, auf die Stelle, von der der Lärm gekommen war.

Als sie begriffen, dass sie hereingelegt worden waren, hatte Kilian bereits die Steinplatte hinter dem Altar beiseite geschoben, war in den Spalt gekrochen und hatte den Gang wieder hinter sich verschlossen. Keinen Augenblick zu früh. Kaum hatte er die Steinplatte wieder an ihren Platz geschoben, betraten drei weitere Sachsen mit frischen Binsenfackeln die Kapelle. Kilian konnte hören, wie die Krieger aufgeregt und lärmend hin und her rannten und sich dabei die ganze Zeit in ihrer seltsamen, gutturalen Sprache etwas zuriefen.

Der alte Mann holte tief Luft, straffte sich innerlich und wartete, dass sein wild klopfendes Herz sich wieder beruhigte.

Nachdem der Lärm in der Kapelle nachgelassen hatte, kroch er auf allen vieren den engen Gang entlang, der von der Kapelle zur persönlichen Kammer des Abts führte, die gleich außerhalb der Klostermauern lag.

Kilian hätte nicht genau sagen können, wie viel Zeit verging, während er sich durch den Geheimgang voranbewegte, aber er war sich nur zu schmerzhaft bewusst, wie langsam er von der Stelle kam. Seine Beine und Arme zitterten noch immer vor Furcht, und die Schmerzen in seinen Gelenken hielten ihn davon ab, schneller zu kriechen. Er konnte nicht sicher sein, dass die Sachsen den geheimen Eingang nicht fanden, und er verfiel in Panik, befürchtete, dass sie womöglich am anderen Ende des Tunnels auf ihn warteten. Nur durch reine Willenskraft hielt er seine aufkommende Furcht in Schach, ermahnte sich immer wieder, dass nur er und Deklan von der Existenz dieses alten Tunnels wussten.

Der alte Mönch kroch weitere zweihundert Schritt auf Händen und Knien, bis er mit großer Erleichterung feststellte, dass er die Bodenplatten erreicht hatte, die das Ende des Gangs ankündigten. Direkt unter der Kammer des Abts war der Gang beinahe hoch genug, dass man stehen konnte. Eine kleine Treppe führte zu einem losen Stein gegenüber einer Bank, die in eine Wand des bienenstockförmigen Gemäuers eingelassen worden war. Kilian erklomm die vier Stufen und legte sein Ohr an den Stein.

Er verlor jeglichen Mut. Aus dem Innern der Hütte waren deutlich wütende sächsische Stimmen zu hören, außerdem klang es, als würden schwere Gegenstände umgeworfen. Der alte Mönch begann wieder zu schwitzen und spürte jetzt auch einen bedrückenden Schmerz in der Brust.

»Wieso können sie uns nicht in Ruhe lassen?«, fragte er sich laut – und verfluchte sogleich seine eigene Dummheit. Aber die Fremden gaben durch nichts zu erkennen, dass sie ihn gehört hatten, und daher ließ sich der Bruder nieder, um zu warten, bis sie mit Plündern fertig waren und zu ihren Kameraden zurückgehen würden.

Er musste nicht lange warten. Deklan, der Abt des Klosters, verwahrte einen kleinen Vorrat an Wein in der Kammer, außer Reichweite der jüngeren Mönche. Abgesehen von ein paar Kerzen aus reinem Bienenwachs gab es nichts von irgendwelchem Wert in der Hütte, nur Kleidungsstücke und ein paar nachlässig gebundene Bücher. Die Wilden fanden die römischen Flaschen und machten mit dem Inhalt kurzen Prozess, bevor sie lauthals in ihrer eigenen Sprache fluchend davonstürmten. Kilian wartete lange, weil er sicher sein wollte, dass sie auch tatsächlich gegangen waren.

Als der Bruder davon überzeugt war, dass sich niemand mehr in der Hütte befand, hob er vorsichtig den Stein von seinem Platz, aber gerade so viel, dass eine Ameise darunter gepasst hätte, um herauszufinden, ob noch Licht in der Kammer brannte. Da er nichts sah, hob er den Stein vorsichtig noch etwas höher. Alles war still und dunkel.

Mühsam schob Kilian den Stein beiseite, und er landete mit einem lauten Plumps auf der festgetretenen Erde der Zelle. Er hievte sich aus dem Schacht und schob den Stein so gut er konnte wieder an den alten Platz zurück, damit die Sachsen den Tunnel nicht entdeckten, sollten sie doch noch einmal zurückkehren. Dann schlich er sich rasch in die dunkle Nacht davon.

Kaum war er draußen, richtete er seinen Blick auf das mit einer Mauer umgebene Kloster. Trotz seines schlechten Augenlichts konnte er die zuckenden orangefarbenen Flammen ausmachen, die aus dem strohgedeckten Dach eines Gebäudes schlugen. Augenblicklich stiegen Schuldgefühle in ihm auf; schließlich hatte er den Fremden niedergestochen, und jetzt war er überzeugt davon, dass diese unbesonnene Tat gewiss zu einem Massaker an all den anderen Brüdern von Sankt Ninian führen würde.

Kilian schämte sich ganz furchtbar, dass er sich einfach so davonschlich, während seine Kameraden zurückblieben und für seine Tat büßen mussten. Erneut nahm er seinen ganzen Mut zusammen, bekreuzigte sich und betete stumm um Vergebung für seine Sünden. Dann begann er – fest entschlossen, das Leid seiner Brüder zu teilen – den Pfad entlangzumarschieren, der zum Kloster führte.

Er war noch keine zehn Schritte weit gekommen, als er ganz in der Nähe ein paar Sachsen laut rufen hörte, und seine Entschlossenheit schmolz dahin wie das Eis im Frühling. Er fand einen Kuhpfad, der vom Hauptweg abzweigte, und beschloss, ihm zu folgen und in sicherem Abstand einen Bogen um die Ansiedlung zu schlagen.

Der schmale Pfad führte über einen steilen Hang zu einer Anhöhe, von der aus man gute Sicht auf das Kloster hatte; von hier aus konnte Kilian das ganze Ausmaß des Überfalls sehen. Mindestens drei Gebäude innerhalb der Klostermauern waren in Brand gesteckt worden, und außerhalb der Mauern brannte es ebenfalls an vier Stellen. Kilians Augen waren zu schlecht, als dass er hätte erkennen können, ob einem der Mönche etwas zugestoßen war. Die Nonnen waren schon vor langer Zeit in die verhältnismäßig sichere gälische Festung Dun Righ gebracht worden.

Kilian konnte noch immer die Rufe vieler Sachsen hören; irgendwo in der Nähe der Flammen sang einer der Wilden ein Sauflied. Zu seiner Erleichterung konnte der Mönch kein Stöhnen und auch keine qualvollen Schreie ausmachen, und er hörte auch keine gälischen Worte oder Sätze.

»Ich bitte dich, Gott, hilf ihnen allen zu fliehen, so wie du mir geholfen hast«, betete er. »Es ist ein Wunder, dass ich noch am Leben bin.«

Wie zur Antwort hörte Kilian ganz in der Nähe ein unruhiges Wiehern. Zunächst dachte er an einen einzelnen Hengst, der vielleicht auf den Hügel gekommen war, um die anderen Tiere zu stören, die gewöhnlich die Nacht unter den Bäumen nahe der Quelle verbrachten. Dann wurde das Wiehern wild und schrill, als würde das Pferd großen Schmerz erleiden, und ein kalter Schauder fuhr dem Mönch durch Mark und Bein.

Im ersten Augenblick wollte der alte Mann auf die Quelle zulaufen, doch dann zögerte er, weil er wusste, dass er nicht in der Lage sein würde, die Pferde gegen wilde Sachsenkrieger zu verteidigen. Am Ende war jedoch seine Sorge um die Tiere größer als seine Angst, ergriffen zu werden. Er hatte in dieser Nacht bereits einmal seiner Feigheit nachgegeben. Kilian war fest entschlossen, es nicht noch einmal zu tun.

In seiner Eile vergaß er, dass er keine Laterne bei sich hatte, und er war noch nicht sehr weit den Kamm entlang in Richtung der Quelle gegangen, da hatte er sich auch schon in der Dunkelheit verirrt. Mit einem unterdrückten Fluch über seine eigene Ungeduld und seine schlechten Augen drehte sich der alte Bruder um und versuchte, sich zu orientieren. Widerwillig gestand er sich ein, dass er keine andere Wahl hatte, als den Weg zurückzugehen, den er gekommen war. Er war jedoch erst ein paar Schritte gegangen, als das schrille Wiehern eines weiteren Pferdes an seine Ohren drang. Einen Moment lang glaubte er, dass er das Wiehern erkannte – dass es von der Stute stammte, die die Mönche gewöhnlich vor den Kornwagen spannten.

Es war ein grauenhaftes, verzweifeltes Wiehern, als wäre das Tier ernsthaft verletzt worden. Als es erstarb, stand Kilian noch immer reglos und zutiefst entsetzt auf dem Weg. In der Ferne konnte er schwach das beunruhigte Wiehern verschiedener anderer Pferde hören; sie antworteten auf den Ruf der Stute, aber er wusste nicht, ob sie sich nördlich oder östlich von ihm befanden. Der alte Mann begriff, dass er nichts mehr tun konnte. Geschlagen ließ er sich auf dem Gras auf die Knie sinken und begann zu beten.

Er wusste nicht, wie lang er in dieser Haltung verharrt hatte, aber seine Knie begannen bereits taub zu werden, als er vom Kloster Gelächter heraufschallen hörte. Seine Augen hatten sich inzwischen etwas besser an die Dunkelheit gewöhnt, und so ging er langsam zurück zur Anhöhe. Von hier aus konnte er auf der einen Seite im Süden das Meer sehen, und auf der anderen Seite das Kloster, das sich im Windschatten an die Flanke des Berges schmiegte.

Der größte Teil der Ansiedlung stand jetzt in Flammen, und zu seiner großen Bestürzung stellte er fest, dass gelegentlich gälische Worte zwischen den Furcht erregenden Rufen erklangen. »Die Sachsen haben einige meiner Brüder ergriffen!«, rief er, zutiefst entsetzt über diese Entwicklung. »O Gott, ich bitte dich, lass sie nicht leiden!«

Kaum hatte er diese Worte gesprochen, da hörte er nicht weit hinter sich auf dem Kamm das Gebell vieler Hunde. Mit sinkendem Mut begriff er, dass die Wilden ihre Jagdhunde losgelassen hatten, um ihn aufzuspüren.

Eorl Aldor vom einstigen sächsischen Königshaus von Eikenskald lag auf dem Rücken, die Arme an den Seiten, und blickte die lange weiße Linie von Sternen entlang, die sein Volk den Pfad der vergossenen Milch nannte. Es war eine warme Nacht, und so hatte er einen Schlafplatz etwas vom Feuer entfernt gewählt. Die Flammen erstarben rasch zu Kohle, und je dunkler das Feuer wurde, desto deutlicher zeichneten sich die Sterne vor dem tiefblauen Himmel ab.

Aldor konnte deutlich sehen, dass einige der Sterne unaufhörlich flackerten, während andere völlig gleichmäßig leuchteten, ohne sich jemals zu verändern. Wie immer dachte er darüber nach, welchen Grund es dafür geben könnte. Er wusste, dass die Götter die Menschheit mit Lichtern am Himmel gesegnet hatten, damit die Seeleute ihren Weg nach Hause finden konnten. Der Eorl hatte sich die Positionen sämtlicher Sterne gemerkt, denn sie faszinierten ihn unaufhörlich.

Hinter seinem Kopf und außerhalb seiner Sichtweite bewegte sich einer der schlafenden Krieger unruhig. Ohne sich umzudrehen und nach der Ursache für die Störung zu sehen, zog Aldor sein langes, einseitig geschliffenes Schwert lautlos und geschickt aus der Scheide und legte es neben sein rechtes Bein.

Eorl Aldor besaß eine unheimliche Gabe. Wann immer irgendeine Gefahr drohte, war er der Erste, der sie spürte. Seine Männer scherzten oft darüber, dass er den Hauch eines Verrats in der Brise riechen konnte wie andere den Duft von langsam bratendem Hammelfleisch. Es war ein Instinkt, der ihm schon häufig das Leben gerettet hatte.

Aldor blickte weiter zu den Sternen auf, während seine Finger die ledernen Schildriemen fanden, die bei seinem linken Oberschenkel lagen. Ein Mann hustete laut. Ein anderer verfluchte seinen geräuschvollen Kameraden. Für jeden anderen, der nicht den ungewöhnlich ausgeprägten Sinn des Eorl für Ärger besaß, wären diese Geräusche nicht besonders bemerkenswert gewesen. Aber Aldor war unruhig und fest davon überzeugt, dass ihn schon bald jemand herausfordern würde, um ihm die Führung streitig zu machen. Doch abgesehen von diesen Geräuschen gab es keine weiteren Hinweise, dass diese Nacht anders verlaufen würde als alle anderen.

Seit er und seine Krieger in Alba gelandet waren, hatte es eine Menge Kämpfe gegeben, hauptsächlich zwischen seinen eigenen Männern. Die Mehrheit der Einwohner von Dal Araidhe war zu schwach, um sich den Plünderern entgegenzustellen, und gälische Krieger schienen selten genug Mumm für eine echte Schlacht aufzubringen. Meist rannten sie lieber vor einem guten Kampf davon, statt dass sie das Risiko eingingen, gefangen genommen zu werden. Als Folge davon hatte es wenig zu tun gegeben, und einige seiner Männer waren verweichlicht, da es ihnen an Gelegenheiten mangelte, ihre Fähigkeiten im Kampf täglich neu zu erproben. Andere waren unruhig geworden und widersetzten sich offen seinen Befehlen.

Aldor gestattete es sich, die Augen zu schließen. Sein muskulöser Körper entspannte sich. Seine Atemzüge wurden langsamer. Schließlich verwandelten sich seine sanften Atemzüge in gedämpftes Schnarchen, während im Lager nächtliche Stille herrschte.

Aber Aldor schlief nicht. Seine Hand ruhte noch immer am lederumwickelten Griff seines Schwertes, in Erwartung des Kampfes, von dem er hoffte, dass er eher früher als später kam. Er war es müde, darauf zu warten, dass die Rebellen ihren Zug machten. Vielleicht haben sie doch nicht den Mumm, auf mich loszugehen, dachte er.

Der Eorl war fast vierzig Sommer alt, aber in seinen pechschwarzen Haaren und seinem Bart war noch nicht die leiseste Spur von Grau zu sehen, und er litt auch nicht unter schmerzenden Knochen, wie sein Großvater es in seinem Alter getan hatte. Guthwine, sein einziger Bruder, war im Dienste von König Dichu von Laigin einen heldenhaften Tod gestorben, als er vierzig Sommer alt gewesen war. Und ihr Vater, Onarr Eikenskald, hatte auch nicht viel länger gelebt. Er war von einem Verwalter, dem er vertraut hatte, im Schlaf getötet worden. Guthwine war immerhin ehrenhaft im Kampf gestorben.

Aldor erinnerte sich daran, wie sein Vater allmählich fett und träge und dumm geworden war, was seine Diener dazu veranlasst hatte, ihn zu ermorden, um seine Schätze unter ihren eigenen Leuten verteilen zu können. Der Eorl glaubte fest daran, dass Männer wie sein Vater, die sich gehen ließen und nachlässig wurden, einen unehrenhaften Tod auch verdienten. Für ihn waren sie nichts weiter als wandelnde Leichen, schlimmer noch als die erbärmlichsten Sklaven. Es blieb den Starken wie ihm überlassen, sie sich untertan zu machen und das Beste aus ihnen herauszuholen.

Ein Leben in einer Welt ohne Kampf, Furcht und Frauen, ohne starke Getränke, Raubzüge und Blutvergießen wäre Aldor nicht lebenswert erschienen. Denn genau diese Dinge gaben ihm das Gefühl, wirklich zu leben. Sie ließen sein Herz schneller und kräftiger schlagen und gaben ihm den Mut, auch da weiterzumachen, wo andere Männer allzu leicht verzweifelt die Hände hochgerissen hätten. Der Eorl war fest entschlossen, dieses Leben ehrenhaft zu verlassen, damit er sicher sein konnte, dass ihm Einlass nach Walhall gewährt wurde, der Festhalle der Helden im Reich der Götter von Asgard.

Aldor hörte ganz in der Nähe gedämpfte Stimmen und das unverwechselbare Geräusch eines aus der Scheide gleitenden Schwertes. Der Eorl spürte, wie sich sein Körper erwartungsvoll anspannte. Endlich. Auf das hier hatte er viele Monate gewartet. Seit sie nach Alba gekommen waren, hatte sein Rivale Pläne für diesen Augenblick geschmiedet, und jetzt würde der Verräter endlich seinen Zug machen.

Es gab nichts Köstlicheres als die Erwartung eines Kampfes, die Herausforderung, entweder zu überleben oder im Blutrausch des Feindes unterzugehen. Und Situationen wie diese erfüllten Aldor mit besonderer Freude, denn es war sehr selten, dass er im Voraus von den Absichten seines Feindes wusste.

Ein paar Schritte entfernt hörte Aldor ein leises Scharren und unterdrücktes Geflüster. Blitzschnell rollte sich der Eorl zur Seite und auf das Feuer zu, sprang auf die Beine und riss gleichzeitig Schild und Schwert hoch. Bevor er jedoch das Gleichgewicht wiedergefunden hatte, traf der gewaltige Hieb einer Kriegsaxt sein metallbesetztes Wams, und die Klinge biss in die Haut seiner linken Schulter. Aldor schrie auf; Überraschung vermischte sich mit Leidenschaft. Dies versprach ein unvergesslicher Kampf zu werden.

»Ich bin Aldor Eikenskald, Thegn und Eorl aus dem Geschlecht Vitrs des Blutigen!«, verkündete er. »Welcher Feigling wagt es sich einzubilden, dass er mich im Schlaf töten kann?«

Zwei der drei Männer, die dem Eorl gegenüberstanden, blickten sich verzweifelt an. Sie hatten nicht erwartet, dass der Eorl auf ihren Angriff vorbereitet sein würde. Der dritte Mann jedoch war sichtlich nicht überrascht: Er kannte Aldors Ruf, einen bevorstehenden Kampf zu riechen. Dieser Krieger war viel breiter als Aldor, wenn auch kleiner, und er hatte einen dunkelbraunen Bart, der auf Grund mangelnder Pflege ganz verfilzt war. In seinen ungekämmten Haaren befanden sich Dutzende von winzigen silbernen Schmuckstücken, und sein linkes Auge war von seinem letzten Überfall auf einen Bauernhof im Süden noch immer blauschwarz umrandet. Seine Kleider waren schmutzig und sein Atem stank nach Bier. Er war kein Gegner für Aldor.

»Ich bin Eothain Langbart«, brüllte der schmuddelige Krieger. »Ich bin gekommen, um das Ende deiner Herrschaft zu verkünden und dich von deinem Dasein zu erlösen.« Als der Mann begriff, dass inzwischen das halbe Lager erwacht war und er jetzt jede Menge Zuhörer hatte, schrie er weiter. »Ich bin Eothain, Sohn des Aelfwine aus dem Haus Eotenburg.«

Aldor bemerkte mit Erheiterung, dass der Mann kaum wahrnehmbar zitterte. Hatte er womöglich Angst? Das klang ganz und gar nicht nach Eothain. Aldor kam zu dem Schluss, dass der verräterische Narr nicht in der Lage gewesen war, so viel Unterstützung zu bekommen, wie er es sich gewünscht hatte. Immerhin waren jetzt nur zwei Krieger an seiner Seite; die Übrigen standen mittlerweile um sie herum und sahen zu, aber keiner von ihnen machte irgendwelche Anstalten, den Herausforderer zu unterstützen.

Der Eorl entspannte sich allmählich wieder, als er sah, dass die Lage eindeutig zu seinen Gunsten stand. Gemäß der Bräuche seines Volkes erwartete man nun von ihm, dass er Eothains Herausforderung mit einigen höhnischen Bemerkungen beantwortete, die seinen Gegner zu weiteren wütenden Worten veranlassen sollten. Aber der Anführer wartete, bis die Menge sich beruhigt hatte, ehe er seine erste Beleidigung ausstieß.

»Als du deinen glorreichen Vorfahren erwähnt hast, der als Aelfwine bekannt ist, hast du da den gleichen Aelfwine gemeint, der sein Leben als Galeerensklave begonnen hat und aufgestiegen ist, um über eine Familie aus räuberischen Feiglingen zu herrschen und durch die Hand einer Frau zu sterben? Handelt es sich um das gleiche Haus Eotenburg, das sich so weise auf die Seite der Briten geschlagen hat, als der Aufstand der Sachsen begann, weil es mit den armen, unglücklichen Cymru sympathisiert hat? Ist es die gleiche große Familie, deren Mitglieder zur Zeit meines Vaters als Ziegenzüchter bekannt waren?«

Aldor machte eine Pause, schätzte vorsichtig den Effekt ab, den sein Sarkasmus hatte. »Lass den richtigen Kriegern den Schlaf, den sie verdient haben. Geh nach Hause zu deinem Haus Eotenburg und verkriech dich bei den Ziegen.«

Dann ging der Eorl ein Risiko ein. Er gestattete seinem Blick, sich von seinem Gegner zu lösen, und wandte sich langsam an die Menge, die sich hinter ihm unter den Bäumen versammelt hatte. »Traut niemals einem Mann, der nach Vieh stinkt.« Die Bemerkung brachte einige der Umstehenden zum

Kichern. »Außer, wenn er eure Frauen bewacht!«, fügte Aldor hinzu, und die Männer lachten herzhaft. Einige von ihnen gaben blökende Geräusche von sich, und Eothains Gesicht färbte sich tiefrot.

Der Eorl war so zufrieden mit der Art und Weise, wie er diese Rebellion behandelte, dass er seinen Gegner beinahe unterschätzt hätte. Während Aldor sich noch immer in der Begeisterung seiner Zuhörer sonnte, machten Eothain und seine beiden Gefolgsmänner ihren Zug. Die drei traten vor und wollten zum Angriff übergehen, aber genau in diesem Augenblick zischten sechs wohlgezielte Pfeile aus der Dunkelheit heran. Die beiden Kameraden von Eothain sanken keine zwei Schritte von der Stelle, wo sie eben noch gestanden hatten, tot zu Boden. Der Verräter hielt mitten im Schritt inne, tief erschüttert über die tödliche Wendung der Ereignisse.

»Eothain Ziegenhirt, du hast doch wohl nicht wirklich geglaubt, dass ich dich mit deinem feigen Plan davonkommen lassen würde?«

Eothain blickte die Menge um Unterstützung heischend an, flehte verzweifelt um die Hilfe, die so viele ihm versprochen hatten.

»Ich habe deinen Plan von Anfang an gekannt, Sohn von Aelfwine dem Ruderer. Es war sehr unterhaltsam, mir eine passende Antwort darauf einfallen zu lassen, während du ohne meine Erlaubnis zu Plünderungszügen im Süden unterwegs warst.« Aldor gab dem Mann keine Chance, sich herauszureden. »Leg deine Klinge nieder, Feigling. Du wirst keine Gelegenheit erhalten, einen würdevollen und ehrenhaften Tod zu sterben. Zumindest deine beiden Freunde sind im offenen Kampf gestorben. Sie werden sicher in die Halle der Helden eingehen. Ich respektiere ihren Mut, auch wenn ihre Entscheidung, für ihre Überzeugung zu sterben, etwas irregeleitet war. Du jedoch«, Aldor spuckte aus, »du verdienst den Tod nicht.

Du wirst lange für deinen Verrat büßen. Was für ein Mann entschließt sich, seinem Herrn im Schutz der Dunkelheit einen Hieb in den Rücken zu versetzen?«

Eothain sog zwischen zusammengebissenen Zähnen scharf die Luft ein. Er kannte den Eorl gut genug, um zu begreifen, was der Kriegsführer meinte, wenn er sagte, dass er ihn für seinen Verrat leiden lassen würde. »Ich werde sterben, wie ich es will«, schrie der Aufrührer, hob sein Schwert und stürzte damit auf den Eorl zu. »Ich bin kein Feigling!«

Keiner der umherstehenden Männer rührte sich, um ihn aufzuhalten. Sie hatten die strikte Anweisung von Aldor, sich dem Mann nicht in den Weg zu stellen. Der Eorl trat flink zurück, um den Hieb des Gegners zu parieren, dann traf er Eothain mit der schweren, stumpfen Seite seines Schwertes an der linken Schulter. Dem Hieb folgte augenblicklich ein lautes, krachendes Geräusch, als ein Knochen in der Schulter des Verräters zersplitterte. Eothain stürzte vor Schmerz vornüber, ließ das Schwert fallen, um sich mit der rechten Hand aufzustützen. Aldor drehte seine Klinge in der Hand und legte die scharfe Schneide an den Nacken seines Gegners, als bereitete er sich darauf vor, ihm den Kopf abzuschlagen.

»Dies ist mein Schwert«, zischte der Eorl. »Dies ist Scaramsax. Seit meinem ersten Plünderungszug ist sie meine treue Freundin. Sie dient mir gut und als Gegenleistung gebe ich ihr das Blut meiner Feinde zu trinken.« Aldor blickte auf und sah die Krieger um sich herum an. »Manchmal ist es sehr schwer, sie mit würdigen Opfern zufrieden zu stellen, aber ich habe mit dieser Klinge noch nie einem Feigling einen Hieb versetzt. Ich werde sie nie mit einem solch unbefriedigenden Mahl beleidigen. Rückgratloser Abschaum wie dieser hier hat nichts anderes als die stumpfe Seite meines Schwertes und anschließend ein Leben in Ketten zu erwarten.«

Dann wandte sich der Eorl an Eothain. »In Anerkennung

deiner Unterwerfung wirst du mir von diesem Tage an als Sklave dienen. Das Geschlecht deiner Ahnen gibt es von nun an nicht mehr. Kein Mann wird zögern, dir einen Tritt zu versetzen, wenn er an dir vorbeigeht, und keine Frau wird jemals daran denken, mit dir auch nur zu sprechen.«

Aldor stellte einen Stiefel auf Eothains Rücken und drückte den besiegten Mann mit dem Gesicht voran zu Boden. »Ich bin Eorl von Alba kraft des Rechts der Eroberung«, rief der Eorl und hob das Schwert hoch über den Kopf. »Teilt allen in meinem Herrschaftsbereich mit, was mit jenen geschieht, die es wagen, mich zu verraten.«

Sila hatte nicht die geringste Ahnung, wie lange sie schon im offenen Meer trieb. Eine Weile hatte sie sich in der weisen Entscheidung, ihre Kräfte zu sparen, einfach auf dem Rücken liegend von der Strömung tragen lassen. Später hatte sie zu schwimmen begonnen – in erster Linie, um sich die Langeweile zu vertreiben –, aber schon bald erkennen müssen, dass sie sich nur zu leicht noch weiter hinaus aufs Meer bewegen könnte, da sie keinerlei Anhaltspunkt hatte, in welcher Richtung die Küste von Alba lag.

Als der Abend sich ankündigte, frischte der Wind etwas auf, und die Wellen wurden höher. Sila befürchtete schon, dass ein Sturm aufziehen würde, aber nach Sonnenuntergang erstarb die Brise wieder, und das Meer war so ruhig wie zuvor. Doch die Druidin fror; sie konnte sich nicht erinnern, jemals in ihrem Leben so gefroren zu haben. Ihre Arme und Beine wurden bereits taub und das Atmen wurde mühsam. Hin und wieder machte sie ein paar Schwimmbewegungen – aber mehr, um den Blutkreislauf in Gang zu halten und ihren Körper ein wenig zu erwärmen, als in der Hoffnung, auf diese Weise die Küste erreichen zu können.

Als der Morgen heraufdämmerte, war die Meeresoberfläche

so ruhig wie einer der großen Seen im Königreich Ulaid im Norden von Eirinn. Während der Nacht war Nebel aufgezogen, und dort, wo sich eine Lücke in den Schwaden auftat, sah sie nur noch mehr Wasser. Dennoch verzweifelte Sila nicht, denn sie wusste, dass solch ein dichter Nebel nur in Küstennähe auftrat – und das bedeutete, dass sie nicht mehr allzu weit vom Land entfernt sein konnte.

Um die Mittagszeit löste sich der Nebel auf, aber noch immer konnte sie keine Spur von Land entdecken. Es gab auch kein Zeichen von anderen Trümmern des Bootes oder anderen Mitgliedern der Besatzung. Sie war vollkommen allein und trotz der wärmenden Sonnenstrahlen blieb ihr Körper kalt.

Die Druidin hatte auf ihren Reisen häufig mit Seeleuten gesprochen, denn sie hatte das Meer zwischen Eirinn und Alba inzwischen zehn- oder zwölfmal überquert. Es kam selten vor, wie sie wusste, dass jemand mehr als einen Tag in diesem Gewässer überleben konnte, nicht einmal mitten im Sommer. Der Ozean war einfach zu kalt.

Sila bewegte ihre Beine im Wasser und stellte fest, dass ihre Zehenspitzen so taub waren, dass selbst das sanfte Kribbeln, das sie während der Nacht geplagt hatte, inzwischen vergangen war. Dies ließ sie regelrecht in Panik ausbrechen, und sie begann, aufgeregt ihre Füße zu bewegen und zu strecken, in dem Glauben, dass die Kälte ihr nicht so sehr zusetzen würde, wenn sie in Bewegung blieb. Aber schließlich konnte sie nicht einmal mehr die Kraft aufbringen, mehr als ein paar Schwimmzüge hintereinander zu machen.

Während der Tag langsam verstrich, spürte die Druidin, wie sie zunehmend schwächer wurde. Als schließlich der Sonnenuntergang kurz bevorstand, war sie benommen, und es fiel ihr schwer, ihre Gedanken länger auf ein bestimmtes Thema zu richten. Sie döste immer wieder ein und erwachte, eingelullt von der sanften Bewegung der Wellen und dem melodischen Plätschern, mit dem das Wasser gegen die Ruderpinne schwappte. Einmal erwachte sie und hörte ganz in der Nähe ein seltsames Brüllen, aber während sie geschlafen hatte, war die Sonne untergegangen, und im Dunkeln konnte sie nichts erkennen.

Lange Zeit später glaubte Sila, das Geräusch gegen das Ufer brandender Wellen zu hören. Irgendwie gelang es ihr, die Benommenheit so weit abzuschütteln, dass sie versuchen konnte, die Richtung auszumachen, aus der das Geräusch kam. Aber sie konnte sich nicht darauf konzentrieren, wurde stattdessen immer wieder von dem brennenden Durst in ihrer Kehle und der überwältigenden Verzweiflung in ihrem Herzen abgelenkt. Sie war zu schwach, um zu schwimmen, und zu erschöpft, um gegen ihr Schicksal anzukämpfen.

»Ich bin hinübergegangen und höre das Geräusch der Wellen, die an den Strand von Tir Nan Og klatschen«, sagte sie sich, und eine andere Stimme in ihrem Innern antwortete: »Morgen Früh wirst du an Land gehen. Morgen wirst du nach Hause kommen. Hab keine Angst.«

»Morgen werde ich nach Hause kommen«, wiederholte Sila. Ein Teil von ihr hatte sich dem Unausweichlichen ergeben, während ein anderer Teil – die praktisch veranlagte Heilerin – ihr sagte, dass sie diesen Stimmen in ihrem Kopf kein Gehör schenken durfte.

Aber die praktisch veranlagte Heilerin war unglaublich müde. Sie benötigte unbedingt Ruhe, und ihre Worte verklangen, während Sila in einen tranceähnlichen Schlaf sank. Einoder zweimal in dieser Nacht erwachte die Druidin, als eine Welle über sie hinwegschwappte und ihren Mund mit Salzwasser füllte, aber sie wurde niemals richtig wach. Die unergründliche Nacht verwandelte sich in eine unentwirrbare Mischung aus verschwommenen Bildern und unerklärlichen

Geräuschen, und der Teil von ihr, der gewöhnlich gegen die Umstände ankämpfte, gab schließlich die Hoffnung auf.

Plötzlich wurde die Druidin unsanft herumgeschleudert und prallte hart mit dem Kopf gegen etwas. Ihr Mund war voller Wasser, und sie hustete, und alles schmeckte nach Salz; sie wollte Luft holen, doch da war keine Luft, nur noch mehr Salzwasser. Verzweifelt zerrte sie an dem Seil, mit dem sie sich an der Ruderpinne festgebunden hatte, denn sie glaubte, dass das Holz sich in den Wogen gedreht hatte. Als sie sich endlich losgebunden hatte, drehte sie sich auf den Rücken und holte tief Luft. Dann verlor sie wieder das Bewusstsein.

Das Nächste, was die Heilerin wahrnahm, war strahlender Sonnenschein. Dann begriff sie, dass sie auf dem Rücken auf festgetretenem Sand lag. Sila öffnete die Augen, musste sie einen Moment vor der Sonne abschirmen. Die Welt leuchtete in einem wunderschönen Grün und sie fühlte sich sehr warm. Als sie versuchte, sich auf die Seite zu drehen, gehorchte ihr Körper ihr nicht, und so blieb sie lange Zeit einfach nur so auf dem Sand liegen und lauschte den Wellen, die an den Strand brandeten.

»Ich bin zu Hause«, sagte sie laut, als sie die Kraft hatte zu begreifen, was geschehen war. »Ich bin heimgekehrt ins Land der ewig Jungen.«

Sila schloss die Augen, atmete die süße Luft ein und sorgte sich nicht länger darum, dass ihre Kehle vor Durst so trocken wie Pergament war oder dass ihr ganzer Körper von Kopf bis Fuß schmerzte. Mit geschlossenen Augen lag die Druidin einfach nur zufrieden da und sog die Sonnenstrahlen in sich auf; eine ganze Zeit lang verschwendete sie keinen einzigen Gedanken daran, irgendetwas anderes zu tun. Schließlich erwachte jedoch ihre Neugier, und sie beschloss, erneut den Versuch zu machen aufzustehen.

Nur kraft ihres Willens gelang es Sila, diese Anstrengung

auf sich zu nehmen. Sie stützte ihren linken Arm im Sand auf und rollte sich auf die rechte Seite, öffnete dabei die Augen ein bisschen. Keine zehn Schritte von ihr entfernt befand sich etwas Großes, Dunkles mitten im Sand. Das Etwas nahm nur langsam Gestalt an, veränderte mehrmals das Aussehen, während Silas Blick sich langsam klärte. Zuerst dachte die Heilerin, es wäre ein kleiner Baum, der auf die Seite gefallen und neben sie gespült worden war. Sie erinnerte sich an die Ruderpinne, die sie über Wasser gehalten hatte, und sagte sich, dass sie es sein musste.

Dann verschwamm wieder alles vor ihren Augen, und das gestaltlose Etwas verwandelte sich in das Bild eines großen Hirschen mit verschlungenem Geweih. Kaum hatte Sila den Hirsch als solchen erkannt, wurde daraus ein riesiger, an den Strand gespülter Lachs, der mindestens fünfmal so groß war wie alle anderen Fische, die sie bisher gesehen hatte. Die Schuppen des Lachses glitzerten im Sonnenlicht, und dann bewegte sich der Fisch ohne jede Vorwarnung, drehte und reckte sich. Einige Augenblicke später setzte sich die Kreatur auf ihren Schwanz und verwandelte sich in ein großes Wesen, das die Umrisse eines Menschen hatte, wie Sila erkannte.

Der Fremde erhob sich und trat zu ihr; als er sie erreichte, bückte er sich und berührte ihre Stirn. Sila bemerkte sofort, dass seine dunklen Haare an der Stirn nach Art der Druiden rasiert waren. Er zog seinen blauen Umhang aus und breitete ihn über sie; einen Augenblick später glaubte die Heilerin, ihn zu erkennen. Sie blinzelte, um ihren Blick zu klären, doch noch immer sah sie das vertraute Gesicht ihres besten Freundes vor sich.

Freude darüber, ihn hier zu finden, stieg in ihr auf und füllte ihr Herz – hatte sie sich nicht von ihm getrennt, als sie sich auf diese Reise begeben hatte? Was konnte sie sich mehr wünschen, als im Land der Jugend für immer mit ihm zusammen zu sein?

»Gobann«, flüsterte sie. »Wie kommt es, dass du hier in Tir Nan Og bist und auf mich wartest?«

Die Gestalt streckte die Hand aus und strich ihr sanft die Haare aus dem Gesicht. »Mein Name ist Malchedoc, und dies ist das Land Strath-Clota im Westen Albas. Ich weiß nicht, was aus diesem Gobann geworden ist, von dem du sprichst, aber du bist jetzt in Sicherheit. Hab keine Furcht.«

Sila strengte all ihre Sinne an, um herauszufinden, ob das Gesicht des Mannes sich wieder verwandelt hatte, aber sosehr sie sich auch bemühte, gelang es ihr doch nicht, die Aufmerksamkeit aufrechtzuerhalten. Ihre Lider schlossen sich gegen ihren Willen, und sie schlief erneut ein, gab sich endlich der Erschöpfung hin.

III

Das Gesicht des Jungen war so weiß wie der erste Schnee – so bleich vor Entsetzen, als wäre er mitten zwischen die Feenwesen geraten, die sich auf der Jagd befanden und von der Anderswelt herbeigeritten waren, um die Seelen der Unachtsamen einzusammeln. Wäre er nicht so schnell gelaufen, wie er konnte, seine Familie hätte ihn vermutlich für sehr krank gehalten. Sein Vater war der Erste, der den Jungen bemerkte, den seine kurzen Beine in wahnsinnigem Tempo auf die kleine Siedlung zutrugen, in der sie lebten. Er brüllte aus vollem Hals und zitterte vor Furcht.

Der vom Meer kommende Wind blies zu kräftig, als dass die Worte des Jungen die Ohren des alten Mannes erreicht hätten. Der Junge versuchte, einen steilen Wall in der Nähe der Haupthütte zu erklimmen, aber er stellte sich dabei so ungestüm an, dass er den Halt verlor und wieder herunterrutschte. Auf halber Höhe der Böschung verfing er sich in einem Stück Fischernetz, das dort zum Flicken hing und sich um seine Beine wickelte und ihn daran hinderte, weiterzuklettern. In schierer Panik lehnte sich der Junge gegen den Rand des Grabens und schrie sich die Seele aus dem Leib.

Sein Vater, seine Mutter und die beiden Brüder rannten zu ihm, um herauszufinden, was in ihn gefahren war, denn er war gewöhnlich ein ruhiges, zurückhaltendes Kind. Als sie bei ihm ankamen, hieb er gerade wild mit dem Messer auf das kostbare Netz ein, in dem vergeblichen Versuch, sich zu befreien.

»Bist du verrückt, das gute Netz zu zerschneiden?«, brüllte sein Vater, der zutiefst entsetzt über die Zerstörung eines so wertvollen Gegenstands war.

»Was ist denn bloß in dich gefahren?«, fragte auch seine Mutter, während seine jüngeren Brüder sich zu ihren Füßen niederließen, um sein seltsames Verhalten besser beobachten zu können.

Der Junge blickte auf und sah seine Familie um sich herumstehen. Er sah die Wut im Gesicht seines Vaters und die Verwirrung in dem seiner Mutter. »Lauft!«, kreischte er. »Die Sachsen kommen!«

Ohne auch nur einen Augenblick zu zögern, griff seine Mutter nach den beiden jüngsten Kindern, riss sie hoch und rannte mit ihnen so schnell sie konnte zur Vorratsgrube. Sein Vater machte einen Satz über den Wall in den Graben hinunter und zog sein eigenes Messer, während er sich seinem Sohn näherte. »Beruhige dich, Fergus!«, befahl er.

»Ihre Boote sind unten in der Bucht!«, schrie der Junge, während sein Vater ihn von dem letzten Stück Netz befreite.

»Lauf zur Vorratsgrube und hilf deiner Mutter. Ich verlasse mich darauf, dass du sie beschützt.« Der Junge raste davon, um den Wall herum zu der Stelle, an der eine Grube in die Flanke des Erdhügels gegraben worden war. Sein Vater ging in der Hoffnung, einen Blick auf die Sachsen erhaschen zu können, auf den Pfad zu, den Fergus gekommen war – aber es war bereits zu spät. Ein Dutzend wild aussehender Männer mit Kampfeslust in den Augen tauchte plötzlich auf dem Pfad auf, langstielige Äxte in den Händen.

Ein paar von ihnen trugen kurze Bögen, und sie blieben stehen und schossen ein paar Pfeile ab, sobald sie den hilflosen alten Mann entdeckten. Fergus sah seinen Vater nicht sterben. Der fruchtlose Versuch des alten Mannes, seine Familie zu verteidigen, endete, noch bevor seine Frau überhaupt die Chance hatte, den Eingang zur Vorratsgrube wieder zu verbergen. Wenige Augenblicke später schwärmten die Sachsen über den kleinen Bauernhof.

Fergus und seine Mutter waren noch damit beschäftigt, den Eingang zur Grube zu tarnen – die beiden kleinen Kinder befanden sich bereits im Innern –, als sie sich plötzlich vier wilden Kriegern gegenübersahen. Die Fremden schwenkten wild und drohend ihre Schwerter, während sie sich langsam der Frau näherten, wobei sie die ganze Zeit ein tiefes, hässliches Lachen von sich gaben.

Die Fischersfrau begriff sofort, was sie mit ihr vorhatten. Sie schloss die Augen und warf den Kopf zurück, streckte ihnen ihre Kehle entgegen. Und dann heulte sie auf. Es war ein hoher, gellender Schrei, wie der eines wilden Tieres, das während der Jagd in die Enge getrieben wurde. Der Laut ging Fergus durch Mark und Bein, und vor Schreck wich er ein bisschen von seiner Mutter zurück. Er hatte sie nie zuvor ein solches Geräusch hervorbringen hören, und es ängstigte ihn sogar noch mehr als die Anwesenheit der Sachsen.

Doch auch wenn der Schrei eine solch verstörende Wirkung auf den Jungen hatte, schien er die Fremden kaum zu beeindrucken, abgesehen davon, dass sie zunächst einmal nicht näher kamen. Als Fergus' Mutter zu schreien aufhörte, trat sie ein paar Schritte vor, so dass sie nun zwischen den fremden Kriegern und ihrem Sohn stand; wie aus dem Nichts hatte sie plötzlich eine eiserne Hacke in der Hand. Mit einer geschmeidigen und erstaunlich kraftvollen Bewegung hob sie das Werkzeug hoch über den Kopf und ließ es auf den ihr am nächsten stehenden Krieger niedersausen, traf ihn voll im

Gesicht, so dass er mit aufgeschlitzter Wange rücklings zu Boden fiel.

Noch während sie zuschlug, wandte sie sich kurz ihrem Sohn zu. »Lauf!«, schrie sie.

Fergus wirbelte herum und raste auf die Bäume zu; er dachte nicht einen Moment lang daran, dass er bleiben sollte, um die übrige Familie zu beschützen, dass dies vielleicht der geeignete Zeitpunkt wäre, seiner Mutter den Gehorsam zu verweigern.

Er schoss über den kahlen Hügel, ohne sich umzudrehen, bis er den Waldrand erreicht hatte. Dort blieb er gerade so lange stehen, um Atem zu schöpfen. Dann hörte er seltsame, fremde Stimmen in der Nähe und sprang in den sicheren, dunklen Wald, wo er glaubte, seine Verfolger nur zu leicht abschütteln zu können. Er rannte in die Dunkelheit des Waldes, vergaß die vielen Warnungen seines Vaters, sich davon fern zu halten, und er vergaß auch die vielen Fleisch fressenden Ungeheuer, die dort hausen sollten.

Als die Bäume sich um ihn schlossen und er keinen Weg mehr vor sich erkennen konnte, setzte er sich inmitten der verrottenden Blätter ins Unterholz. Erschöpft rollte er sich zusammen und begann zu weinen, bis er schließlich erschöpft einschlief.

Und so fanden ihn auch die Sachsen.

Am unteren Ende der Hütte, wo die Pferde von Dun Righ eingestallt waren, ließ sich ein Bettler im Schlamm und Mist nieder. Seine langen, verfilzten Haare hingen im Dreck, aber das schien den Krüppel nicht zu stören. Er lehnte sich schwer auf seine Krücke, als er sich auf den Boden niederließ, und stützte sich mit einer Hand im Matsch ab, um die Last seines Körpers zu verringern. Sein Arm versank bis zum Handgelenk im übel riechenden Mist.

Er strengte sein Gehör an, um jede Einzelheit des Gesprächs mitzubekommen, das draußen im Hof geführt wurde. Drei Krieger unterhielten sich lebhaft über eine weiße Stute, die ihr Anführer einer Druidin als Entlohnung für eines ihrer Gedichte schenken wollte.

»Sie ist auch nur so ein Emporkömmling«, sagte einer von ihnen geringschätzig. »Ich habe schon viele Dichter wie sie kommen und gehen sehen. Er wird sie eine Zeit lang gut bezahlen, und dann wird sie diesen Ort hier leid sein und nach Dun Edin oder Londinium oder Dun Breteann gehen. Erinnert ihr euch an Finacre? Wie lang ist er hier geblieben?«

»Finacre hat keine jungen Frauen mehr gefunden, mit denen er noch hätte das Lager teilen können. Deshalb ist er fortgegangen«, entgegnete sein Kamerad. »Die hier kann aber nirgendwo anders hin. Niemand würde sie haben wollen. Sie mag ja vielleicht begabt sein, aber es heißt, dass sie zur Hälfte eine Sächsin ist.«

Der Bettler rückte näher zur Mauer, um kein einziges Wort zu verpassen. Die Unterhaltung war plötzlich sehr interessant geworden.

»Jetzt erzähl doch nicht solchen Unsinn!«, wandte der dritte Krieger plötzlich ein. »Ich bin noch nie einem Sachsen begegnet, der etwas von Musik oder der Dichtkunst verstanden hätte. Ihnen fehlt einfach die Begabung dafür.«

»Ich bin auch erst ein paar von diesen Wilden begegnet«, bemerkte der erste Krieger. »Aber ich erinnere mich, dass wir uns um andere Dinge kümmern mussten, wenn wir aufeinander gestoßen sind, so dass wir niemals wirklich dazu gekommen sind, die wesentlichen Punkte unserer Dichtkunst miteinander zu vergleichen.« Der dritte Krieger lachte und räumte ein, dass eigentlich keiner von ihnen wirklich viel über die Fremden wusste.

»Ich habe mal einen Druiden gekannt, der von den Sachsen

gefangen genommen worden war«, erklärte der Zweite jetzt, um der Unterhaltung wieder einen ernsteren Ton zu geben. »Er hat mir gesagt, dass sie vor allem auf ihre Kraft im Kampf stolz sind. Sie kämpfen unaufhörlich gegeneinander, um zu beweisen, wie mutig sie sind, selbst bei den Mahlzeiten. Dieser Druide hat mir außerdem gesagt, dass sie gewöhnlich auch ihre Waffen in die Halle mitnehmen, was natürlich häufig zu Todesfällen führt. Die Musik ist höchstens eine Ablenkung von den wirklich wichtigen Dingen wie ihrem prahlerischen Getue.«

»Ob sie nun zur Hälfte Sächsin ist oder nicht, sie gehört jedenfalls nicht zu unserem Volk«, meinte der erste Krieger. »Gibt es nicht genug gute Dichter in unserem Volk? Wieso verschwendet Cathal nur seine Zeit mit ihr?«

»Sie hat eine bestimmte Art, zu kriegen, was sie will«, meinte der zweite Krieger und blinzelte dem ersten zu.

»Vielleicht ist es mehr als nur ihr sächsisches Blut, was mich nervös macht. Vielleicht hat sie es auf das Amt des Anführers abgesehen«, brummte der Erste. »Auf jeden Fall hat Cathal seine Entscheidung getroffen, und dagegen können wir nichts tun. Ich gehe runter zum Schmied und hole den Harnisch. Kommt ihr mit?«

Die anderen beiden stimmten zu und die drei Krieger schritten den Pfad entlang, um sich um ihre Aufgaben zu kümmern.

Der Bettler wartete ein paar Augenblicke, dann versteckte er seinen Gehstock sorgfältig im Dach der Scheune, wo niemand ihn finden konnte. Er legte die schmutzigen Lumpen ab und stopfte sie zwischen die Bretter, griff dabei nach einem Bündel mit sauberen Kleidern. Ohne das kleinste Anzeichen des Gebrechens, für das er in dieser Festung bekannt war, schlüpfte er gewandt aus der Hütte in den Hof. Dort löste er rasch die Schlinge des Seils, mit dem die weiße Stute, die vermutlich der Druidin versprochen war, an einem Baum angebunden war. Nachdem er sich vergewissert hatte, dass niemand ihn beobachtete, ging er mit raschen Schritten auf einen Abschnitt der Mauer zu, an dem nach allem, was er wusste, die Wachen nicht übermäßig wachsam sein würden.

Der Dieb kam an eine Stelle, wo ein paar Dutzend Bäume eng beieinander standen und all jenen Deckung boten, die versuchten, die Verteidigungsanlagen zu überwinden, ohne dabei bemerkt zu werden. Er führte das Pferd in das kleine Wäldchen, suchte nach dem Pfad, während er langsam durch das Unterholz schritt. Er war schon beinahe an den Wachen vorbei, die um einen Baumstumpf herumsaßen und in eine Partie Brandubh vertieft waren, als das weiße Pferd plötzlich wieherte.

Aber keiner der Krieger machte sich die Mühe, den Blick von dem Spiel zu heben und herauszufinden, was los war. Sie gingen nicht davon aus, dass jemand es wagen würde, auf diesem Weg in die Festung einzudringen, ganz zu schweigen davon, dass jemand versuchen könnte, mit der weißen Stute des Anführers zu fliehen.

Sie spielten einfach weiter und vergaßen die kleine Störung schon bald wieder. Der Dieb wartete auf der anderen Seite der Bäume, bis er sicher war, dass ihm niemand folgte. Dann schwang er sich gekonnt auf den ungesattelten Rücken der Stute und ritt über die sanften Hügel Richtung Nordwesten davon.

Eine einsame Gestalt in einem langen dunkelblauen Umhang ähnlich denen, die die Druiden auf Reisen trugen, stand auf der Kuppe des steilen Hügels und beobachtete jede Bewegung unten auf der Straße. Die Gestalt hatte sich den Umhang eng um den Körper gewickelt und die Falten des Stoffes verhüllten alles; es gab nicht den geringsten Hinweis auf ihr Geschlecht oder ihren Status, ja noch nicht einmal auf ihr Alter.

Der Nachmittag war bereits in den frühen Abend übergegangen und die Vögel eilten für die Nacht zu ihren Nestern zurück. Noch immer harrte die Gestalt auf dem Hügel aus; manchmal saß sie, manchmal stand sie, doch immerzu wartete sie reglos.

Und dann, als der Abendstern gerade sein flackerndes, silbriges Licht zeigte, erhob sie sich abrupt, beschattete die Augen mit den Händen, um sie vor dem Glanz der am westlichen Horizont untergehenden Sonne abzuschirmen. In der Ferne war Bewegung auf der Straße zu sehen. Eine Gruppe von Reitern mit Wagen und Kriegern näherte sich mühselig von Süden her der Festung Dun Righ. Kaum hatte die Gestalt das gesehen, da stürzte sie sich auch schon Hals über Kopf den Hügel hinunter zu der Stelle, wo die Straße sich um ein paar flache Hänge herumschlängelte.

Unten angekommen erkannte die Gestalt, dass noch viel Zeit war, ehe die Reiter diese Stelle erreichen würden. Sie warf einen kurzen Blick über die Schulter in Richtung der Festung und stellte sich dann mit verschränkten Armen mitten auf den Weg, um erneut zu warten.

Da sich der Versorgungstross nicht schneller bewegen konnte als der langsamste seiner Wagen, dauerte es eine ganze Weile, ehe die ersten Reiter um die Ecke bogen und ins Blickfeld der wartenden Gestalt gerieten. Diese hingegen – die vordersten Kundschafter – bemerkten die Gestalt erst, als sie bereits beinahe die Stelle erreicht hatten, wo sie auf der Straße stand. Sofort ritt ein jüngerer Kundschafter zurück zur Kolonne, um seinem Herrn Bescheid zu geben, während die beiden älteren abstiegen, wobei sie sorgsam darauf achteten, der seltsamen Gestalt nicht zu nahe zu kommen. In diesen gefährlichen Zeiten, da jederzeit und ohne Vorwarnung Sachsen über arglose Reisende herfallen konnten, war es weise, die üblichen Vorsichtsmaßnahmen strikt einzuhalten – besonders, wenn es fast dunkel war.

Die länger werdenden Schatten minderten den Argwohn der beiden Veteranen nicht, und die Tatsache, dass die Gestalt sich ihnen nicht näherte, war für sie fast schon ein eindeutiges Zeichen, dass es Probleme geben würde.

Es dauerte etwas, ehe der Kundschafter mit drei anderen Reitern zurückkehrte, die allesamt ihrer Kleidung nach wohlhabende Krieger waren. Der Erste ritt auf einem weißen Hengst und ihm erwiesen die Kundschafter ihren Gruß. Der zweite Reiter trug einen Umhang in Blau, ganz ähnlich dem der fremden Gestalt auf der Straße. Auch dieses Kleidungsstück verbarg die Identität der Person, die es trug. Der dritte Reiter trug einen sehr langen, flatternden scharlachroten Umhang.

Die Veteranen erstatteten ihrem Herrn Bericht, dann stiegen sie wieder auf ihre Pferde und reihten sich hinter ihm ein, während die übrigen Kundschafter herbeikamen und bestätigten, dass keine weiteren Fremden in der Nähe waren.

Der Herr beriet sich mit den beiden Reitern, mit denen er gekommen war, und als sie sich einig waren, dass dies vermutlich keine Falle war, ritten sie weiter, um die fremde Gestalt herauszufordern. Zehn Bogenschützen liefen zu Fuß hinter ihnen her; sie blieben nah genug, um ihre Pfeile verschießen zu können, sollte sich herausstellen, dass ihr Herr die Situation falsch beurteilt hatte.

Die drei Reiter brachten ihre Pferde etwa fünfzehn Schritt von der verhüllten Gestalt entfernt zum Stehen und warteten auf ein Zeichen von ihr.

Es kam keins.

Der Krieger auf dem weißen Hengst ließ ungeduldig sein Pferd sich einmal im Kreis drehen, um eine Reaktion von der

Gestalt zu erzwingen. Als wiederum nichts geschah, murmelte er vor Enttäuschung in sich hinein und löste sich von seinen Kameraden, um noch ein paar Schritte weiterzureiten.

»Wer bist du?«, fragte er im Tonfall eines Mannes, der gewohnt war, Befehle zu geben, die dann auch befolgt wurden.

»Wer bist du?«, gab eine alte Stimme halb spöttisch, halb ernst zurück.

»Ich bin Murrough, der König von Munster, und in Angelegenheiten des Hochkönigs unterwegs«, kam die rasche Antwort.

»Du bist auf der falschen Seite der Irischen See, Murrough, König von Munster. Die Angelegenheiten des Hochkönigs von Eirinn sind für mein Volk eigentlich nicht von Interesse.« Dann brach die Gestalt in Gelächter aus; es war das nachsichtige Lachen einer alten Frau. »Geh nach Hause und nimm deine Krieger mit. Wir haben hier genug Krieg gesehen, dass es für hundert Generationen reicht.«

Murrough erinnerte sich an die alte Danaan, die seine Frau so lange gequält hatte, und es kam ihm kurz in den Sinn, dass die Gestalt hier vor ihm auf dem Weg eine von diesen Kreaturen sein könnte. Klang ihre Stimme nicht so ähnlich wie die der alten Hexe, die als Cailleach bekannt und deren Zuhause die Anderswelt war?

Der König strich sich die langen roten Haarsträhnen aus dem Gesicht und schob die Kapuze seines Reiseumhangs zurück. »Leoghaire von Eirinn hat mich und meine Krieger geschickt, um die Sachsen aus Dal Araidhe zu vertreiben. Die Männer und Frauen in meiner Gruppe wollen deinem Volk keinen Schaden zufügen.«

»Es ist eine seltsame Weisheit, derzufolge Krieger geschickt werden, um den Frieden zu bringen«, antwortete die Gestalt scharf und höhnisch. »Und wie glaubst du, werden die Sachsen reagieren, wenn sie dein tapferes, kleines Heer sehen?

Werden sie einfach die Hände hochreißen und sagen ›O je, da kommt Murrough, der kühne König von Munster. Glaubt ihr nicht, es wäre an der Zeit, dass wir nach Hause ins Land der Centi zurückkehren? Ich möchte nicht mit ihm und seinen Leuten kämpfen müssen. Das mit dem Plündern und Töten und Brandschatzen und Vergewaltigen tut mir Leid. Ich hoffe, wir haben euch nicht zu sehr belästigt. Wir gehen jetzt. Und grüßt Leoghaire schön von uns.‹«

Plötzlich wurde der Tonfall der fremden Gestalt äußerst bitter. »Ich möchte wirklich nicht zu kritisch erscheinen, König Murrough, aber nur für den Fall, dass es dir noch nicht in den Sinn gekommen ist – es gibt da das eine oder andere Problem in deinem großartigen Plan.«

Murrough rutschte unangenehm berührt in seinem Sattel hin und her. Es beunruhigte ihn, dass diese Fremde so geradeheraus mit ihm sprach. Die Stammesleute von Dal Araidhe waren für ihr unverblümtes Verhalten bekannt, das von anderen gälischen Stämmen oft als beleidigend oder arrogant empfunden wurde; doch er war sich noch nicht einmal sicher, ob sie wirklich eine Dal Araidhanerin war, oder aber eine der unruhestiftenden Danaan, die gekommen war, um Unheil über ihn und seine Krieger zu bringen.

Wenn sie sich irgendwo in den fünf Königreichen von Eirinn befunden hätten, wäre Murrough – hitzköpfig, wie er war – vermutlich vom Pferd gesprungen und mit dieser Kreatur handgemein geworden. Aber er war jetzt in Dal Araidhe, wo der Name des Hochkönigs kaum jemanden beeindruckte und die Bräuche des gewöhnlichen Volkes nicht so höflich waren wie die am Hof von Teamhair.

»Ich bin als Botschafter von Leoghaire von Eirinn hier und habe andere Pflichten«, teilte der König der fremden Alten mit. »Ich bin geschickt worden, um mir das Ausmaß der Verwüstungen anzusehen, die die Sachsen in diesem Land angerichtet haben, und um zu herauszufinden, wie verhindert werden kann, dass diese Wilden sich auch in andere Gebiete ausbreiten.« Er erwähnte die zwei jungen Druiden nicht, die sich in seiner Gefolgschaft befanden und unter seinem Schutz standen. Diese Information war nicht für die Ohren von Fremden bestimmt.

»Du meinst«, krächzte die Alte, »dass du den Auftrag hast, dafür zu sorgen, dass die Sachsen davon abgehalten werden, in Eirinn zu landen ... wenn das überhaupt möglich ist. Seien wir ehrlich miteinander. Es ist lange her, dass der Hochkönig ein wohlwollendes Interesse an den Problemen und Prüfungen des Volkes von Dal Araidhe gehabt hat.«

»Wir waren zur Genüge mit unseren eigenen Kriegen und Streitereien beschäftigt«, antwortete Murrough rasch. »Seit der gescheiterten Rebellion des alten Königs Dichu von Laigin vor zehn Wintern hat es unaufhörlich Konflikte in den fünf Königreichen von Eirinn gegeben.«

»Es ist gut, dass Dichu sein ehrgeiziges Ziel, sich als Hochkönig auf Leoghaires Thron zu setzen, nicht erreicht hat«, meinte die Fremde. »Denn Dichu von Laigin war ein schwacher Mann, der sich nur zu leicht von üblen Beratern beeinflussen ließ.«

»Und der Mann, der nach ihm Herrscher von Laigin wurde, ist nicht viel besser«, fügte der König hinzu. »Enda Censelach ist noch gefährlicher als Dichu, weil er zumindest über ein gewisses Maß an Weisheit verfügt.«

»Höre ich da widerwilligen Respekt einem Rivalen gegenüber in deinen Worten?«, rief die Fremde aus. »An dieser Geschichte ist mehr, als es auf den ersten Blick den Anschein hat.«

Murrough biss sich auf die Lippen; er hatte bereits zu viel verraten. Er verspürte nicht den Wunsch, auch noch den anderen Grund des Hochkönigs preiszugeben, aus dem dieser ihn nach Dal Araidhe geschickt hatte – denn der bestand darin, einen offenen Konflikt zwischen ihm und Censelach von Laigin zu vermeiden. Der König von Munster hustete und wechselte das Thema.

»Du hast mir weder deinen Namen noch den deines Stammes genannt«, meinte Murrough hochmütig; er war entschlossen, jetzt seinerseits etwas von der Frau zu erfahren.

»Du sprichst die Wahrheit.«

»Wie lautet dein Name?«, fragte Murrough, der dieses Spiels sichtlich überdrüssig wurde, beharrlich nach.

»Danke, dass du fragst. Ich werde Ia von den Cruitne genannt, bin Druidin und Richterin. Ich bin die jüngste Tochter von Ronan, dem Anführer meines Volkes.«

»Die jüngste Tochter!«, rief Murrough aus; er war sichtlich überrascht, dass die Stimme, die er gerade gehört hatte, die einer jungen Frau war. »Ein Druidentrick«, murmelte er leise vor sich hin.

»Nicht so sehr ein Trick als vielmehr eine Möglichkeit, herauszufinden, wer du bist, ohne dir zu viel über mich zu verraten«, bemerkte die Frau trocken, während sie forsch auf den König zuschritt. »Und das ist nur vernünftig in diesen Zeiten. Ich hoffe, du vergibst mir.«

Murrough zog sich zu den anderen beiden Reitern zurück. Als die Frau sich ihnen näherte, schob sie die Kapuze in den Nacken und enthüllte lange, goldene Locken, die auf komplizierte Weise geflochten waren, damit die Haare nicht vom Wind in ihre Augen geweht wurden. Als sie schließlich den Blick hob, um seinem zu begegnen, schnappte Murrough angesichts ihrer Schönheit nach Luft. Er hatte erwartet, eine alte Hexe vor sich zu sehen, aber sie war jünger als jeder Druide und jede Druidin, die er – abgesehen von den beiden Wanderern Sianan und Mawn – jemals gesehen hatte.

»Ich bin zwanzig Sommer auf dieser Erde«, erklärte Ia,

als hätte sie seine Gedanken gehört. Ihre hellblauen Augen strahlten in der Dämmerung. »In Dal Araidhe und bei den Cruitne ist es üblich, dass auch schon Jüngere den Pfad der Druiden beschreiten.« Ia streckte die Hand aus und strich über die Flanke von Murroughs Pferd. »Was für ein schönes weißes Schlachtross du reitest«, bemerkte sie. Mit blitzenden Augen warf sie dem König einen aufreizenden Blick zu. »Hast du auch eine schöne Frau, die zu dir passt, König Murrough?«, fügte sie unverblümt hinzu.

»Er ist ein gut verheirateter Mann«, meldete sich eine Frauenstimme kurz und bündig zu Wort. Der blau gekleidete Reiter ließ sein Pferd vortreten und schob die Kapuze ebenfalls zurück, enthüllte eine wahre Mähne aus zerzausten rotbraunen Haaren. »Ich bin Caitlin Ni Uaine, Königin von Munster, Druidenberaterin des Hochkönigs und Ehefrau von Murrough von Eoghanacht.«

Einen angespannten Augenblick lang betrachteten die beiden Frauen einander in der zunehmenden Dunkelheit mit abschätzenden Blicken; dann warf die jüngere Druidin überraschend den Kopf zurück und lachte mit heller, mädchenhafter Stimme.

»Willkommen! Cathal von Dal Araidhe schickt mich, um euch nach Dun Righ, der Festung der alten Könige zu führen. Ihr seid fünfhundert Schritt von ihr entfernt. Schon bald werdet ihr in der Halle des Anführers sitzen, dem ich diene.«

Ia drehte sich abrupt um und begann, die Straße entlangzuschreiten, wobei sie überaus zuversichtlich wirkte. Sie war schon zwanzig Schritte gegangen, als ihr klar wurde, dass der König und seine Reisegefährten noch immer an Ort und Stelle standen und mit offenen Mündern ungläubig hinter ihr herstarrten.

»Kommt schon«, rief sie ihnen zu. »Es wäre eine schreckliche Schande, wenn die Sachsen euch so nah vor Dun Righ noch erwischen würden. Sie könnten denken, dass ihr irgendeine Gefahr für sie darstellt, und wer weiß schon, was sie dann tun?« Ohne ein weiteres Wort, aber offensichtlich zufrieden mit sich, drehte Ia sich wieder um und schritt forsch auf Dun Righ zu.

Murrough starrte noch ein paar Augenblicke hinter ihr her, bis er den strengen Blick seiner Frau auf sich ruhen spürte. Er hüstelte, um diese Peinlichkeit zu vertuschen, rief dann einen Kundschafter zu sich und befahl ihm, die Kolonne weiter die Straße entlang auf ihr Ziel zumarschieren zu lassen.

Dann ritt er an der Marschkolonne entlang, um nachzusehen, ob alles in Ordnung war, wobei er den Blicken der Königin geflissentlich auswich.

IV

Während Murrough und Caitlin mit Ia, der Obersten Druidin von Dun Righ verhandelten, stiegen im hinteren Teil der Kolonne zwei Männer von ihren Pferden. Nachdem sie die Tiere hinten am Wagen festgebunden hatten, ging der Jüngere los, um eine Schüssel Wasser zu holen, während der andere, der in die schwarzen Gewänder eines christlichen Mönchs gekleidet war, in einem Beutel herumwühlte, der von seinem Sattel hing. Schließlich fand er, was er suchte, und zog ein großes Stück flaches braunes Haferbrot hervor.

Rasch ging er zu dem letzten Wagen in der Gruppe. Dort befand sich ein schmutziger Mann in zerfetzten Lumpen, die einmal die schwarzen Gewänder eines Priesters gewesen waren; er war mit einem langen Seil am Wagen festgebunden. Der elende, zerzauste Mann saß vor Erschöpfung vornübergebeugt mitten auf der Straße im Dreck; die Hände waren ihm auf die Brust gefesselt, um dafür zu sorgen, dass er nicht fliehen konnte.

Als sich der Mönch mit dem kleinen Stück Brot näherte, hob der Gefangene den Kopf. Sein Gesicht war mit einer Ledermaske bedeckt, die es ihm unmöglich machte, den Mund zu öffnen. Er konnte nur durch eigens zu diesem Zweck in die Maske geschnittene Löcher atmen und etwas sehen.

Der Mönch, der etwas kleiner als der Gefangene war, beschloss zu warten, bis sein Kamerad mit dem Wasser eingetroffen war, bevor er es riskierte, dem Gefangenen die Fesseln abzunehmen. Wie immer empfand er Bedauern für den armen Mann. Er wünschte sich oft, dass es in seiner Macht stünde, den Gefangenen von dieser schrecklichen Strafe zu erlösen.

»Ich habe das Wasser, Deklan«, rief der jüngere Mann, während er näher kam. »Wie geht es Seginus?«

»Er lebt. In Anbetracht der Tatsache, was er alles durchgemacht hat, hat er es bemerkenswert gut überstanden«, antwortete der Mönch.

Der junge Mann hatte seinen langen Umhang zurückgeschlagen, um die große Holzschüssel mit Wasser besser tragen zu können. Vorsichtig stellte er sie ein paar Schritte vom Gefangenen entfernt auf den Boden. Als seine Hände frei waren, nahm er den Umhang ganz ab und warf ihn in den hinteren Teil des Wagens.

»Soll ich einen Soldaten holen?«, fragte der jüngere Mann.

»Nein, Mawn, lass sie in Ruhe. Ich werde ihm die Handfesseln nicht abnehmen, sondern nur die Maske über dem Mund etwas lockern, damit er ein bisschen Wasser trinken kann.«

Derjenige, der Mawn genannt wurde, zuckte die Schultern, um anzudeuten, dass er bereits das für ein zu großes Risiko hielt. Er hatte noch nie verstehen können, wie Deklan so viel Mitleid für jemanden empfinden konnte, der so viele abscheuliche Verbrechen begangen hatte und nicht das geringste Anzeichen von Reue für seine Übeltaten zeigte. Mawn selbst fand es schwer, den Gefangenen anzusehen, ohne Ekel zu empfinden, denn dieser Gefangene, ein römischer christlicher Priester, war verantwortlich für unzählige schreckliche Verbrechen, die nach der Schlacht von Rathowen begangen worden waren. So viele Menschen hatten unter den Taten dieses Mannes gelitten, dass Mawn häufig das Gefühl hatte, sein eigener, persönlicher Groll gegenüber Seginus zählte nur wenig. Und doch würde er nie den Augenblick vergessen, da er zum ersten Mal den Namen Seginus Gallus gehört hatte.

»Er hat sich hier am Bein eine schwere Schnittwunde zugezogen«, bemerkte Deklan. »Vermutlich, als er von dem Wagen mitgeschleift wurde. Geh und hol Isernus, und sage ihm, er soll eine Flasche von Origens heilendem Elixier mitbringen.«

Mawn nickte erneut, rührte sich zunächst aber nicht von der Stelle; er ließ Deklan nur höchst ungern allein in der Gesellschaft dieses unberechenbaren Priesters zurück. Es dauerte einige Augenblicke, bis der Mönch begriff, dass sein junger Freund noch immer neben ihm stand und wartete. »Geh jetzt. Ich kann selbst auf mich aufpassen. Man wird nicht Abt eines Klosters wie Sankt Ninian, wenn man nicht weiß, wie man sich behauptet. Er wird mir nichts tun.«

»Sei vorsichtig.«

»Sei nicht dumm«, erwiderte der Abt beschwichtigend. »Er wird es nicht wagen, die Hand gegen seinen geistigen Beschützer und Wächter zu erheben. Außerdem wacht Gott über mich.«

»Und ich habe das Gefühl, dass selbst dein Gott davor zurückschrecken würde, sich mit ihm abzugeben, sofern er nicht sicher sein kann, dass er ordentlich gefesselt ist.« Mit diesen Worten packte Mawn seinen Umhang und machte sich auf die Suche nach Isernus, dem Hilfsabt von Sankt Ninian und Deklans engstem Freund.

Obwohl der Abt sein Vertrauen in die schützende Kraft seines Gottes kundgetan hatte, näherte er sich dem Gefangenen nur vorsichtig; und erst, als er sicher war, dass Seginus sich in einem verhältnismäßig ruhigen Geisteszustand befand, streckte er die Hand aus und berührte ihn. Der Gefangene rührte sich nicht und zeigte keinerlei Einwände, und so begann Deklan geduldig, mit einem sauberen Stoffstreifen die Blutung an dem verletzten Knie des Mannes zu stillen.

Nachdem der Abt sich vergewissert hatte, dass Mawn außer Hörweite war, hielt er in seiner Arbeit inne und wandte sich direkt an den Gefangenen. »Du bist selbst schuld, mein Sohn. Ich habe Caitlin gebeten, dir gegenüber Gnade walten zu lassen, aber du hast deine Fesseln einmal zu oft gesprengt und damit jedes Vertrauen verloren, das wir dir entgegengebracht hatten.« Der Gefangene tat so, als würde er gar nicht zuhören, wandte den Kopf ab, so dass er Deklan nicht ins Gesicht sehen musste. Der Mönch goss etwas Wasser von der Schüssel auf das Tuch und drückte es dann über der Wunde aus. Seginus warf den Kopf in den Nacken und zuckte zusammen, aber er gab keinen Laut von sich.

»Wir werden bald nach Dun Righ kommen, wo wir uns ausruhen werden, ehe wir nach Sankt Ninian weiterreisen«, fuhr Deklan fort. »Wenn du mir dein Wort gibst, dass du dich so würdevoll verhältst, wie es deinem Rang als Priester der Heiligen Mutter Kirche entspricht, sorge ich dafür, dass du von deinen Fesseln befreit und fürsorglicher behandelt wirst.«

Der Gefangene sagte noch immer nichts; er verhielt sich so, als hätten Deklans Worte für ihn ebenso wenig Bedeutung wie das Summen eines Insekts.

»Ich muss zugeben, dass ich mich einmal für einen geduldigen Mann gehalten habe«, platzte der Abt heraus, »aber seit kurzem stelle ich fest, dass dein Verhalten selbst mich allmählich zu erzürnen beginnt.«

Schließlich reagierte der Gefangene doch noch, indem er den Kopf drehte und den Blick direkt auf den Mönch richtete. Hinter der Maske brodelte ein Hass, der sich jederzeit in einer Explosion entladen konnte. Deklan hatte den Eindruck, dass lediglich die Ledermaske die Wut des Mannes im Zaum hielt.

»Du kannst nicht ewig so weitermachen, Seginus Gallus«, seufzte Deklan, während er sich wieder dem verletzten Bein widmete. »Eines Tages wirst du dich all dem stellen müssen, was du getan hast, und du wirst anfangen müssen, dich zu bessern. Ich kann nur beten und hoffen, dass du die Möglichkeit dazu hast, bevor du den Herrn unseren Gott im Himmel triffst.«

Der Gefangene riss plötzlich die Augen vor Entsetzen weit auf, und Deklan hatte den Eindruck, als hätte seine Erwähnung des Gerichts Gottes die unerwartete Reaktion herbeigeführt. Der Abt merkte sich das, und auf eine merkwürdige Weise war er froh, dass es da doch noch etwas gab, das Seginus Angst machte.

»Jetzt werde ich dir die Maske abnehmen, um dich zu füttern«, verkündete der Mönch. »Wenn ich dir glauben soll, dass du dich in Zukunft besser benehmen wirst, solltest du dich jetzt zivilisiert verhalten. Ich werde deine Hilfe in den kommenden Monaten benötigen, wenn wir die Aufgabe beenden wollen, für die Gott uns in dieses Land geschickt hat.«

Und damit griff Deklan dem Gefangenen in den Nacken und löste die Riemen. Kurz darauf hatte er die Lederlaschen entfernt und die Maske abgenommen. Seginus atmete vor Erleichterung tief aus und öffnete den Mund, um die Gesichtsmuskeln zu dehnen. »Ich danke Gott!«, rief er. Der Abt warf die Maske in den Wagen und griff nach der Schüssel mit dem Wasser.

»Leg mir dieses Ding nicht wieder an«, wandte Seginus sich an den Abt. »Ich werde mich gerne damit abfinden, dass ich hinten an den Wagen gebunden werde, aber ich bitte dich, zeige etwas Gnade und stecke meinen Kopf nicht wieder hinter diese Maske. Sie macht mich wahnsinnig.«

Deklan kniete neben Seginus nieder und hielt ihm die Wasserschüssel an die Lippen. »Im Augenblick kann ich nichts für dich tun, was das betrifft. Du wirst Königin Caitlin zeigen müssen, dass du zu einem bestimmten Maß an Reue fähig bist.«

»Was kann ich denn noch zu ihr sagen? Was kann ich denn noch tun?« Seginus spuckte aus, schob die Schüssel mit dem Gesicht weg. »Wie kann ich sie überzeugen, dass ich aufrichtig bereue?«

»Es wird mehr nötig sein als nur Worte und Versprechen, Seginus. Worte kann man auf vielfältige Weise deuten und Versprechen können leicht vergessen oder gebrochen werden.«

»Ich habe den Wunsch, ständig zu Gott um Vergebung zu beten«, log Seginus. »Wirst du mir die Gelegenheit dazu geben? Wie kann ich beten, wenn mein Kiefer zusammengebunden ist wie bei einer Leiche?«

»Solange wir Sankt Ninian nicht erreicht haben, kann ich überhaupt nichts tun. Erst dann stehst du unter meiner Obhut. Im Augenblick bist du Königin Caitlins Gefangener und solltest dem Herrn danken, dass sie dich am Leben gelassen hat, nach allem, was du getan hast. Die Verbrechen, die du begangen hast, würden einen skythischen Söldner vor Scham erröten lassen, und dein letzter Fluchtversuch war sowohl dumm als auch nutzlos. Diese Leute sind keine Christen, Seginus. Sie werden dir deine Verbrechen nicht vergeben, nur weil du ein bestimmtes Maß an Bußfertigkeit beteuerst. Erst wenn du die Strafe verbüßt hast, die dir auferlegt wurde, und deine Schuld ihnen gegenüber gesühnt hast, werden sie anfangen zu glauben, dass du ein anderer Mensch geworden bist.«

»Ich bin ein Priester der Heiligen Römischen Kirche!«, spuckte Seginus. »Kein König der Erde hat das Recht, mir eine Strafe aufzuerlegen.«

»In Eirinn ist Leoghaire der Herrscher, und er hat gemeinsam mit Bischof Patricius, einem Repräsentanten der Kirche, den du nur zu gut kennst, beschlossen, dass du in meiner Obhut bleiben wirst, sobald wir Sankt Ninian erreicht haben. Wenn Caitlin dich mir übergibt, werde ich dein Häscher, dein

Richter, und wenn nötig auch dein Gefängniswärter sein. Ich habe zwar vielleicht im Gegensatz zu dir keine Erfahrung als Krieger, aber ich kann sehr stark gegenüber jenen sein, die glauben, sie könnten mich manipulieren. Leiste deine Buße ab wie der demütige Diener Christi, der du sein solltest, und vielleicht wird der Herr dann gnädig mit dir sein. Und mache keinen Fehler, Bruder Seginus, denn nur Gott kann dir jene Gnade gewähren, die wirklich von Bedeutung ist.«

Seginus erkannte, dass sein Bitten und Betteln zu nichts führen würde, und so tat er das, was er in solchen Situationen am besten konnte: Er wechselte den Kurs.

»Wenn du mir schon die Qual der Maske nicht ersparen kannst, dann lass mich wenigstens für den Rest der Reise auf dem Wagen sitzen. Die Königin muss es ja nicht erfahren, dass du mir diese kleine Bitte erfüllt hast.«

Deklan wäre angesichts des schlimmen Zustands von Seginus' Bein beinahe schwach geworden und hätte ihm fast nachgegeben; dann begriff er jedoch, dass er damit einen Grenzfall schaffen würde, der ihm in Zukunft Schwierigkeiten bereiten könnte.

»Aber ich werde wissen, dass ich Caitlin und Leoghaire gegenüber mein Wort gebrochen habe«, bemerkte Deklan. »Und ich werde wissen, dass ich Bischof Patricius' Vertrauen in mich missbraucht habe.«

»Aber ich bin so müde. Meine Beine sind so lahm davon, mit dem Wagen Schritt zu halten.«

»Du solltest dich glücklich schätzen«, antwortete der Abt und versuchte so zu klingen, als berührte ihn die Bitte nicht im Mindesten. »Müde Beine sind besser als ein müder Geist. Wenn die Beine müde sind, so dauert das meist nur ein oder zwei Stunden, doch wenn der Geist müde ist, währt das ewig.«

»Ich weiß genau, was du meinst, wenn du von geistiger

Ermüdung sprichst, Bruder«, seufzte der Priester. »Es ist eine Bürde, die du nicht allein trägst.«

»Du verstehst das, ja?«, fragte Deklan skeptisch. »Halt jetzt den Mund und iss.« Der Abt stopfte Seginus ein Stück Brot in den Mund, um dafür zu sorgen, dass er eine Zeit lang still war. »Ich lasse mich nicht so leicht von dir zum Narren halten, wie das offensichtlich bei manchen anderen der Fall war. Vergiss nicht, Bruder Seginus Gallus, dass ich dich von deiner schlechtesten Seite gesehen habe. Und erinnere dich daran, dass du vor zehn Jahren versprochen hast, mich zu töten, als ich mich geweigert habe, auf der Seite dieses lasterhaften Palladius in seiner unglückseligen Rebellion gegen den Hochkönig von Eirinn zu kämpfen. Ich werde nie wirklich zur Ruhe kommen, so lange diese Drohung über mir schwebt, und ich kann mir nicht sicher sein, dass du deine Verbrechen wirklich bereust.«

In dem Augenblick, da Mawn mit Isernus zurückkehrte, spuckte Seginus das Brot, auf dem er herumgekaut hatte, Deklan mitten ins Gesicht.

»Weshalb verschwendest du nur so viel kostbare Energie an ihn?«, rief Mawn angeekelt; er holte Deklan ein frisches Tuch vom Wagen. »Er wird sich nie ändern.«

»Deklan hat eine große Gabe, Mawn«, schaltete Isernus sich ein. »Er hat die gottgegebene Fähigkeit, sogar die Schlimmsten von uns zu lieben. Er ist ein Heiliger.« Isernus sprach aus eigener Erfahrung.

»Sei bitte still, Bruder«, protestierte Deklan. »Ich möchte nicht, dass du so über mich sprichst. Ich bin nichts dergleichen. Ich bin nur ein gewöhnlicher Bruder Christi, der in außergewöhnliche Situationen geraten ist. Das ist Gottes Werk, nicht meins. Wenn es etwas Besonderes an mir gibt, dann die Tatsache, dass Gott auf mich herabgelächelt und mir eine schwierige Aufgabe gegeben hat.«

Seginus begann zu lachen, während er die beiden Männer ansah. »Ein Heiliger soll er sein?«, gluckste er wie ein Irrer. »Der Heilige Deklan von Ardmor. Das ist wirklich ein Witz. Warte, bis ich Linus davon erzähle.«

Der Abt runzelte die Stirn. »Sieh nur, was du getan hast! Du hast ihn wieder dazu gebracht, von seinem Bruder zu faseln.«

Isernus neigte beschämt den Kopf. In all den Jahren, die er mit dem Abt zusammenarbeitete, hatte Deklan ihn nur selten getadelt. Er war vermutlich genauso beunruhigt wie Isernus, dass der Gefangene Linus erwähnt hatte, als wäre er noch am Leben.

Der jüngere Mönch schritt zu Seginus und blickte auf ihn hinab. »Linus ist vor zehn Jahren gestorben«, erinnerte er den Priester. »Erinnerst du dich nicht?«

Seginus starrte mit wildem Blick zurück. »O ja«, flüsterte er. »Ich erinnere mich noch sehr gut. Und ich kenne den Mann, der ihn getötet hat.«

Isernus war über diese Bemerkung so entsetzt, dass er beinahe die schöne grüne Glasflasche fallen gelassen hätte, die er in der rechten Hand hielt.

Deklan blickte seinen Gehilfen mitleidig an. »Lass dich von ihm nicht beunruhigen, Isernus. Er kann unmöglich die ganze Geschichte kennen.«

»Aber ja doch«, trällerte Seginus. »Ich weiß, dass du ihn umgebracht hast, Bruder Isernus. Du bist es gewesen. Linus hat es mir gesagt.«

Plötzlich machte Deklan einen Satz nach vorn und versetzte dem Priester einen heftigen Schlag mit der Rückhand. »Halt den Mund, du widerliche Kreatur! Benimm dich, oder du wirst wieder in Fesseln gelegt.«

Mawn stand da und schüttelte den Kopf über das, was er da sah. »Wieso verschwendest du nur so viel kostbare Zeit?«, fragte er wieder.

»Ist dies die Flasche, die du wolltest?«, versuchte Isernus vom Thema abzulenken. Er nahm den Lederkorken ab und schnüffelte an der Flüssigkeit. Der Geruch war streng und Isernus zuckte etwas zurück. »Ich glaube, dies ist die Flüssigkeit, die man sowohl einnehmen als auch in Wunden reiben kann. Aber genau weiß ich es nicht, da ich die Beschriftung nicht lesen kann. Sie ist in Griechisch«, gestand der Mönch.

Mawn trat vor und nahm die Flasche in die Hand. Er blinzelte, während er das Papier musterte, das an der Flasche befestigt war. Dann las er die Worte laut auf Griechisch, übersetzte sie anschließend in die gälische Sprache. »›Gereinigter Gerstengeist. Nicht mehr als einen Becher einnehmen, wenn der Patient geschwächt ist. Von Patienten fern halten, die unter Bauchschmerzen oder Verunreinigung des Blutes leiden.‹«

»Wo hat ein junger gälischer Druide bloß Griechisch gelernt?«, rief Deklan aufrichtig überrascht aus.

»Origen von Alexandria hat es mir beigebracht. Er und mein Lehrer Gobann waren enge Freunde. Obwohl Origen ein Christ war, wurde er von den Weisen geachtet, als wäre er ein Druide von höchstem Rang.«

»Selbst Isernus hier, der sehr gebildet ist, kann die griechischen Buchstaben nicht lesen, und ich verstehe sie nicht gut genug, um es ihm beizubringen. Aber du liest sie, als wäre Griechisch deine Muttersprache. Dein Wissen würde meinem Kloster sicherlich zugute kommen. Würdest du mit uns nach Sankt Ninian kommen und uns dein Wissen weitergeben? Ich habe ein Buch mit Evangelien, deren Verfasser unklar sind; ich mühe mich schon seit Jahren mit ihnen ab. Vielleicht könntest du mir helfen.« Der Abt schüttelte verwundert den Kopf. »Ich bin immer noch verblüfft, dass du so leicht gelernt hast.«

»Ich bin ausgebildet worden, die Harfe zu spielen«, erklärte Mawn. »Wenn ich eine Melodie ein- oder zweimal höre, kann ich sie mir für immer einprägen. Diese Fähigkeit hat mir beim Studium der griechischen Sprache sehr geholfen. Origen war sehr glücklich darüber, wie schnell ich von ihm gelernt habe. Was die Buchstaben betrifft, so ähneln sie dem Ogham.«

»Dem Ogham?«, fragte Deklan nach; er runzelte die Stirn bei dem unbekannten Wort. »Was ist das?«

»Das sind die Druidenbuchstaben«, erzählte Mawn. »Wir benutzen sie nur hin und wieder als Hilfe, um uns an bestimmte Stellen einer Geschichte zu erinnern oder um Grenzsteine zu kennzeichnen. Außerdem werden sie bei Weissagungen benutzt.«

Isernus bekreuzigte sich; es kam ihm nicht in den Sinn, dass Mawn dies als Beleidigung hätte auffassen können.

»Und kennst du auch das Lateinische?«, drängte Deklan weiter, inzwischen immer aufgeregter.

»Nein, das kenne ich nicht«, gestand Mawn. »Origen hat diese Sprache nur selten benutzt, nur wenn er mit den römischen Mönchen zu tun hatte. Ich hoffe, du entschuldigst, wenn ich jetzt sage, dass er Latein für eine vulgäre Sprache gehalten hat, was er immer wieder betont hat. Wenn er mit seinen eigenen Brüdern zusammen war, hat er Koptisch – seine Muttersprache – oder Griechisch gesprochen.«

»Die Griechen! Sie denken immer, dass ihre Wege die besten sind. Hat er dir auch einige seiner Rezepte beigebracht?«, wandte Isernus ein. Er war ebenso aufgeregt angesichts der Möglichkeit, dass ein bisschen von dem großen Wissen dieses Gelehrten erhalten geblieben war.

»Sianan und ich haben von ihm gelernt, wie man heilende Elixiere herstellt. Es ist eigentlich einfach, aber sehr zeitraubend und erfordert viel Geduld.«

Die beiden Mönche konnten ihre Freude kaum verbergen. »Könntest du uns erklären, wie es geht?«, bat Deklan.

»Ich kann sogar noch mehr tun«, erbot sich Mawn. »Ich

werde euch zeigen, wie man die Flüssigkeit zusammenbraut, wenn ich nach Sankt Ninian zu Besuch komme. Das heißt natürlich, wenn Gobann es erlaubt«, fügte er hinzu.

»Ich werde Gobann bitten, dich zu entlassen, sobald du deine Pflichten auf Dun Righ erfüllt hast«, versprach Deklan. »Fürs Erste wäre ich schon sehr froh, wenn du uns erklären könntest, was auf all den Flaschen steht, damit Isernus es auf Latein niederschreiben kann. Origen ist unerwartet von uns gegangen, wie du weißt, sonst hätte ich aus seinem eigenen Mund erfahren können, welcher Trank wofür benutzt wird.«

Noch ehe Mawn zustimmen konnte, kam ein Kundschafter vorbeigeritten. Der Krieger überbrachte die Nachricht, dass die Kolonne sich wieder in Bewegung setzen würde und alle sich bereitmachen sollten, die Reise fortzusetzen. Isernus reichte die grüne Flasche an Deklan weiter, der Seginus ein bisschen von dem Inhalt einflößte. Der Priester hustete, als die brennende Flüssigkeit seinen Rachen hinabrann. Dann banden Deklan und Isernus die Ledermaske wieder an Ort und Stelle fest.

Nicht lang danach ruckte der Wagen, an dem Seginus angebunden war, wieder weiter; der Mann kämpfte sich gerade rechtzeitig auf die Beine, um hinterherstolpern zu können. Isernus ging wieder zu seinem eigenen Wagen, während Deklan und Mawn ihre Pferde holten.

»Wieso verschwendest du deine Zeit mit dieser Kreatur?«, fragte Mawn, als sie beide wieder im Sattel saßen.

»Er ist eine verlorene Seele«, erklärte Deklan. »Ich hoffe, ich kann ihm dabei helfen, den rechten Weg wiederzufinden. Das ist die Aufgabe eines Abtes; verlorene Seelen zu retten.«

Der Mönch schwieg einen Augenblick, dann nahm er seinen ganzen Mut zusammen und stellte die Frage, die ihn bereits seit einiger Zeit beschäftigte. »Ich möchte nicht unhöflich sein, Mawn, aber es scheint mir doch offensichtlich, dass du Vater Seginus gegenüber niemals etwas anderes als Verachtung entgegenbringst. Was für einen Grund hat ein junger Druide wie du, solch eine Geringschätzung für diesen Mann zu empfinden?«

Mawn warf Deklan einen scharfen Blick zu, dann begriff er, dass er seine Bitterkeit nicht verbergen konnte, wann immer er von dem Priester sprach. »Vor zehn Sommern hat Seginus Gallus auf dem Schlachtfeld von Rathowen ein Verbrechen begangen, das ich niemals vergessen werde. Ich habe gesehen, wie seine Krieger zwei Bäume ihrer Äste beraubt haben; an den einen haben sie Caitlins besten Mann genagelt, der dort verblutet ist. An den anderen haben sie meinen älteren Bruder gehängt.«

Deklan schnappte entsetzt und angeekelt nach Luft; ihm fehlten plötzlich die Worte. Er begriff, dass er nichts sagen konnte, das Mawn irgendwie trösten würde. Seginus Gallus hatte das schlimmste aller Verbrechen begangen, im Namen Gottes und mit Zustimmung von Bischof Palladius. Plötzlich wurde dem Abt die Größe der Aufgabe, die vor ihm lag – nämlich Seginus in die Kirche zurückzuführen – so richtig klar; er schlug das Kreuzzeichen und richtete den Blick auf die Straße vor ihnen.

In halber Höhe eines Hügels in der Nähe der Festung Dun Righ standen im Halbdunkel des frühen Abends zwei Krieger auf ihre langen Speere gestützt am Rand eines großen Waldes Wache. Sie trugen weder Binsenfackeln, noch hatten sie Pferde bei sich, wie es bei den Kriegern in Alba üblich war. Doch aus der Tiefe des Waldes drang hin und wieder ein Lichtschein und verriet, dass sich jemand zwischen den Bäumen herumtrieb.

Sianan entdeckte die Wachen als Erste, kurz nachdem Murroughs Gruppe in der Nähe der Festung Dun Righ eine

Furt gefunden und den Cree überquert hatte. Die Männer waren mindestens zwei Bogenschussweiten von ihr entfernt, doch Sianans Augen waren besser als die der meisten anderen Menschen, und sie hielt immer nach ungewöhnlichen Ereignissen Ausschau, um während ihrer langen Reisen ein bisschen Abwechslung zu haben. Und diese Sache war in der Tat seltsam und damit auch einer genaueren Untersuchung wert. Die Männer sahen wie Krieger aus, obwohl sie in die flatternden blauen Umhänge der Druiden gekleidet waren – was gewöhnlich wiederum bedeutet hätte, dass sie nicht mit Speeren bewaffnet gewesen wären.

Zufrieden mit sich, weil sie eine Gelegenheit gefunden hatte, eine Weile aus der sich schwerfällig vorwärts bewegenden Kolonne auszuscheren, trieb sie ihr Pferd an, um ihren Lehrer einzuholen. Während Sianan zu ihm ritt, hielt sie ihren Blick weiter auf die Wachen gerichtet, merkte sich, wie oft die Lichter im Wald flackerten. Als sie Gobann erreicht hatte, rieb er sich gerade die Stoppeln auf dem nach Art der Druiden über der Stirn geschorenen Haupt; tief in Gedanken versunken starrte er die Krieger an. Er war eindeutig über die Anwesenheit der blau gekleideten Wachen ebenso verblüfft wie sie.

»Ich habe sie bemerkt, sobald wir um die Ecke gebogen waren«, erklärte der Poet, noch bevor Sianan etwas sagen konnte. »Ich habe einen Kundschafter ausgeschickt, der herausfinden sollte, wer sie sind. Er ist bis dicht an den Waldrand geritten und mit der Nachricht zurückgekehrt, dass es sich ganz sicher um Krieger handelt, auch wenn sie die Umhänge der Druiden tragen.«

»Das ist seltsam!«, rief Sianan aus.

»Ich bin ganz deiner Meinung. Es ist schon sehr ungewöhnlich, dass Druiden offen Waffen tragen, aber es ist noch merkwürdiger, dass Krieger mit dem Blau unseres Ordens geschmückt werden.«

»Willst du nicht hinreiten und sie herausfordern?«, fragte Sianan erstaunt. Sie spürte, dass Gobann nicht willens war, herauszufinden, was dort im Wald vor sich ging.

»Wir dürfen nicht vergessen, dass dies nicht unser Land ist«, gab der Dichter zurück. »Die Dal Araidhaner mögen ein gälisches Volk sein, und viele von ihnen mögen Verwandte in Eirinn haben, aber ihre Bräuche und Sitten unterscheiden sich doch manchmal von unseren. Wenn diese Druiden oder Krieger – oder was immer sie auch sind – mit irgendeinem heiligen Ritual beschäftigt sind, wäre es nicht besonders klug oder diplomatisch von uns, sie dabei zu stören, nur um unsere Neugier zu befriedigen.«

Sianan war nicht zufrieden, und an der Art, wie Gobann mit den Fingerspitzen sein frisch rasiertes Kinn berührte, erkannte sie, dass auch er nicht sehr glücklich über das war, was er gesehen hatte. Der Bart, den er getragen hatte, solange Sianan ihn kannte, war kurz bevor sie Eirinn verlassen hatten verschwunden. Gobann hatte allen erzählt, dass die Männer in Alba üblicherweise keine Bärte trugen, sondern glatt rasiert waren.

»So unterschiedlich werden die Gebräuche unserer Völker doch auch wieder nicht sein«, wandte Sianan ein. »Wenn sie Krieger sind, haben sie kein Recht, das Blau der Dichter oder das Grün der Heiler zu tragen. Was haben sie gesagt, als der Kundschafter sie gegrüßt hat?«, wollte sie wissen.

»Der Kundschafter war klug genug, kein Wort zu ihnen zu sagen. Er hat sich ihnen genähert, und sie haben die Speere gesenkt, um ihn zu verjagen. Es war richtig von ihm, dass er weggeritten ist, ohne einen Zwischenfall zu provozieren. Wir sind erst ein paar Tage an diesen Gestaden. Wir sollten uns nicht gleich in einen ausgewachsenen Krieg stürzen.« Er lachte.

Sianan schob die Kapuze zurück. Genau wie Gobann hatte auch sie ihr Aussehen erst vor kurzem auf dramatische Weise verändert, hatte ihre einst langen pechschwarzen Locken geopfert, als sie ihre Initiation als Druidin durchlaufen hatte. Jetzt, da nur noch eine dünne Schicht kurzer Haare ihren Kopf wärmte, spürte sie die kühle Luft viel stärker als früher.

Während sie mit Gobann gesprochen hatte, war die Gruppe ein langes, gerades Stück Straße entlanggezogen. Jetzt befanden sie sich kurz vor einer scharfen Biegung, die in einem ständigen Anstieg zu den äußeren Verteidigungsanlagen von Dun Righ hinaufführte. Schon bald würden der Wald und seine seltsamen Wachen aus ihrem Blickfeld verschwinden.

»Lass mich gehen und nachsehen«, platzte Sianan heraus.

Gobann reagierte sofort, indem er nach den Zügeln ihres Pferdes griff. »Das werde ich nicht zulassen! Weißt du eigentlich, wie gefährlich es für einen Reiter ist, bei Nacht allein in diesem Land herumzureiten? Ich würde dich auch dann nicht gehen lassen, wenn es nur ein kurzes Stück wäre. Aber dieser Wald liegt jetzt schon zu weit hinter uns, so dass wir dir nicht die geringste Hilfe schicken könnten, wenn du in Schwierigkeiten geraten solltest. Die Menschen hier sind Dal Araidhaner«, betonte er. »Das bedeutet, dass sie von den Gälen abstammen, die vor zwei Generationen von Eirinn hierher gekommen sind, um das unabhängige Königreich Dal Araidhe zu gründen. Aber in diesen zwei Generationen haben sie sich durch Heiraten mit den Briten von Strath-Clota vermischt, und die Briten haben Krieger- und Jagdkulte, die ihnen heilig sind und von denen wir nichts wissen. Wir müssen sie respektieren!«

Sianan blickte zu Boden; sie war zutiefst enttäuscht. »Wenn wir in Eirinn wären, könnte ich hingehen, wohin ich wollte«, begann sie.

»Dies ist aber nicht Eirinn«, beharrte Gobann. »Dieses Land befindet sich im Krieg. Es gibt überall sächsische Stoßtrupps. Ich weiß nicht, wie gut du dich an die Auseinandersetzung zwischen Dichu und Leoghaire erinnerst, denn du bist damals noch sehr jung gewesen. Aber selbst die schroffe Brutalität, die in jenem Streit zutage getreten ist, lässt sich nicht mit der Brutalität vergleichen, die hier angesichts der Bedrohung durch die Sachsen herrscht. Dichu war ein Rebell und hat versucht, Leoghaire mit Gewalt die Hochkönigswürde zu entreißen, aber er war kein wilder Fremder. Er war ein stolzer und fähiger Krieger, aber er war nicht grausam, denn er hat das Gesetz gekannt.«

Der Druide senkte seine Stimme ein wenig, als ihm klar wurde, dass er möglicherweise etwas zu hart mit Sianan umgesprungen war. »Aber du kannst unbesorgt sein; sobald wir uns in Dun Righ einigermaßen eingerichtet haben, werde ich herausfinden, was da vor sich geht. Die Oberhäupter dieses Landes mögen zwar die Hochkönige von Eirinn nicht anerkennen, aber ihre Dichter sind noch immer Untertanen des Druidenrats der fünf Königreiche. Welches Ritual dort im Wald auch stattfinden mag, es unterliegt den prüfenden Blicken des Druidenrats. Als Träger des Silberzweigs ist es meine Pflicht, Untersuchungen anzustellen. Ich verspreche dir, dass wir zu gegebener Zeit eine Antwort auf diese Frage erhalten werden.«

Gobann ließ Sianans Zügel wieder los; er rief sich in Erinnerung, dass sie keine Druidennovizin mehr war. Sie und Mawn waren vollständig geweihte Wanderer. Tatsächlich hatte er nicht das geringste Recht, sie zurückzuhalten, sollte sie noch immer gehen wollen, doch er war verpflichtet, zumindest zu versuchen, sie zur Vernunft zu bringen. Sianan war klug genug, um selbst eine Entscheidung treffen zu können, und der Dichter verstand, dass er ihr dies auch zugestehen musste.

»Es tut mir Leid, Gobann«, murmelte Sianan. »Ich habe mich vergessen. Mawn und ich ... wir sind beide sehr besorgt, seit wir hier sind. Dieses Land hat eine beunruhigende Wirkung auf uns. Aber ich werde versuchen, mich besser zu beherrschen.«

Gobann wartete darauf, dass Sianan weitere Erklärungen folgen ließ, aber als sie keinerlei Anstalten dazu machte, drängte er sie auch nicht. Der Dichter war sehr wohl in der Lage zu erahnen, warum sie sich so aufgeregt hatte.

Sein ganzes Leben lang hatte Gobann einen in gewissen Abständen wiederkehrenden Traum gehabt – einen Traum von einer Bergfestung an einem Fluss in der Nähe eines Waldes. In diesem Traum wurden die Menschen, die in der Festung lebten, von einem großen Unheil befallen, und viele starben. Als Gobann vor vielen Jahren zum ersten Mal nach Dun Righ gereist war, hatte er in dieser Ansiedlung die Festung aus seinem Traum wiedererkannt. Diese Offenbarung hatte ihn zutiefst bestürzt, denn in seinem Traum war Dun Righ der Ort gewesen, an dem er sterben würde.

Gobann bemerkte, dass Sianan noch einmal einen Blick zurück auf den Wald warf, während sie der Biegung der Straße folgten. Vielleicht hatte sie die Stelle aus einem ihrer Träume wiedererkannt. Wenn dem so war, konnte er ihre Neugier verstehen. Er beschloss, dass es am besten war, ihre Gedanken erst einmal auf etwas anderes zu lenken.

»Dein Großvater Cathach war in diesem Land sehr geachtet«, begann er, »und sein jüngerer Bruder Cathal ist der Stammesführer von Dun Righ. Du wirst heute Abend bei Verwandten sein.«

»Ich habe gar nicht gewusst, dass Großvater einen Bruder hat«, sagte Sianan verwirrt. »Er hat ihn nie erwähnt.«

»Sie sind Brüder gewesen, aber keine Freunde«, erklärte Gobann. »Cathal war einer der Stammesführer, die sich während Dichus Rebellion gegen Leoghaire erhoben haben. Die Rebellen wollten ihre eigenen Anführer ernennen und haben sich geweigert, die Autorität des Hochkönigs von Eirinn in diesem Land anzuerkennen. Seither waren die beiden Brüder in unterschiedlichen Lagern.«

Der Dichter drehte sich im Sattel um, um ihre Aufmerksamkeit auf sich zu lenken, denn er wollte, dass sie den nächsten Punkt gut verstand.

»Cathal und die anderen Dal Araidhaner haben es nur deshalb geschafft, ihre Unabhängigkeit zu erlangen«, erklärte Gobann, »weil Leoghaire mit Dichu und Palladius beschäftigt war und sich um nichts anderes kümmern konnte. Sie haben ein gemeinsames Königreich mit den Briten von Strath-Clota gebildet und ihren eigenen König – Conaire – gewählt. Wenn man so tief greifend mit der Tradition bricht, hat das immer dauerhafte Folgen. Viele Familien in Eirinn sind durch die Rebellion unwiderruflich auseinander gerissen worden. Manche Stammesführer in den fünf Königreichen weigern sich noch immer, die Existenz ihrer Clanverwandten in Dal Araidhe anzuerkennen. Es ist immer schwierig, Veränderungen zu akzeptieren, wenn die Traditionen sehr stark sind.«

»Jetzt ist es Eirinn, das große Veränderungen erfährt«, bemerkte Sianan.

»Ja, und innerhalb einer einzigen Generation werden Bischof Patricius und seine neue Religion anfangen, die fünf Königreiche vollständig zu verwandeln. Das ist nicht unbedingt etwas Schlechtes. Alle Lebewesen gehen beim Tod von dem einen Körper in einen anderen über, nehmen neue Formen an, wie es ihren Bedürfnissen und Zielen entspricht. Wie ein grüner Wurm, der in seinem Kokon schläft, bevor er sich in einen strahlenden blauen Schmetterling verwandelt, schlummern auch die Königreiche von Eirinn im Augenblick. Ich werde nicht mehr hier sein, um die Wiedergeburt zu erleben, aber du und Mawn – ihr werdet dabei sein. Es wird eure Aufgabe sein, dem Schmetterling alles über grüne Würmer beizubringen, so dass er seine Ursprünge nicht vergisst.«

Der Dichter warf ihr einen fragenden Blick zu. »Erzähl mir die Geschichte der Völker von Eirinn.«

»Die Geschichte all der Invasionen?«, fragte Sianan in der Hoffnung, dass er das nicht ernst meinte.

»Ja«, erwiderte der Dichter ruhig. »Die Geschichte der Invasionen.«

»Vor langer Zeit, noch bevor die Feni oder die Desi einen Fuß auf den Boden Eirinns gesetzt haben«, begann Sianan und hoffte, dass sie diese Übung so rasch wie möglich hinter sich bringen konnte, »bestellten andere Rassen die Krume unserer Heimat, andere alte Völker, die seit langem von der Welt verschwunden sind. Die ersten Eindringlinge kamen zum Hügel von Teamhair, in das Land, das vom süßen, rasch dahinströmenden Wasser des Boann so fruchtbar ist.«

Sie holte tief Luft und erzählte weiter. »Zuerst kamen Banba und fünfzig Frauen mit drei männlichen Gefangenen; aber sie blieben nicht lange in Teamhair, sondern wurden von der Heftigkeit der Schneefälle im Winter, dem stürmischen Regen im Sommer und dem Zorn der Göttin Dana, die das Land für sich selbst beanspruchte, vertrieben. Da sie nicht wussten, wohin sie sonst hätten gehen sollen, kehrten sie in ihre Heimat im Osten zurück. Nur Banba blieb als Gast und Gefährtin für Dana.«

Sianan machte eine Pause, während sie sich den nächsten Teil Wort für Wort in Erinnerung rief. »Eine ganze Weile später, nachdem die große Flut die Erde ertränkt hat, kamen Partholon und sein Volk von den Landen weit im Osten, wo der Schnee niemals schmilzt und die Kälte unerbittlich ist. Sie ließen sich in ihrem Wunsch, Eirinn zu ihrem Besitz zu machen, nicht so leicht entmutigen. Sie errichteten große Hallen und Häuser aus Stein und eine Festung auf dem Hügel von

Uisneach, beanspruchten den Ort als geistiges Zentrum von Eirinn. Sie beachteten Dana und Banba und die anderen uralten Götter nicht, zollten ihnen weder Tribut noch Respekt. Die Partholonianer holzten die Wälder ab, um ihre Heime zu bauen, und rissen die Berge auf, um ihre Altäre zu errichten. Voller Gier verunstalteten sie das Land zu ihrem eigenen Vergnügen, und nach einiger Zeit sahen sich die Alten gezwungen zu handeln. Die Götter beschworen all ihre Macht herauf und schickten Partholons Leuten eine Seuche, die alle das Leben kostete. Noch immer kann man von den Höhen Teamhairs aus ihren Grabhügel sehen.«

Aber jetzt kam sie zu einer Stelle in der Erzählung, die sie gerne wiedergab, und so wurde sie etwas langsamer, um der Geschichte auch wirklich gerecht zu werden. Wie es bei den großen Geschichten üblich war, verfielen selbst jene, die sie erzählten, ihrem dichterischen Zauber.

»In dem Königreich, das einst als Muinn bekannt war, sind die Berge hoch und zerklüftet, und die Pfade, die durch sie hindurchführen, sind uneben und gefährlich. In dieses Land, das die Stämme der Feni Munster nennen, gelangte die dritte große Welle von Eindringlingen, als sie mit ihren Booten an den Gestaden Eirinns strandeten. Ihr Anführer war als Balor vom Bösen Auge bekannt, und seine Stämme waren die Fomor, die aus den heißen südlichen Ländern kamen. Sie waren ein verkrüppeltes Volk, hässlich und missgestaltet, und Meister in den dunklen Künsten der Zauberei, und sie waren geübt darin, mächtige zerstörerische Waffen für den Krieg herzustellen. Die alten Götter stellten sich ihnen nicht entgegen, sondern zogen es vor, sich in die Berge und an die verborgenen Orte Eirinns zurückzuziehen und dort in Frieden zu leben.«

Sie warf Gobann einen Blick zu, der die Augen geschlossen hatte und aufmerksam lauschte. Sianan wusste, dass es ihm nichts ausmachte, wenn sie die Geschichte so hastig wiedergab. Dies war nur eine Prüfung, wie gut ihr Gedächtnis war.

»Nachdem die Götter sich zurückgezogen hatten«, erzählte sie weiter, »verbreiteten sich die Fomor im ganzen Land und suchten die Alten. Wo immer sie sie fanden, forderten sie sie zum Kampf heraus, denn sie hatten zwar das Land in Besitz genommen, aber sie waren ein kriegerisches Volk, das nur glücklich war, wenn es kämpfen konnte. Die Fomor hatten gerade erst damit angefangen, ihre Kriege zu führen, als die nächste Welle von Eindringlingen in Eirinn eintraf, angelockt von Gerüchten über die fruchtbaren Wiesen und die im Überfluss vorhandenen Wälder. Dieses Volk wurde von einem Mann namens Nemed angeführt. Sie waren groß, mit leuchtenden Augen, und ihre Sprache glich einem fröhlichen Singsang, aber sie waren keine Gegner für die Fomor.

Balor entwickelte eine besondere Waffe, um mit ihnen fertig zu werden. Auf der Spitze eines Turms, der auf einer Insel im Norden stand, erbauten die Fomor ein riesiges eisernes Auge, das in jede Richtung sehen konnte. Wenn das Böse Auge das Lid hob, schoss ein Strahl aus rotem Licht heraus, der Steine schmelzen und Flüsse in Dampf verwandeln konnte. Das Licht aus dieser Waffe war so hell, dass es alle blendete, die es sahen. Deshalb wurden die Fomor als die Kinder des Dunkels bekannt, denn die Opfer des Eisenauges, die ihre Sehfähigkeit einbüßten, wurden in ewige Dunkelheit gestürzt. Angesichts dieser Furcht einflößenden Waffe ergaben sich die Nemedianer rasch und wurden die Sklaven der Fomor. Balor stellte das Auge im Norden auf, denn er verfügte über die Kraft der Weissagung und hatte erfahren, dass ein Volk namens Fir-Bolg sich darauf vorbereitete, kurz nach den Nemedianern in Eirinn einzufallen. Diese Fir-Bolg mit ihrem Wissen über Zauberei und die Kräfte der Natur erwiesen sich als würdige Gegner der Fomor. Mit Hilfe ihrer Magie schufen ihre Druiden einen Nebel, der das Böse Auge einhüllte und nutzlos machte; und dann fand auf der Ebene von MaghTuiread eine große Schlacht zwischen den neuen Eindringlingen und den Fomor statt. Sie kämpften einen ganzen Tag lang hart, doch keine Seite konnte die Oberhand gewinnen, und viele waren gestorben; daher wurde ein Waffenstillstand ausgerufen. Viele Jahrhunderte lang lebten die beiden Völker in einem unsicheren Frieden, bis von Westen her das mächtigste aller Völker kam, die Eirinn jemals zu ihrer Heimat auserkoren hatten.«

Sianan kam jetzt zu jenem Teil der Geschichte, der sich mit den Feen beschäftigte, und wieder versuchte sie, etwas langsamer zu reden. Hätte sie diese Geschichte einer anderen Zuhörerschaft erzählen müssen, hätte sie sich viel mehr Zeit genommen.

»In Schiffen aus Silber mit Segeln aus goldenem Tuch kamen die Tuatha De Danaan. Sie waren eine Rasse aus Barden, Dichtern, Schmieden und Kriegern, die sich selbst Kinder des Lichts nannten, und sie trugen vier magische Waffen mit sich: das Schwert des Sieges, den Speer des Lichts, den Kessel der Fülle und den Stein der Bestimmung. Und als die Fir-Bolg sie kommen sahen, wussten ihre Druiden sofort, dass dieses Volk nicht aufzuhalten war, und daher legten sie ihre Waffen nieder, in dem Wissen, dass sie solch ein Volk nicht besiegen konnten. Aber die Fomor, angetrieben von der Arroganz ihres Kriegsführers Balor und immer bereit, sich in einen Kampf zu stürzen, stellten sich zur Schlacht. Sie versammelten alle ihre Krieger, sowohl Männer als auch Frauen, und jeder Einzelne von ihnen war eine verkrüppelte, groteske Kreatur.«

Sianan machte eine kurze Pause und warf einen Blick zurück über die Schulter auf den Berg, wo die seltsamen Druidenkrieger gestanden hatten. Die Pause war gerade lange genug, um Gobanns Aufmerksamkeit zu erregen.

»MaghTuiread«, drängte der Dichter.

»Und wieder wurde bei MaghTuiread eine Schlacht gefochten«, erzählte Sianan weiter, »und wie damals, als die Fir-Bolg gekommen waren, gab es ein Patt. In der Schlacht verlor König Nuadu von den Danaan seine linke Hand und damit auch gleichzeitig seinen Anspruch auf die Königswürde, denn er war nun nicht mehr körperlich unversehrt. Die Fomor bedrängten die Fir-Bolg, sie zu unterstützen und das Land ein für alle Mal von den Eindringlingen zu befreien. Der König der Fir-Bolg, Breas der Schöne, führte den Angriff auf die blonden Danaan, da er dachte, dass sie ohne ihren König nicht lange bestehen würden. Aber jetzt führte Lugh von der Langen Hand die Danaan-Krieger an, und er war ein Barde und ein Zauberer, der die Unterstützung der alten Göttinnen Banba, Eiru und Fodhla gewonnen hatte. Lugh tötete Balor und ging dann auf Breas los. Der König der Fir-Bolg ergab sich und beendete sein Leben in Gefangenschaft. So machten die Danaan, die Kinder des Lichts, der Herrschaft der Kinder des Dunkels ein Ende, genau wie den Bestrebungen der Fir-Bolg. Danach herrschte eine lange Zeit Frieden.«

Der nächste Teil der Erzählung wurde von den Gälen als der wichtigste der Geschichte von Eirinn überhaupt betrachtet.

»Viele Jahre später kamen meine Vorfahren, die Feni, nach Eirinn. Die fünf Söhne von Mil führten die gälische Expedition nach Eirinn. Die Danaan besaßen noch immer ihre magischen Künste, aber die Gälen hatten Waffen aus Eisen, die viel stärker waren als die Bronze der Danaan. Nach einem langen, blutigen Krieg schlossen das Volk der Danaan und die neuen Eindringlinge einen Waffenstillstand. Sie einigten sich darauf, dass den Gälen all das gehören sollte, was sich oberhalb der Erdoberfläche befand, während die Danaan alles zugesprochen bekamen, was sich unterhalb der Erdoberfläche befand. Auf diese Weise wurde Eirinn zwischen ihnen aufgeteilt. Aber es war kein unbeschwerter Frieden. Am Ende des Krieges waren nur zwei von Mils Söhnen übrig geblieben. Die Feni stritten darüber, welcher Bruder die Hochkönigswürde erhalten sollte, und am Ende wurden die Danaan herbeigerufen, um den Streit zu schlichten. Ihr oberster Richter befand, dass ein riesiger schwarzer Eber an der Ostküste in der Nähe von Teamhair freigelassen werden sollte, der dann durch das Land streifen sollte, bis er das westliche Ufer erreichte.«

Der Dichter nickte als Zeichen, dass er mit dem Vortrag so weit zufrieden war.

»Darauf schlugen die Danaan vor, dass ein hoher Schutzwall zur Verteidigung errichtet werden sollte«, fuhr Sianan fort. »Er sollte von der Stelle im Osten, von der das schwarze Schwein losgerannt war, bis zu der Stelle im Westen reichen, wo es wieder ans Meer gelangt war. Wenn der Wall erst fertig war, würde einer der Brüder alles, was nördlich davon war, übernehmen, und der andere alles, was im Süden lag. Sie kamen überein, dass sie immer abwechselnd ein Jahr lang von Sommer zu Sommer als Hochkönig herrschen würden. Auf der nördlichen Seite des Erdwalls lebten viele vom Volk der Fir-Bolg, die sich entschieden hatten, die Herrschaft der Danaan und danach die der Gälen anzuerkennen. Es heißt, dass die Stämme der Cruitne von diesen Fir-Bolg abstammen. Sie heirateten Männer und Frauen der Feni, und so entstand ein neues Volk, das im Laufe der Zeit als Desi bekannt wurde. Seit damals sind die Feni und die Desi Rivalen gewesen, und beide warben bei den Danaan um Unterstützung und Hilfe bei ihren Streitigkeiten.«

»Und was ist aus dem Vertrag zwischen diesen beiden Völkern geworden?«, wies Gobann sie ernst darauf hin, dass sie diesen Teil der Geschichte vergessen hatte. »Zwischen den Feni und den Desi?«

»Die Vereinbarung, die die Hochkönigswürde zwischen den

Stämmen im Norden und denen im Süden aufteilte, wurde bis zur Zeit von Niall von den Neun Geiseln, einem König der Desi, eingehalten«, erklärte Sianan. »Niall weigerte sich hochmütig, die Herrschaft zurückzugeben, als seine Zeit als Hochkönig abgelaufen war, und setzte seinen Anspruch mit Gewalt durch. Nach seinem Tod stand das Amt des Hochkönigs jedem Kandidaten offen, der seine Abstammung von den Söhnen Mils beweisen konnte, obwohl es nur selten vorgekommen ist, dass diese Position von jemandem eingenommen wurde, der kein Abkömmling Nialls war.«

»Für was ist jeder dieser beiden Stämme bekannt?«, fragte der Dichter.

»Die Feni sind als Druiden der höchsten Stufe bekannt geworden«, antwortete seine Schülerin sofort. »Und als Gesetzgeber, Musiker, Gelehrte, Geschichtenerzähler, Ahnenforscher und Heiler. Die Desi machten sich einen Namen als Krieger, Jäger, Seeleute, Forscher, Reisende und große Stammesführer. Niemand kann sagen, ob es die Weisheit der Danaan war, die diese verschiedenen Talente in jeweils einer Hälfte des Königreichs verstärkte, oder einfach nur Zufall. Aber beide Teile von Eirinn waren aufeinander angewiesen, damit das Ganze überleben konnte. Dieses häufig unruhige Bündnis hatte noch bis vor kurzem – kurz bevor die ersten römischen Christen gekommen sind – Bestand. Dann haben viele Desi in einer großen Auswanderungswelle Eirinn verlassen und sind ostwärts übers Meer gefahren, um am nordwestlichen Ufer von Alba ein neues Königreich zu gründen. Sie nannten es Dal Araidhe, und sie achten grimmig darauf, von den Hochkönigen Teamhairs unabhängig zu sein, auch wenn sie fast alle von den Desi abstammen.«

»Und was ist mit den jüngsten Ereignissen in Eirinn?«, setzte Gobann nach. »Was kannst du den Menschen von Alba über unsere Heimat erzählen?«

»Ich habe gehört, dass Bischoff Patricius nach Uisneach gekommen ist und dort einen alten Druiden getroffen hat, der ihm die Geschichte der Feni und der Desi erzählt hat«, begann Sianan. »Patricius, so heißt es, hat die Desi heftig wegen ihrer kriegerischen Art gescholten und die Feni wegen ihres Wissens gelobt. Aber die Wahrheit ist niemals so einfach. Viele Feni waren große Krieger und viele Desi sind berühmte Druidenlehrer geworden. Und viele Feni sind nach Alba gesegelt, um unter der Herrschaft der Dal Araidhaner zu leben.«

»Du hast gut gelernt«, meinte der Dichter anerkennend. »Und du hast eine Begabung für Diplomatie.«

»Werden wir lange hier in Dal Araidhe bleiben?«, wechselte Sianan rasch das Thema, ehe Gobann ihr weitere Fragen stellen konnte.

»Ich werde diese Gestade in diesem Leben nicht mehr verlassen«, antwortete Gobann. »Bald kommt der Zeitpunkt, da ich weiterziehen muss, wie Cathach es getan hat. Den meisten von uns ist es unmöglich, länger als die uns zugestandene Spanne von Jahren hier zu verweilen. Du wirst hier bleiben, bis es sicher ist, wieder nach Eirinn zurückzukehren. Aber ich habe keine Ahnung, wie lange das dauern wird«, räumte er ein.

Sianan neigte zustimmend den Kopf; sie wollte im Augenblick nichts mehr von der Zukunft hören. Sie wusste nur zu gut, dass sie und Mawn sich eines Tages von dem Dichter würden verabschieden müssen, aber sie zog es vor zu glauben, dass es noch eine Weile dauern würde, bis sie getrennter Wege gingen.

Sianan bemerkte, dass Gobann zum Himmel schaute, zum Abendstern. Sie nahm an, dass er an seine Seelenfreundin dachte, die Druidin Sila. Vor zwei Monaten war sie von Eirinn nach Dal Araidhe aufgebrochen, um die Mitglieder ihres Stammes zu besuchen. Schon bald würden sie beide die Heilerin für eine kurze Weile wieder sehen, und Sianan freute sich bereits darauf, wieder einmal etwas Zeit mit ihrer anderen Lehrerin zu verbringen.

Da sie den in Gedanken versunkenen Gobann nicht stören wollte, ließ sie sich auf ihrem Pferd etwas zurückfallen. Schon bald begannen ihre Gedanken abzuschweifen, kreisten wieder um die Frage, was in dem nahe gelegenen Wald wohl geschehen mochte. Kurz darauf – die Spitze der Kolonne näherte sich gerade den äußeren Verteidigungsanlagen von Dun Righ – holte Mawn sie ein.

»Hallo«, rief er und weckte sie aus ihren Tagträumen. »Tut mir Leid, dass ich dich störe, aber glaubst du nicht, es wäre an der Zeit aufzuwachen?«, scherzte er. Dann fiel sein Blick auf ihre gerunzelte Stirn. »Was ist los?«

»Nichts«, log Sianan.

Mawn erwiderte das Stirnrunzeln und hüstelte, um anzudeuten, dass er ihr nicht glaubte.

»Nun, zumindest nicht viel«, gestand sie. Fast hätte sie ihm gesagt, wie sehr sie sich davor fürchtete, dass Gobann sie schon bald verlassen würde. Sie wollte sagen, dass sie nicht wusste, wie sie ohne seine Führung allein zurechtkommen sollten. Aber eine warnende Stimme in ihrem Innern sagte ihr, dass dies nicht der richtige Zeitpunkt dafür war. Sie und Mawn würden sich gemeinsam der Zukunft stellen müssen, ohne all ihre Lehrer. Über ihren Pfad war schon entschieden worden, als sie noch sehr jung gewesen waren. Es war das Beste, wenn sie ihren Auftrag jetzt einfach tapfer und unerschrocken akzeptierten.

»Hast du da hinten die Druiden am Waldrand gesehen?«, fragte sie ohne die Leidenschaft, die sie vorher empfunden hatte.

»Ja«, antwortete Mawn. »Was tun sie da?«

»Ich habe keine Ahnung«, antwortete Sianan.

»Dann lass uns hinreiten und nachsehen.«

Sianan wandte ihrem Freund das Gesicht zu und senkte die Stimme, so dass der Dichter nicht hören konnte, was sie sagte. »Gobann hat mich davor gewarnt, so kurz bevor es dunkel wird allein in diesem Land umherzureiten, in dem überall Sachsen lauern können.«

Mawn senkte seine Stimme ebenfalls. »Ich glaube kaum, dass sich viele Plünderer trauen, sich einer der stärksten Festungen südlich von Dun Breteann so weit zu nähern. Abgesehen davon wärst du ja nicht allein. Ich würde bei dir sein.«

Sianan schüttelte den Kopf.

»Wenn wir uns erst in dieser Festung befinden, werden wir nicht mehr viel Zeit für uns haben«, stellte Mawn klar. »Wir werden uns unseren Pflichten widmen müssen. Wir werden unserem Lehrer zu Diensten sein müssen und seine Harfe in die Halle tragen. Als Schüler eines Dichters des Silberzweigs wird man von uns erwarten, dass wir unsere Kenntnisse den Novizen und jüngeren Druiden weitergeben und all die Geschichten erzählen, die wir gelernt haben.«

Mawn berührte kurz Sianans Hand, ehe er weitersprach. »Seit unserer Initiation gab es andauernd so viele wichtige Dinge zu tun, dass wir uns ausschließlich den Aufgaben der Druiden widmen mussten und für nichts anderes mehr Zeit hatten. Dies ist vielleicht für lange Zeit die letzte Gelegenheit, etwas Spaß zu haben.«

Sianan lächelte ihren Freund breit an. Sie stellte fest, dass sie bei dem Gedanken, zu überprüfen, was da am Waldrand vor sich ging, trotz ihrer Befürchtungen noch immer aufgeregt war. »Wir werden uns beeilen müssen, damit Gobann nichts merkt«, sagte sie warnend.

»Er wird uns nicht vermissen«, lachte Mawn. »Er wird viel zu sehr mit der formellen Begrüßung und all diesen Dingen beschäftigt sein. Wenn wir schnell hinreiten und uns umsehen, vielleicht den Fremden einen höflichen Gruß entbieten, ohne zu viele Fragen zu stellen, und sofort wieder zurückgaloppieren, wird niemand erfahren, dass wir weggewesen sind. Mein Pferd könnte einen kleinen Galopp mal wieder ganz gut vertragen.«

»Was immer wir auch tun, wir dürfen die Druiden von Dal Araidhe nicht stören«, erklärte Sianan beharrlich, als sie sich an die Achtung erinnerte, die der Dichter den Bräuchen dieses Volkes entgegenbrachte. »Wir kennen ihre Sitten nicht und dürfen sie auf keinen Fall beleidigen.«

Sianan verspürte plötzlich angesichts der Tatsache, dass sie so hinter dem Rücken ihres Lehrers handelten, ein leichtes Schuldgefühl, und sie war sich sicher, dass Mawn die möglichen Folgen ihrer beider Neugier nicht bedachte.

»Du hast doch nicht etwa irgendwelche Zweifel, oder?«, hänselte Mawn sie; er verdrehte die Augen, um seiner Enttäuschung Ausdruck zu verleihen.

»Nein«, protestierte Sianan, um nicht den Eindruck zu erwecken, sie wäre besorgt oder ängstlich. »Ich möchte gern mit dir gehen. Es ist nur –«

Sie hatte keine Möglichkeit, den Satz zu beenden. »Nun, dann komm mit«, drängte Mawn und zügelte sein Pferd. »Wenn wir es wirklich tun wollen, sollten wir es jetzt tun. Eine andere Gelegenheit bekommen wir wahrscheinlich nicht mehr.«

Vorsichtig, um keine Aufmerksamkeit auf sich zu ziehen, ließen die beiden ihre Pferde bis auf die Höhe der letzten Wagen zurückfallen. Als sie sicher waren, dass niemand zuschaute, machten sie eine Kehrtwendung und ritten die Straße zurück bis zu der Biegung, an der Sianan die Krieger zum letzten Mal gesehen hatte. Hier machten sie halt und strengten die Augen an, um herauszufinden, ob die Fremden noch in der Nähe des Waldes waren.

Einige Zeit lang konnte keiner von ihnen irgendwelche Gestalten in der Ferne ausmachen. »Sie sind gegangen«, grunzte Mawn schließlich, offensichtlich etwas enttäuscht. »Wir haben sie verpasst.«

»Was ist das da?«, meinte Sianan in diesem Augenblick und deutete auf einen Lichtschimmer, der mitten aus dem Wald zu kommen schien.

Mawn hatte dieses Licht ebenfalls gesehen, auch wenn es nur einen ganz kurzen Moment aufgeblitzt war. »Gehen wir!«, rief er und hieb seinem Pferd die Fersen in die Flanken. Sianans Reittier folgte gehorsam und die beiden ritten über die Felder auf die unteren Hänge des Berges zu.

In der kurzen Zeit, seit sie die Kolonne verlassen hatten, war die Sonne vollständig untergegangen, und das Land war jetzt richtig dunkel. Wolken hatten sich vor den Mond geschoben, und die schwarzen Umrisse des Waldes dräuten vor ihnen wie ein gewaltiger Riese, der friedlich auf der Seite lag und schlief.

Die Vögel hatten ihren Gesang eingestellt, bis auf zwei Eulen, die sich im Wald etwas zuriefen. Die Wanderer ritten weiter, bis sie ein etwas höher gelegenes, aber eingeebnetes Gelände erreichten. Hier endete das Grasland und der Wald erhob sich vor ihnen wie eine steinerne Mauer, dunkel und undurchdringlich. Dies war die Stelle, an der sie die wie Druiden gekleideten Krieger hatten Wache stehen sehen.

Als sie in die Richtung blickten, aus der sie gekommen waren, konnten sie im Süden und im Osten die sanften Hügelkuppen des Graslands erkennen, während sich in Richtung des Landesinnern die Umrisse steil ansteigender Hügel vor dem schwachen Licht des Mondes abzeichneten. Etwas östlich des Waldes waren deutlich viele flackernde Fackeln auszumachen. Unweit davon befand sich ein Hügel, der in Flecken von gelblichem Licht getaucht war.

»Das muss Dun Righ sein«, platzte Sianan heraus.

In diesem Augenblick raschelte es ganz in der Nähe des Waldrands im Unterholz.

»Wer ist da?«, rief Sianan herausfordernd. Sie versuchte, sich ihr Erschrecken nicht anmerken zu lassen.

Es kam keine Antwort; nur weiteres Rascheln war zu hören.

»Wir sollten zur Kolonne zurückkehren«, flüsterte Sianan ihrem Freund zu. »Hier sind wir in Gefahr.«

Bevor Mawn antworten konnte, trat eine große Gestalt zwischen den Bäumen hervor ins Mondlicht. Das plötzliche Auftauchen eines Fremden im Dunklen erschreckte die Pferde, und beide Tiere drehten die Köpfe zur Seite und wieherten vor Angst.

»Der Hügel, auf den ihr da so starrt, ist Dun Righ und gehört den Königen«, dröhnte eine tiefe Stimme mit einem deutlichen Akzent. »Aber dieser Wald hier ist mein Land, das ihr verbotenerweise betreten habt.«

Mawn warf seiner Freundin einen schuldbewussten Blick zu; jetzt begriff er endlich, dass sie mit ihrer Neugier möglicherweise ihre Mission in Gefahr gebracht hatten. Sianan bedauerte augenblicklich, nicht dem Rat ihres Lehrers gefolgt zu sein. Was hatten sie sich nur dabei gedacht, unbewaffnet in der Dunkelheit über die Felder zu reiten?

»Wer seid ihr?«, fragte der Fremde. Es war nicht zu überhören, dass er schon sehr lange Zeit kein Gälisch mehr gesprochen haben musste, denn seine Grammatik war zwar korrekt, aber er bildete die Wörter überaus langsam und bedächtig.

»Bleib stehen!«, brüllte Mawn, wobei er versuchte, bedrohlich zu klingen. »Ich habe mein Schwert gezogen, und ich werde es benutzen, wenn du uns zu nahe kommst!«

Der Fremde ließ ein tiefes, kehliges Lachen hören. »Du bist nicht bewaffnet. Das kann ich deutlich sehen.« Und damit machte er einige Schritte auf Mawns Pferd zu und griff nach den Zügeln.

»Verschwinde, Sianan!«, schrie Mawn. »Reite nach Dun Righ und hol Hilfe. Ich werde ihn aufhalten, solange ich kann!«

Sianan gelang es, ihr Pferd zu wenden, und sie war bereit zur Flucht, aber das Tier hatte sich an Mawns lauter Stimme erschreckt, so dass sie länger brauchte, als es ihr lieb war, um es unter Kontrolle zu bringen. Während sie sich auf ihr Reittier konzentrierte, packte der Fremde behände die Zügel von Mawns Pferd. Das Tier geriet in Panik, als es die unvertrauten Hände spürte, und bäumte sich auf, um den Fremden zu treten.

Aber der Angreifer hielt die Zügel ganz kurz, so dass es sich nicht weit genug aufbäumen konnte, um mit den Vorderbeinen auszutreten. Es konnte nur vor Furcht laut und schrill wiehern und versuchen, sich zu befreien. Mit einer ruckartigen Bewegung neigte das Pferd den Kopf und entglitt dem Griff des Fremden. Allerdings bekam der Mann das Ende der Zügel gleich wieder zu fassen, und daher versuchte das Tier, sich umzudrehen und den Angreifer mit den Hinterbeinen zu treten.

Während das Pferd sich so abmühte, rutschte Mawns Fuß aus dem Steigbügel. Er versuchte, wieder Halt zu finden, aber statt Erfolg zu haben, rutschte er seitwärts aus dem Sattel und fiel mit voller Wucht ins Gras. Er stöhnte laut, als der Aufprall ihm den Atem verschlug.

Sianan war kaum ein paar Schritte weit gekommen, als sie Mawn leise aufschreien hörte. Mit sinkendem Mut sah sie, wie sein Pferd sich losriss und zur Straße davonschoss. Aber wie groß die Gefahr auch sein mochte – sie konnte Mawn jetzt nicht allein lassen. Während sich der Fremde über ihren Freund beugte, ritt sie wieder zu ihm hin und sprang ihm vom Sattel aus auf den Rücken.

»Lass ihn in Ruhe, du barbarischer Sachse!«, schrie sie.

Der Fremde schien sich aus ihrem Angriff nicht sehr viel zu machen. Er griff einfach nur über seine Schulter, legte ihr seine große Hand auf den Arm und zog sie über seinen Kopf, als würde er einen alten, regendurchtränkten Umhang ausziehen. Sie stürzte kopfüber zu Boden und fand sich auf dem Rücken liegend Auge in Auge mit der dunklen Gestalt ihres Angreifers.

Während sie so dalag und versuchte, wieder Luft in die Lungen zu bekommen, zog der Fremde eine stählerne Klinge aus einer Scheide an seiner Seite. In der glänzenden Oberfläche spiegelte sich das Mondlicht, als er ihr die Waffe nah vors Gesicht hielt. Es war ein kurzes Breitschwert, das anders war als alle anderen Schwerter, die Sianan bisher gesehen hatte.

»Rühr dich nicht von der Stelle, wenn du nicht willst, dass dir etwas geschieht«, befahl der Mann. Dann richtete er seine Aufmerksamkeit auf Mawn. »Bist du verletzt? Kannst du gehen?«, fragte er offensichtlich aufrichtig besorgt.

Sianan war noch immer entsetzt darüber, wie sich die Ereignisse entwickelt hatten, und so dauerte es ein paar Sekunden, ehe sie begriff, dass ihr Pferd weggelaufen war, um das von Mawn zu finden. Wenn sie dieser misslichen Lage entfliehen sollten, würden sie zu Fuß nach Dun Righ marschieren müssen.

»Steh auf!«, schnappte der Fremde; er versuchte, leise zu sprechen. »Und hilf deinem Freund auf die Beine. Er hat sich nichts gebrochen. Er wird gehen können.«

Sianan rollte sich zu Mawn hinüber; sie war sorgfältig darauf bedacht, keine schnellen Bewegungen zu machen, um ihren Häscher nicht unnötig zu reizen. Nachdem sie sich davon überzeugt hatte, dass ihr Freund tatsächlich keine schweren Verletzungen erlitten hatte, half sie ihm auf.

»Wer bist du?«, wollte Sianan wissen, als sie beide wieder standen. Mawn lehnte sich an sie. Sie konnte sehen, dass der Fremde einen dunkelblauen Druidenumhang trug und dass sein Vorderkopf nach Art der Dichter des heiligen Ordens geschoren war.

»Für euch ist es im Augenblick nicht wichtig, wer ich bin, meine Liebe«, antwortete der Fremde mit spöttisch klingender Stimme. »Wir sollten uns in den Schutz des Waldes begeben. Hier läuft heute Abend Volk herum, das mir sicherlich einigen Schaden zufügen würde, wenn es dazu die Gelegenheit hätte.«

Er bedeutete Sianan und Mawn mit seinem Schwert, ihm zum Waldrand zu folgen. Verborgen von den Zweigen der vordersten Bäume führte dort ein Pfad tiefer in den Wald hinein.

»Und versucht ja nicht, mir wegzulaufen«, warnte er. »Ich werde nicht zögern, euch niederzuschlagen, wenn ihr es tun solltet.«

Sianan verfluchte ihre Neugier und ihren Mangel an Beherrschung, aber sie hatte jetzt keine andere Wahl, als zu tun, was der Fremde befahl. Sie betrat den Wald, immer noch Mawn stützend. Ein paar Augenblicke später waren sie von vollkommener Dunkelheit umfangen, und sie hätte nicht mehr sagen können, in welche Richtung der schmale Pfad führte.

Hinter sich hörte sie das Geräusch von Stein, der gegen Metall geschlagen wurde, und aus dem Augenwinkel sah sie ein paar Funken aufstieben. Dann hatte der Fremde plötzlich eine Fackel in der Hand, hielt sie hoch über den Kopf. Jetzt konnten Sianan und Mawn den Weg erkennen, der sich zwischen den Bäumen hindurchschlängelte. Und sie konnten das Gesicht des Mannes deutlich sehen.

Es war kein Sachse. Der Mann trug einen silbernen Halsreif alter Machart, an dessen Enden sich jeweils ein Drachenkopf befand. Er hatte einen mächtigen Schnurrbart und lange, wilde braune Haare, die er am Hinterkopf zusammengebunden hatte, damit sie ihm nicht ins Gesicht fielen. Unter seinem Umhang trug er eine Reithose und eine weiße Tunika.

»Du bist ein Druide!«, rief Mawn aus.

»Geht weiter«, befahl ihr Häscher. »Dies ist nicht der rechte Zeitpunkt, sich einander vorzustellen. Glaubt mir, wenn wir gefangen werden, bin ich nicht der Einzige, der es bedauert. Ihr werdet genauso dafür büßen müssen.«

»Wir sind auch Druiden«, beharrte Sianan. »Du hast kein Recht, uns –«

»Halt den Mund!«, schnaubte der Mann.

Die beiden Freunde begriffen, dass sie im Augenblick nur wenig tun konnten, und so stützten und halfen sie sich gegenseitig, während sie immer tiefer und tiefer in den Wald vordrangen. Nach nicht allzu langer Zeit kamen sie in einen Bereich, in dem es außer der flackernden Fackel des Fremden nicht das geringste Licht gab, noch nicht einmal Mondlicht. Sie waren so vollständig von der Welt draußen abgeschnitten, dass Sianan der Schein der Binsenfackel so hell vorkam wie das Sonnenlicht.

Der Pfad verbreiterte sich etwas und die Bäume schienen ein bisschen vor dem Licht zurückzuweichen, als fürchteten sie das, was es enthüllen könnte. Dann, als der Pfad zu einer steilen Anhöhe anstieg, tauchte ein anderes Licht vor ihnen auf, das zwischen den Bäumen flackerte. Oben auf dem Hügel wartete jemand.

Nach weiteren vierzig Schritten sahen sie einen Jungen von nicht mehr als zwölf Sommern an einer Weggabelung stehen, ebenfalls eine Binsenfackel in der Hand. Der Fremde trat näher an Mawn heran und drückte ihm die Spitze seiner Klinge in den Rücken.

»Stehen bleiben«, befahl er.

Sianan und Mawn blieben abrupt stehen, während der Fremde auf den Jungen zuging.

»Und versucht nicht zu fliehen«, fügte er hinzu, wobei er sich noch einmal zu ihnen umdrehte. »Ihr würdet keine hundert Schritt weit kommen, ohne euch in dieser Dunkelheit vollständig zu verlaufen.« Dann begrüßte er den Jungen, der geduldig vor ihnen wartete. »Fergus, ist alles in Ordnung?«

Der Junge trat ganz nah an den älteren Mann heran, und er sprach mit gesenkter Stimme, so dass Mawn und Sianan nicht hören konnten, was gesprochen wurde. Die beiden Fremden unterhielten sich eine ganze Weile. Der Druide, der sie aufgegriffen hatte, war deutlich erregt über etwas, das der Junge ihm gesagt hatte. Schließlich drehte der Mann sich um und stürmte zurück zu seinen beiden Gefangenen.

»Ihr werdet keinen Laut von euch geben, ist das klar? Solltet ihr es nämlich tun, bringt ihr unser aller Leben in Gefahr, denn wir wissen nicht genau, was oder wer sich heute Nacht in diesem Wald aufhält.« Die Stimme des Fremden klang gleichermaßen schroff und höhnisch. Die beiden Wanderer waren zunächst verblüfft über so viel Unhöflichkeit, aber dann kam Mawn zu dem Schluss, dass er es leid war, herumkommandiert zu werden. Wenn dieser Mann ein Dichter war, und das musste er ja sein, dann hatte er kein Recht, sie so zu behandeln. »Was glaubst du, wer du bist?«, fragte er entrüstet. »Wir sind Druiden. Nach althergebrachtem Brauch hast du kein Recht, uns wie deine Gefangenen zu behandeln. Du begehst ein schweres Vergehen, wenn du dich uns gegenüber so verhältst, auch wenn dies dein Wald sein sollte.«

»Wir haben noch einen weiten Weg vor uns, ehe wir im Haus meiner Frau in Sicherheit sind«, antwortete der Fremde kühl. »Halt den Mund, und du wirst lang genug leben, um heute Nacht noch ein oder zwei andere althergebrachte Bräuche zu sehen. Dein Volk mag das Blau der gelehrten Ränge tragen, aber das macht nach meiner Einschätzung keinen von euch zu einem Druiden. Zieh einer Ziege schöne Kleider an, und sie wird doch eine Ziege bleiben.«

Und damit hob der Junge namens Fergus seine Fackel und führte sie auf den linken Weg der Gabelung. Mawn und Sianan sahen, dass der Fremde seine Klinge wieder auf sie gerichtet hatte, und so folgten sie dem Jungen, ohne noch weiter Einwände zu erheben, und marschierten dabei vorsichtig an ihrem Häscher vorbei.

V

Das Erste, was Deklan von der Festung Dun Righ zu sehen bekam, waren die vielen Feuer, die im Umkreis des inneren Walls brannten. Seit er das Kloster Sankt Ninian übernommen hatte, war er schon viele Male zu dieser Festung geritten, aber noch nie hatte er so viele Herdfeuer innerhalb der Mauern brennen sehen.

Die vordersten Pferde der Kolonne waren noch etwa hundert Schritt vom äußeren Verteidigungsring entfernt, als der Abt bemerkte, dass die Felder zu beiden Seiten der Straße von sich geräuschlos bewegenden Schemen wimmelten – Krieger, die die Gruppe im Schutz der Dunkelheit grimmig in die Festung geleiteten.

Er bekam eine Gänsehaut, als er sich daran erinnerte, wie er das erste Mal den wilden gälischen Kriegern begegnet war. Die Situation war damals in vielerlei Hinsicht nicht sehr viel anders als heute gewesen. Zehn Jahre waren seit jenem unheilvollen Augenblick vergangen, da er als Mitglied von Bischof Palladius' Mission zum ersten Mal seinen Fuß auf Eirinn gesetzt hatte, um die Bewohner der Insel zum Christentum zu bekehren. Die Stammeskrieger der Bergfestung Ardmor hatten den Missionaren auf fast die gleiche Weise das Geleit gegeben, wie es jetzt mit Murroughs Gruppe geschah.

Damals war der Abt ein junger Mönch gewesen, der noch keinerlei Erfahrung mit den Gälen gehabt hatte. Die Art, wie sie sich kleideten, vor allem aber die wild aussehende Bemalung, mit der sie sich für eine Schlacht schmückten, war ihm immer sehr barbarisch vorgekommen. Sie besaßen außerdem die beunruhigende Fähigkeit, plötzlich wie aus dem Nichts zu erscheinen. Er würde niemals die Ehrfurcht vergessen, die ihn ergriffen hatte, als sich die Gruppe des Bischofs Ardmor genähert hatte.

Aber die Bergfeste Ardmor war eine viel kleinere Ansiedlung gewesen als die Festung Dun Righ. Hier schienen Hunderte von bewaffneten Männern neben den Wagen herzumarschieren, während es bei Ardmor nicht mehr als fünfzig gewesen waren. Und auch die Begrüßung unterschied sich von der, die ihm vor zehn Jahren zuteil geworden war. In der kurzen Zeit, die Deklan in Eirinn gewesen war, musste sich die Situation mit den Sachsen deutlich verschlimmert haben. Nur so konnte er sich die bewaffnete Eskorte erklären, die vielen Herdfeuer und die fast schon greifbare Spannung, die in der Luft lag.

Der Abt beschloss, zur Spitze der Kolonne zu reiten, um Murrough und Caitlin zu suchen. Deklan hatte sich mit Cathal, dem Anführer von Dun Righ, gut verstanden, und er dachte, dass seine Anwesenheit dem König und der Königin von Munster nützlich sein könnte. Als er nach vorne ritt, kam er an einer kleinen Gruppe römischer Fußsoldaten vorbei, die Patricius nach Eirinn begleitet hatten, als dieser vom Papst auserwählt worden war, um Palladius als Bischof der fünf Königreiche zu ersetzen. Diese Männer, so dachte er, waren vermutlich seit zweieinhalb Jahrhunderten die ersten römischen Soldaten, die wieder einen Fuß auf britischen Boden setzten.

Bischof Patricius hatte sich einverstanden erklärt, die Truppe nach Dal Araidhe zu schicken, um zu vermeiden, dass sich Hochkönig Leoghaire von Eirinn durch ihre Anwesenheit in seinem Königreich beleidigt fühlen könnte. Patricius war ein weit besserer Diplomat als sein Vorgänger. Die Gefahr, die die Sachsen für Sankt Ninian darstellten, erwies sich als eine hervorragende Entschuldigung, die kampfgestählten Veteranen über das Meer zu schicken, an einen Ort, wo sie den Herrschern Eirinns nicht als Bedrohung erscheinen konnten.

Bei Murroughs und Caitlins Soldaten handelte es sich überwiegend um Speerkämpfer, aber es waren auch zwanzig besonders ausgebildete Bogenschützen dabei, die noch vor den Römern marschierten. Danach kam Deklan an den berittenen Truppen von Munster vorbei, zu denen auch einige Edelleute zählten, die aber zum größten Teil aus Veteranen bestanden. Es gab auch eine Reihe von Männern und Frauen, die sich der Expedition im Tausch gegen Vieh und Weiderechte angeschlossen hatten, die ihnen zustanden, wenn sie nach Hause zurückkehrten. Dies waren hauptsächlich Krieger, die in Leoghaires Truppen ihren Dienst geleistet und die Küsten Eirinns vor fremden Plünderern beschützt hatten.

Nachdem sich Deklan durch all diese Reihen hindurchgedrängt hatte, gelangte er schließlich zu einer kleinen Gruppe von Leibwachen, die beständig das königliche Paar umgaben. Da er ein Freund war, wurde er zum König und der Königin durchgelassen, die sich gerade mit dem römischen Zenturio Tatheus unterhielten. Die drei waren so in ihr Gespräch vertieft, dass Deklan ihre Aufmerksamkeit erst erringen konnte, als die königliche Gruppe eine Stelle erreichte, wo erst vor kurzem eine große Steinmauer auf der Straße errichtet worden war. Sie kennzeichnete den Ort, an dem der innere Verteidigungsring von Dun Righ begann.

Bei der Lücke in der Mauer wartete Cathal, der Anführer der Festung, der sich selbst Mac Croneen nannte, was im Gälischen »Sohn des Croneen« bedeutete. Sianans Großvater Cathach hatte diesen Beinamen ebenfalls benutzt. Der Anführer erkannte Deklan sofort; das Protokoll verlangte jedoch, dass er zuerst die königliche Gruppe begrüßte, und so nickte Cathal dem Abt nur kurz zu.

Deklan bemerkte, dass eine goldblonde junge Frau in einem dunkelblauen Druidenumhang den Anführer zu der Stelle begleitete, wo Murrough, Caitlin, Tatheus und er selbst ihre Pferde angehalten hatten. Er hatte diese Frau noch nie zuvor gesehen und fragte sich, wer sie wohl sein könnte.

In diesem Augenblick lenkte Gobann sein Pferd neben das des Abtes; er trug seinen langen, wehenden Umhang aus Rabenfedern. Das wunderschöne schwarze Kleidungsstück kennzeichnete Gobann als Druiden vom Silberzweig, als Mitglied einer kleinen, auserlesenen Gruppe von Dichtern, die in ihren eigenen Landen als die Besten angesehen wurden. Somit hatten sich nun die wichtigsten Repräsentanten beider Seiten versammelt, und der formelle Teil konnte beginnen.

Ohne eine feierliche Einladung, die Festung zu betreten, hätte es noch nicht einmal der Hochkönig mit all seinen Kriegern gewagt, durch die Maueröffnung zu reiten, um seinen Gastgeber nicht möglicherweise zu beleidigen. Die fünf Besucher stiegen ab, als Cathal sich näherte, und warteten, dass der übliche Austausch begann.

»Wer reitet mit bewaffneten Truppen durch das Land Strath-Clota, ohne von Cathal, dem Anführer von Dun Righ und König des Südlichen Dal Araidhe dafür die Erlaubnis zu haben?«, brüllte der Kriegshäuptling.

Deklan wölbte die Brauen, als er hörte, dass Cathal sich selbst als König des Südlichen Dal Araidhe bezeichnete. Zweifellos hatten sich viele Dinge verändert, seit der Abt nach

Eirinn aufgebrochen war. Damals hatte Cathal sich noch nicht König genannt.

Als Nächstes sprach die Frau im Druidenumhang. »Dieser Mann ist bekannt als Murrough von Eoghanacht, Botschafter von Leoghaire von Teamhair. Er ist König von Munster. Er hat sein Heer mitgebracht, um dem Volk von Strath-Clota seine Hilfe gegen die Wilden anzubieten.«

Murrough verlagerte unangenehm berührt sein Gewicht; er spürte das gleiche Unbehagen wie damals, als er diese Druidin zum ersten Mal gesehen hatte. Der König begriff, dass er ihr seinen Rang und seine Position nicht richtig klar gemacht hatte. Nicht er war es, der diese Expedition befehligte. Auch auf die Gefahr hin, das Protokoll zu verletzen, meldete er sich jetzt zu Wort, erleichtert, dass Caitlin ihm nicht zuvorgekommen war.

»Es ist wahr, dass ich der Botschafter von Leoghaire bin«, sagte der König. »Aber dieses Heer steht nicht unter meinem Befehl. Unser Hochkönig hat meiner Frau und Königin Caitlin Ni Uaine die Befehlsgewalt übertragen. Sie wird die Krieger übergeben, wenn sie sich dazu entscheidet.«

Cathal führte eine Hand zu seinem rasierten Kinn und strich über seinen grauen Schnurrbart; überrascht sackten seine Mundwinkel etwas herab. Der Anführer blickte seine Beraterin an; die Druidin zuckte mit den Schultern. Nach einer kurzen Pause ergriff er wieder das Wort.

»Willkommen, Caitlin. Du bist die erste Frau seit mindestens zwei Generationen, die Krieger auf den Boden dieses Landes führt. Seit mein Volk in der Zeit meines Urgroßvaters hierher gekommen ist, hatten nur Männer die Position als Kriegsführer inne. Hierin folgen wir den Bräuchen der Briten, die sie ihrerseits von den Römern übernommen haben. Heutzutage wählen nur die wilden Picti Frauen als Herrscherinnen im Kampf.«

»Und die Gälen in Eirinn«, verbesserte Caitlin ihn rasch; ihre ernste Miene machte klar, dass sie eine fähige Gegnerin sein würde. »Vielleicht bringt die Anwesenheit einer Frau eine neue Sicht der Dinge in den Feldzug, die deinem Volk den Sieg beschert, den du dir erwünschst«, fügte sie hinzu.

Diese Bemerkung war gut gemeint, aber Murrough bemerkte einen Unterton in der Stimme seiner Frau, der darauf hindeutete, dass sie von den Leuten, die sie bisher in diesem Land getroffen hatte, nicht sonderlich beeindruckt war. Wieder mischte sich der König ein, ehe Caitlin die Gelegenheit hatte, noch mehr zu sagen.

»Dies ist der Dichter Gobann vom Silberzweig, mein Berater und ein Druide von hohem Rang in Eirinn.«

Gobann trat vor und verneigte sich vor Cathal, der die Geste mit einer Verbeugung erwiderte, um seinen großen Respekt zu zeigen. Dann trat der Dichter wieder hinter Murrough zurück.

»Dieser Krieger, der hier neben Caitlin steht, ist Tatheus«, fuhr der König mit der Vorstellung fort. »Er ist ein Zenturio des kaiserlichen römischen Heeres und hat zwanzig erfahrene Legionäre bei sich.«

Cathals Augen weiteten sich zunächst verwundert, dann lachte er; doch er riss sich abrupt wieder zusammen, als er den Stil der Rüstung und die Kleidung erkannte, die der Soldat trug, und begriff, dass dies kein Witz gewesen war. »Die Römer sind von den nackten, heulenden Picti aus diesem Land vertrieben worden, als Cormac Mac Airt Hochkönig von Eirinn war. Und seit dieser Zeit haben die Könige der Briten stets versucht, die Römer zu überreden, Soldaten hierher zu schicken, um die Revolte der sächsischen Söldner zu ersticken. Es kommt mir wie ein Wunder vor, dass sie uns endlich doch noch Hilfe geschickt haben, auch wenn es nur zwanzig Mann sind.«

»Ich hatte ursprünglich den Auftrag, Bischof Patricius Sucatus auf seiner Reise nach Eirinn zu begleiten«, platzte Tatheus heraus, als würde er einem seiner Vorgesetzten in Rom Bericht erstatten. »Als diese Pflicht erfüllt war, übergab der Bischof meine Soldaten der Verfügungsgewalt von Königin Caitlin, damit wir ihr so helfen können, wie sie es für richtig hält, bis wir vom Papst nach Ravenna zurückgerufen werden.«

»Römer, die dem Befehl einer Frau unterstehen«, murmelte Cathal ungläubig. »Wenn ich das dem Rat der Könige der Briten erzähle, werden sie mich auslachen und für verrückt erklären. So etwas ist im ganzen alten Imperium von Gallatia im Osten bis Iberia im Westen niemals vorgekommen. Ich bin dennoch überglücklich über eure Ankunft. Ihr seid nicht einen Tag zu früh gekommen.«

Cathal wandte sich an die Druidin Ia und verkündete seine Befehle laut genug, dass so viele Menschen wie möglich hören konnten, was er gesagt hatte. Dieser Anführer war ein Mann, dem sein Ruf, besonders gastfreundlich zu sein, wichtiger als alles andere war.

»Kümmere dich um das Wohl der Gäste aus Eirinn und bringe sie innerhalb der Schutzwälle unter, in der Nähe der Hauptgebäude. Gib den Druiden die besten Schlafplätze und den Kriegern die besten Fleischstücke. Ich möchte noch die Verteidigungsanlagen abschreiten, bevor wir essen.« Dann erinnerte er sich daran, dass er Deklan gesehen hatte, und er fügte hinzu: »Der Abt von Sankt Ninian soll am Tisch mit der königlichen Gruppe sitzen und behandelt werden, wie es seinem Rang entspricht: wie ein gelehrter Druide.«

Und nach diesen Worten marschierte Cathal direkt zu Murrough und Caitlin und senkte seine Stimme so weit, dass nur sie ihn hören konnten. »Verzeiht mir, dass ich euch nicht direkt zum Tisch führe. Es hat ein paar beunruhigende Nachrichten über eine große sächsische Streitmacht gegeben, die sich an der Westküste sammelt. Am späten Nachmittag ist ein Reiter zur Festung gekommen und hat berichtet, dass Plünderer auf der Suche nach Nahrung durch das Land ziehen. Die Sachsen, die sich hier mehr oder weniger eingerichtet haben, verfügen über eigene verlässliche Vorräte und brauchen gewöhnlich nicht zu weit weg von ihrem Standort zu plündern. Wir fürchten, dass es sich bei diesen Plünderern um eine neue Streitmacht handeln könnte. Meine Kundschafter haben die Berichte bis jetzt noch nicht bestätigt, aber ich fürchte das Schlimmste und werde kein Risiko eingehen. Ich habe das Volk von Strath-Clota zu den Waffen gerufen.«

»Dann müssen wir unbedingt miteinander reden«, sagte Caitlin drängend.

»Lasst uns zusammen die Verteidigungswälle abschreiten. Es gibt viel zu besprechen«, pflichtete er ihr bei. »Leoghaire hat vor zwei Monaten einen Boten geschickt, um mich wissen zu lassen, dass ihr kommen würdet, aber ich hatte euch schon viel früher erwartet.«

»Wir mussten uns zu Hause noch um viele Dinge kümmern, bevor wir aufbrechen konnten. Der Hochkönig hat erst vor drei Wochen geheiratet, und wir sind geblieben, um als Zeugen an der Zeremonie teilzunehmen. Leoghaire hat nach dem christlichen Ritus geheiratet und war sich nicht sicher, was seine Untertanen davon halten würden. Die Anwesenheit der vier geringeren Könige hatte zur Folge, dass es nicht ganz so viel Gerede gab, wie sonst zu erwarten gewesen wäre«, erklärte Murrough.

»Leoghaire ist jetzt ein Christ?«, rief Cathal ungläubig aus. »Dass ich so etwas noch erlebe!«

»Bischof Patricius ist ein sehr energischer Vertreter seiner Religion«, fuhr Murrough fort, »und die neue Hochkönigin ist eine seiner treuesten Anhängerinnen und gewährt ihm all ihre

Unterstützung. Wir waren gezwungen, unseren Aufbruch so lange hinauszuzögern, bis wir sicher sein konnten, dass der Bischof sich nicht als ein neuer Palladius erweisen würde.«

»Palladius!«, zischte Cathal. »Das ist ein Name, den ich nie wieder hören wollte. Dieser Mann verbreitet seit fast zehn Sommern nichts als Lügen und umstürzlerische Ideen in ganz Strath-Clota. Ich wünschte, ich könnte einen Weg finden, uns von ihm zu befreien. Ihr wundert euch vielleicht darüber, dass die Gälen von Alba sich nicht sehr viel aus den Hochkönigen von Eirinn machen, aber ihr dürft nicht vergessen, dass immer dann, wenn Leoghaire einen Übeltäter aus eurer Heimat verbannt, ein Boot nach Strath-Clota segelt und ein Verbrecher an Land geht. Wenn Eirinn unter Problemen leidet, wird Dal Araidhe zu gegebener Zeit ebenso darunter leiden.«

»Ich bin überrascht, dass Palladius seine Lektion noch immer nicht gelernt hat«, erklärte Caitlin. »Aber sorge dich nicht zu viel um ihn. Ich habe eine Gesandtschaft von Patricius bei mir, die ihn suchen und gefangen nehmen soll, weil er seinen Eid gebrochen hat. Ich bin also vielleicht in der Lage, dein Königreich zumindest von diesem Übel zu befreien. Und im Augenblick haben wir dringendere Probleme zu lösen.«

»Du hast Recht«, pflichtete Cathal ihr bei. »Gehen wir ein bisschen.« Der Anführer hakte die Königin unter und führte sie zu den Wällen, gefolgt von Murrough und Tatheus. Deklan stand da und blickte ihnen nach, verwundert, dass sie in seinem Beisein so offen über Patricius gesprochen hatten. Doch dann begriff er, dass er tatsächlich das Vertrauen vieler Gälen errungen hatte – so sehr, dass sie manchmal sogar vergaßen, dass er keiner von ihnen war.

Aldors Plan, die verräterische Tat Eothains zu nutzen, um die nachlassende Unterstützung seiner Männer wieder neu zu entfachen, funktionierte hervorragend. Es war allerdings eine

Schande, musste der Eorl sich im Stillen eingestehen, dass dies nur auf Kosten dreier guter Krieger gegangen war. Eothain besaß die Fähigkeit, aus den unter seinem Befehl stehenden Kriegern das Beste herauszuholen, selbst wenn er die Gälen häufig ohne Zustimmung des Eorl angegriffen hatte und genauso häufig aufsässig war.

Auf einem dieser ungenehmigten Plünderungszüge zu Beginn des letzten Frühjahrs war Eothain zu weit gegangen. Der rebellische Krieger hatte den Mönchen vom Kloster Sankt Ninian fast alles genommen, was sie besaßen. Er hatte die Geduld seines Herrn auf die Probe gestellt, indem er einen jungen Mönch der Gemeinschaft hatte hängen lassen, während der Eorl in seiner Halle gesessen hatte, ohne auch nur das Geringste zu ahnen. Seither hatte es viele solcher Angriffe gegeben, alle ohne den Segen des Eorl.

Es war nicht so, dass Aldor zimperlich gewesen wäre, was Plünderungen an sich anging. Im Gegenteil, er scheute fast nie vor einem guten Kampf zurück. Aber er war sich der Tatsache nur zu bewusst, dass seine Männer bei der Beschaffung ihrer Nahrung in Zukunft etwas wählerischer vorgehen mussten, denn sonst würde in wenigen Jahren auch das letzte Stückchen Ackerland leer gefegt sein, und sie würden alle Hunger leiden. Es galt, ein höchst empfindliches Gleichgewicht zu wahren, wenn das Land, das sie langsam eroberten, nicht einer Hungersnot zum Opfer fallen sollte. Wie konnten die Mönche sie weiter mit Nahrung und Bier versorgen, wenn sie vor Hunger zu schwach waren, um die Ernte einzubringen?

Der Eorl musste außerdem in Betracht ziehen, dass er kein großes Heer zur Verfügung hatte. Wenn die Gälen zu sehr unter den brutalen Überfällen litten, würden sie sich gewiss gegen ihre neuen Herren erheben. Aldor war ein mutiger Mann, aber er war nicht so dumm, sich von seinem Selbstvertrauen in die Irre führen zu lassen. Er wusste, dass die paar Krieger unter seinem Befehl einem aufeinander abgestimmten Widerstand der Gälen nicht standhalten würden, wenn diese sich mit den Königen von Strath-Clota verbündeten. Bis weitere sächsische Plünderer aus den Heimatlanden eintrafen, hatte ein Ziel des Eorl Vorrang vor allen anderen: Er musste eine sichere Festung für die zukünftige Ausweitung seines Königreiches errichten.

Als Eothain und einige der anderen Männer mit ihren willkürlichen Plünderungszügen begonnen hatten, hatte sich die heikle Situation in Strath-Clota zur Krise zugespitzt. Aldor hatte sie wegen ihrer mangelnden Zurückhaltung immer wieder gescholten, sie hingegen hatten ihm vorgeworfen, zu zögerlich zu sein, wenn es ums Kämpfen ging. Sie konnten nicht erkennen, dass seine Vorsicht nur den Folgen ihrer Taten galt – dass er sich sorgte, ihre Ungeduld könnte all ihre Hoffnungen auf ein neues sächsisches Königreich zerstören. Dann hatte Eothain damit angefangen, Aldor in der Kriegsversammlung, in der die Krieger sich trafen, um den Fortgang ihrer Invasion zu besprechen, gegenüberzutreten.

Zu diesem Zeitpunkt war der Eorl zu dem Schluss gekommen, dass er nur dann sicher sein konnte, dass Eothain seinen Führungsanspruch nicht bedrohen würde, wenn er den Rebellen in Verruf brachte und von jeder Position entfernte, die ihm Einfluss auf die anderen Männer gewährte. Dennoch hatte Aldor den ganzen Sommer lang geduldig auf die geeignete Gelegenheit gewartet, sich seines Rivalen zu entledigen.

Wie es der Zufall wollte, sollte die Lösung des Problems aus einer eher unerwarteten Ecke kommen. Als die Herbstniederschläge einsetzten, brachten sie einen Besucher aus Centiland, dem südöstlich gelegenen Land der Angeln mit. Sein Name war Tyrbrand, und er war eine Ausnahme in seinem Volk. Er war ein heiliger Mann.

Tyrbrand hatte Aldor nicht direkt Bericht erstattet, als er auf der Halbinsel Strath-Clota eintraf, wie es die meisten Söldner bei ihrer Ankunft taten. Stattdessen hatte er einen ganzen Mondzyklus bei den Gälen von Cathals Volk verbracht, verkleidet als verkrüppelter, stummer Bettler. Mit Hilfe dieser List hatte er eine ganze Menge über das Volk von Strath-Clota und die Verteidigungsanlagen der Festung Dun Righ herausbekommen. Sein erster Besuch in der gälischen Bergfeste war so erfolgreich gewesen, dass er immer wieder dorthin zurückkehrte, um noch ein bisschen mehr zu erfahren; daher war er auch häufig tagelang verschwunden, doch er sicherte sich immer wieder einen erinnerungswürdigen Auftritt, wenn er ins Lager zurückkehrte.

Das Bemerkenswerteste an Tyrbrand war allerdings nicht, dass er furchtlos in die feindliche Festung schritt, sondern dass er von der Aura eines Mannes umgeben war, der Dinge gesehen hatte, die nicht für Sterbliche gedacht waren. Er wurde von jener geheimnisvollen Kraft beherrscht, die die Angeln und Sachsen das Verrückte nannten.

Wie alle seiner Art gründete auch Tyrbrands hauptsächlicher Anspruch als heiliger Mann auf einem Besuch, den er von einem Gott erhalten hatte; in seinem Fall war es Tyr, der Gott des Krieges, gewesen, der ihm im Verlauf seines Lebens dreimal in der Verkleidung eines riesigen Raben erschienen war. Beim letzten Besuch hatte der Gott Tyrbrand anscheinend aufgetragen, dass er Aldor suchen musste, den Bruder von Guthwine, und ihm dabei helfen sollte, die Länder von Strath-Clota für die Sachsen zu erobern. So hatte sich der heilige Mann einen Namen zugelegt, der in der Sprache seines Volkes »die brennende Fackel von Tyr« bedeutete, und sich auf die Suche nach Aldor gemacht.

Natürlich hatte Aldor den heiligen Mann, als er sich zum ersten Mal bei ihm vorstellte, für verrückt gehalten, denn er hatte lediglich übel riechende Fetzen getragen und auf höchst sprunghafte Weise gesprochen. Seine dunkelbraunen Haare und sein Bart waren mit Lehm und Kalk verschmiert und voller Parasiten; der heilige Mann hatte die unangenehme Angewohnheit, sie herauszuklauben und auf ihnen herumzukauen, wann immer er in eine ernsthafte Unterhaltung verwickelt war. Tyrbrand schleppte außerdem wo er ging und stand eine gewaltige, altertümliche Streitaxt mit einer breiten Klinge mit sich herum, von der er sich nur trennte, wenn er sich zu einem seiner Besuche bei den Gälen aufmachte.

Doch welcher Art Aldors ursprüngliche Befürchtungen im Hinblick auf Tyrbrand auch gewesen sein mochten – er konnte nicht umhin festzustellen, dass seine Krieger dem Neuankömmling ein hohes Maß an Respekt entgegenbrachten. Die Begabung des Mannes im Geschichtenerzählen war so groß, dass es nicht lange dauerte, bis es hieß, er besäße die Macht, die Toten auferstehen zu lassen und die Verletzten zu heilen. Ein paar glaubten, dass er in Wirklichkeit der Gott Tyr selbst in Verkleidung war und gekommen sei, um bei der Errichtung eines nördlichen sächsischen Königreiches zu helfen. Wer immer er wirklich sein mochte, er hatte Aldors Herrschaft neues Leben gegeben, und der Kriegsführer verlor keine Zeit, die Fähigkeiten des heiligen Mannes zu seinem Vorteil einzusetzen.

Eothain hatte den Fehler gemacht, zu versuchen, Tyrbrand für seine Ziele zu gewinnen. Dies war der Schnitzer, der den Verräter die Freiheit gekostet hatte, denn der heilige Mann war voll und ganz davon überzeugt, dass er geschickt worden war, um Aldor zu dienen – und nur Aldor allein. Was diese Überzeugung anging, war er fanatisch und unbeirrbar, und die anderen Krieger lauschten seinen Ratschlägen.

Nun, da er mit Eothain fertig geworden war, beschloss der

Eorl, dass es an der Zeit war, eine große Streitmacht für einen letzten Angriff auf Dun Righ zusammenzuziehen; er hoffte, auf diese Weise jeglichen gälischen Widerstand auf der Halbinsel auszulöschen. Eine solche Tat würde es den Sachsen ermöglichen, sich im gesamten Südwesten Strath-Clotas niederzulassen. Die Frage, wo er genügend Truppen für seinen Feldzug finden würde, wurde beinahe unverzüglich und auf sehr seltsame Weise gelöst.

Am Tag nach Eothains Niederlage landeten fünf Langboote mit Angeln aus Centiland etwa einen halben Tagesmarsch von Aldors Lager entfernt am Ufer. Ihre Anführer erklärten Aldor, dass ein riesiger Rabe sie an diese Stelle der Küste geführt hätte; er hätte sie unaufhörlich gerufen, von dem Augenblick an, da sie auf der Suche nach neuen Landen aufgebrochen waren, bis sie ihre Langschiffe an Land gezogen hatten. Danach war der große Vogel verschwunden, als hätte er niemals existiert. Die Plünderer hatten daraufhin Kundschafter ausgeschickt, um mehr über dieses Land zu erfahren; so waren sie nach kurzer Zeit auf Aldors Lager gestoßen, und der Eorl hatte die Gelegenheit genutzt und sich mit den Neuankömmlingen verbündet. Da er das Land kannte und mit den ortsansässigen Stämmen vertraut war, beachtete man seinen Rat. Aber es erforderte ein geschicktes Ausspielen des einen Kriegsführers gegen den anderen, ehe er zum Befehlshaber der vereinten Streitmacht gewählt wurde. Da die Angeln einander gegenseitig nicht trauten, war Aldor der einzige mögliche Kandidat für diese Position.

Der Eorl konnte angesichts von so viel Glück nur staunen. An dem einen Tag hatten seine Männer aus Langeweile und Übermut noch kurz vor einer Revolte gestanden – und am nächsten hatte er den Befehl über mindestens vierhundert bereitwillige Krieger. Er fing allmählich an zu glauben, dass es mehr als nur Zufall war, der ihm die Verstärkung ausgerechnet in sein Lager gebracht hatte, und dass er Tyrbrand vielleicht mehr Dank schuldete, als er öffentlich zuzugeben bereit war. Mit dem letzten Punkt hatte Aldor absolut Recht. Der heilige Mann hatte gegenüber den Angeln all seinen Einfluss geltend gemacht, hatte sich sogar auf verwandtschaftliche Bande berufen, um das Ergebnis zu erhalten, das er sich wünschte.

Aldor rief Tyrbrand zu sich, sobald er hörte, dass der Mann aus dem Lager der Angeln zurückgekehrt war; er suchte seinen Rat und wollte ihn über seine eigenen Pläne in Kenntnis setzen.

Tyrbrand ließ vier Tage verstreichen, ehe er dem Ruf folgte, und Aldor verlor schon allmählich die Geduld. Doch dann tauchte der heilige Mann unerwartet im Zelt des Eorl auf und ließ sich, wie es seine Gewohnheit war, im Gras nieder; er schien darauf zu warten, dass Aldor etwas sagte. Der Eorl versuchte, über die Tatsache hinwegzusehen, dass der heilige Mann seine Aufforderung missachtet hatte, und bot ihm einen Becher Bier an.

»Ich trinke nicht«, erklärte Tyrbrand; er wich vor dem Becher zurück, als wäre Gift darin.

Aldor stellte den Becher auf den Tisch und setzte sich auf seinen Stuhl; er war fest entschlossen, sich von den seltsamen Angewohnheiten und der beleidigenden Art des eigenartigen Burschen nicht aus der Ruhe bringen zu lassen. »Was trinkt denn ein heiliger Mann?«, fragte er.

»Nur das reinste Bergquellwasser«, antwortete Tyrbrand. »Obwohl ich einmal einen Schluck des Gebräus getrunken habe, das die Gälen aus Honig herstellen. Aber ich werde kein Bier anrühren. Es verdirbt den Verstand.« Er klopfte sich mit einem Finger leicht gegen die Stirn.

Aldor leerte seinen eigenen Becher und griff nach dem Krug, um sich nachzufüllen; er überhörte die Warnung des heiligen Mannes vor den üblen Auswirkungen. »Ich hoffe, es stört dich nicht, wenn ich es mir schmecken lasse?«

»Ich habe dir ein Geschenk mitgebracht«, verkündete Tyrbrand, als machte es für ihn keinerlei Unterschied, was der Eorl tat. »Ich habe es den Kriegern von Strath-Clota direkt unter ihren Nasen weggenommen. Es war das Eigentum des Anführers von Dun Righ und als Geschenk für eine seiner Druidinnen ausersehen. Jetzt gehört es dir.«

Der Eorl setzte sich augenblicklich auf. »Was ist das für ein Geschenk?«

»Es ist draußen vor deinem Zelt angebunden und wartet auf dich.«

Aldor erhob sich sofort. Erfreut schritt er zum Eingang, um die Klappe zurückzuschlagen. Als er die Ölhaut beiseite schob, fiel sein Blick auf eine wunderschöne weiße Stute, die zwar nicht sonderlich groß, aber sehr kräftig und offensichtlich stark genug war, einen voll gerüsteten Krieger tragen zu können.

»Du beeindruckst mich immer aufs Neue, Tyrbrand«, sagte der Eorl anerkennend. »Sie kommt mir sehr gelegen, denn jetzt kann ich von ihrem Rücken aus den Angriff gegen die Strath-Clota anführen.«

Der heilige Mann runzelte die Stirn. »Was hast du gesagt?«

»Der Angriff auf Dun Righ wird übermorgen bei Sonnenaufgang stattfinden«, setzte Aldor ihn formell in Kenntnis. »Bei den vielen Kriegern, die uns jetzt zur Verfügung stehen, sollte es nicht schwer sein, die Festung zu überrennen.«

Tyrbrand ließ sich langsam rücklings auf den Boden sinken, die Hände hinter dem Kopf. Dann, als er es sich gemütlich gemacht hatte, begann er laut zu kichern. Aldor ließ die Zeltklappe wieder zufallen und drehte sich zu dem heiligen Mann um, wütend über dessen mangelnden Respekt.

»Sagen dir deine Kundschafter denn gar nichts?«, fragte Tyrbrand, ohne mit dem heiteren Gekicher aufzuhören.

»Wovon redest du?«, fauchte Aldor ihn an, während er zurück zu seinem Stuhl schritt.

Der heilige Mann setzte sich auf, plötzlich wieder todernst. »Hat man dich nicht über die gälische Verstärkung informiert, die gestern an der Küste eingetroffen ist?«

»Nein, das hat man nicht!«, brüllte der Eorl.

»Und zwar deshalb nicht, weil du deine Krieger nicht ausgeschickt hast, das Gelände auszukundschaften, nicht wahr?« Tyrbrand lachte wie ein alter Mann, der alle Tricks kennt und es liebt, zuzusehen, wie weniger erfahrene Menschen auf sie hereinfallen. »Deine mutigen Plünderer sitzen den ganzen Tag ums Feuer herum und trinken. Das bisschen Tatkraft, das sie noch übrig haben, vergeuden sie damit, um die wenigen gälischen Frauen zu spielen, die sie gefangen genommen haben.«

»Woher weißt du von dieser Verstärkung?«, fragte Aldor.

»Ich habe sie gesehen. Ich habe viele Dinge gesehen.«

»Wieso hast du mir nicht Bescheid gesagt, sobald du sie bemerkt hast?«

»Informationen zu beschaffen, die zum Sieg führen, ist deine Sache. Du bist der Kriegsführer. Ich bin nur ein Verrückter, der glaubt, dass er Visionen hat«, bemerkte Tyrbrand mit einem sarkastischen Unterton in der Stimme. »Wenn du bereit bist, mit den Göttern zu sprechen, werde ich mich hinsetzen und deine Schlachten für dich planen.«

»Ich werde sofort Reiter ausschicken«, grunzte Aldor und leerte erneut seinen Becher.

»Du wirst viel mehr Krieger benötigen, als du zurzeit zur Verfügung hast, wenn du eine Chance haben willst, die Verteidigung von Dun Righ zu durchbrechen. Einige deiner Männer sind bei ihren Plünderungszügen etwas unbesonnen gewesen, und deshalb sind die Gälen ziemlich gereizt. Sie erwarten einen Kampf. Viele von ihnen fühlen sich so sehr ihrer Würde beraubt, dass sie richtig wild darauf sind, sich euch entgegenzustellen. Sie haben die Verteidigungsanlagen der Festung verstärkt und jeden Krieger, der es wollte, in Strath-Clota aufgenommen. Selbst ihre Frauen greifen zu den Waffen.«

»Frauen sind keine Gegner für sächsische Schwerter«, lachte der Eorl unsicher und füllte derweil seinen Becher erneut.

»Du weißt nicht viel über dieses Volk, nicht wahr?«, schnaubte der heilige Mann und verdrehte die Augen, so dass fast nur noch das Weiße zu sehen war. »Hast du denn in der ganzen Zeit, die du schon gegen sie kämpfst, nichts über ihre Bräuche erfahren?«

Aldor blickte Tyrbrand in die Augen und sah in ihnen eine Mischung aus Heiterkeit und Schmerz, die Spiegelung der wilden Visionen, die er geschaut hatte. In diesem Augenblick hatte der Eorl nicht mehr den geringsten Zweifel daran, dass dieser heilige Mann einer der Menschen war, die auf dem schmalen Grat zwischen Gesundheit und Wahnsinn dahinwanderten.

»Es ist nämlich so, dass die Gälinnen ihre Männer in der Kriegskunst unterrichten, Aldor«, erklärte Tyrbrand. »Nördlich von hier liegt eine Insel namens Scathachs Felsen. Scathach ist der Name einer der vielen gälischen Kriegsgöttinnen. Ich bin an diesen Ort gereist und habe mit eigenen Augen gesehen, was mit den Kriegern geschieht, die die Prüfung nicht bestehen, die ihnen von ihren Göttern auferlegt wird. Die Glücklicheren von ihnen werden als Galeeren-Sklaven eingesetzt, um die Großen ihres Volkes bei ihren Reisen herumzufahren. Die Unglücklicheren werden zu Dienern von Scathach, dazu verdammt, als geistlose Sklaven auf der Erde zu wandeln oder den Wünschen der mächtigeren Gottheiten zu dienen. Mach keinen Fehler, die Götter der Gälen sind sehr mächtig.«

»Aber sie sind kein Gegner für Tyr, würde ich wetten.« Aldor grinste breit.

»Bist du verrückt?«, rief der heilige Mann. »Du und ich, wir können uns nicht auf die Gnade unserer Götter verlassen. Wir müssen uns ihre Unterstützung verdienen. Wir sind nur ein Teil des großen Spiels, das die Mächtigen miteinander spielen. Manchmal gewinnen unsere Götter, manchmal die der anderen Völker. Es ist unsere Pflicht, unsere Götter für den Kampf zu stärken, wie wir es mit unseren Körpern und unserem Verstand tun.«

»Und wie tun wir das?«, fragte Aldor. Er war sich nicht sicher, ob er verstand, was ihm da vorgeschlagen wurde.

»Wir müssen ihnen Opfer bringen, wie unsere Ahnen es getan haben, bevor unser Volk zu weich und empfindlich wurde und es nicht mehr für nötig gehalten hat, unsere Wohltäter in Ehren zu halten.«

Tyrbrand stand auf und reckte die Arme in stummem Gebet gen Himmel, während Aldor sich zurücklehnte und ehrfürchtig zuschaute. Der Eorl bemerkte, dass die Arme des heiligen Mannes von Narben übersät waren, als hätte er unzählige Schnittwunden erlitten. An beiden Händen fehlte der kleine Finger, aber Aldor wusste nicht, ob er sie in einer Schlacht oder bei einem unbekannten Ritual verloren hatte. Plötzlich endete Tyrbrands gleichermaßen seltsame wie unerwartete Meditation, und er deutete mit seinem langen, knochigen Zeigefinger auf den Eorl.

»Wir müssen den Christengott umwerben, ihn in unser Lager einladen, bevor die Gälen die Gelegenheit haben, ihn für sich zu gewinnen. Ich habe die Macht dieses Gottes gesehen. Mit ihm auf unserer Seite werden wir gewiss siegreich sein.«

»Von diesen Angelegenheiten verstehe ich nichts.« Aldor

fühlte sich ratlos; er wünschte, er hätte nicht so viel getrunken. »Aber ich werde alles in meiner Macht Stehende tun, um den Sieg zu gewährleisten, so dass diese neuen Länder in einem Jahr von unserem Volk besiedelt werden können.«

Tyrbrand lächelte und zeigte dabei seine gelblichen Zähne. »Deine Macht allein wird niemals ausreichen, um deinen Erfolg zu gewährleisten.«

»Dann werde ich den Segen der Götter suchen.«

»Hervorragend«, platzte der heilige Mann heraus. »Du musst bei diesen Angelegenheiten immer meinem Rat lauschen, denn ich habe mit dem Kriegsgott gesprochen, und mit seinem Sohn Saxnot, dem Freund der Sachsen und Gott der Gesetze. Er war es, der die Angeln zu uns geschickt hat, um sicherzugehen, dass wir unser Lager bis zum Winter verteidigen können.«

Jetzt war Aldor ganz sicher, dass dieser Mann nicht im Vollbesitz seiner geistigen Kräfte war. Es war Wahnsinn, von den Göttern so zu sprechen, als handelte es sich um Freunde, die beliebig in der Halle ein und aus gingen. Es war nicht so, dass der Eorl nicht an die Gottheiten seines Volkes glaubte. Es war nur, dass er keine persönliche Erfahrung mit ihnen gemacht hatte. Aber vielleicht würde es seiner Sache wirklich nicht schaden, wenn er diese Dinge etwas ernster nahm.

»Was für ein Gott ist Saxnot? Wie kann ich seinen Segen erhalten?«, fragte Aldor.

»Saxnot ist ein Gott, der vor allem von den Angeln verehrt wird, die in den einst von den Centi besetzten Ländern leben«, erklärte der heilige Mann. »Saxnot gab den Angeln dieses Land, nachdem er die britannischen Stämme verjagt hatte. Seine Anwesenheit war so mächtig, dass die britannischen Centi alles Wertvolle zurückließen, nur um seinem Zorn zu entkommen. Jetzt bietet er dir den gleichen Dienst an, denn viele deiner Krieger sind Angeln, die aus dem Land der Centi kommen. Natürlich gibt es bestimmte Bedingungen, an die du dich halten musst, wenn du willst, dass er dich und deine Sache bei diesem Feldzug und auch noch darüber hinaus unterstützt.«

»Was für Bedingungen?«, schnappte Aldor. In ihm regte sich der Verdacht, dass all dieses Gerede über Götter vielleicht nur die Gier des heiligen Mannes nach Reichtümern verschleiern sollte.

»Saxnot erbittet nicht viel.«

»Was einem Gott wenig erscheint, kann für einen Sterblichen ein Vermögen sein«, bemerkte Aldor zynisch. Er fühlte sich in seinem Argwohn, dass Tyrbrand nur einen großen Teil der Kriegsbeute in die Finger bekommen wollte, mehr oder weniger bestätigt.

»Es war Saxnot, der unser Volk all unsere Gesetze und Geschichten lehrte. Saxnot hat unsere Ahnen mit dem Geheimnis beschenkt, wie man Pferde bei der Arbeit und im Krieg benutzt. Er hat ihnen außerdem die Fähigkeit verliehen, mit dem einschneidigen Schwert – wie du eines trägst – umzugehen. Die Angeln von Centiland bezeichnen diese Waffe zu Ehren ihres Wohltäters als Sax. Dein Volk mag mit den Angeln verwandt sein, aber es ist offensichtlich, dass ihr nicht vom gleichen Blut wie ihre Stämme seid. Ihr Sachsen habt vergessen, dass euer Volk sogar den Namen von ihm hat.«

»Uns haben sich nur selten einmal heilige Männer auf unseren Raubzügen angeschlossen. Krieger verlieren schon bald den Kontakt mit den Dingen des Geistes und den alten Geschichten«, erklärte der Eorl. »Wir haben die Wege unserer Götter nicht vergessen, es ist nur so, dass wir nicht oft von ihnen besucht werden.«

»Glaube mir, von diesem Tag an wird Saxnot nicht weit von dir sein. Er wird über dich wachen und dich beschützen und dir helfen, deine Feinde zu vernichten.«

»Du hast mir noch immer nicht gesagt, was er als Gegenleistung für diesen Gefallen erbittet.«

»Saxnot wohnt im Geisterland von Walhall, wo die getöteten Seelen mutiger Krieger ein nie endendes Leben voller Fröhlichkeit führen, wo sie kämpfen, ohne verletzt zu werden, und feiern, ohne sich um die Beschaffung der Nahrung kümmern zu müssen«, sagte Tyrbrand in einem Tonfall, als würde er zu einem Kind sprechen. Er setzte sich wieder hin und kreuzte die Beine.

Aldor verstand, wieso der in Lumpen gehüllte Mann einen solchen Ruf als Geschichtenerzähler besaß.

»Der Gott der Gesetze hat ein weißes Pferd«, fuhr Tyrbrand fort, »einen Hengst, der sein bester Freund ist. Niemand außer dem mächtigen Saxnot darf auf ihm reiten. Die ruhmreichen Toten, die jenes Reich bewohnen, haben ebenfalls weiße Streitrösser, aber jeden Tag treffen mehr und mehr Krieger ein, um ihren Platz in Walhall einzunehmen. Jetzt gibt es nicht mehr genug Tiere für all die Seelen der heldenhaften Gemeinschaft, denn es ist viele Generationen her, seit das Volk der Sachsen oder der Angeln oder der Franken den Göttern würdige Geschenke gemacht haben. Saxnot verlangt von dir, dass du ihm weitere weiße Pferde schickst, damit alle Helden auf einem reinen Geisterpferd reiten können. Wenn du diese Bitte erfüllst, wird der Gott der Gesetze dafür sorgen, dass du einen raschen und vollständigen Sieg erringst.«

Aldors Augen weiteten sich, und er spürte, wie seine Eingeweide vor Besorgnis zitterten. Er begriff plötzlich, dass es sich bei der Stute, die draußen angebunden stand, um kein gewöhnliches Geschenk handelte, von dem er lange etwas haben würde. Selbst für einen Krieger, der an hässliche Gemetzel auf dem Schlachtfeld gewöhnt war, hatte das rituelle Töten eines schönen Pferdes etwas Barbarisches.

Der Eorl hatte alte Geschichten darüber gehört, wie die

Sachsen den Göttern Pferde geopfert hatten, aber das war in längst vergangenen Zeiten gewesen. In diesen Tagen konnte ein Pferd für einen Krieger auf dem Schlachtfeld den Unterschied zwischen Sieg und Niederlage bedeuten. Kein Kriegsführer, der bei Sinnen war, würde etwas so Kostbares in einem sinnlosen Opfer vergeuden.

Tyrbrand sah, wie sich Aldors Miene veränderte, aber er sprach drängend weiter. »Es wird deine Aufgabe sein, aus den Herden der eroberten Gälen geeignete Tiere auszusuchen und zur Verfügung zu stellen. Und es wird meine Pflicht sein, sie in der Art unserer Vorfahren zu schlachten.«

Aldor goss sich die letzten Tropfen Bier ein und führte den Becher an die Lippen, genoss den bitteren Geschmack des Gebräus. Dann antwortete er mit leiser Stimme, ohne dabei vom Fußboden aufzublicken: »Ich ehre die Dinge, die ich sehen und anfassen und festhalten kann. Ich habe deinen Gott Saxnot, von dem du sprichst, noch nie getroffen. Ich habe nur dein Wort, dass er so gesprochen hat. Aber ich weiß, dass Pferde zu kostbar sind, als dass man sie wahllos bei der Verfolgung irgendeiner Narretei verschwenden sollte.«

Jetzt hob der Eorl den Blick und sah Tyrbrand an. »Wenn dein Saxnot möchte, dass ich ihm geschlachtete Pferde zum Geschenk mache, dann soll er zu mir kommen und in meiner eigenen Halle zu mir sprechen. Er soll mich mit seinen eigenen Worten fragen. Wenn er möchte, dass ich ihm folge und ihn verehre, lass ihn zu mir kommen. Was für ein Gott würde einen Wahnsinnigen wie dich als Boten schicken?« Aldor spuckte aus.

»Hast du dich nie gefragt, was mir eigentlich den Wahnsinn gebracht hat?« Tyrbrand kicherte. »Hast du so schnell vergessen, dass es Saxnot gewesen ist, der dir das Leben gerettet und Eothain daran gehindert hat, selber Eorl zu werden? Und vergiss eines nicht: Du selbst magst keine früheren Erfahrungen mit den Göttern haben, aber viele deiner Krieger haben so etwas sehr wohl gehabt. Sie haben mir aufmerksam zugehört, als ich ihnen erzählt habe, dass Saxnot und Tyr sehr erzürnt wären, wenn sie Eothain unterstützen würden. Sie haben meinen Rat gehört, als ich ihnen gesagt habe, dass du ihr rechtmäßiger Herr bist und sie zu einem glorreichen Sieg führen würdest. Die Weisen unter deinen Kriegern sind klug genug, die Götter nicht in Frage zu stellen. Du schuldest Saxnot Dankbarkeit für seine Gefälligkeit. Und auch wenn es dich quält, das zugeben zu müssen – du schuldest auch mir etwas.«

»Ja, ich schulde dir etwas«, räumte Aldor ein, wobei seine Worte leicht undeutlich klangen – das Bier begann Wirkung zu zeigen. Er gestattete sich nicht, auch nur ein bisschen von seiner Enttäuschung, seinem Ungehaltensein preiszugeben, als er auf die Antwort wartete.

»Dann musst du so lange mit dem Angriff auf die Festung Dun Righ warten, bis ich dir das Signal gebe. Du musst deine Streitkräfte langsam aufbauen, bis nichts so gewiss ist wie dein Sieg. Du darfst keinen Zug machen, ehe nicht der erste Winterschnee gefallen ist.«

Der Eorl ballte eine Faust; er war fest entschlossen, sich von diesem Mann nicht beeinflussen zu lassen. Das übermütige Gefühl, das das starke Getränk in ihm erzeugt hatte, war verschwunden. Jetzt schien das Bier eher die Wut zu nähren, die in ihm aufstieg. Aldor blickte wieder zu Boden, so dass Tyrbrand die Wut in seinen Augen nicht sehen konnte, als er jetzt sprach. »Ich werde von jemandem wie dir keine Befehle entgegennehmen. Wenn Saxnot nicht im Laufe des morgigen Tages selbst zu mir kommt, um mich vor der Gefahr zu warnen, werde ich meine Männer zum Angriff auf den Hügel von Dun Righ führen. Geh und erzähle dies deinem Gott der Gesetze, und höre, was er dazu zu sagen hat.«

Tyrbrand wartete nicht darauf, mehr zu hören. Er erhob sich rasch und ging zum Zeltausgang.

Der Eorl glaubte, dass der Bursche wie ein Feigling vor ihm zurückwich, und in diesem Augenblick konnte er seine Verachtung nicht länger verbergen. Er hob den Blick zu Tyrbrand und schnaubte: »Merk dir diese Worte, du heiliger Narr – wenn Saxnot sich bis morgen Abend nicht blicken lässt, bist du gut beraten, einen sicheren Weg zu finden, um dieses Land zu verlassen. Ich mag es nicht, von jemandem beeinflusst zu werden, der von niedrigerer Geburt ist als ich.«

»Bist du dir sicher, dass du genau das willst?«, fragte Tyrbrand mit dem Hauch eines bedrohlichen Untertons in der Stimme.

»Ich bin mir sehr sicher«, zischte Aldor.

»So sei es. Möge Saxnot Mitleid mit dir haben.«

Da Caitlin das verräterische Verhalten von Seginus mehr als einmal erlebt hatte, beschloss sie, kein Risiko bei ihm einzugehen, nachdem die Gruppe innerhalb der Mauern von Dun Righ war.

Bevor sie mit Cathal die Wälle abschritt, befahl sie, den Büßer in die gleichen Ketten zu legen, die ihn auch schon während der Überfahrt über das Meer festgehalten hatten. Es würde ihm nicht erlaubt sein, eines der Häuser der Festung zu betreten, sondern er würde im Wagen bleiben, in dem er geschlafen hatte, seit sie in Strath-Clota angekommen waren. Sie schärfte den Wachen ein, ihn unaufhörlich zu beobachten.

Vater Seginus Gallus wehrte sich nicht, als die Wachen die Eisenketten an seinen Gliedern befestigten. Er war glücklich, dass er bei allen den Eindruck erwecken konnte, als gäbe es keinerlei Widerstand mehr in ihm. Er starrte in die Ferne, sein Blick verlor sich, während die Krieger sich an ihm zu schaffen machten. Doch als der Priester seinen Blick so verschwimmen ließ, stellte er fest, dass er schemenhafte Gestalten um sich herum sah. Seginus war sicher, dass diese grauen Schatten, die er schon bei anderen Gelegenheiten häufig gesehen hatte, der Beweis dafür waren, dass der Geist seines Bruders Linus im Hintergrund lauerte und die Entwicklung genau verfolgte.

Der unheimliche Anblick war für den Priester mittlerweile längst nicht mehr so beängstigend, wie es am Anfang der Fall gewesen war. Während seiner Zeit als Gefangener des Bischofs von Nantes hatte er sich an die Besuche seines Bruders einigermaßen gewöhnt. Tatsächlich war das Auftauchen des geisterhaften Schemens manchmal eine willkommene Abwechslung zum Schmerz seiner Buße.

Sobald er gefesselt war, wurde Seginus in den hinteren Teil eines Wagens geschafft; neben ihm wurde eine Wache postiert, um sicherzustellen, dass er allein blieb. Der Wächter wusste, dass die Möglichkeit, sein Gefangener könnte befreit werden, nicht sehr groß war – der Priester hatte ganz sicher keine Anhänger –, und so ging er nach einer Weile davon, um sich etwas zu essen zu holen und mit seinen Freunden zu plaudern.

Seginus hörte, wie der Mann davonging, aber er glaubte, er wollte sich nur erleichtern. Eine lange Zeit verging, und noch immer kehrte der Wächter nicht zurück. Neugierig, was mit dem Krieger geschehen war, rollte sich der Priester herum und schaute aus dem Wagen. Der Wächter war fort, aber Seginus spürte sofort die Gegenwart von jemand anderem.

»Bist du da, Linus?«, murmelte er durch die festgezurrte Ledermaske.

»Ich bin immer da, Bruder«, kam die geflüsterte Antwort. »Ich werde dich erst verlassen, wenn ich gerächt bin.«

Es hatte eine Zeit gegeben, da hätten diese Worte nichts als Entsetzen in Seginus hervorgerufen. Jetzt stellte er fest, dass er durch den Geist seines ermordeten Bruders sehr getröstet wurde, denn er war der Einzige, der sich aus seinem Leiden etwas machte. Der Priester blickte in die Nacht hinaus. Am Straßenrand konnte er eine schimmernde graue Gestalt ausmachen. Der Geist rückte näher, so dass Seginus ihn besser sehen konnte. Dies war nicht das schlimm aussehende Gespenst, das ihm im Kerker von Nantes erschienen war.

Seginus war unterwegs gewesen, um dem Papst ein Bündel Nachrichten zu überbringen, als er von dem korrupten und selbstsüchtigen Bischof von Nantes gefangen genommen und in den Kerker geworfen worden war. Während er in einer der Zellen für die Verdammten gehockt hatte, war ihm zum ersten Mal der Geist seines toten Bruders Linus erschienen.

Der Geist seines Bruders hatte versprochen, ihm bei der Flucht aus den Verliesen des Bischofs zu helfen – doch als Gegenleistung sollte Seginus versprechen, den Mann zu suchen und zu töten, der ihn ermordet hatte. Es überlief den Priester eiskalt, als die erste, abscheuliche Erscheinung wieder einmal vor seinem inneren Auge auftauchte. Und dann erinnerte er sich daran, wie rasch er aus dem Kerker freigekommen war, sobald er auf die Forderungen des Geistes eingegangen war.

Seit damals war Linus ihm nur selten in jener entsetzlichen Gestalt erschienen, die er im Kerker von Nantes innegehabt hatte. Wenn sein Bruder jetzt zu ihm kam, sah er aus wie ein strahlender junger Mann mit klaren Augen und schelmischer Miene – genau so, wie Seginus sich am liebsten an ihn erinnerte.

»Bist du es wirklich, Linus?«, murmelte Seginus.

»Spar dir deine Kraft, Bruder. Dir wird nichts geschehen, solange ich hier bin. Du bist jetzt in Sicherheit. Schon bald werden die Iren dich der Obhut Deklans, dieses Narren, übergeben. Im Laufe der Zeit musst du sein Vertrauen erringen – und dann, wenn er es am wenigsten erwartet, werden wir zuschlagen und Rache an ihnen nehmen für all das Unrecht, das sie uns angetan haben. Kümmere dich darum, dich bei ihm einzuschmeicheln, denn schon bald wird der Tag kommen, da mein Mörder nicht mehr ist und ich gerächt sein werde. Dann werde ich frei sein, und du wirst endlich darüber nachdenken können, wie du dich an all denen rächen willst, die Hand an dich gelegt haben.«

»Deklan, Caitlin, Murrough, Patricius und sogar Tatheus«, murmelte Seginus.

»Sie alle«, pflichtete der Geist ihm bei. »Aber du musst aufpassen. Sei geduldig. Gewinne ihr Vertrauen.«

»Ja«, sagte der Priester und nickte. Er schloss die Augen, um den Gedanken an die Vergeltung zu genießen.

»Ich habe ein Geschenk für dich«, zischte der Geist sanft. »Öffne die Augen.«

Der Priester blinzelte durch die schmalen Sehschlitze seiner Maske. Linus hielt ein wunderschönes weißes Pferd an einem goldenen Beißring, der an Zügeln aus strahlendem Silber befestigt war. Das Geschirr über der Brust des prachtvollen Pferdes bestand aus edlen roten Lederstreifen mit Goldeinlegearbeiten. Auf dem Rücken des Tieres lag ein wertvoller Sattel mit hohem Rücken, der mit schwarzem Samt überzogen war. Ihr Vater hatte ein solches Pferd vom Römischen Senat für seine Dienste dem Imperium gegenüber erhalten. Früher einmal hatte Seginus sich selbst nach solchen Ehren gesehnt. Jetzt jedoch wirkte der Preis äußerst schal.

»Sie wird eines Tages dir gehören, das verspreche ich dir«, seufzte Linus. »Wenn du dein Wort mir gegenüber hältst. Wenn du denjenigen tötest, der mich umgebracht hat.« Dann verschwanden das Pferd und der Geist, als wären sie nichts weiter als Rauch, der sich im Wind auflöste.

Seginus legte sich hin, um sich auszuruhen, aber er schloss die Augen eine ganze Weile nicht. Genauer gesagt schlief er in dieser Nacht überhaupt nicht. Stattdessen verbrachte er die dunklen Stunden damit, sich Vergeltungsmaßnahmen für all das auszudenken, was er hatte erleiden müssen, seit die Hibernier ihn ergriffen hatten. Jeder einzelnen Person, die ihm Unrecht getan hatte, hatte er ein besonderes Schicksal zugedacht. Caitlin, die Königin von Munster, und ihr Ehemann Murrough hatten den Untergang seines früheren Herrn Palladius herbeigeführt, des einstigen Bischofs von Eirinn. Sie waren auch Seginus' Kerkermeister, denn die Königin machte ihn für den Tod ihres ersten Geliebten Fintan verantwortlich. Aber diese beiden standen ganz unten auf seiner Liste, denn sie waren für den größeren Plan völlig belanglos.

Dann war da Deklan, der Abt vom Kloster Sankt Ninian, das auch als Candida Casa, das Reine Weiße Haus, bekannt war. Deklan hatte mit den Heiden gegen Palladius gearbeitet, aber er hatte nicht die Entschuldigung, als unwissender Hibernier geboren und aufgewachsen zu sein. Er war bei den Mönchen gewesen, die gemeinsam mit Palladius in Eirinn angekommen waren, und er war zum Verräter geworden. Der Abt hatte Seginus verraten und gegen ihn intrigiert, aber in Wahrheit verdiente er nichts weiter als Verachtung und war kaum von größerer Bedeutung für ihn.

Es war der Mann, den Deklan vor der Strafe geschützt hat, auf den Seginus seinen ganzen Hass konzentrierte. Der Mann, der leiden musste, selbst wenn er mit allen anderen niemals abrechnen konnte. Der Mann, der seinen Bruder umgebracht und dann ein klösterliches Leben zu führen begonnen hatte, ohne dass er sich jemals für sein Verbrechen angemessen hatte verantworten müssen. Dieser Mann würde einen hohen Preis zahlen.

Dieser Mann war Isernus.

Sianan und Mawn hatten vollkommen Recht gehabt, als sie davon ausgegangen waren, dass ihr Lehrer zu sehr abgelenkt sein würde, um ihre Abwesenheit zu bemerken. Gobann war so beschäftigt mit den formellen Begrüßungen und dem Willkommen durch seine Druidenbrüder, dass er gar nicht die Zeit hatte, sich um den Verbleib seiner Schüler Gedanken zu machen.

Und als der Dichter schließlich einen Augenblick Ruhe hatte, kehrten gerade die Krieger von ihrem Rundgang auf den Wällen zurück, und er stellte fest, dass er wieder benötigt wurde. Sowohl Caitlin als auch Cathal wünschten seinen Rat bezüglich der Kampfstrategie, die sie entwickeln wollten, und sie wollten auch wissen, wie er die Situation ganz allgemein einschätzte.

Angesichts all dieser Pflichten fand er gerade noch etwas Zeit, sich nach Sila zu erkundigen, die Teamhair zwei Monate zuvor verlassen hatte. Als sie abgereist war, hatte sie versprochen, Gobann auf Dun Righ zu treffen, aber nun war sie nicht hier, und niemand in der Festung hatte etwas von ihr gehört.

Der Dichter hatte sich um so viele Dinge zu kümmern, dass er die Geduld verlor, als ein Krieger kam und ihm berichtete, dass Mawns und Sianans Pferde in der Nähe der äußeren Mauer herumliefen, und er dem Mann befahl, sie augenblicklich zu suchen.

Gobann nahm sich vor, seine Schüler zu tadeln, weil sie ihre Pferde nicht ordentlich in die Ställe gebracht hatten. Es kam ihm auch nicht einen Augenblick lang in den Sinn, dass sie sich vielleicht gar nicht innerhalb der schützenden Wälle von Dun Righ befanden. Als der Mann gegangen war, schob Gobann die Angelegenheit beiseite und konzentrierte sich wieder auf seine vielen Pflichten.

Erst als die ganze Gruppe später am Abend beim Festmahl des Anführers zusammensaß, bemerkte der Dichter, dass seine Schüler nicht anwesend waren. Seine erste Reaktion bestand aus Verärgerung, weil sie sich ihrem Gastgeber gegenüber so respektlos verhielten. Es war undenkbar, dass sie bei dem Eröffnungsfest nicht anwesend waren. Doch der Dichter war klug genug zu begreifen, dass er furchtbar erschöpft war und vielleicht etwas überreagierte. Tief in seinem Innern wusste er, dass seine beiden Schüler ihre Pflichten niemals absichtlich vernachlässigen würden. Daher schickte er einen der jüngeren Druiden von Dun Righ los, um herauszufinden, was Mawn und Sianan von dem Begrüßungsmahl abgehalten hatte.

Cathal hatte gerade seine ausdrucksvolle Ansprache beendet, und die mit Met gefüllten Kuhhörner machten die Runde, als der junge Druide zurückkehrte und mit ernster Miene Bericht erstattete. Er hatte die Festung von oben bis unten, von den Verteidigungsanlagen an den unteren Hängen bis zur inneren Brustwehr abgesucht, aber keine Spur von den beiden Schülern gefunden.

»Ich kenne diese Festung sehr gut«, meinte er ernst. »Wenn sie sich innerhalb der Mauern von Dun Righ befinden, müssen sie die Gabe der Danaan besitzen, denn ich konnte sie nirgends sehen.«

Diese Nachricht bereitete Gobann einiges Unbehagen. Er war so sehr damit beschäftigt gewesen, seine anderen Pflichten zu erfüllen, dass er seine Hauptaufgabe – nämlich für die Sicherheit der Wanderer zu sorgen – grob vernachlässigt hatte. Ohne auch nur einen weiteren Moment verstreichen zu lassen, erhob er sich und ging zu Tatheus, der über einen großen, flachen Holzteller gebeugt dasaß und ausgiebig auf einem großzügigen Stück gebratenem Schweinefleisch herumkaute. Der Dichter erklärte ihm rasch die Situation und drängte den römischen Zenturio, alles Mögliche zu tun, um Mawn und Sianan ausfindig zu machen.

»Ich muss hier bleiben«, erklärte Gobann. »Es schickt sich nicht, dass ein Dichter des Silberzweigs mitten in einem Festmahl aufbricht.«

Murrough, der neben Cathal saß, sah, dass der Druide und der Soldat sich flüsternd unterhielten. Dann beobachtete er interessiert, wie Tatheus seinen Teller beiseite schob, aufstand und die Halle verließ. Der König wartete, bis Gobann in seine Richtung blickte, und rief ihn wortlos zu sich an den Hohen Tisch. Der Dichter folgte der Aufforderung unverzüglich und ging außen um die Tische herum zum König. Bemüht, in Anwesenheit des Anführers nichts zu sagen, was unnötige Panik hervorrufen könnte, erklärte Gobann, dass Mawn und Sianan nicht zum Essen erschienen wären, fügte aber sogleich hinzu, dass dies kein Anlass zur Sorge wäre. Dann wandte er sich an den Anführer von Dun Righ und entschuldigte sich. »Bitte verzeih, dass ich Tatheus ausgeschickt habe, um nach ihnen zu sehen. Sie müssen noch viel darüber lernen, was es heißt, ihren Gastgebern gegenüber Respekt zu zeigen.«

Cathal war durch ihre Abwesenheit jedoch ganz und gar nicht beleidigt, und er war auch nicht im Geringsten über ihren Verbleib besorgt. Aber er wusste auch nichts über den wahren Grund ihrer Anwesenheit in Alba. In der Tat war man übereingekommen, dass niemand außerhalb der kleinen Gruppe um Murrough, Caitlin, Gobann und Sila die Wahrheit über die Mission der Wanderer oder ihre Bedeutung für die Pläne des Druidenrats erfahren sollte.

Der Dichter beschloss, in der Nähe des Hohen Tisches zu bleiben, bis Tatheus zurückkehrte, und in der Zwischenzeit beschäftigte er sich damit, Cathal und die anderen zu bedienen. Es war nicht ungewöhnlich, dass ein Druide einem Anführer oder Herrscher aufwartete, aber Gobann war einer der Dichter des Silberzweigs. Er war einer der höchsten Druiden, die sich nur selten in solchen Gesten ergingen, und so galt seine Tat als deutliches Zeichen seines Respekts gegenüber dem Anführer der Festung.

Cathals Stammesmitgliedern entging es natürlich nicht,

dass ein hochrangiger und berühmter Dichter ihren Anführer so ehrte. Damit ehrte der Druide auch sie. Cathal tat so, als bemerkte er die Geste nicht, aber er lächelte den Dichter taktvoll an, um ihm zu zeigen, wie dankbar er war, dass er ihm vor seinem Clan einen solch hohen Status zuerkannte.

Es dauerte lange, bis Tatheus in die Halle zurückkehrte. Gobann sah sofort, dass er allein und sichtlich beunruhigt war. Der Zenturio trat zu Gobann und flüsterte ihm zu, dass er die Schüler nicht hatte ausfindig machen können; dann wiederholte er seine Nachricht auf Drängen des Dichters gegenüber Murrough und Caitlin, allerdings bemüht, nicht zu laut zu sprechen, damit nur diejenigen, die am Hohen Tisch saßen, mitbekamen, dass etwas nicht in Ordnung war.

Caitlin, die selbst in den Lehren der Druiden unterrichtet war, lauschte dem Bericht leidenschaftslos, ohne den geringsten Hinweis, dass die neue Entwicklung von irgendeiner Bedeutung für sie war. Murrough jedoch runzelte die Stirn und wandte sich um, wollte mit dem Dichter sprechen. Doch Gobann legte ihm eine Hand auf die Schulter, um ihn zum Schweigen zu veranlassen, und Caitlin schaltete sich jetzt weise ein.

»Es scheint, als hätten deine Schüler ihr gutes Benehmen vergessen«, sagte sie so laut, dass alle sie hören konnten. »Wissen sie nicht, dass sie uns beschämen, indem sie diesem Begrüßungsmahl fernbleiben?«

Gobann war etwas verwirrt über ihren ernsten Ton, aber er begriff rasch, dass Caitlin eine hervorragende Möglichkeit gefunden hatte, die Abwesenheit der beiden allseits bekannt zu machen. Wenn jemand in der Halle etwas über den Verbleib der Wanderer wusste und es bisher nicht mitgeteilt hatte, konnte er oder sie das jetzt nachholen.

»Es sieht ihnen gar nicht ähnlich, so rücksichtslos zu sein«, stimmte der Dichter ihr zu.

»Ja«, schaltete sich jetzt Murrough mit ein; er hatte begriffen, was von ihm erwartet wurde. »Vielleicht haben sie interessantere Gesellschaft gefunden als die königliche.« Der König von Munster wandte sich jetzt direkt an Cathal. »Hast du irgendeine Idee, wo die beiden jungen Druiden hingegangen sein könnten?«

Der Anführer blickte von seinem Mahl auf; mittlerweile war er davon überzeugt, dass dies nicht einfach nur eine persönliche Angelegenheit zwischen Gobann und seinen Schülern war. Er spürte folgerichtig, dass seine Gäste ihn um seine Hilfe baten, um die Schüler zu finden.

»Wenn sie mit euch und euren anderen Begleitern durch den Eingang geritten sind, sind sie hier in Sicherheit. Wenn sie innerhalb der Festung sind, werden wir sie auch finden. Beunruhige dich nicht. Sie haben unsere Gastfreundschaft in unseren Augen nicht beleidigt. Die Stammesmitglieder der Dal Araidhaner lassen sich durch das Verhalten junger Leute nicht so schnell beleidigen, wie das bei unseren Verwandten in Eirinn der Fall ist.«

Cathal rief Teighe zu sich, seinen alten Verwalter, und schickte ihn los, gemeinsam mit anderen Dienern die Festung abzusuchen. Danach bat er seine Gäste, ihre Mahlzeit frohen Mutes wieder aufzunehmen.

Das Fest war beinahe beendet, und die meisten Gäste waren nach draußen gegangen, um bei den Feuerstellen zu tanzen, als Teighe zurückkehrte und erklärte, wie er die Lage einschätzte. Zu diesem Zeitpunkt befanden sich nur noch Gobann, Murrough, Caitlin und Tatheus bei Cathal und den anderen Edelleuten in der Halle.

»Einer der Wächter, der auf dem äußeren Wall Dienst hatte, als ihr angekommen seid, hat erklärt, dass er gesehen hat, wie zwei Reiter die Kolonne verlassen haben, noch ehe sie ihn passiert hat«, verkündete der Verwalter ernst. »Es ist möglich, dass sie Dun Righ noch gar nicht betreten haben. Ich fürchte um ihre Sicherheit, wenn sie sich noch immer außerhalb der Mauern aufhalten – und noch dazu ohne Pferde. Nach Einbruch der Dunkelheit durchstreifen häufig wilde Sachsenbanden die Berge.«

In diesem Augenblick blitzte ein klares Bild von den Kriegern in den Druidengewändern, die er und Sianan von der Straße aus gesehen hatten, vor Gobanns geistigem Auge auf. Der Dichter hatte das schreckliche Gefühl, dass die junge Druidin sich von ihrer Neugier hatte überwältigen lassen. Sianan musste Mawn überzeugt haben, mit ihr zum Waldrand zu reiten, um herauszufinden, was da vor sich ging. Es gab keine andere Erklärung.

»Wir müssen eine Gruppe ausschicken, sobald die Krieger aus ihren Betten geholt werden können«, drängte Gobann. »Ich habe das Gefühl, dass sie in große Gefahr geraten sind.«

Cathal hustete laut, als hätte er sich am Met verschluckt. »Die Barrikaden werden nach Einbruch der Nacht nicht mehr beiseite geräumt«, stellte er kühl fest, nachdem er sich geräuspert hatte. »Es ist einfach zu gefährlich, unsere Sicherheit derart aufs Spiel zu setzen. Wir werden morgen beim ersten Tageslicht nach ihnen suchen.«

»In der Zwischenzeit könnten sie aber in Lebensgefahr sein!«, rief der Dichter aus; seine Besorgnis ließ ihn sich vergessen.

Cathal war überrascht, als er den drängenden Tonfall in Gobanns Stimme hörte; er fragte sich, ob es hier um etwas ging, von dem er nichts wusste. Einen Augenblick erwog er ernsthaft, die Bitte des Druiden zu erfüllen und die Barrikaden hochheben zu lassen. Schließlich hatte ihm der Dichter große Ehre erwiesen. Aber Cathal war zum Anführer erwählt worden, weil sein Volk darauf vertraute, dass für ihn immer die Sicherheit ihrer Gemeinschaft im Vordergrund stand. Dies bedeutete, dass die Sicherheit von Einzelnen manchmal hinter dem höheren Wohl des Clans zurückstehen musste. Er wusste, dass er in dieser Angelegenheit nicht viele Möglichkeiten hatte.

»Wenn sie klug sind, werden sie sich die Nacht über verbergen«, sagte Cathal beinahe entschuldigend. »Wenn sie bereits gefangen genommen worden sind, können wir nichts für sie tun, außer zu hoffen, dass ihnen kein Schaden zugefügt wird. In beiden Fällen lernen sie eine harte, aber wichtige Lektion über die vielen Gefahren, die Reisenden in Alba drohen, besonders auf der Halbinsel Strath-Clota.«

»Aber sicherlich dürfen wir ein paar von unseren eigenen Kriegern für die Suche zusammentrommeln, wenn die Dal Araidhaner sich vor Tageslicht nicht hinaustrauen?«, entgegnete Gobann. Dass er Cathal durch die Unterstellung, seine Leute wären feige, tief beleidigt haben könnte, kam ihm erst in den Sinn, als er die Worte schon ausgesprochen hatte.

»Du bist verständlicherweise sehr mitgenommen vom Verschwinden deiner Schüler, und so vergeben wir dir deine voreiligen Worte«, wandte Caitlin ein, sich nur zu bewusst, dass Gäste ihren Gastgeber niemals beleidigen sollten, auch nicht in geringem Maße. »Ich halte es für weise, den Rat des Anführers anzunehmen und die paar Stunden bis zum Morgen abzuwarten. Unsere Krieger kennen dieses Land nicht, und wir würden nur weiteres Unheil heraufbeschwören, wenn wir sie mitten in der Nacht ausschickten, während sich draußen Sachsen herumtreiben. Beruhige dich, Bruder. Alles wird gut werden. Versammeln wir uns in der Morgendämmerung wieder, um mit der Suche zu beginnen.«

»Es ist das Beste, wenn wir uns jetzt etwas ausruhen«, unterstützte Murrough sie. »Wir vertrauen darauf, dass wir die Schüler nach Sonnenaufgang finden werden. Wir legen ihr Leben in deine Hände, Cathal.«

»Geht jetzt und ruht euch aus«, erwiderte der Anführer; er war erleichtert, dass die Vernunft gesiegt hatte, aber noch mehr war er von Königin Caitlins Führungsqualitäten beeindruckt. »Wir werden morgen unser Möglichstes tun, um sie zu finden. Glaube mir, wenn es irgendeine Chance gäbe, sie zu dieser Stunde zu finden, würden wir uns jetzt sofort auf die Suche nach ihnen machen. Aber es ist besser, wenn wir warten.«

Gobann atmete tief ein. Er war sehr müde und mit seiner Weisheit beinahe am Ende. Natürlich verstand er, dass es von Murrough und Caitlin sehr klug gewesen war, seine Besorgnis herunterzuspielen. Der Dichter nahm sich fest vor, dafür zu sorgen, dass eine solche Situation sich niemals wiederholen würde, waren Mawn und Sianan erst einmal gefunden.

Murrough und Caitlin sagten dem Anführer Gute Nacht, und Gobann und Tatheus folgten ihnen auf dem Fuß. Sie ließen Cathal mit seinen eigenen Leuten in seiner Halle zurück, damit er die Suche für den Morgen planen konnte. Tatheus begab sich zu seinen Männern, um dafür zu sorgen, dass seine Legionäre am nächsten Morgen ebenfalls bereit sein würden, während Caitlin und Murrough Gobann mit in ihre eigene Unterkunft nahmen.

Die drei saßen die ganze Zeit wach im Gästehaus, schwiegen aber den größten Teil der Nacht. Sie waren alle weder in der Lage noch willens zu schlafen. Gobann saß eine Zeit lang beim Herdfeuer, schürte es gelegentlich mit einem Eisenhaken. Später setzte er sich näher zur Tür, für den Fall, dass während der Nacht eine Nachricht über das Schicksal der Wanderer eintreffen sollte.

Obwohl er dagegen ankämpfte, einzuschlafen, musste er schließlich seiner Erschöpfung doch Tribut zollen, und er sackte auf seinem Stuhl nach vorn, wobei er leise schnarchte. Seine Träume waren voller Visionen von Sila und Mawn und

Sianan und Cathach. Visionen der Vergangenheit vermischten sich mit Visionen der Zukunft, und auch mit Bildern von Dingen, die es niemals gegeben hatte und die auch niemals sein würden. Seine Vorstellungskraft erschuf Menschen und Orte, die er weder kannte noch verstand.

An einem Punkt dachte er, er wäre aufgewacht und säße vor einer riesigen Kreatur mit Schuppen wie ein Fisch und Schwimmhäuten zwischen den Zehen und einer grünlichen, feuchten Haut, die aber dennoch etwas unverkennbar Weibliches an sich hatte. Die monströse Kreatur streckte die Hand aus, um den Dichter am Knie zu berühren, und als er ihr in die Augen blickte, sah er, dass sie voller Mitleid und Weisheit waren. Hätte er sie nicht im Land der Visionen gesehen, er wäre angesichts ihrer Erscheinung fürchterlich verängstigt gewesen. Doch so spürte er, dass sie keine Bedrohung für ihn darstellte. Abgesehen davon, erinnerte sich der Dichter daran, dass so viele Leute die Dinge nach ihrer äußeren Erscheinung beurteilten – deshalb hatte er sich den Bart abrasiert: So würde er unter den Druiden von Dal Araidhe nicht allzu sehr auffallen –, und er war fest entschlossen, es nicht ebenso zu machen.

Als Tatheus in der Morgendämmerung kam, um sie zu wecken, döste Gobann, aber Murrough und Caitlin waren fertig angezogen und bereit zum Aufbruch. Der König und die Königin waren sehr bedrückt; sie fürchteten, dass Mawn und Sianan irgendeinem Unglück anheim gefallen waren, aber Gobann erwachte erfrischt und sehr viel ruhiger, als er noch in der Nacht zuvor gewesen war.

Der Dichter sprach nicht viel mit den anderen. Er wickelte seine Harfe aus und trug sie nach draußen, um seinen Willkommensgruß an die Sonne zu spielen. Gobann war zu dem Schluss gekommen, dass er unabhängig von all dem, was noch geschehen mochte, mehr an die denken musste, die er auf dieser Erde liebte und um die er sich sorgte. Wenn er Mawn und Sianan nicht so vernachlässigt hätte, wären sie vielleicht gar nicht weggeritten, ohne ihm Bescheid zu sagen. Der Dichter war sich außerdem bewusst, dass er im Verlauf der letzten beiden Monate allmählich den Kontakt mit Silas Geist verloren hatte; er war von ihr auf eine Weise weggetrieben, wie er es noch nie zuvor erlebt hatte. Dies beunruhigte ihn sehr, denn er begriff, dass sie möglicherweise in die Sphäre der Geister gereist war, die jenseits der Reiche dieser Welt lag.

Gobann konnte nicht glauben, dass seine Freundin und Geliebte ihn in dieser Welt zurückgelassen hatte, ohne sich von ihm zu verabschieden. Es hätte so gar nicht zu ihr gepasst. Und es war auch seltsam, dass er in seinen Träumen keine Antwort darauf erhalten hatte, was mit ihr oder Mawn oder Sianan geschehen war. Mit dem Vorsatz, dass die Suche nach seinen Schülern auch eine Suche nach Sila sein würde, packte er seine Harfe ein und trug sie zur Druidenhalle, um sie dort aufzubewahren.

Als die Krieger von Munster und die römischen Legionäre versammelt waren, wählte Murrough zehn Reiter aus seiner Leibgarde. Cathal schlug vor, dass der König in mehr oder weniger nördlicher Richtung auf die Gebirgsausläufer zuhalten sollte. Von dort, so erklärte er, wäre es am besten, in einem großen Bogen zurück nach Dun Righ zu reiten. Murrough war froh über die Gelegenheit, ein so großes Gebiet absuchen zu können. Selbst wenn er keinen Hinweis auf die Wanderer fand, konnte er auf diese Weise herausfinden, ob kürzlich weitere Sachsen tiefer ins Landesinnere vorgestoßen waren.

Caitlin beschloss, zehn Reiter – unter ihnen den Dichter und einen Dal Araidhaner als Führer – mit zu dem Wald zu nehmen, wo die in Druidenumhänge gehüllten Krieger zum ersten Mal gesichtet worden waren. Cathal war über die

Anwesenheit der seltsamen Wachen bei jenem Wald ebenso verblüfft wie der Dichter.

»Abgesehen von ein paar Kundschaftern und den Wächtern, die eure Gruppe zur Festung geführt haben, war vor eurer Ankunft keiner meiner Männer draußen unterwegs«, bekräftigte der Anführer noch einmal, während Gobann sein Pferd bereitmachte. »Kein Druide von dieser Festung wäre so dumm, kurz vor Einbruch der Nacht in den Bergen herumzulaufen. Das wäre so, als würde man geradezu herausfordern, getötet oder gefangen genommen zu werden. Und meine Krieger tragen keine blauen Umhänge.«

Gobann ignorierte die Anspielung, dass seine Schüler nicht sehr klug gewesen waren, obwohl er selbst auch dieser Meinung war. Er wartete ungeduldig darauf, mit der Suche beginnen zu können – jede Minute, die sie mit Reden darüber verbrachten, was möglicherweise geschehen war, war eine vergeudete Minute.

Caitlin saß auf ihrem Schlachtross und wartete, dass Gobann sich zu ihr gesellte. Als er schließlich aufgestiegen war, führte sie die Gruppe aus dem Durchbruch der inneren Mauer, der wieder geöffnet worden war, um den Reitern die Möglichkeit zu geben, Dun Righ zu verlassen. In der Zwischenzeit zog auch Cathal außerhalb der Mauern ein großes Kontingent seiner eigenen Männer zusammen.

Der Anführer wollte in den Südwesten der Halbinsel, um von den Ortsansässigen im Umkreis des dortigen sächsischen Lagers etwas zu erfahren. Es gab nur eine einzige, einigermaßen sichere Möglichkeit, sich dem feindlichen Lager zu nähern, und das war mit einer großen Streitmacht – wobei Cathal sehr wohl wusste, dass die zahlenmäßige Überlegenheit seiner Krieger keineswegs gewährleistete, dass die Fremden nicht angriffen.

Drei andere Gruppen aus Dal Araidhanischen Kriegern und

römischen Soldaten hatten vor, zu Fuß die Felder um die Festung herum nach Hinweisen abzusuchen, die die beiden Druiden vielleicht hinterlassen hatten.

Bevor die Gruppen sich vor dem äußeren Wall trennten, gab Cathal noch einmal letzte Anweisungen an Caitlin und Murrough; schließlich hatte er nicht vergessen, dass in erster Linie er selbst für die Sicherheit seiner Gäste verantwortlich war. »Wenn ihr auf irgendetwas Bedeutsames stoßt, gebt kräftige weiße Rauchzeichen, um die anderen Gruppen zu benachrichtigen. Wir werden jeweils unverzüglich einen Boten schicken, um zu erfahren, was ihr entdeckt habt. Und falls ihr Sachsen seht, so verfolgt sie nicht. Sie verstehen sich sehr gut darauf, ihre Verfolger in einen Hinterhalt zu locken, wenn die nicht sehr vorsichtig sind.«

Der Anführer hatte noch nicht einmal so richtig zu Ende gesprochen, und alle anderen Gruppen waren noch dabei, ihre Marschordnung einzunehmen, da donnerte Murroughs Gruppe schon die Nordstraße entlang. Die Pferde galoppierten dahin, als spürten sie, wie wichtig diese Mission war. Während Caitlin den Davonreitenden hinterherblickte, musste sie sich plötzlich daran erinnern, wie sie und ihr Ehemann vor vielen Jahren zusammen die große Südstraße entlanggeprescht waren – damals, als sie versucht hatten, den Lebensbaum zu retten.

»Möge die Göttin Brigid uns auf dieser Mission mehr Erfolg gewähren«, flüsterte sie vor sich hin, während sie den kleinen schwarzen Seidenbeutel berührte, der um ihren Hals hing. »Und bring Murrough bald zurück zu mir.«

Caitlin hatte ganz deutlich das Gefühl, dass Murrough einer Gefahr entgegenritt, die nichts mit den Fährnissen zu tun hatte, denen Mawn und Sianan ausgesetzt sein mochten. Sie spürte plötzlich den dringenden Wunsch, ihm hinterherzureiten und ihn zu warnen, aber als Anführerin weigerte sie sich, ihre Pflichten zu vernachlässigen, und so verdrängte die Königin diese Gedanken aus ihrem Kopf. Sie wusste zu gut, dass ein solches Gefühl der Vorahnung – wenn es nicht eingedämmt wurde – so weit anschwellen konnte, dass es ein eigenes Leben entwickelte.

Sie beruhigte sich und sah ihrem Mann nach, bis er und seine Begleiter aus ihrem Blickfeld verschwanden. Dann wandte sie sich wieder der bevorstehenden Aufgabe zu und widmete sich ihren eigenen Leuten, denn sie wollte sichergehen, dass sie in einer eng geschlossenen Formation ritten, die leicht zu verteidigen war.

Wenn Caitlin in jenem Augenblick *tatsächlich* hinter Murrough hergeritten wäre, hätte sie vielleicht den einsamen Reiter gesehen, der auf die Straße sprang und sich der Gruppe des Königs anschloss, als sie den vordersten Wachposten von Dun Righ passierte. Und wenn sie ihm etwas hintergerufen hätte, hätten er und seine Krieger vielleicht besser auf Fremde auf der Straße geachtet. Aber wie sich herausstellte, hatte Murroughs Gruppe nichts weiter im Sinn, als so schnell wie möglich auf die Berge zuzureiten, so dass niemand den geheimnisvollen Reiter bemerkte, der ihnen folgte.

Gobann hatte sich ein Kriegsross aus Cathals Ställen geliehen, da die Pferde, die sie von Eirinn mitgebracht hatten, sich nicht gut für die Berge und die grasbewachsenen Hänge von Alba eigneten. Es war ein kräftiges, kleines Tier mit breiten Schultern und einer langen weißen Mähne, die sich deutlich vor seinem grauen Fell abzeichnete. Während der Dichter neben Caitlin herritt, gelangte er mehr und mehr zu der Überzeugung, dass Mawn und Sianan einfach losgeritten waren, um ihre Neugier zu stillen, und dann vielleicht einen Unfall gehabt hatten. Ganz wurde er allerdings den Zweifel, dass ihr Verschwinden etwas mit ihrer Mission als Wanderer zu tun haben könnte, nicht los.

Als der Hochdruide Cathach noch am Leben gewesen war, hatte er Gobann immer wieder eingeschärft, dass er niemals zulassen dürfe, dass es zu einer Situation wie der jetzigen käme. Die Worte des alten Mannes fielen Gobann ein, und einen Augenblick lang war er sich fast sicher, dass Cathach da wäre und ihn voller Verachtung anblickte. Es wäre nicht überraschend, dachte der Dichter, wenn der Geist des alten Mannes ebenso um die Sicherheit der Wanderer besorgt wäre wie alle anderen.

In Gobanns Geist formte sich ein klares Bild davon, wie er den Druiden Cathach das letzte Mal gesehen hatte. Der alte Mann hatte seinen langen blauen Umhang getragen und die Kapuze hochgeschlagen, um sich vor der kalten Nachtluft zu schützen. Das Bild wollte nicht aus Gobanns Kopf verschwinden, und er begriff, dass er eine sehr intensive und direkte Erinnerung erlebte, die den Visionen ähnelte, die er gehabt hatte, als die Faidh von ihm Besitz ergriffen hatte.

Es war beinahe so, als wäre Cathach neben ihm, während er so dahinritt. Gobann glaubte sogar fast zu hören, wie der alte Mann ihm etwas zurief. Dies beunruhigte den Dichter sogar noch mehr, denn er wusste, dass Cathach sich nicht die Mühe machen würde, ihn in seinem Geistkörper aufzusuchen, wenn seine Schüler in Sicherheit wären.

Plötzlich wurde die Nachricht immer stärker und beharrlicher, und Gobann war gezwungen, sein Pferd zu zügeln, als die Vision ihm die Sicht auf seine Umgebung raubte. Caitlin bemerkte sofort, dass er stehen geblieben war, und befahl den Übrigen, in einigem Abstand zu warten.

»Reitet! Reitet wie der Wind!«, rief Cathach mit lauter Stimme, und der Dichter konnte beinahe sehen, was sein alter Lehrer für ein Gesicht machte. »Die Wanderer sind in ernster Gefahr. Du musst direkt mitten in den Wald reiten, wenn du eine Chance haben willst, sie zu retten.«

Im nächsten Augenblick gab Gobann seinem Pferd kräftig die Fersen und wiederholte die Worte seines alten Freundes. Und in kürzerer Zeit, als jemand gebraucht hätte, um tief Luft zu holen, war er schon über die Felder auf und davon und jagte auf den Waldrand zu. Caitlin rief ihm hinterher, dass er warten sollte, aber vielleicht hatte auch sie Cathachs geistige Anwesenheit gespürt, denn binnen weniger Augenblicke preschten sie und ihre Gruppe hinter dem Dichter her, so rasch ihre Pferde sie trugen.

Als sie sich dem Wald näherten, sah Caitlin, wie Gobann sein Pferd anhielt und anmutig aus dem Sattel glitt. Caitlin war eine sehr gute Reiterin – sie hatte ihr ganzes Leben mit Pferden verbracht –, aber sie spürte, wie sie einen Moment im Sattel hin und her rutschte, so dass sie schon glaubte, sie würde das Gleichgewicht verlieren. Das Gefühl verflog so schnell, wie es gekommen war, doch das Unbehagen, das es hervorgerufen hatte, war noch nicht wieder von ihr gewichen, als der Dichter ihr zurief, dass er einen Pfad gefunden hatte, der in den Wald führte.

»Er ist zu schmal für die Pferde«, rief Gobann aufgeregt. »Wir müssen absteigen und zu Fuß in den Wald gehen.«

»Gibt es vielleicht einen Weg, der außen herumführt?«, fragte Caitlin den Dal Araidhaner, der als ihr Führer mitgekommen war.

»Der Wald ist an zwei Seiten von Wasser umgeben«, erwiderte der Mann. »Man kann nicht um ihn herumreiten.«

»Ich bin mir sicher, dass sie sich im Zentrum des Waldes befinden. Wir haben keine Zeit, hier herumzusitzen und uns darüber zu unterhalten, welche Möglichkeiten wir sonst noch haben. Wir müssen uns beeilen!«, beharrte der Dichter. »Cathach hat mich besucht, um mir zu sagen, dass wir uns sputen müssen.«

Caitlin zweifelte keinen Moment daran, dass der alte Hochdruide anwesend war oder dass die beiden vermissten Wanderer sich im Zentrum des Waldes befanden, wie Gobann gesagt hatte. Sie hatte ihren Freund selten zuvor so aufgeregt gesehen. Ohne eine weitere Bemerkung gab sie den Befehl zum Absteigen.

Die Königin schwang sich ebenfalls vom Pferd, aber während sie das tat, riss der Sattelgurt. Sie beugte sich vornüber, versuchte, das Gleichgewicht zu halten, aber bevor sie so recht begriff, was geschah, lag sie rücklings im Gras unter ihrem Pferd. Kaum war sie auf dem Boden aufgekommen, fiel der schwere Sattel auf sie, so dass sie vor Schreck und Schmerz aufkeuchte.

Gobann war sofort bei ihr. Dem Gesichtsausdruck der Königin nach war dies nicht einfach nur ein unglücklicher Unfall. Ihr war irgendeine Botschaft – vielleicht gar nicht unähnlich derjenigen, die er von Cathach erhalten hatte – mitgeteilt worden.

Die unausgesprochene Frage des Dichters wurde im nächsten Augenblick beantwortet. »Sianan ist letzte Nacht hier gewesen und hat genauso auf dem Boden gelegen wie ich jetzt«, verkündete Caitlin. »Nachdem sie angegriffen wurde.« Die Königin runzelte die Stirn.

»Sag mir, was du noch gesehen hast«, drängte Gobann. »Egal, wie seltsam es dir auch vorkommt. Wir brauchen mehr Hinweise, wo sie sich aufhalten könnten.«

»Sianan ist bei dem Angriff nicht verletzt worden, während Mawn leicht verwundet wurde. Ich habe ein weißes Pferd mit einer goldenen Kandare gesehen, das auf ein weites freies Feld geführt wurde ... von einer ganz in Weiß gekleideten Gestalt mit einem ungewöhnlichen Schwert aus längst vergangener Zeit.«

»Und weiter?«, drängte der Dichter. »Was hast du noch gesehen?«

Caitlins Augen weiteten sich vor Entsetzen. »Es ist die alte Cailleach!«, schrie sie. »Sie ist gekommen, um Mawn und Sianan zu holen!«

Gobann packte die Königin an den Schultern. »Bist du dir sicher, dass es die gleiche alte Frau ist, die dich so lange verfolgt hat?« Er erinnerte sich an den Traum, den er letzte Nacht gehabt hatte. Die seltsame geschuppte Kreatur, die er gesehen hatte, hatte ihn beruhigt, trotz ihres monströsen Äußeren. Seine Frage blieb unbeantwortet, denn die Königin zitterte und schluchzte.

»Ich sehe Blut!«, schrie Caitlin. »Blut spritzt auf das weiße Kleid und befleckt den Boden!«

Der Dichter drückte sie an sich, wiegte sie sanft in den Armen, wie man es bei einem verängstigten Kind machen würde, bis sie aufhörte zu schluchzen. Die Krieger warteten in angemessenem Abstand und unterhielten sich leise. Es war bekannt, dass Caitlin viele Jahre lang von einer Sidhe-Dubh, einem dunklen Feenwesen, verfolgt worden war. Es hieß, dass die seltsame Kreatur verantwortlich für den Tod ihrer ungeborenen Kinder war. Deshalb hatte Caitlin ihre zwei noch lebenden Kinder in Eirinn unter dem Schutz des Hochkönigs zurückgelassen. Nur so hatte sie die Gewissheit, dass sie einigermaßen in Sicherheit waren.

Schlagartig hörte die Königin auf zu weinen, und ihre Atemzüge beruhigten sich wieder. Sie wischte sich die Tränen aus dem Gesicht und setzte sich auf, als wäre sie gerade aus einem Albtraum erwacht, hätte aber soeben begriffen, dass alles nur ein Traum gewesen war. Der Dichter bemerkte die Veränderung; er hatte viel Erfahrung mit der Faidh und wusste, dass dies normal war. Diese andere Sicht kam meist ungebeten, doch verschwand sie ebenso rasch wieder und ließ die betroffene Person benommen und verwirrt zurück.

»Es ist vorbei«, verkündete Caitlin. »Die Vision ist weg. Was hat sie zu bedeuten?«

»Den ersten Teil verstehe ich. Sianan und Mawn sind letzte Nacht hier angegriffen worden. Wir sind also auf dem richtigen Pfad. Aber was den zweiten Teil deiner Vision betrifft, so habe ich nicht die geringste Ahnung, was sie bedeuten könnte«, gestand Gobann. »Fühlst du dich in der Lage, uns in den Wald zu begleiten?«

»Natürlich«, sagte Caitlin entschieden. »Ich habe schon schlimmere Stürze überlebt und danach weitergemacht.«

Der Dichter erinnerte sich daran, wie die Königin nach der Schlacht von Rathowen darauf bestanden hatte, mit Murrough loszureiten, um den Lebensbaum zu retten, obwohl sie schwer verletzt worden war. Gobann wusste, dass sie ziemlich stur sein konnte, wenn sie sich erst einmal etwas in den Kopf gesetzt hatte. Wie hätte sie auch sonst einen so kräftezehrenden Kampf wie den mit der Cailleach überleben können?

»Also gut«, meinte der Dichter. »Wir müssen sofort aufbrechen.«

Caitlin stand auf, als wäre ihr nicht das Geringste geschehen. Sie zog ihr Schwert aus der Scheide am Sattel, der jetzt im Gras lag, und schob die Klinge hinter ihren breiten braunen Gürtel. »Dann lass uns gehen«, stimmte sie ihm zu.

Gobann nahm seinen Wanderstab, den er hinter dem Sattel festgemacht hatte, und schritt auf dem schmalen Pfad in den dichten Wald hinein. Der Dichter war noch keine zwanzig Schritte weit gekommen, als das Sonnenlicht nachzulassen begann. Schon bald konnte er nicht einmal mehr vier Schritte weit sehen. Er verfluchte die Tatsache, dass er mit diesem Land so wenig vertraut war, doch musste er sich schließlich eingestehen, dass sie Fackeln benötigen würden, wenn sie sich in diesem Wald nicht verirren wollten. Es blieb ihnen gar nichts anderes übrig, als einen Reiter nach Dun Righ zurückzuschicken, auch wenn sie dadurch wertvolle Zeit verlieren würden.

Die Königin wählte ihren besten Reiter aus und schickte ihn zusammen mit Cathals Führer zurück, um so viele Binsenfackeln wie möglich zu holen. Die beiden schienen eine Ewigkeit wegzubleiben. Gobann schritt am Waldrand auf und ab, suchte im hohen Gras nach Hinweisen und kam sich vollkommen hilflos vor. Caitlin hörte, wie er unaufhörlich leise mit sich selbst redete.

Die Königin beschloss, sich auszuruhen, so lange sie noch Gelegenheit dazu hatte. Sie hatte das Gefühl, dass sie jedes bisschen Energie und alle Entschlossenheit benötigen würde, wenn sie sich erst in diesem dunklen Wald befänden. Während sie auf dem weichen Boden saß und die Blicke über die Felder unterhalb des Hügels schweifen ließ, erinnerte sie sich an die Cailleach, die alte Frau aus dem Volk der Danaan, die sie seit der Schlacht von Rathowen verfolgt hatte und nur mit Hilfe von Sila, der Druidenheilerin, hatte vertrieben werden können.

»Ich war mir ziemlich sicher, dass die alte Hexe getötet wurde«, sagte Caitlin laut. »Ich war so sicher, dass Sila die Cailleach besiegt hat.« Dann fiel ihr ein, dass die Druidenheilerin lange vor ihnen von Teamhair aufgebrochen war, um nach Dal Araidhe zu reisen. Sie hätte eigentlich in Dun Righ auf sie warten sollen. Mit leichter Sorge wandte sie sich an Gobann. »Hast du von Sila gehört?«

Der Dichter zuckte zusammen, als er aus seinen Gedanken gerissen wurde; dann schüttelte er stirnrunzelnd den Kopf. Caitlin wurde klar, dass er sich um seine Geliebte ebenso sorgte wie um die Wanderer, und es fiel ihr auf einmal gar nicht mehr schwer, ihm seinen Ausbruch bei Cathal und sein ungewohntes Verhalten beim Fest zu vergeben.

Voller Hoffnung, dass die Reiter bald wieder zurückkehren

würden, musterte sie erneut die Felder. Aber um sie herum war nicht die geringste Bewegung zu sehen, weder auf der Straße noch auf den Feldern, abgesehen von einem großen weißen Hasen, der beinahe direkt auf sie zuschoss, ehe er seinen Fehler bemerkte. Das ungewöhnliche Tier war halb so groß wie ein Mensch und offensichtlich in der Lage, einen Kampf aufzunehmen, wenn es notwendig werden sollte. Dennoch rannte es jetzt davon, verschob die Mahlzeit aus Waldbeeren auf einen anderen Tag, wenn keine Fremden da waren. Der Hase war kein übernatürliches Wesen – das hatte Caitlin klar und deutlich gesehen –, aber solche weißen Tiere waren sehr selten, und ihre Gegenwart deutete häufig darauf hin, dass Danaan in der Nähe waren.

Die Königin legte sich ins Gras und dachte an ihre Kinder, fragte sich, wie es ihnen im Haushalt des Hochkönigs und seiner Christenfrau wohl ergehen mochte. Caitlin störte sich nicht daran, dass sie vermutlich mehr nach den Weisen der Christen als den Bräuchen der Druiden erzogen würden. Sie war noch nicht einmal besorgt, dass ihre Kindeskinder möglicherweise wenig Kenntnisse von den alten Traditionen besitzen würden, die ihr noch ganz selbstverständlich waren. Was ihr viel mehr Sorgen machte, war die Tatsache, dass der große Plan des Druidenrats, die alten Bräuche innerhalb des Rahmens einer neuen Religion zu bewahren, in großer Gefahr war, wenn Mawn und Sianan etwas zugestoßen sein sollte. Ohne die Wanderer war es beinahe sicher, dass all die Druidengesetze, ihre Geschichten, ihre Musik, die Heilkünste und die Überlieferungen verloren sein würden.

Ohne die Alte Weisheit als Gegengewicht zum Fanatismus der Christen würden Caitlins Kinder und Enkelkinder sicherlich die Weisen der Gälen vergessen. Sie begriff, dass die zukünftigen Generationen, die nichts über ihre Herkunft und Ursprünge wussten, schon bald aufhören würden, überhaupt

Gälen zu sein. Sie würden nur ein weiteres erobertes Volk sein, wie die Latein sprechenden Gallier.

»Wenn ein Volk seine Vergangenheit vernachlässigt«, sagte Caitlin zu sich selbst und wiederholte damit die Worte ihres großen Druidenlehrers Lorgan Sorn, »gefährdet es damit auch seine Zukunft.«

Die Königin setzte sich auf und zog ihren Umhang fester um sich, aber trotz des wärmenden Wollstoffs zitterte sie, als ihr klar wurde, wie sehr Lorgan Recht gehabt hatte.

VI

Mawn erwachte und stellte fest, dass seine Beine sehr kalt waren. Sein Umhang war in der Nacht verrutscht und hatte sie der kalten Nachtluft preisgegeben. Während er näher zum Feuer kroch, um sie zu wärmen, nieste er; bei dem Geräusch rührte Sianan sich. Um ihren Lagerplatz herum war es noch immer dunkel im Wald, aber hoch oben über den Baumwipfeln konnte Mawn kleine Lichtpünktchen erkennen, die zuerst wie Sterne aussahen. Er lehnte sich zurück, die Füße nahe beim Feuer, und starrte sie an.

»Sieh nicht so genau hin, junger Druide; sie mögen keine Fremden in ihrem Wald.«

Mawn wirbelte herum, um den Mann anzusehen, der sie gefangen genommen hatte, aber der Fremde befand sich außerhalb des Feuerscheins, und so konnte er ihn nicht ausmachen.

»Was sind sie?«

»Sie sind Geschöpfe des Waldes. Geistergeschöpfe, die all ihre Kraft einsetzen, um für diesen Ort zu sorgen.«

»Wer bist du?«, fragte Mawn. »Und wieso sagst du uns nicht, weshalb du uns gefangen genommen hast?«

Er bekam keine Antwort – abgesehen von einem gedämpften Husten. Dann trat der Junge, den sie am Abend zuvor gesehen hatten, durch das Unterholz am Rand der winzigen

Lichtung und betrat den von den Flammen erhellten Kreis. Er hatte ein paar Holzscheite und einen eisernen Topf mit Wasser dabei. Er legte das Holz ins Feuer und stellte den Topf in die Glut, um das Wasser zu kochen. Auf der anderen Seite des Feuers setzte sich Sianan langsam auf und breitete ihren Umhang aus, um ihn zu glätten. Dann wickelte sie sich rasch wieder in den warmen Wollstoff.

»Es ist so kalt in diesem Wald!«, rief sie und rieb sich die Hände.

»Du wirst dich daran gewöhnen«, bemerkte der Junge.

»Ich hoffe, wir werden dazu nicht lange genug hier sein«, erwiderte Sianan rasch.

»Nun, da ihr wisst, wo ich lebe, und auch die Pfade kennt, die ins Herz des Waldes führen, kann ich euch nicht mehr laufen lassen«, kam die spöttische Stimme des Mannes, der sie ergriffen hatte, aus der Dunkelheit.

»Der König und die Königin von Munster werden nach uns suchen. Dann wirst du es bereuen, dass du uns entführt hast.«

»Seit wann suchen Könige und Königinnen im Wald nach unerfahrenen Druiden?« Der Mann trat ins Licht, und sein Gesicht erinnerte Sianan an etwas sehr Altes, so wie eine alte Eiche. »Was hat euch dazu veranlasst, so nahe an meinem Heim herumzustöbern, unwillkommen und unangekündigt?«

»Wir haben unsere Kolonne verlassen, weil die Schönheit dieses Waldes uns angezogen hat«, begann Mawn.

Der Fremde lachte schroff; er glaubte Mawns Lüge nicht einen Augenblick. »Dieser Wald, dessen Schönheit euch so beeindruckt hat, liegt ein gutes Stück abseits eures Weges. Gibt es keine Bäume in Eirinn?«

»Wir wollten dich nicht beleidigen«, mischte Sianan sich ein. »Wir wollten uns nur diesen Wald ansehen.«

»Ich hoffe, ihr haltet mich nicht für einen Narren oder für

jemanden, der geradewegs von einer Viehweide kommt«, schnaubte der Fremde. »Wo sind eure Begleiter?«

»Sie sind inzwischen in der Festung Dun Righ.«

»Wer ist heutzutage dort der Anführer?«

»Cathal Mac Croneen von den Dal Araidhanern«, erklärte Sianan ein bisschen überrascht, dass dieser Mann so nah bei der Festung lebte und anscheinend noch nicht einmal den Namen des Anführers kannte.

»Ich kenne keinen Cathal«, räumte der Fremde ein. »Aber das ist kein Cymru-Name, und so muss er einer der Gälen sein, die hergekommen sind, um den Briten ihr Land zu stehlen.«

»Er ist ein Gäle«, bestätigte Mawn. »Er stammt von den Stämmen der Dal Araidhaner.«

»Ich habe mit diesen Leuten nichts zu tun; sie gehören nicht zu meinem Volk und ich traue ihnen nicht. Was hat euch und eure Leute von Eirinn in mein Land geführt? Gibt es auf eurer Insel nicht genug Land für alle Gälen? Wollen eure Leute das Land so plündern wie die wilden Pretaner?«

»Wir sind hierher gekommen, um die Streitmacht der Dal Araidhaner gegen die sächsischen Plünderer zu verstärken, die die ganze Küste des Airer Gael heimsuchen«, erklärte Mawn.

»Von welchem Land sprichst du?«

»Von diesem Land«, stammelte Mawn überrascht. »Dieses Land und das Gebiet bis nach Dun Edin im Norden ist seit Generationen bekannt als das Airer Gael – die Küstenlinie der Gälen. Dieses Land hier im Süden ist die Heimat der Strath-Clota, aber die Stämme der Dal Araidhe teilen es sich mit den Briten.«

Der Fremde spuckte aus. »Ihr Gälen seid gekommen, um den Strath-Clota gegen die Sachsen zu helfen? Die Gälen und die Cymru haben sich verbündet? Das glaube ich nicht.«

Fergus rückte näher ans Feuer, um nach dem Wasser zu sehen, und Sianan bemerkte, dass seine Kapuze sein Gesicht beinahe vollständig verdeckte. Der Junge setzte sich hin und lehnte sich nach vorn, um die wärmenden Flammen zu spüren. Dabei rutschte die Kapuze ein Stück zur Seite und enthüllte zum Teil seine Gesichtszüge. Es reichte, um Sianan erkennen zu lassen, dass die Haare des Jungen verbrannt waren und das versengte Fleisch darunter noch immer nässte. Ihr Schock war so groß, dass sie entsetzt aufkeuchte.

Fergus bedeckte sofort sein Gesicht mit den Händen und zog sich an den Rand des Lichtscheins zurück.

»Das haben ihm die Sachsen angetan«, erklärte der Mann. »Sie haben seine Familie ermordet, sein Heim niedergebrannt und alles zerstört, was diese armen Fischer besessen haben. Er ist hierher zum Wald gelaufen, um Schutz zu suchen, aber selbst hier war er vor den Wilden nicht sicher. Die Sachsen haben ihn in der Nähe des Waldrands erwischt, ihn gefesselt und ihn dann mit dem Kopf voran in ihr Lagerfeuer geschoben. Als sie schließlich von dieser Art von Unterhaltung genug hatten, haben sie ihn einfach liegen gelassen, denn sie haben geglaubt, er wäre tot. Ich habe ihn gefunden, bevor das letzte Lebensfünkchen aus seinem Körper gewichen war. Ich habe ihn gepflegt, bis er kräftig genug war, um für sich selbst zu sorgen. Seither ist er bei mir, und er wird diesen Ort vermutlich niemals wieder verlassen. Du bist nicht die erste Frau, die beim Anblick dessen, was die Sachsen getan haben, vor Entsetzen zurückweicht. Selbst meine Frau kann ihn nicht ohne Ekel ansehen.«

Mawn blickte Fergus an; was er gerade gehört hatte, rührte ihn zutiefst. »Auch ich habe meine Familie bei einem Überfall der Sachsen verloren«, sagte er weich.

»Aber ich sehe, dass die Wilden dir nichts getan haben«, bellte der Fremde. »Du scheinst es gut überlebt zu haben.« Der

Mann stand auf und zog sein kurzes Breitschwert. »Und jetzt sage mir, was ihr mit so vielen Kriegern am Rand meines Waldes gewollt habt. Und wenn du nicht sprichst, werde ich das nachholen, was die Sachsen vergessen haben.«

»Wir waren allein«, sagte Sianan. »Wir haben von der Straße aus zwei Krieger gesehen. Deshalb sind wir zum Wald geritten.«

»Bevor ich euch aufgegriffen habe, sind mindestens dreißig mit Speeren bewaffnete Männer um den Wald herumgestrichen. Sagt mir, was ihr dort gemacht habt.«

»Wir haben mit diesen Kriegern nichts zu tun«, wandte Mawn ein. »Wir haben die dreißig Männer, von denen du sprichst, überhaupt nicht gesehen.«

»Steh auf!«, brüllte der Fremde und zog erneut sein Schwert. »Ich werde mir keine weiteren Lügen von dir mehr anhören! Mal sehen, wie lange du noch bei deiner Geschichte bleibst, wenn du erst den Beweisen gegenüberstehst.«

»Wovon sprichst du? Wohin bringst du uns?«, fragte Mawn.

»Während ihr letzte Nacht geschlafen habt, bin ich zur anderen Seite des Waldes gegangen. Dort habe ich inmitten der Werke deiner gälischen Brüder ein Treffen aller Geschöpfe des Waldes geleitet, um über euer Schicksal zu entscheiden. Wenn ihr den Nerv habt, auch dann noch zu leugnen, dass ihr von diesen Scheußlichkeiten wisst, wenn ihr euch den Beweisen für dieses Verbrechen gegenüberseht, fange ich vielleicht an zu glauben, dass ihr tatsächlich nichts davon wisst. Und jetzt steht auf. Ich möchte mit euch fertig sein, bevor irgendeiner eurer Krieger die Möglichkeit hat, einen Rettungsversuch zu unternehmen.«

Mawn und Sianan blieb nichts anderes übrig, als zu gehorchen. Fergus führte sie wieder durch den Wald, eine brennende Fackel in der Hand. Hinter ihnen folgte in einigem

Abstand der Fremde, in der einen Hand ebenfalls eine Binsenfackel, in der anderen das Schwert.

Eine lange Zeit schritten sie so dahin und der Waldboden wurde feuchter und feuchter, je weiter sie vorankamen. Sianans Magen knurrte vor Hunger, und ihr war gerade klar geworden, dass es möglicherweise schon Mittag war, als die Luft plötzlich sehr viel kühler und feuchter wurde. Noch immer marschierten sie weiter, und an einer Stelle blieb Mawn stehen und lauschte sorgfältig einem Geräusch in der Ferne. Auch Sianan blieb stehen, wunderte sich, was wohl die Aufmerksamkeit ihres Freundes erregt haben könnte. Dann hörte sie es. Während gerade eben noch vollkommene Stille geherrscht hatte, war jetzt ein leises Donnern zu hören, beständig und tief.

Sianan hatte viele Dinge bemerkt, während sie durch den Wald gegangen waren. Zu beiden Seiten des Pfades gab es eine riesige Vielfalt an Pflanzen und Moosen. Am Fuß eines jeden Baumes wuchsen Pilze in allen Farben und Größen; einige waren strahlend gelb und orange, andere zeigten ein leuchtendes Purpurrot in den unterschiedlichsten Schattierungen. Die einzige Art jedoch, die sie kannte, war der große rote Pilz mit den weißen Punkten auf dem Hut. Dieser Pilz wurde von den Heilern benutzt, wie sie wusste, um die Schmerzen des Alters oder der Sterbenden zu lindern.

Obwohl sie in Kräuterkunde ausgebildet worden war und alle Arten von Heilmitteln kannte, die es in Eirinn gab, wusste sie verhältnismäßig wenig über die Kräuter in diesem Land. Sie wünschte, sie hätte Zeit gehabt, stehen zu bleiben und all diese unbekannten Pflanzen zu untersuchen. Hier gab es noch viel zu lernen. Es war sehr schade, dass der Fremde so überzeugt davon war, dass sie ein Verbrechen begangen hatten. Sianan hätte gerne etwas über die Überlieferungen hinsichtlich der Kräuter dieses Landes erfahren.

Während sie weitergingen, wurde der Donner in der Ferne immer lauter, bis es unmöglich war, ihn zu überhören. Mawn strengte die Augen an, um zu sehen, was da vor ihnen lag, und erhaschte einen Blick auf ein helles grünliches Licht, das durch die Bäume sickerte und den Pfad weiter vorn erhellte. Nach dreißig Schritten war das seltsame Licht so hell geworden, dass weder Mawn noch Sianan rechts oder links davon noch irgendetwas erkennen konnten. Vor ihnen löschte Fergus seine Fackel und winkte sie zu sich.

Ein großes Loch war in das Laubdach geschnitten worden, und das ganze Gebiet lag im hellen Sonnenlicht. Das Licht fiel tief in den Wald und nahm ein unheimliches Grün von den Blättern und den Zweigen und dem Moos an. Nach so langer Zeit im Dunkeln brannten Mawns Augen von der Helligkeit, und er musste sie abschirmen. Der Donner war inzwischen beinahe ohrenbetäubend. Sianan musste laut schreien, damit Mawn sie verstehen konnte. »Was ist das für ein Ort?«, fragte sie.

»Ich habe keine Ahnung«, brüllte er zurück, aber er musste zusätzlich noch die Schultern zucken, damit sie ihn verstand.

Der Fremde trat von hinten an sie heran und schob sie weiter den Pfad entlang, bis sie Fergus erreichten. Ein paar Schritte weiter war eine steile Klippe, und der Pfad stürzte ab, als hätte er sich aufgelöst. Mawn trat zum Rand des Abbruchs, und dann sah er, was den Lärm verursachte.

Unter ihm lag inmitten dunkler, mit graugrünem Moos bewachsener Felsen ein großer Teich mit schwarzem Wasser. Der kleine See wurde von einem gewaltigen Strom genährt, der links von Mawn über eine hohe Klippe fiel. Die Wanderer starrten ehrfurchtsvoll auf den Anblick, der sich ihnen bot. Der Wasserfall war höher als jeder Baum in diesem Wald und er war so breit wie vier Baumstämme.

Die Felsen sahen aus, als hätte das Wasser sie mit gewaltiger Kraft ausgehöhlt. Es gab überall Höhlen in den Klippen, und der See selbst war voller abgestorbener Baumstämme. Die Ufer waren mit Blättern und Zweigen und anderen Abfällen aus dem Wald übersät. Sianan begriff, dass sie den größten Teil der Bäume erkannte, die da um die Klippen herumwuchsen: Sie hatte sie alle während ihrer Ausbildung kennen gelernt.

Ein Stück weiter weg, auf der anderen Seite des Sees, wuchs eine große Eiche. Beiderseits davon wuchsen zwei Bäume, die wie ein atemberaubender Weißdorn und eine weit ausladende Stechpalme aussahen. In einigem Abstand dazu stand eine Eibe, die älter sein musste als alle, die sie bisher gesehen hatte. Innerhalb des Kreises dort wuchs jeweils einer der dreizehn großen Baumarten; die Zweige der Birke und Erle berührten die einer Esche und eines Schlehdorns, und so ging es weiter.

Im Zentrum stand ein Baum, der offensichtlich noch viel älter als alle anderen war. Sianan schien es, als wären all die anderen Bäume nur gekommen, um diesem gewaltigen und Furcht einflößenden Haselnussbaum Tribut zu zollen. Sie hatte nie in ihrem Leben ein solch gewaltiges Lebewesen gesehen. Sie hatte Geschichten von großen Tieren gehört, die in den Ozeanen lebten; sie hatte sogar ihre Gerippe an den Stränden gesehen. Aber dies war kein Tier, dies war ein Geschöpf des Pflanzenreichs.

Der Haselnussbaum wurde unaufhörlich von der Gischt besprüht, die von dem auf die Steine herabdonnernden Wasserfall aufspritzte. Obwohl der Hochsommer bereits vorüber war, hingen überall noch reifende Nüsse am Baum, und kein einziges Blatt, kein einziger Zweig waren abgestorben. Der Wind blies von oben herab, schüttelte die Zweige aller Bäume, und auch der Haselnussbaum erzitterte. Plötzlich riss die Böe etliche Haselnüsse los, die in einem weiten Kreis ins Wasser platschten.

Mawn sah zu, wie sie fielen; er war noch immer unfähig, die überwältigende Schönheit dessen, was er hier erblickte, zu begreifen. Als die Nüsse ins Wasser fielen, schwammen einige oben, während andere sofort in die Tiefe sanken. Mawn stellte fest, dass sein Blick von der Wasseroberfläche angezogen wurde, als hätten die Haselnüsse noch eine andere Überraschung für ihn.

Und dann packte er Sianan heftig am Ärmel ihrer Tunika, deutete auf den schwarzen See. Er schrie ihr etwas zu, aber der Wasserfall donnerte so laut, dass sie kein Wort von dem verstand, was er sagte. Niedergeschlagen blickte sie in die Richtung, in die er deutete.

Zuerst sah sie nichts als ein bisschen Wasser aufspritzen, und sie dachte, es wäre ein Fisch hochgesprungen, um nach einem vorbeifliegenden Insekt zu schnappen. Dann sah sie, dass sich tatsächlich Fische in dem See befanden.

Lachse. Hunderte und Aberhunderte von Lachsen.

Schlagartig fiel ihr die alte Geschichte von den Danaan wieder ein – von ihrem See des Wissens, an dem ein Haselnussbaum wuchs, von dem man die Nüsse des Lernens ernten konnte. In jenen Wassern, so ging die Legende, lebte der Clan der Lachse des Wissens, der sich nur von den Haselnüssen ernährte. Wenn eine sterbliche Seele eine der Nüsse aß, würde ihr das keinerlei Nutzen bringen. Aber wenn sie ein Mitglied des Clans der Lachse fingen und aßen, die an diesem Ort lebten, würde ihnen große Weisheit zuteil werden.

Man sagte, dass Finn Mac Cumhal von den Fianna, der zur Zeit von Cormac Mac Airt gelebt hatte, diesen See bei einer seiner vielen Reisen entdeckt hatte. Finn hatte sich einen Lachs gefangen, aber bevor er ihn kochen konnte, war er von

Aengus Og herausgefordert worden, einem Fürsten der Danaan. Aengus teilte dem Helden mit, dass nur jene von dem heiligen Fisch essen durften, denen er dies zuvor erlaubt hatte. Da der Krieger niemanden um Erlaubnis gefragt hatte, bevor er seine Angelrute ausgeworfen hatte, verbot der Danaan ihm, den Fisch zu essen. Stattdessen bestand er darauf, dass Finn den Fisch für die Danaan kochte.

Die Geschichte ging so weiter, dass, während der Held der Fianna den Lachs in einem Eisentopf kochte, das Wasser überkochte und ins Feuer spritzte. Bei dem Versuch, den Deckel abzunehmen, damit die Flüssigkeit abkühlen konnte, spritzte heiße Brühe auf Finns Daumen. Er bekam eine Brandblase und steckte den Daumen in den Mund, um den Schmerz zu lindern. Auf diese Weise kostete Finn Mac Cumhal den heiligen Lachs, und auf diese Weise erhielt er seine berühmte Weisheit. Es heißt, dass er danach jedes Mal, wenn er eine Eingebung benötigte, einfach nur an seinem Daumen lutschte. In der Tat gab es bei den Druiden von da an das Sprichwort, dass, wann immer einer von ihnen ein Problem zu lösen hatte, er ging, um am Daumen zu kauen, was bedeutete, dass er die Angelegenheit sorgfältig betrachten und sich ihr mit aller Weisheit widmen würde.

Sianan wurde von einer weiteren Bewegung im Wasser aus ihren Gedanken gerissen. Dies war offensichtlich eine viel größere Kreatur als ein Lachs, und sie glaubte anfangs, jemand würde durch den schwarzen See schwimmen. Als sie genauer hinschaute, war nur noch ein leichtes Kräuseln der Wasseroberfläche zu sehen, das darauf hinwies, dass sich ein großes Tier im Wasser bewegt hatte.

Dies verwirrte Sianan, und sie wartete darauf, dass die Kreatur erneut zum Vorschein kam. Eine lange Zeitspanne verstrich. Sie kam zu dem Schluss, dass es kein an Land lebendes Tier sein konnte, das diese Wellen verursacht hatte, denn das wäre inzwischen längst erstickt. Doch das Tier war zu groß für einen Fisch; zumindest für jeden Fisch, den Sianan kannte.

Mawn hatte die Wellen auch gesehen, und auch er wartete geduldig darauf, dass die Kreatur sich erneut zeigte. Aber sie war auch dann noch nicht zurückgekehrt, als der Fremde ihnen mit seinem Schwert leicht auf den Rücken klopfte und sie dorthin drängte, wo das Wasser über die Klippe stürzte. Sie wollten sich gerade in Bewegung setzen, als die Kreatur wieder auftauchte.

Sianan glaubte, die Umrisse einer menschlichen Gestalt gesehen zu haben, die in Moos und Unkraut gehüllt war. Doch wenn diese Kreatur vielleicht auch aussah wie ein Mensch, so bewegte sie sich doch wie ein Wesen des Ozeans, drehte ihren Körper im Wasser, bevor sie wieder in die Tiefe hinabschoss. Sianan spürte, wie ihr die Kinnlade heruntersackte, und dann drängte der Fremde sie mit dem Schwert wieder weiter, und sie musste gehen.

Der Pfad führte unter einem Felsvorsprung hindurch und dann zu einem kurzen Tunnel, in den durch einen schmalen Spalt in der Decke Tageslicht fiel. Die zwei jungen Druiden gingen weitere vierzig Schritte, ehe sie an eine breite Höhle kamen, die von vielen Fackeln erleuchtet wurde. Das Tosen des Wasserfalls schien hier aus weiter Ferne zu kommen. Sianan glaubte, dass dies eine Eigenheit der Höhlen sein musste, die das Donnern dämpfte.

Es gab Tische und Stühle und Betten, die aber offensichtlich lange Zeit nicht benutzt worden waren. In einer Ecke des Raums bemerkte Mawn einen Stapel mit Rüstungen, die denen ähnelten, die die römischen Soldaten unter dem Kommando von Tatheus trugen.

»Dies hier ist im Winter mein Heim«, verkündete der Fremde. »Wir werden hier bleiben, um zu essen, denn es ist schon spät. Schlaft euch heute Nacht gut aus; morgen gehen wir weiter.«

Er verschwand durch eine Felsspalte, ließ den Jungen mit einem Kurzschwert in der Hand als Wache zurück. Fergus achtete darauf, dass sein Gesicht verborgen blieb, doch er behielt die beiden ständig im Auge.

Nachdem der Fremde gegangen war, vergeudete Mawn keine Zeit, sondern wandte sich sofort an den Jungen. »Hast du die Kreatur im Wasser gesehen?«

Der Junge nickte, was unter der Kapuze kaum zu sehen war.

»Was für ein Tier war das?«

Fergus stand auf und ging zur anderen Seite der Höhle, um sich zu vergewissern, dass sein Herr nicht in der Nähe war. »Das war die Glastig. Sie ist die Frau meines Herrn. Und sie ist ein Ungeheuer aus der Tiefe, das sich von menschlichem Fleisch ernährt.«

Mawn blickte Sianan verwundert an, dann stellte er die Frage, die beide schon die ganze Zeit quälte. »Und wer ist dein Herr? Wie ist sein Name?«

Der Junge hatte nicht die Gelegenheit, darauf zu antworten, denn in diesem Augenblick kam der Fremde zurück.

»Ich werde Malchedoc der Wanderer genannt«, erklärte er. »Dies ist das Haus meiner Frau, und sie stammt vom Volk der Danaan. Ihr steht also unter deren Schutz, aber glaubt nicht, dass sie euch verteidigen werden, wenn ihr dumm genug seid, heute Nacht diese Höhle zu verlassen. Meine Frau hat einen guten Appetit, besonders auf Gälen. Morgen werdet ihr vor dem Hohen Rat der Waldbewohner erscheinen. Fergus wird euch bald etwas zu essen bringen und dann werdet ihr euch ausruhen.«

Mawn öffnete den Mund, um etwas zu sagen, aber Sianan packte ihn an der Schulter – so fest, dass sich ihre Fingernägel in sein Fleisch bohrten. Mawn beachtete ihre Warnung und schluckte wieder hinunter, was er hatte sagen wollen: dass er und Sianan ebenfalls Wanderer waren. Stattdessen öffnete er den Mund, um Malchedoc zu fragen, wie er an diesen Namen gekommen war, aber da war der Fremde bereits wieder gegangen.

VII

Die beiden Reiter, die zurück nach Dun Righ geschickt worden waren, tauchten schließlich mit zwei Dutzend Binsenfackeln wieder auf. Am Waldrand warteten Caitlin und Gobann bereits ungeduldig. Sobald die Männer abgestiegen waren, entfachte Gobann mit Hilfe der Feuersteine in seiner Zunderbüchse einen Funken, und schon bald brannten etliche der Fackeln und die Gruppe konnte sich auf den Weg in den Wald machen.

Sie gingen alle hintereinander, und jeder zweite Mann in der Reihe trug eine Fackel; die überzähligen wurden unter den Kriegern verteilt. Sie wussten nicht, wie lange sie im Wald bleiben und wie viele Fackeln sie benötigen würden, und so hatten die Reiter viel mehr mitgebracht, als sie an einem halben Tag verbrauchen konnten.

Nachdem sie ein gutes Stück in die unirdische Dunkelheit vorgedrungen waren, stießen sie auf Hinweise, dass hier erst vor kurzem mehrere Leute entlanggegangen waren. Drei verschiedene Fußabdrücke zeichneten sich auf dem Pfad ab, der sich zwischen den Bäumen hindurch immer tiefer in den Wald schlängelte.

»Ich bin mir nicht sicher, ob dies wirklich der Pfad ist, den Mawn und Sianan genommen haben«, gestand Gobann der Königin. Er versuchte, sich zu entspannen, damit er auf das lauschen konnte, was ihm seine Instinkte mitteilten.

»Wie viele Pfade stehen denn zur Auswahl?«, spöttelte sie.

Gobann antwortete nicht. Er blickte nur bestürzt den Pfad entlang. »Also gut, wir werden so lange gehen, bis wir sicher sind, ob wir Mawn und Sianan folgen oder nicht. Ich weiß, dass sie gegen ihren Willen in diesen Wald gebracht wurden und dass wir sie finden werden, wenn wir beharrlich sind.« Aber Gobann fürchtete insgeheim, dass ihn seine Fähigkeiten, Zeichen und Omen zu lesen, diesmal im Stich ließen.

Am frühen Mittag erreichte die Gruppe die Gabelung, an der Mawn, Sianan und der Fremde in der Nacht zuvor auf Fergus gestoßen waren und ein vierter charakteristischer Fußabdruck zu den drei anderen hinzukam. Die Wachen an der Spitze, die als Kundschafter dienten, berichteten, dass sämtliche weitere Fußabdrücke in diesem Gebiet bewusst beseitigt worden waren. Caitlin ließ beide Wege etwa dreißig oder vierzig Schritt weit sorgfältig absuchen, aber es war unmöglich herauszufinden, ob die vier, denen sie auf der Spur waren, nun den linken oder den rechten Weg genommen hatten.

Da Caitlin ihre eigene Gruppe nicht aufteilen wollte, musste sie sich entscheiden. Gobann war nicht in der Lage, sich davon zu überzeugen, dass seine Schüler in der Nähe waren, und konnte sich nicht für einen Weg entscheiden.

»Wer immer diese Spuren verwischt hat, wusste genau, was er tat«, bemerkte er. »Selbst die besten Spurensucher von Eirinn wären meiner Meinung nach nicht in der Lage zu sagen, ob hier jemand gegangen ist.«

Caitlin musste ihm zustimmen. »Er hat seine Arbeit gut gemacht, was bedeutet, dass er nicht verfolgt werden wollte. Dies macht es wahrscheinlicher, dass Sianan und Mawn – wenn sie denn wirklich unter den vieren sind – dies nicht aus freien Stücken sind. Was auch immer wir tun, wir sollten uns beeilen.«

»Außerdem ist natürlich auch möglich, dass die Gruppe

sich getrennt hat, dass zwei nach links und zwei nach rechts gegangen sind«, gab der Dichter zu bedenken.

Caitlin dachte kurz über diese Möglichkeit nach, dann fällte sie niedergeschlagen ihre Entscheidung. »Wir werden dem rechten Pfad folgen. Ich weiß, dass wir das Risiko eingehen, dem falschen Weg zu folgen, aber wir haben keine andere Wahl; wir müssen uns für einen entscheiden und hoffen, dass es der richtige ist.« Ohne noch einen Moment zu warten, ging sie hastig weiter, die Fackel hoch erhoben. Die übrige Gruppe folgte ihr.

Sobald der Pfad für eine bestimmte Zeit gerade verlief, mussten die Kundschafter rennen, um schneller zu sein als Caitlin. Alle schritten noch hastiger voran als bisher, aber weder die Königin noch einer ihrer Krieger konnten wissen, dass Sianan und Mawn tatsächlich den anderen Pfad entlanggegangen waren.

Gobann schätzte, dass es ungefähr Mittag war, als sie alle bei einem rasch dahinfließenden Bach anhielten, der den Pfad kreuzte. Es war immer noch recht dunkel, denn das Laubdach war sehr dicht, und sie waren bisher noch auf keine einzige Lichtung gestoßen. Der Dichter setzte sich auf einen Stein beim Bach und zog die Stiefel aus, um die Füße ins kalte Wasser halten zu können.

Gobann hatte erwartet, dass es im Wald ziemlich kalt sein würde, da keinerlei Sonnenstrahlen das Laubdach durchdringen konnten, aber die Luft war überraschend warm. Während er seine Füße badete, dachte er darüber nach, dass dies damit zu tun haben musste, dass hier keinerlei Wind wehte und die Bäume so dicht beieinander standen.

Der Dichter hatte sich gerade etwas Wasser ins Gesicht gespritzt und wollte schon aufstehen, als er auf der anderen Seite einen Baum sah, den er nicht sofort erkennen konnte. Es war ungewöhnlich, dass Gobann auf eine Pflanze stieß, die er nicht kannte. Er hatte viele Jahre damit verbracht, das geheime Wissen der Bäume zu studieren, und war mit den vielen Arten vertraut, die in Eirinn und Alba zu Hause waren – selbst mit denen, die die Römer nach Britannien mitgebracht hatten.

Vorsichtig überquerte er den Bach, um sich den Baum aus der Nähe ansehen zu können, watete mit den Stiefeln unter dem Arm durch das kühle Wasser. Er ging zu dem unbekannten Baum und legte seine Handfläche an die Rinde. Eines war ihm sofort klar: Dieser Baum war unglaublich alt. Noch immer unfähig, seine Gattung zu benennen, ließ Gobann Caitlin herbeikommen, um zu sehen, ob sie etwas mit seiner Entdeckung anfangen konnte. Sie war ebenso überrascht wie der Dichter, als sie den uralten Baum erblickte, aber in ihr erwachte sofort eine Erinnerung.

»Er erinnert mich an den Lebensbaum«, sagte sie, als sie ihre Handfläche an die dünne Rinde legte. »Ich bekomme ein seltsames Gefühl von ihm, als würde er uns beobachten und uns auf irgendeine Weise beurteilen.«

Gobann blickte zur Krone hinauf, um zu sehen, ob ihm die Blätter oder die Früchte bekannt vorkamen, aber im schwachen Licht der Fackeln konnte er so gut wie nichts erkennen. »Wenn ich es nicht besser wüsste, würde ich sagen, dass es sich um einen Weißdornbaum handelt. Ein ungewöhnlich großer zwar, aber dennoch ein Weißdornbaum.«

Der Dichter bückte sich und hob einige der Blätter auf, die um den Stamm herum zu Boden gefallen waren. Als er sie hochhielt, blieb sowohl ihm als auch Caitlin vor Erstaunen der Mund offen stehen. »Ich schwöre, dass das ein Weißdornbaum ist«, stammelte Gobann, und dann reckte er den Hals, um dort hinzusehen, wo seine Zweige sich mit denen der anderen Bäume vermischten.

In diesem Augenblick kam einer der Kundschafter und berichtete, dass er ein Stück weiter vorn Fußspuren entdeckt hatte. Dieses Mal waren es sechs verschiedene Abdrücke, die in die gleiche Richtung führten, in der auch sie dem Pfad folgten. Caitlin verlor keine Zeit und rief unverzüglich die Krieger zusammen. Gobann jedoch stand noch etwas länger bei dem gewaltigen Baum. Der Weißdorn war der Baum, den – wie er wusste – die Danaan für besonders heilig erachteten.

In Eirinn war es verboten, einen Weißdorn zu fällen; jedem, der dieses Verbot missachtete, drohte die Verbannung. Aber die Strafen des Hochkönigs waren nichts verglichen mit der Rache der Sidhe. Sie waren bekannt für ihre Brutalität, wenn es darum ging, jene zu bestrafen, die ihre heiligen Bäume entweihten.

Als der Dichter noch ein Junge gewesen war, hatte man ihm die Geschichte eines Anführers namens Turnan erzählt, der im Norden von Eirinn gelebt hatte. Turnan hatte die Anweisung gegeben, einen alten Weißdorn zu fällen, um Platz für die Errichtung eines Schutzwalls zu bekommen. An dem Tag, da der Baum gefällt werden sollte, kam eine alte Frau zu dem Anführer und warnte ihn davor, den Weißdorn zu verletzen.

Sie erklärte Turnan, dass die Danaan ein Bußgeld für den Mord an einem von ihnen fordern würden, wenn der Baum wirklich gefällt werden würde. Solche Bußgelder waren als Sühnezahlungen bekannt und wurden gewöhnlich gegenüber Mördern ausgesprochen. Der Anführer hatte noch nie davon gehört, dass eine solche Strafe wegen eines gefällten Baumes verhängt worden war, und er hatte ganz sicher keine Angst vor der alten Frau. Aber keiner seiner Krieger wagte es, die Axt zu heben und den Baum zu fällen. Am Ende hieb Turnan selbst auf den Weißdorn ein und machte aus seinem Holz einen schönen Stuhl. Und noch bevor der Mond seinen Kreislauf beendet hatte, war der Anführer spurlos verschwunden.

Während seiner Abwesenheit kam eine Hungersnot über

sein Volk, das Vieh wurde krank und starb, und drei Sommer lang wurden keine Kinder mehr geboren. Egal, welcher Mann oder welche Frau in dem Weißdornholz-Stuhl des Anführers auch Platz nahm – sie alle wurden nach kurzer Zeit krank und starben. Schließlich wanderte der gesamte Stamm über das Meer nach Dal Araidhe aus. Dort, so hieß es, waren sie schließlich wieder zu dem Wohlstand gekommen, den sie gekannt hatten, bevor ihr gieriger Anführer die Danaan beleidigt hatte.

Was Turnan betraf, so hatte Gobann gehört, dass der Mann zu seiner Festung zurückgekehrt war, nachdem sein Volk über das Meer davongesegelt war. Turnan lebte allein in der verlassenen Siedlung, halb wahnsinnig von den Torturen und Qualen, die er bei den Danaan erlitten hatte, und – wie es heißt – seither achtsam gegenüber allen lebenden Dingen.

Gobann berührte noch einmal die Rinde des Stammes, um dem Baum stumm Lebewohl zu sagen. Dann zog er seine Stiefel wieder an und machte sich daran, die anderen einzuholen, die inzwischen ein gutes Stück vorangekommen waren. Aber jetzt achtete der Dichter viel stärker als zuvor auf die Bäume und Büsche am Wegesrand, und schon bald erkannte er ein bestimmtes Muster, was ihre Anordnung betraf.

Auf beiden Seiten des Pfades wuchs eine Birke, bei den Druiden das Symbol des neuen Jahres, deren Zweige sich mit denen einer Eberesche verbanden, der der zweite Monat des Jahres seinen Namen verdankte. Als nächstes kam eine Erle. Wer mit den Mondzyklen vertraut war, wusste, dass sie für den dritten Monat stand. Dann folgte eine Weide für den vierten Monat, und so ging es weiter, bis zum dreizehnten Monat, der von einem Holunderbaum repräsentiert wurde. Dann wiederholte sich der Kreislauf, begann erneut mit einer Birke.

Es war offensichtlich, dass diese Anordnung kein Zufall war. Diese Bäume mussten vor vielen Generationen absichtlich auf diese Weise angepflanzt worden sein, um das Vergehen der Jahre zu symbolisieren.

Nach einer Weile begriff Gobann noch etwas anderes. All diese Bäume waren sehr alt, aber je weiter er den Pfad entlangging, desto jünger wurden die Bäume. Und dem Dichter wurde plötzlich klar, dass jemand ein Paar Bäume von jeder Art gepflanzt hatte, um jede Mondphase zu markieren, und dabei weit zurückgegangen war, möglicherweise sogar bis vor die Zeit der römischen Herrschaft in Britannien.

Gobann wusste, dass Samen in den kälteren Jahreszeiten nicht keimen konnte, und so war es offensichtlich für ihn, dass die Danaan bei der Anpflanzung dieses Waldes geholfen haben mussten. Nur die Alten besaßen das notwendige Wissen, ein Wunder wie diese Allee der Jahreszeiten zu erschaffen.

Später kam ihm die Idee, dass er und die anderen nicht einfach nur einen Waldpfad entlang- und an den Bäumen vorbeigingen, sondern auch durch die Jahre schritten, so wie sie von den Bäumen dargestellt wurden. Aber am aufregendsten war, dass sie auf eine Stelle zulaufen mussten, an der die letzten beiden Bäume standen, die die gegenwärtige Mondphase darstellten. Danach würde es eine Fläche geben, auf der gar keine Bäume wuchsen. Dieser Platz würde die unverwirklichte Zukunft repräsentieren.

Der Druiden-Philosophie zufolge war diese Anordnung eine vollkommene Darstellung der sich wandelnden Kreisläufe der Welt. Wie hätte Cathach die zielstrebigen Gärtner bewundert, die für dieses Wunder verantwortlich waren. Der Dichter konnte geradezu hören, wie sein alter Lehrer die Liturgie aufsagte, die er so liebte.

»In jedem Augenblick entsteht neues Leben«, sagte Gobann leise. »Und alles, was lebt, ist in einem komplizierten Muster mit allen anderen Lebewesen verbunden; dieses Muster wiederholt sich ewig und wird dies auch noch tun, wenn die Anführer und Könige unserer Zeit längst zu Staub zerfallen und vergessen sind. Wie das Laub und abgestorbene Zweige den Waldboden in der unmittelbaren Umgebung des Baumes anreichern, so befruchtet alles Leben jene, die ebenfalls auf der Erde sind.«

Gobann blieb einen Augenblick stehen und holte tief Luft. Dann erinnerte er sich an einen Vers, der von diesem Thema handelte.

»Jede Eichel, die ihren frischen, grünen,
belaubten Stängel ins Sonnenlicht drängt,
weiß, dass sie eines Tages so wie ihre Vorfahren sein wird
und fürchtet die Zukunft nicht.
Nur die Menschen vergessen,
dass es eine geheime Kraft auf der Welt gibt,
die uns auf unserem Weg leitet.
Selbst die Biene, die ihren Stock verlässt
und sich in unbekannte Gefilde begibt,
findet am Ende wieder nach Hause
und vertraut dem wachsamen Blick
der Geister, unserer Wächter.
Die Jahre kommen und gehen,
und mit ihnen verändern sich alle Dinge,
und weil sie sich ändern, bleiben sie gleich.
Welt ohne Ende. Welt ohne Ende.«

Murrough und seine Reiter galoppierten über das Land, das langsam zu den nördlichen Bergen hin anstieg. Sie ritten ohne Pause, bis ihre Pferde, die Wasser und Ruhe benötigten, erste Anzeichen von Erschöpfung zeigten. Murrough wusste, dass sie dieses Tempo nicht durchhalten konnten, wenn er seinen Pferden nicht bald eine Pause gönnte. Und ihm war auch klar, dass seine Krieger auf die Schnelligkeit ihrer Pferde angewiesen sein würden, falls sie auf Sachsen stießen und flüchten mussten. Er war nicht bereit, sich in einen Kampf verwickeln zu lassen. Das war nicht das Ziel dieser Expedition.

An der Flanke eines Hügels ein ganzes Stück oberhalb von Dun Righ bemerkte der König einen Bach, der sich laut plätschernd über zerklüftete Felsen in den Cree ergoss. Er ließ die Gruppe an einer Stelle Halt machen, an der das Wasser nicht ganz so schnell dahinströmte, und seine Männer stiegen ab. Als erstes stellte Murrough Wachposten auf, um zu verhindern, dass sie überfallen wurden, während ihre Reittiere sich ausruhten, dann nahm er seine Satteltaschen und führte sein Pferd hinunter zum Bach, wo es zu seinem wohlverdienten Wasser kommen sollte.

Während seine Männer ihre Rationen zu sich nahmen, suchte Murrough sich ein ruhiges Plätzchen, um ein wenig nachzudenken und zu entscheiden, in welcher Richtung sie mit der Suche beginnen sollten. Es war beinahe Zeit, umzukehren und in einem großen Bogen auf Dun Righ zuzuhalten. Der König wusste, dass ihre Chancen, Mawn und Sianan zu finden, ziemlich gering waren. Diese Mission bot für ihn in Wahrheit eher die Gelegenheit, ein paar genaue Karten dieses Gebiets anzufertigen und herauszufinden, ob die Sachsen sich im Norden herumgetrieben hatten.

Murrough nahm ein Stück Kohle aus der Satteltasche und rieb sie in der Hand, um herauszufinden, ob sie gut genug zum Zeichnen war. Dann legte er ein geglättetes Stück Ziegenfell im Gras aus, das von sämtlichen Haaren befreit und sorgfältig getrocknet worden war. Er untersuchte das Fell eingehend. Als er sich vergewissert hatte, dass es in gutem Zustand war, setzte er sich ins Gras, um all das aufzuzeichnen, was er bisher gesehen hatte. Zuerst zeichnete er die Hügel und den Bach und die ungefähre Lage der Festung ein. Dann versuchte er, ein paar Zeichen für verschiedene Bäume in der Ogham-Sprache einzutragen, so wie Caitlin es ihm beigebracht hatte, um so die Lage des Waldes anzugeben. Aber Murrough war mit den Buchstaben ebenso unzufrieden wie mit der Zeichnung, und schon bald gab er diese Versuche auf und widmete sich stattdessen einer zeichnerischen Darstellung des Cree, den er wie eine silberne Schlange in der Ferne glitzern sah.

Nach einer Weile legte Murrough seine Karte beiseite. Für ihn war es offensichtlich, dass die Sachsen, die nur wenig Pferde besaßen, sich vermutlich erst dann die Mühe machen würden, in diesem Hügelland auf Raubzug zu gehen, wenn ihnen wirklich harte Zeiten drohten. Doch auch so war die Anzahl der bewohnten Häuser hier oben seit Ankunft der Fremden offensichtlich geschrumpft. Die Menschen auf dieser Halbinsel schienen es vorzuziehen, in der Nähe von Cathals Festung zu leben, statt so weit außerhalb in der Wildnis.

Er kam zu dem Schluss, dass es in diesen Hügeln nichts zu sehen gab, und daher begann er sich zu fragen, warum der Anführer der Festung ihn überhaupt hierher geschickt hatte. Der König versuchte sich zu erinnern, ob Cathal etwas davon gesagt hatte, dass die Sachsen jemals Dun Righ selbst angegriffen hatten. Und er war sich ziemlich sicher, dass Cathal bei all dem, was er ihm und Caitlin über die Verteidigungsanlagen erzählt hatte, niemals einen Angriff der Sachsen erwähnt hatte. Mit einem Schulterzucken schüttelte Murrough seine Verwirrung fürs Erste ab, nahm sich aber vor, die Angelegenheit anzusprechen, wenn er zur Festung zurückkehrte.

Um ihn herum erstreckte sich eine üppige Landschaft, und der König fand es sehr bedauerlich, dass so viel gutes Weideland aus Angst vor den Plünderern brach lag. Vor Plünderern, die sich vermutlich ohnehin niemals hierher wagen würden.

Eine Bewegung ein paar Schritte von ihm entfernt riss Murrough aus seinen Gedanken, und er stellte fest, dass einer seiner Krieger ganz in seiner Nähe stand; vermutlich wartete er auf den Befehl weiterzumarschieren. Der Mann hatte den Umhang eng um sich gewickelt, so dass er sein Gesicht bedeckte, und die Arme vor der Brust verschränkt.

»Ruf die Männer zusammen«, befahl ihm der König. »Wir reiten zur Festung zurück, sobald alle aufgestiegen sind.«

Während Murrough seine Karte zusammenrollte, bemerkte er aus dem Augenwinkel, dass der Mann seinem Befehl nicht nachkam.

»Hast du nicht gehört? Ruf die Krieger zusammen«, wiederholte er.

Der Reiter rührte sich immer noch nicht.

»Wie ist dein Name?«, fragte der König; er war überrascht, dass einer seiner Männer es wagte, ihn zu ignorieren.

Der Krieger hustete leicht und schob dann langsam die Kapuze zurück. Eine goldblonde Mähne kam zum Vorschein. »Hast du mich nicht erkannt?«, schalt ihn eine sanfte Stimme. »Ich bin es, die Druidin Ia.«

Murrough war verblüfft. »Wann bist du zu uns gestoßen?«, platzte er heraus. »Wieso haben meine Wachen mir deine Ankunft nicht gemeldet?«

»Ich reite mit euch, seit ihr die Festung verlassen habt«, lachte sie. »Sag mir jetzt nicht, dass du mich nicht bemerkt hast.«

»Ich war in Gedanken mit etwas anderem beschäftigt«, räumte Murrough ein, band dabei nervös die Lederschnur um die zusammengerollte Ziegenlederkarte.

»Es ist schon sehr seltsam, dass solch ein reiches Land so gut wie unbewohnt ist, nicht wahr?«, bemerkte sie und rührte damit genau an das, was der König gedacht hatte.

Murrough ließ bei ihren Worten beinahe vor Schreck die Karte fallen. Diese Druidin muss die Gabe besitzen, die Gedanken anderer Menschen zu lesen, sagte er sich. Sie hatte seinen

Gedanken gelauscht, als sie sich das erste Mal gesehen hatten, und offensichtlich hatte sie es jetzt wieder getan. Und er kam zu dem Schluss, dass er sich in ihrer Gegenwart etwas mehr gedankliche Disziplin angewöhnen sollte.

»Du hast nichts von mir zu befürchten«, erklärte Ia. »Ich werde deine Vermutungen nicht weitererzählen.«

Murrough hatte bisher niemals mit einer Druidin zu tun gehabt, die solche Fähigkeiten besessen hatte. Wie konnte er seine Gedanken vor ihr schützen, wenn er keine Ahnung hatte, wie er sich gegen ihr Eindringen wehren sollte?

»Von welchen Vermutungen sprichst du?«, fragte er und tat so, als wüsste er nicht, was sie meinte.

»Du musst dich gefragt haben, ob Cathal eine Vereinbarung mit den Sachsen getroffen hat, bestimmte Gebiete in diesen Hügeln unbesiedelt zu lassen.«

»Dieser Gedanke ist mir noch nicht gekommen.«

»Er und sein Clan leben sehr gut davon, das Vieh der Bewohner des Hügellands unterzubringen, die hungernden Menschen zu ernähren und sie vor allem vor der Bedrohung durch die Plünderer zu beschützen.«

»Was sagst du da?«, keuchte Murrough. »Willst du etwa behaupten, dass ein Anführer versucht, Gewinn aus dem Unglück seiner eigenen Leute zu ziehen?«

»Nein. Nicht aus dem Unglück seiner eigenen Leute. Er zieht Gewinn aus dem Unglück seiner Nachbarn, der Menschen von der Halbinsel Strath-Clota – der Cymru.«

»Aber Cathal bezeichnet doch auch die Mitglieder seines eigenen Clans als Strath-Clota.«

»Cathal ist ein Dal Araidhaner, ein Gäle. Der König dieser Halbinsel ist ein Brite, ein Cymru, wie sie sich in ihrer eigenen Sprache nennen. Der Cymru-König verlangt, dass sich alle Gälen in seinem Königreich verbünden. Den Dal Araidhanern ist nur deshalb erlaubt worden, hier zu bleiben, weil sie feierlich geschworen haben, Strath-Clota gegen weitere Eindringlinge zu verteidigen. Im Norden haben die Könige der Dal Araidhaner dafür gesorgt, dass sämtliche Briten allmählich aus dem Land gedrängt wurden oder sich durch Eheschließungen mit der übrigen Bevölkerung vermischt haben.«

»Cathal bezeichnet sich als König des Südlichen Dal Araidhe«, erinnerte sich Murrough laut, während er aufstand.

»Cathal ist mit dem Zustrom vieler gälischer Krieger aus den Ländern seiner Verwandten im Norden sehr mächtig geworden. Der Rat der britischen Könige wagt es nicht, ihn und seine ehrgeizigen Ziele öffentlich anzugreifen, aus Furcht, dass er sonst eine hervorragende Entschuldigung hat, einen Feldzug gegen sie zu beginnen. Cathal steht eine große Streitmacht zur Verfügung, und er würde nicht zögern, seine Krieger gegen die Cymru im Süden auszuschicken. Die Briten werden ein Auge zudrücken, was seinen Anspruch auf die Königsherrschaft betrifft, bis zu dem Augenblick, da er versucht, seine falsche Autorität auszuüben. Aber im Moment stellt die Bedrohung durch die Sachsen ein wesentlich größeres Problem für sie dar.«

Murrough wischte sich den Schmutz von seiner Reithose. »Und was ist mit den Cruitne? Welcher Seite neigen sie bei all dem zu?«

»Sie sind über die Jahre hinweg gezwungen worden, noch weiter in den Norden auszuwandern«, seufzte Ia bitter. »In die zerklüfteten Berge. Als die Sachsen hier eingefallen sind, haben die britischen Könige die Krieger der Cruitne als vorderste Verteidigungslinie benutzt. Die Besten von ihnen sind in verlustreichen Kämpfen sinnlos niedergemetzelt worden. Ohne Krieger sind ihre Festungen sächsischen Angriffen schutzlos ausgeliefert.«

Ia wischte sich mit der behandschuhten Hand über die Stirn. »Cathal hatte den Auftrag, die Cruitne, die in seinem

Gebiet lebten, zu verteidigen«, fuhr sie fort. »Doch er hat sich bewusst als unfähig erwiesen, sie vor den Sachsen zu beschützen. Ich habe gehört, dass seine eigenen Krieger an einem Überfall auf Cu-Aine beteiligt waren, bei dem mehr als hundert von meinen Verwandten gestorben sind.«

»Von deinen Verwandten?«, rief der König aus. »Ich dachte, du hättest gesagt, dass der Name deines Vaters Ronan war? Das ist kein bei den Cruitne gebräuchlicher Name, sondern ein gälischer.«

»Sein Name war Ronan, Ronan Mac Breac, und er war ein Nachkomme von Königin Ethne von den Niallgallach.«

»Dann war Niall von den Neun Geiseln dein Vorfahr?«, hakte Murrough nach.

Ia nickte. »Ethne hat einen Mann aus dem Volk der Cruitne geheiratet – unter der Bedingung, dass die weibliche Linie als die Blutslinie galt. Daher sind die Gälen mein Geschlecht, auch wenn ich in einem Clan der Cruitne geboren wurde. Aber Cathals Leute bezeichnen uns als Cruitne und daher als wertlos.«

»Seit wann gibt es diese Feindschaft zwischen den Gälen und den Cruitne?«

»Seit Cathal begriffen hat, dass er über die gesamte Halbinsel Strath-Clota allein herrschen könnte, wenn er einen Stamm gegen den anderen aufhetzt. Er hat damit begonnen, indem er einen Kampf zwischen den Cruitne und den Cymru angezettelt hat. Seither hat es nur noch Feindseligkeiten zwischen ihnen gegeben. Cathal hat das Land allmählich von jenen gesäubert, die er als unfähig betrachtet, die Beute mit seinem Volk zu teilen. Und die Ankunft der Sachsen hat ihm eine Entschuldigung gegeben, immer mehr Krieger zu sich zu rufen, die er für seine eigenen Zwecke einsetzen kann.«

»Aber du bist seine Beraterin!«, platzte Murrough heraus.

»Wenn das alles wahr ist, wie kannst du dann einem solchen Mann dienen?«

»Ich habe in dieser Angelegenheit keine Wahl. Ich bin nichts weiter als eine Geisel. Als Gegenleistung für das Versprechen auf freies Geleit in den Norden für meine überlebenden Clanmitglieder und Frieden mit jenen, die sich entschieden haben, bei den Clans von Dun Righ zu bleiben, habe ich mich Cathal als Beraterin angeboten. Er sieht diese Vereinbarung als Bestätigung seiner Eroberung der Cruitne-Länder in Strath-Clota.«

Murrough konnte nicht anders, als Mitleid mit Ias Nöten zu haben. Sie war gezwungen, dem Mann zu dienen, der verantwortlich für die Vernichtung und Vertreibung ihres Clans war, und wenn sie ihre Pflicht nicht gewissenhaft erfüllte, konnte Cathal es nur zu leicht an jenen Clanmitgliedern auslassen, die in Strath-Clota geblieben waren. »Wo ist dein Vater jetzt?«, fragte er.

»Er ist in Dun Breteann unter dem Schutz der Cymru. Es ist ihm gelungen, sich aus den Kämpfen herauszuhalten, die zwischen unseren Völkern toben, aber er ist jetzt sehr alt und hat den Verstand verloren. Sein Leben ist beendet. Zu sehen, wie grausam sein Volk behandelt wurde, war mehr, als er ertragen konnte. Es hat ihn zerbrochen.«

»Und deine Mutter?«

»Sie ist zu ihrem eigenen Volk zurückgekehrt, als ich noch sehr jung war. Ich erinnere mich nicht an sie. Nachdem die ersten Fremden unser Land mit Krieg überzogen hatten, wollten die Cruitne meine Mutter nicht mehr als Frau ihres Anführers haben.«

Murrough runzelte die Stirn. »Das verstehe ich nicht.«

»Meine Mutter hieß Egfrith. Sie war eine Sächsin.«

Murrough entschlüpfte unwillkürlich ein Laut des Erstaunens, als er Ias Bekenntnis hörte. Bevor er zum König von

Munster gewählt worden war, hatte er das Pech gehabt, die Brutalität der Sachsen kennen zu lernen. Zur Zeit des falschen Bischofs Palladius waren Murrough und Caitlin ausgeschickt worden, um den Lebensbaum vor einer Bande von Fremden zu schützen, die im Dienste des rebellischen Königs Dichu von Laigin gestanden hatten. Unweit ihres Ziels waren sie in einen Hinterhalt der sächsischen Wilden geraten.

Obwohl inzwischen viele Jahre vergangen waren, konnte der König sich noch immer das Bild in Erinnerung rufen, wie die Sachsen ihren Überraschungsangriff in vollen Zügen genossen und jeden abgeschlachtet hatten, der Widerstand geleistet hatte. Er konnte noch immer ihre wilden Kriegsschreie und den Klang ihrer seltsamen, gutturalen Stimmen hören. Und er würde niemals seinen Kampf mit dem Sachsen vergessen, der Caitlin als Geisel genommen hatte. Für Murrough waren alle diese Fremden unsauber, barbarisch, wild und grausam.

»Meine Mutter war anders als die anderen Sachsen«, erklärte die Druidin, was bedeutete, dass sie wieder Murroughs Gedanken gelesen hatte. »Sie war bei ihrem Volk so etwas wie eine Druidin. Deshalb bin ich für diesen Weg auserwählt worden. Sie war eine Bewahrerin ihrer Traditionen und ihrer Lieder. Sie haben sie die Wächterin der Überlieferungen genannt.«

»Ich habe gehört, dass es sogar bei den Sachsen heilige Orden gibt, doch ich bin überrascht, dass sie denen unserer Druiden ähneln sollen«, sagte der König.

»Selbst bei den wilden Sachsen gibt es heilige Männer und Frauen. Auch wenn es ihnen nicht verboten ist, in Kriegszeiten zu einer Waffe zu greifen.«

»Das ist eine sehr beunruhigende Gabe, die du da besitzt«, wechselte Murrough das Thema.

»Wenn du die Fähigkeit meinst, Gedanken zu lesen, so habe

ich sie von meiner Mutter«, lachte Ia. »Niemand auf Dun Righ weiß davon. Ich bin gewöhnlich sehr vorsichtig, wem gegenüber ich meine Fähigkeiten enthülle.«

»Mir gegenüber warst du nicht besonders vorsichtig«, bemerkte der König, während er sich die Karte unter den Arm klemmte.

Ia trat zu ihm und nahm seine Hand. »Aber du bist ganz anders als die meisten anderen Menschen, König Murrough«, sagte sie lächelnd. »Ja, du bist wirklich ganz anders.«

Der König lächelte unbeholfen; es war ihm sichtlich unangenehm, dass die Druidin so nah bei ihm stand.

»Du könntest meinem Volk und mir dabei helfen, in das Land zurückzukehren, das einst unsere Heimat war«, sagte sie mit sanfter Stimme. »Du könntest uns helfen, Cathal loszuwerden.«

Caitlin und ihre Gruppe waren viele Stunden durch den dunklen Wald gegangen, als sie schließlich Halt machen ließ und Gobann zu sich rief, um seinen Rat anzuhören.

»Jeder Mann hat inzwischen drei Binsenfackeln abgebrannt«, sagte sie. »Danach zu urteilen muss es jetzt einige Zeit nach Sonnenuntergang sein.«

»Wir sollten die Männer ausruhen lassen und etwas essen«, schlug der Dichter vor. »Wir können bei Anbruch der Morgendämmerung weitergehen.«

»Wie wollen wir wissen, wann die Dämmerung heraufzieht, wenn es doch immer dunkel ist?«

Gobann rieb sich mit der Handfläche über den vorderen Teil seines Kopfes, der nach Art der Druiden kahl geschoren war. Caitlin kannte diese Geste; sie bedeutete gewöhnlich, dass der Dichter tief in Gedanken war.

»Wir werden uns an etwas anderem orientieren müssen als am Lauf des Mondes und der Sonne«, erklärte er. »Jede

Wache soll so lange dauern, wie zwei Binsenfackeln brauchen, um abzubrennen. Drei Wachwechsel müssten genügen; dann wird der größte Teil der Nacht vorbei sein – und die Männer werden ausgeruht genug sein, um morgen in raschem Tempo weiterzumarschieren.«

»Ich wünschte, wir müssten heute Nacht nicht in diesem Wald übernachten«, flüsterte Caitlin als Antwort. »Ich werde das Gefühl nicht los, dass dieser Ort hier das Zuhause eines sehr gefährlichen Jägers ist.« Sie drehte den Kopf, als hätte sie im Unterholz ein Geräusch gehört. »Hier gibt es ganz sicher ein Wesen, das es vorziehen würde, wenn wir nicht blieben.«

Gobann sah, wie sie wieder abrupt den Kopf wandte. »Hast du sie auch gesehen?«, fragte er.

»Sofern du Bewegungen zwischen den Bäumen meinst, die ich mir nicht ganz erklären kann – ja, das habe ich«, sagte sie. »Sind das irgendwelche neugierigen Waldgeschöpfe?«

»Es gibt viele Dinge unter dem Laubdach dieser Bäume, die du oder ich noch nie zuvor gesehen haben. Ich hatte noch keine Gelegenheit, einen richtigen Blick auf diese Kreaturen zu werfen«, gab der Dichter zu. »Sobald ich in die Richtung blicke, aus der die Bewegung kommt, ist das verschwunden, was sie verursacht hat.«

»Wie es bei der Cailleach war, die mich verfolgt hat«, murmelte Caitlin mehr zu sich selbst.

Gobann zischte geräuschvoll, forderte sie zum Schweigen auf. »Du darfst ihren Namen an diesem Ort nicht erwähnen. Zweifellos hat die Hexe viele Verwandte, und wenn jemand sagen würde, dass dieser Ort einigen von ihnen als Heim dient, würde ich nicht dagegen wetten.«

»Glaubst du, es halten sich welche vom Feenvolk hier auf?«

»Dieser Wald weist all die Vorzüge auf, die sie besonders schätzen«, antwortete Gobann. »Wir können nur hoffen, dass diese Danaan von der freundlichen Art sind und nicht zu den

Stämmen der Sidhe-Dubh gehören. Wenn sie mit den Kindern des Lichts verwandt sind, haben wir nichts zu befürchten.«

Caitlin zitterte, denn obwohl gar kein Wind ging, hatte sich die Luft plötzlich abgekühlt. »Ich werde die Männer beauftragen, etwas Holz für ein Feuer zusammenzusuchen«, sagte sie.

»Sag ihnen, sie sollen kein lebendes Holz abschlagen, sondern nur abgestorbene Äste und Zweige nehmen. Wir dürfen nicht riskieren, den Zorn der Waldbewohner auf uns zu ziehen. Und wir müssen das Feuer auf dem Waldweg machen, damit kein Lebewesen von herumfliegenden Funken verletzt werden kann.«

Caitlin nickte zustimmend und marschierte davon, um die entsprechenden Anweisungen zu geben.

»Und achtet darauf, dass es nicht zu groß wird«, fügte Gobann nachträglich hinzu. »Wir sollten so wenig Schaden wie möglich anrichten, während wir hier sind.«

Binnen kurzer Zeit hatte die Krieger genug trockenes Holz gesammelt, dass es für die ganze Nacht reichen würde. Anschließend holten alle ihre Rationen und die verschiedenen Kochutensilien heraus, die Soldaten auf einem Feldzug und weit weg von zu Hause stets dabei hatten, und machten sich daran, eine Mahlzeit vorzubereiten.

Caitlin und Gobann saßen nebeneinander auf einer Seite des Feuers und kauten getrocknete Kräuter und Haferkekse, die der Dichter stets mit sich herumtrug. Die Krieger reichten Fleischstücke und gebratenes Geflügel herum, die vom Fest in Dun Righ übrig geblieben waren.

Es gab reichlich von dem süßen braunen Brot, das sie in der Festung bekommen hatten, und einer der Männer hatte ein kleines Fass britisches Gerstenbier bei sich, das er die ganze Zeit über auf der Schulter getragen hatte. Seine Kameraden hatten über ihn gelacht, weil er sich die Mühe gemacht hatte, eine solche Last zu tragen, aber jetzt waren sie alle froh darüber, dass er es getan hatte, denn es half ihnen, das karge Mahl etwas freundlicher zu gestalten.

Gobann hatte früher an diesem Tag am Bach ein paar wilde Zwiebeln gesammelt und röstete sie in der Glut, während die Krieger sich zur Nacht niederlegten. Dies war die erste Nacht seit vielen Jahren, da der Dichter seine Harfe nicht dabeihatte. Er hatte nicht damit gerechnet, dass sie den ganzen Tag unterwegs sein würden – von der Nacht ganz zu schweigen –, ansonsten hätte er sie gewiss nicht in der Obhut anderer Druiden in der Festung gelassen.

Aber er wusste nur zu gut, dass die Krieger auch ohne Harfe eine Geschichte von ihm erwarteten. Eine Geschichte würde ihnen helfen, sich von dem langen Marsch heute abzulenken – und von der Aussicht, dass ihnen morgen der nächste drohte. Als also alle mit Essen fertig waren und das Cymru-Bier alle war, brachte Gobann eine eigene Flasche zum Vorschein und reichte sie Caitlin.

Während die Königin den Korken herauszog, begann der Dichter eine Geschichte über die kleine Lederflasche zu erzählen. »Sie ist vor vielen Jahren von einem Schmied namens Midhna hergestellt worden.«

»Der war ein Meister im Brandubhspiel«, mischte sich einer der älteren Krieger ein. »Und ein meisterhafter Schmied und Metbrauer.«

»Das alles war er«, pflichtete Gobann ihm bei. »Und niemand – egal, ob Mann oder Frau –, der einen Schluck von dem Getränk in dieser Flasche zu sich nimmt, wird seine Fähigkeiten als Brauer bestreiten.«

Caitlin nahm einen Schluck aus der Flasche und summte anerkennend, als die süße, wärmende Flüssigkeit ihre Kehle hinab bis in den Magen floss.

»Gib sie weiter«, sagte Gobann, und die Königin reichte sie dem Mann, der neben ihr saß. »Ich habe gehört, dass man sich erzählt, Midhna hätte seine Künste bei den Danaan gelernt, aber andererseits heißt es das über jeden begabten Handwerker in Eirinn«, witzelte Gobann. »Midhna war ein großer Mann, der nicht lange genug gelebt hat, um das Ende des Krieges zwischen Dichu von Laigin und dem Hochkönig noch mitzuerleben.«

»Er ist von den Sachsen getötet worden«, bestätigte ein anderer Krieger. »Er und seine ganze Familie.«

Caitlin warf Gobann einen Blick zu. Sie beide wussten, dass einer aus Midhnas Familie überlebt hatte. Mawn war der jüngste Sohn des Schmieds.

Der Dichter tat, als hätte er Caitlins Blick nicht bemerkt, und erzählte weiter. »Midhnas Großvater war Cianan von der Süßen Melodie, und so überrascht es nicht, dass der Schmied großes Talent in allem besaß, was er anfasste.«

Ein zustimmender Chor ertönte von den Kriegern. Jetzt, da der Dichter deutlich gemacht hatte, dass die Geschichte von Midhnas Großvater handeln würde, kamen selbst die Wachen so nahe wie möglich ans Feuer – wobei sie darauf achteten, trotzdem ihre Pflichten nicht zu vernachlässigen –, denn Gobann war als überragender Geschichtenerzähler bekannt.

»Cianan der Wanderer, so wurde er auch genannt«, erklärte der Dichter seinen Zuhörern; er war sich der Tatsache vollauf bewusst, dass sie alle die Geschichte sehr gut kannten. »Cianan von der Furt.«

Einige der Männer starrten ins Feuer, andere in die Schwärze des Laubdachs über ihnen. Caitlin verlor sich in der hellen, orangefarbenen Glut.

»Den ersten Namen hat er bekommen, weil er der beste Harfenspieler war, den die Gälen jemals gekannt hatten. Selbst seine Klagelieder waren so süß, dass sie den Kummer der Trauernden linderten. So kam er zu dem Spitznamen Süße Melodie. Den zweiten Namen hat er bekommen, weil er so weit gereist war. Und wie er an den dritten Namen gekommen ist, werdet ihr in dieser Geschichte erfahren.«

Der Dichter hielt inne, um tief Luft zu holen und seiner Zuhörerschaft zu gestatten, all das aufzunehmen, was er gesagt hatte. »Es heißt, Cianan wäre am Ende seiner Jahre in dieses Land gereist. In der Nähe der Stelle, wo sich heute die Festung Dun Righ befindet, traf er einen alten Anführer, der sich über eine böse Danaan-Frau beklagte, die einen schrecklichen Preis für den Frieden dieses Landes verlangt hatte. Jedes Jahr zu Samhain verlangte das Ungeheuer ein Opfer aus dem Stamm des alten Anführers. Wenn sie ihren Tribut nicht bekam, drohte sie einen Wutanfall zu bekommen, die Felder zu verwüsten und das Vieh zu vernichten, so dass am Ende viele Leute darunter gelitten hätten. Der Anführer hielt es für besser, jeden Winter ein Mitglied seines Volkes zu verlieren, statt viele in einer Hungersnot im nächsten Frühjahr, und so zahlte er den schrecklichen Preis jedes Jahr aufs Neue.«

Gobann wusste, dass alle Anwesenden gebannt seinen Worten lauschten; obwohl ihre Augen sich auf die Dinge dieser Welt richteten, wanderten ihre Gedanken dorthin, wohin der Dichter sie führte.

»Das Ungeheuer war bei jenen, die es fürchteten, als die Glastig bekannt, und es hieß, dass sie in einem See mitten in einem dunklen Wald hauste – ganz ähnlich dem Wald, in dem wir uns jetzt befinden. Nach einiger Überredung stimmte Cianan zu, seine Harfe herauszuholen, um die Kreatur mit einem Bann zu belegen und zu zwingen, ihre schreckliche Angewohnheit aufzugeben.«

In der Dunkelheit hustete einer der Wachposten, und alle zuckten leicht zusammen. Jene, die am Feuer saßen, rückten noch etwas näher, als würden die Flammen sie vor allem Übel beschützen.

»Die Reise in den Wald war lang, und es dauerte einen Tag

und eine Nacht, ehe Cianan etwas vom Aufenthaltsort der Glastig hörte. Schließlich jedoch gelangte er an den Rand eines Wasserfalls, der in einen großen schwarzen Teich hinabstürzte. Er entdeckte einen Platz, der in den Fels gehauen war, und nachdem er es sich dort bequem gemacht hatte, begann er seine Harfe zu spielen.«

An dieser Stelle vermisste Gobann seine Harfe sehr, denn er liebte es, die Musik von Cianan nachzuspielen und so der Geschichte eine zusätzliche Note hinzuzufügen.

»Er spielte eine Schlafmusik, und als er das eine Weile getan hatte, begann er mit einer Trauermusik«, fuhr der Dichter fort. »Und dann widmete sich Cianan von der Süßen Melodie der Musik des Krieges und der Liebe. Er hatte gerade mit einem seelenvollen Lied begonnen, da fing die Oberfläche des Teiches an, sich zu kräuseln und aufzuwallen, als wäre der ganze Teich ein Kessel voller Wasser über einem Feuer.«

Gobann deutete auf die Flammen des Lagerfeuers, aber seine Zuhörerschaft bemerkte es nicht. Sie alle waren in ihren eigenen Visionen des schicksalsträchtigen Treffens in dem Wald vor so langer Zeit gefangen. Die Krieger rührten sich nur, wenn die Flasche mit dem Met von ihrem Nachbarn weitergegeben wurde.

»Aus dem See erhob sich eingehüllt in schäumende Luftblasen eine Kreatur, die ganz in schwarze Schatten gekleidet war, wie es sich für den Grund von Teichen geziemt. Die monströse Kreatur stieg aus dem Wasser und setzte sich neben Cianan. Sie lauschte seinen Akkorden und wiegte sich zu der sanften Melodie der Harfe hin und her. Die Glastig war so bewegt von dem wunderbaren Klang, dass sie leise zu schluchzen begann; in dem Augenblick, da der Harfenspieler ihr Weinen hörte, wusste er, dass sein Bann funktioniert hatte. Er legte die Harfe auf den Boden und blickte das Ungeheuer an, das einen großen Anführer und sein ganzes Volk so verängstigt hatte.«

Die Flasche erreichte jetzt Gobann, und er machte eine Pause, um einen Schluck zu nehmen. Dann reichte er die kostbare Flüssigkeit an Caitlin weiter.

»Aber hütet euch vor einem Bann oder Zauber, denn sie alle haben ihren Preis, und manche sind höher, als du oder ich zu zahlen bereit sind. Habt Acht, welchen Zauber ihr benutzt, um eine Geliebte zu verzücken, denn die Macht, die in solch schlauen Tricks steckt, hat die unangenehme Angewohnheit, zu demjenigen zurückzukehren, der den Spruch angewandt hat. Und so war es auch bei Cianan, zumindest glaube ich das, denn als er die Glastig ansah, sah er nicht das, was andere Männer sahen. Der Harfenspieler sah kein bösartiges, Menschen fressendes Ungeheuer. Cianan von der Süßen Melodie sah die schönste Frau, die er jemals gesehen hatte, und er verliebte sich auf der Stelle in sie.«

Die Zuhörerschaft des Dichters schnappte nach Luft, obwohl sie alle genau wussten, was mit Cianan geschehen war, denn sie hatten die Geschichte bereits als Kinder viele Male gehört. Niemand erzählte sie jedoch so wie Gobann, auch wenn er seine Harfe nicht dabei hatte, um das Erzählte noch zu untermalen.

»Und die Glastig«, fuhr der Dichter fort, »verfiel natürlich dem Bann von Cianans Harfe, so wie wir alle dem Zauber unterliegen, den unsere Geliebten auf uns ausüben. Und dort am Rand des Teichs, so sagt man, schlossen sie einen Pakt. Sie versprach, dass sie ihre Angriffe auf das Volk von Strath-Clota einstellen würde, und er schwor, dass er bei dem Teich bleiben würde, um jeden Tag bis zum Rest ihres Lebens für sie zu spielen. Und dummerweise stimmte Cianan dem zu, ohne an die Folgen zu denken. Denn wenn er an die Zukunft gedacht hätte, und daran, was die Glastig war, dann hätte er begriffen, dass sie vom Danaan-Volk war, die von einem Jahr zum nächsten so unverändert lebten wie die Berge, so unberührt von der Zeit wie der Ozean.«

Caitlin dachte an Mawn und Sianan, und sie begann schließlich zu verstehen, was es für sie bedeutete, als Wanderer auserwählt zu sein. Sie hatte Cathach darüber sprechen hören, dass ihnen das Wasser des ewigen Lebens geschenkt worden war, aber erst jetzt begriff sie, dass Gobann ihren Zustand in Wirklichkeit als eine Qual betrachtete.

»Es heißt also, dass die Glastig bei dem Bund besser weggekommen wäre. Denn sie musste nur ihr bösartiges Wesen opfern und bekam dafür einen Gefährten, der für den Rest der Ewigkeit, die sie noch auf der Erde weilen würde, bei ihr bleiben würde. Cianan aber wurde die Last der Unsterblichkeit aufgebürdet.«

Wieder einmal machte der Dichter eine Pause, um seine Zuhörer über die Moral seiner Geschichte nachdenken zu lassen.

»Cianan von der Süßen Melodie ist danach gelegentlich gesichtet worden, wie er an den Ufern von Strath-Clota entlangging, die Strände nach allem Möglichen absuchte, was von Eirinn herangespült worden war. Manchmal wurde er auch in den wilden Bergen umherstreifen gesehen, wo er dann und wann Halt machte und jenen half, die sich verirrt hatten, oder den Hungrigen etwas zu essen gab.«

Gobann nahm einen Stock auf und stocherte damit in der Glut herum. »Ich bin ihm einmal begegnet«, enthüllte er, und jetzt blickten ihn alle erstaunt an. Es war nicht so, dass sie ihm nicht glaubten – nur dass die alten Geschichten selten ein Nachspiel in der Gegenwart hatten, und außerdem hatte der Dichter diese Tatsache bisher niemandem mitgeteilt.

»Ich bin ihm vor langer Zeit begegnet, als ich noch jung war und im Norden dieses Landes umhergereist bin. Ich hatte mich gerade in eine Frau verliebt, die in diesem Land geboren war, und so konnte ich ihm, was das betraf, seine missliche Lage nachfühlen. Wenn ich nicht den Ruf erhalten hätte, wäre ich bei Sila geblieben und hätte sie bei ihren Reisen durch das Land der Cruitne begleitet.«

Der Dichter begriff, dass er sich zu weit von seiner Geschichte entfernt hatte. »Cianan war kein unglücklicher Mann, als ich mit ihm gesprochen habe«, fuhr er fort. »Er war schon immer sehr weise gewesen, und diese Weisheit ist durch Resignation gehärtet worden. Er war es, der mich gelehrt hat, dass es am besten ist, den Druidenpfad nur bis ans Ende meiner Tage zu beschreiten und mir nicht zu wünschen, einen Körper länger zu bewohnen, als es angenehm ist.«

Caitlin blickte Gobann an. Plötzlich verstand sie vieles an ihm besser, was ihr bisher immer ein Rätsel gewesen war.

»Die Lektion, die wir von Cianan lernen müssen, ist die, dass wir alle Talente besitzen, die wir zur Erfüllung der Ziele einsetzen, auf die wir unser Trachten richten. Nur die wenigsten Menschen wünschen sich etwas – einen wunderschönen Halsreif, oder aber anderen zu helfen, die in Not sind – und durchdenken dabei die Folgen ihrer Handlungen bis zum Ende. Die wenigen von uns, die dies beherrschen, wählen wir gewöhnlich zu unseren Königen und Königinnen und Anführern.«

Die Metflasche machte wieder die Runde und Gobann nahm sie dankbar entgegen. »Ich würde die Glastig liebend gern kennen lernen«, fügte er hinzu. »Manche sprechen von ihr als dem abscheulichsten Wesen auf der ganzen Welt, doch Cianan fand sie wunderschön. Ist es nicht immer so? Nur eine Gans kann einen Gänserich attraktiv finden.«

Seine Zuhörer lächelten, zufrieden mit der Geschichte, und ein paar rollten sich zusammen, um zu schlafen. Caitlin zog sich ihren Umhang fester um die Schultern und legte sich beim Feuer nieder, so dass sie in die Glut starren konnte. Sie fragte sich, wieso Gobann ausgerechnet diese Geschichte erzählt hatte. Wer war ihnen den ganzen Tag gefolgt – Cianan oder die Glastig? Sie wollte ihn schon fragen, doch der Dichter kam ihr zuvor.

»Die Wachen werden bald wechseln«, bemerkte Gobann. »Es ist Zeit, dass wir alle ein bisschen schlafen.« Und damit streckte er sich ein Stück von ihr entfernt am Feuer aus und wickelte sich in seinen blauen Umhang. Caitlin verstand den Hinweis, dass dies nicht der Zeitpunkt war, um über solche Dinge zu sprechen, und so schwieg sie.

Gobann schloss die Augen. Zum ersten Mal seit vielen Monaten spürte er die Last seiner Aufgaben. Der Wald war so friedlich, dass er schon bald in einen halbschlafähnlichen Zustand sank, in dem die wache Welt sich mit der Welt der Träume verbinden und vermischen kann. Ein paarmal zuckte sein Körper, als er sich zu entspannen begann, aber schon bald ergaben sich Leib und Seele der Erschöpfung, und er sank in einen tiefen Schlaf.

Der Dichter war gewöhnlich sehr vorsichtig, wenn es darum ging, nach solch einem anstrengenden Tagesmarsch und dem tagelangen Verzicht auf echte Erholungspausen einfach einzuschlafen. Er wusste aus Erfahrung, dass das Erzählen von Geschichten häufig den letzten Widerstand aufzehrte, den er der Faidh – der Zukunftssicht – entgegenzusetzen hatte.

Der Wachwechsel fand statt, während Gobann noch halb wach war, aber nicht mehr wirklich etwas von seiner Umgebung mitbekam. Als die Krieger, die die erste Wache gehabt hatten, am Feuer vorbeigingen, glitten ihre Schatten über sein Gesicht, und obwohl er die Augen geschlossen hatte, nahm er undeutlich ihre Bewegungen wahr.

In seinem Geist übernahm jetzt die Macht der Traumwelt,

verwandelte schattenhafte Gestalten in Tänzer, die ihre Fersen in einem wilden Tanz um das Feuer herum in die Luft stießen. Der Dichter sehnte sich danach, sich in den Trubel zu stürzen, aber seine Ausbildung als Druide lehrte ihn, dass er sich zurücklehnen und beobachten und nicht teilnehmen sollte. Die Tänzer hatten ihn jedoch gewiss bemerkt. Plötzlich fand er sich in ihrer Mitte wieder, obwohl ein Teil von ihm wusste, dass er noch immer am Feuer lag und schlief.

Einen Augenblick später schoss Gobann hoch und saß aufrecht da, vollkommen wach und allein. Einen Moment lang war er verwirrt, dann erinnerte er sich, dass er sich in einem Wald befand, in dem die Sonne nur selten schien.

»Caitlin«, murmelte er und versuchte, sich darüber klar zu werden, was aus der Gruppe geworden war, der er gerade eine Geschichte erzählt hatte. »Caitlin, wo bist du?«

Er bemerkte, dass das Feuer nicht erstorben war, also konnten die Krieger noch nicht weit gegangen sein, und er beschloss, wach zu bleiben und auf ihre Rückkehr zu warten. Es dauerte nicht lange, da sah er Schemen dort, wo der Feuerschein sich mit der Dunkelheit verband. Waren diese Geschöpfe die gleichen, die Caitlin und er den ganzen Tag über gesehen hatten, die unaufhörlich Verstecken mit ihnen gespielt hatten? Er war sich nicht sicher.

Vielleicht schlief er ja noch, und das alles war nur ein verworrener Traum, dachte er. Er versuchte aufzustehen, aber seine Beine fühlten sich unglaublich müde an, und seine Arme ließen sich einfach nicht hochheben. Gobann war vollkommen gelähmt.

Hinter ihm erklangen Stimmen in der Sprache der Cymru; obwohl er nicht verstand, was sie sagten, konnte er hören, dass sie sich stritten. Plötzlich spürte er, wie Hände ihn berührten und auf die Füße stellten. Gobann hatte kaum seine verkrampften Beine gestreckt, da spürte er, wie er höher stieg, sich über den Boden erhob. Im nächsten Augenblick schraubte er sich hoch in die Nacht, krachte in die Zweige der Baumwipfel, als er immer weiter in die Höhe stieg.

Dies kam so unerwartet, dass er einen lauten Schrei nicht unterdrücken konnte. Doch binnen weniger Sekunden hatte er sich aus den Zweigen befreit und seine Angst unter Kontrolle. Dann versuchte er, sich zu beruhigen, damit er diese Erfahrung voll und ganz in sich aufnehmen konnte.

Gobann, der jetzt keinen Zweifel mehr daran hatte, dass dies ein Traum war, blickte sich um. Er begriff, dass er nicht länger an die irdische Welt gebunden war, sondern in seinen Geistkörper geschlüpft war. Als Gobann noch sehr jung gewesen war, hatte er begriffen, dass es letztlich nicht zählte, ob man Informationen durch Träume oder Visionen oder in der wachen Welt erhielt. Was zählte, war allein die Tatsache, dass er stets sorgsam auf all das achtete, was ihm geschah, und dass er sich an so viele Einzelheiten erinnerte wie möglich.

Während Gobann höher und höher über die Bäume stieg, wurde sein Blick immer verschwommener, bis sein Sehvermögen schließlich ganz verschwand. Das Einzige, was er jetzt noch spürte, war sein gleichmäßiger, wenn auch angestrengter Atem. Das langsame Einatmen erzeugte ein Bimmeln in seinen Ohren, ein lebhaftes Geräusch. Ihm kam ein verblüffender Gedanke: Viellicht lag er im Sterben. In seinem Leben hatte er viele Menschen friedlich sterben gesehen; in der Tat war es eine seiner Pflichten, die Harfe für diejenigen zu spielen, die von dieser Welt gingen. Er hatte das Todesröcheln schon hundertmal gehört.

Doch kaum war ihm der Gedanke an den Tod gekommen, da klärte sich sein Blick wieder, und er schaute auf einen Nachthimmel voller Sterne, erhellt von einem schwachen Vollmond. Unter ihm breitete sich das Laubdach des Waldes aus; es wirkte von hier oben ebenso undurchdringlich wie von unten. Obwohl es Nacht war, konnte Gobann jede Einzelheit erkennen, jedes Blatt auf jedem Baum, und er konnte sie alle im Wind rauschen hören.

Der Dichter streckte seinen Geistkörper; er genoss die neue Freiheit, atmete die saubere Luft ein, die jenseits der Grenzen der erstickenden Bäume frei kreisen konnte. Er beugte die Arme so weit es ging und stieß instinktiv hinab in die Tiefe, bemerkte dabei das seltsame Gefühl, als die Luft zwischen seinen Fingern vorbeistrich.

Er entdeckte, dass es höchst befriedigend war, den Wind an seinen Händen zu spüren, und so hob er erneut die Arme, um das Erlebnis zu wiederholen. Diesmal bemerkte, er, dass jedes einzelne Haar auf seinen Armen und Händen sich anfühlte, als würde es die Luft umfassen und einschließen. Wenn er sie kräftig nach unten drückte, dachte er, dürfte es nicht zu schwierig sein, sich in der Luft zu halten. Seine Arme fühlten sich an wie Flügel.

Kaum war ihm dieser Gedanke gekommen, blickte Gobann nach links – und war so verblüfft über das, was er sah, dass er sofort aufhörte, mit den Armen zu schlagen. Erstaunt zog der Dichter zunehmend verängstigt die Hand vor sein Gesicht. Der Anblick weckte in ihm den Wunsch, laut aufzuschreien, aber das einzige Geräusch, das er zu Stande brachte, war ein raues, kreischendes Gurgeln, das tief aus seiner Kehle kam.

Dort, wo eigentlich Haare auf seinen Armen hätten sein sollen, konnte Gobann nur große, schwarze, ölige Federn sehen. »Mein Druidenumhang«, brachte er mühsam hervor. Aber diese Federn waren nicht auf einen Stoff aufgenäht. Diese Federn wuchsen ihm aus den Armen. Diese Federn waren lebendig.

Er hatte keine Zeit, darüber nachzudenken, was geschehen war, denn im nächsten Augenblick stürzte er kopfüber zur Erde. Instinktiv streckte er die Flügel aus, und schon hatte er seinen Sturz abgefangen, glitt über das Laubdach, betrachtete suchend die Zweige und die Umgebung, als wäre er sein ganzes Leben lang ein Jäger gewesen.

Seine Angst war schlagartig verschwunden. Er kümmerte sich nicht weiter darum, ob dies ein Traum oder eine Vision war, sondern atmete die frische, reine Luft ein. Diese Verwandlung war ein wahr gewordener Traum des Dichters. Seit seiner Initiation in den Silberzweig hatte Gobann darum gebetet, dass sich eine solche Gelegenheit noch ein einziges Mal in seinem Leben ergeben möge. Und jetzt wurden seine Gebete endlich erhört.

»Ein Rabe!«, schrie er fröhlich so laut er konnte. »Ich bin ein Rabe!«

VIII

Isernus, der Gehilfe Abt Deklans vom Kloster Sankt Ninian, ging an der Mauer von Dun Righ entlang, während die Nacht hereinbrach. Er betete leise einen Rosenkranz nach dem anderen. Gelegentlich blieb er stehen, um die Wachen zu grüßen, die in regelmäßigen Abständen entlang der Mauer standen, aber die meiste Zeit vermied er die Gegenwart anderer Menschen.

Denn solange er sich erinnern konnte, hatte Isernus es vorgezogen, so zu leben – der Menschheit auf seine Weise dienend, aber von den täglichen Mühen so weit entfernt wie nur möglich. Seine Welt war die Welt des Heiligen Geistes, wo Gott in seiner Herrlichkeit auf die Erde hinabblickte und sofort jede Sünde kannte, die dort begangen wurde, jeden Übertritt gegen den Glauben.

Isernus hatte nie viel Interesse an den großen Debatten über die wahre Natur Gottes gehabt, oder daran, ob Christus aus Fleisch oder aus Geist war oder nicht. Er hatte sich nie darum geschert, die Irrtümer der Ketzer zu ergründen oder den kürzlich bekannt gewordenen Kult um Christi Mutter. Keine dieser Angelegenheiten betraf ihn. Wenn er eine Meinung zu ihnen hatte, so teilte er sie niemandem mit, nicht einmal Deklan, seinem vertrauten Beichtvater und Seelenfreund. Alles, worüber Isernus sich Gedanken machte, war, dass er täglich

Gelegenheit hatte, Gott zu dienen und so Buße zu tun für seine Sünden.

Der Mönch ging an der Mauer entlang, bis er eine Stelle zwischen zwei Wachposten gefunden hatte, an der er mit ziemlicher Sicherheit nicht gestört werden würde. Er setzte sich auf den Erdwall und ließ die Beine herabbaumeln. Dann schloss er die Augen und faltete die Hände vor sich in der römischen Art des Gebets.

Erst, als die Luft merklich kühler wurde und es ganz dunkel war, rührte sich der Mönch wieder. Da er keine Erkältung bekommen wollte, schlug er sich die Kapuze über den Kopf, zog die Hände in die langen Ärmel seines Gewandes zurück und faltete sie erneut, um mit seinem Gebet fortzufahren.

Als er schließlich mit den üblichen Gebeten fertig war, öffnete er die Augen und ließ den Blick über die Landschaft schweifen. Berittene Kundschafter kamen von den umliegenden Feldern herangetrabt, um ihre Berichte – die letzten für diesen Tag – zu überbringen. Männer und Frauen strömten in die Festung, Wagen und Pferde hoch mit Besitztümern beladen. Obwohl die Lücke im äußersten Verteidigungsring längst hätte geschlossen sein müssen, riss der Strom der Menschen, die in Einer- oder Zweierreihen hindurchkamen, nicht ab.

»Sie bereiten sich auf eine Belagerung vor«, wurde dem Mönch plötzlich klar. Er hatte laut gesprochen, davon überzeugt, dass niemand ihn hören konnte. »Sie bringen all die Leute vom Umland her und legen Vorräte an.«

Es war offensichtlich, dass die Gälen mit ernsten Schwierigkeiten rechneten, aber was Isernus verwirrte, war die Tatsache, dass – zumindest, soweit er wusste – niemand etwas davon zu Deklan oder irgendeinem anderen Mitglied der Gruppe aus Eirinn gesagt hatte. Es war allgemein viel über die

Vorbereitungen zu einem Krieg geredet worden, aber das, was jetzt hier geschah, war mehr als eine einfache Vorsichtsmaßnahme. Cathal musste einen guten Grund haben, wenn er die Bauern in den Schutz der Festung holte.

Als Isernus all die Fackeln in der Dunkelheit und die auf einen Kampf vorbereitete Festung sah, musste er an die Nacht vor vielen Jahren denken, als er, Deklan, Bischof Palladius und die anderen Mönche nach Ardmor geführt worden waren. Das war nur ein paar Tage nachdem sie Eirinn zum ersten Mal betreten hatten gewesen.

Völlig unvermittelt kam Isernus dann jene Nacht in den Sinn, in der sie während eines heftigen Sturms an Land gegangen waren. Er wusste, dass er niemals das Entsetzen vergessen würde, das ihn gepackt hatte, als ihr Boot in der tobenden Brandung gekentert war. Selbst nach all den Jahren hatte er noch immer den Geschmack von Salzwasser im Mund. Der Mönch hatte damals so viel Wasser geschluckt, dass er geglaubt hatte, er würde ertrinken. Aber er war nicht ertrunken, als er aus dem Boot geschleudert worden war. Linus hatte ihn aus dem Wasser gezogen. Linus war sein bester Freund gewesen, vielleicht der einzige wirkliche Freund, den er außer Deklan jemals gehabt hatte. Und Linus, der Halbbruder von Seginus Gallus, hatte ihm das Leben gerettet. Als Isernus vom Sturm unter Wasser gedrückt worden war, hatte sich ihm eine Hand entgegengestreckt. Der Mönch konnte sich noch immer daran erinnern, dass er sofort gewusst hatte, wessen Hand das war, auch wenn er das Gesicht des Mannes nicht hatte sehen können.

Linus, der starke, unbekümmerte Linus hatte ihn aus dem Wasser gezogen; aber dann hatte Seginus ihn zum Strand getragen und unzeremoniell ins Gras geworfen. Seginus hatte Isernus stets gehasst. Vom ersten Augenblick an, da er sich mit Linus angefreundet hatte – noch im Kloster Sankt Eli –, hatte Seginus alles in seiner Macht Stehende getan, um die beiden voneinander fern zu halten.

»Ach, wenn er doch nur Erfolg gehabt hätte«, sagte der Mönch leise zu sich. »Wenn ich doch nur auf das gehört hätte, was die anderen über Linus gesagt haben.«

Isernus bemühte sich vergeblich, die Tränen zurückzuhalten. »Ich hätte ihm nicht vertrauen dürfen«, schluchzte er. »Ich hätte seine Gegenwart meiden sollen.«

Doch trotz dieser Worte wusste Isernus tief in seinem Innern, dass Linus ein junger Mann gewesen war, der jeden hätte verzaubern können, den er angeblickt hatte. Es hatte viele im Kloster gegeben, die der Meinung gewesen waren, dass Linus etwas Teuflisches an sich hatte. Aber seinen engen Freunden gegenüber war er stets freundlich und fürsorglich gewesen. Wie hätte Isernus die Gegenwart von jemandem ablehnen sollen, der so unschuldig schien, auch wenn er von den Älteren verschmäht wurde?

Plötzlich bemerkte Isernus, dass zwei Wachen auf ihrem üblichen Rundgang die Brustwehr erklommen hatten und sich ihm näherten.

»Guten Abend, Bruder«, rief der ältere der beiden Soldaten.

»Guten Abend, mein Sohn«, erwiderte Isernus.

»Es sieht so aus, als würdest du für uns hier oben Wache stehen. Es ist wohl kaum nötig, dass wir da vorbeigehen.«

»Ich habe nur die Aussicht bewundert«, erwiderte Isernus, wobei er darauf achtete, dass sein Gesicht im Schatten der Kapuze blieb. Er wollte nicht, dass diese Männer sahen, wie aufgeregt er war.

Der Krieger näherte sich dem Mönch und gab ihm einen freundschaftlichen Klaps auf die Schulter. »Gib uns Bescheid, wenn du welche von diesen mörderischen Sachsen siehst«, befahl der Mann in spöttisch-ernstem Ton. »Versuche nur nicht, allein mit ihnen fertig zu werden. Du lässt sie schön für uns, ja?«

Der andere Krieger musste sich große Mühe geben, nicht zu lachen; er legte die Hand auf den Mund, um seine Erheiterung zu verbergen.

Isernus begriff augenblicklich, dass sie sich einen Scherz mit ihm erlaubten. Einige der Gälen, besonders die Krieger, machten sich gern über die Christen lustig und verspotteten sie, wenn sich eine Gelegenheit bot. Der Mönch schob es auf einen Mangel an Respekt, der wahrscheinlich mit dem Ruf zu tun hatte, den Palladius sich errungen hatte.

»Ich würde nicht im Traum daran denken«, sagte Isernus. »Ich bin ein heiliger Bruder. Es wäre gegen meine Berufung, die Hand gegen irgendjemanden zu erheben, sei er nun Sachse oder Gäle.«

»Dann wirst du ja wohl einige Probleme kriegen, wenn sie die Mauern stürmen, was?«, stichelte der erste Krieger. Dies war für seinen jüngeren Kameraden zu viel, und er brach in lautes Gelächter aus, während die beiden Männer weiterschlenderten, um sich wieder ihren Pflichten zu widmen.

Isernus konnte die Stimme des jüngeren Manns hören, als die beiden am Fuß des Hügels angekommen waren. »Sind alle Christen so wie der?«

»Nun, mein Junge, vielen von ihnen ist der Umgang mit Frauen untersagt«, erklärte der Ältere. »Das ist kein Leben, das sich ein Mann freiwillig aussucht – es sei denn, er hat sich noch nie etwas aus der Gesellschaft von Frauen gemacht«, fügte er hinzu, bevor sie aus Isernus' Hörweite gelangten.

Der Mönch blickte auf seine Hände, die mit den Handflächen nach oben in seinem Schoß lagen. Sein Magen brannte vor Hass und sein Gesicht war stark gerötet. Seit die Missionare vor etwa zehn Jahren bei Ardmor an Land gegangen waren, hatte er sich bemüht, das Verbrechen zu verbergen, das er in der ersten Nacht an der Küste von Eirinn begangen hatte. Aber wie viele Bußen er sich auch selbst auferlegte, wie hart er auch an der Wiedergutmachung seiner Sünde arbeitete, die Schuldgefühle fanden immer wieder einen Weg, erneut hervorzubrechen und ihn zu quälen.

»Linus hatte böse Absichten«, flüsterte er, als würde er vor einem Tribunal von Kirchenältesten Rede und Antwort stehen. »Er hat mich für sein eigenes Vergnügen an den Strand gelockt. Ich konnte nicht wissen, was er vorhatte.«

Er presste die gefalteten Hände jetzt so fest zusammen, dass die Knöchel weiß wurden.

»Ich weiß, dass Deklan gedacht hat, ich hätte es auf Linus schieben können, auch wenn er mir das niemals direkt gesagt hat. ›Du hättest es Palladius mitteilen können‹, hat er gesagt. Ich hätte nie erwarten dürfen, dass der Abt mich verstehen würde. Ich bin mir sicher, dass er ganz tief in seinem Innern glaubt, dass ich Linus ermutigt habe. Ich weiß, dass Deklan mich für einen Feigling hält, einen Schwächling, der unnatürlichen Begierden nachgegeben hat.«

Isernus blickte zu den Sternen am schwarzen Nachthimmel auf; er bemühte sich nicht länger, die Tränen zurückzuhalten.

»Ich hatte keine andere Wahl, als zurückzuschlagen. Er hat mich bedroht. Ich wollte ihm nichts tun. Er war mein Freund«, weinte er. »Ich kann mich nicht einmal mehr daran erinnern, dass ich überhaupt ein Messer in der Hand hatte.« Der Mönch schluchzte jetzt unkontrolliert. Er zog die Kapuze noch tiefer ins Gesicht.

»Christus in deiner Gnade, vergib mir«, flehte er. »Vergib mir meine erbärmlichen Sünden. Vergib mir meine abscheuliche Feigheit und meinen kläglichen Versuch, mich zu beherrschen. Gott der Gnade, Gott der Liebe, vergib mir, dass ich nicht gegen die Gefühle angekämpft habe, die ich für Linus empfunden habe. Vergib mir.«

Isernus kauerte am Rand der Mauer und weinte, bis der Schmerz nachließ. Erst sehr viel später wurde ihm klar, dass Deklan ihn vermissen würde, und so rieb er sich die Augen trocken und beruhigte sich wieder, um zu ihrem gemeinsamen Quartier zurückzukehren.

Als er bei dem kleinen Rundhaus ankam, das Cathal ihnen für die Dauer ihres Aufenthalts zur Verfügung gestellt hatte, war er überrascht, dass der Abt nicht am Herdfeuer saß. Isernus kam unverzüglich die Idee, dass Deklan sich aufgemacht haben musste, um ihn zu suchen. Er ging zu dem nächststehenden Haus, das von einigen ortsansässigen Druiden bewohnt wurde. Als er den Kopf durch die Tür streckte, um herauszufinden, ob der Abt sich dort befand, bekam er einen schrecklichen Schock.

Auf einer Bank in einer Ecke lag der alte Bruder Kilian, dem Deklan für die Zeit, die er und Isernus in Eirinn waren, die Leitung des Klosters anvertraut hatte. Die Wangen des alten Mannes waren fürchterlich zerkratzt, und seine Arme sahen aus, als hätte ein wildes Tier versucht, ihm die Haut abzureißen. Deklan saß auf einem Stuhl neben dem Lager des Mönchs, während einen Schritt weiter weg drei Druiden standen. Weihrauch hing dicht und schwer in der Luft.

Der Abt drehte sich um und sah Isernus im Türrahmen. Er stand auf und trat zu ihm, streckte ihm die Hände entgegen. »Bruder! Gott sei Dank, du bist gesund. Ich habe mir schon solche Sorgen um dich gemacht.«

»Ich bin umhergewandert und habe gebetet«, erklärte Isernus. »Was ist mit Kilian geschehen?«

»Das Kloster ist überraschend von einer Bande Sachsen angegriffen worden«, flüsterte Deklan beinahe unhörbar. Erst jetzt machte sich der Schock über die Neuigkeit bei ihm so richtig bemerkbar. »Ein paar von unseren Brüdern sind tot. Zumindest Conran, Fidach, Bran und Euan ... aber vielleicht auch noch drei, vier andere. Kilian ist es gelungen, vor den Plünderern zu fliehen, aber einmal hatten ihre Hunde ihn in die Ecke getrieben, und er musste sie mit einem Ast verjagen.«

Deklan packte Isernus am Ärmel und führte ihn nach draußen, so dass Kilian nicht hören konnte, was gesprochen wurde. »Er ist sehr schwer verwundet«, gestand der Abt ernst. Als der ältere Mönch sich über die Stirn wischte, konnte Isernus deutlich sehen, dass Deklan von Kummer überwältigt war, auch wenn er es gut verbarg. »Die Druidenheiler glauben nicht, dass er den Sonnenaufgang noch erleben wird. Er hat viel Blut verloren und ist untröstlich über die Zerstörung von Sankt Ninian.«

»Sankt Ninian ist zerstört?«, wiederholte Isernus entsetzt. Er war kaum in der Lage zu begreifen, was er da hörte. »Die Candida Casa ist zerstört?«

»Es sieht so aus, als wäre Ninians Weißes Haus bis auf die Grundmauern niedergebrannt worden, ja. Sofern wir Kilian beim Wort nehmen. Doch ich muss zugeben, dass er ziemlich verwirrt war, als er hierher gebracht wurde. Eine berittene Patrouille hat ihn heute Morgen gefunden – er ist auf der Hauptstraße nach Dun Righ herumgeirrt; ich werde wohl nie erfahren, wie er so weit gekommen ist. Aufgrund seiner schweren Verletzungen konnten sie ihn nur langsam hierher schaffen.«

Deklan zog Isernus noch etwas weiter vom Haus weg. »Wir müssen sofort zum Kloster zurückkehren«, sagte er zu seinem Vertrauten. »Bei dem Überfall letztes Jahr ist nur einer von uns gestorben. Das ist jetzt etwas ganz anderes. Wir müssen Aldor zeigen, dass wir keine Angst vor dem Tod haben.«

»Aber es liegen ganze Horden von Sachsen im Hinterhalt, die nur darauf warten, uns zu töten!« Isernus schnappte nach Luft.

»Ich weiß. Aber selbst wenn alle barbarischen Heere aus dem Osten versammelt wären und das Kloster umstellen würden, wäre es noch immer unsere Pflicht, sofort zurückzukehren.«

Isernus starrte seinen Abt an, die Augen ungläubig aufgerissen. Er erinnerte sich an den jungen Mönch, der vor knapp einem Jahr von den Sachsen gehängt worden war. »Wieso reiten wir dann nicht direkt zu ihnen und begeben uns freiwillig in ihre Gewalt?«, wetterte er. »Oh, ihr habt uns vermisst, als ihr das letzte Mal im Kloster wart? Nun, hier sind wir, jetzt habt ihr die Gelegenheit, uns auch noch umzubringen.«

Vielleicht war es der Schock darüber, dass Kilian so schwer verletzt aufgetaucht war, oder die Überraschung, dass Isernus es wagte, so mit ihm zu sprechen – jedenfalls hob Deklan die Hand und versetzte dem jüngeren Mann eine kräftige Ohrfeige. Der Schlag erwischte Isernus völlig unvorbereitet, und er taumelte rückwärts. Er konnte nichts sagen, betastete nur mit der Hand die brennende Stelle, an der der Schlag ihn getroffen hatte.

Der Abt bereute seine rasche Reaktion sogleich, aber er konnte nicht glauben, dass Isernus ihm gegenüber so respektlos gewesen war. »Was ist los mit dir?«, wollte er wissen. »Da drinnen liegt ein mutiger Mann im Sterben, weil er genug von seinem Glauben überzeugt war, um diesen abscheulichen Fremden entgegenzutreten. Wie kannst du es da wagen, so mit mir zu sprechen? Ich bin dein Vorgesetzter und habe beschlossen, dass es von höchster Wichtigkeit ist, so schnell wie möglich nach Candida Casa zurückzukehren. Und du wirst meine Anweisungen befolgen und dich daran erinnern, wo dein Platz ist.« Der Abt beruhigte sich etwas und sagte dann: »Es tut mir Leid, dass ich dich geschlagen habe. Ich wollte dir nicht wehtun.«

Isernus stand da, ohne einen einzigen Muskel zu rühren; in seiner Miene zeigte sich deutlich, wie sehr er sich durch diese Situation gekränkt fühlte.

»Willst du dich nicht bei mir entschuldigen?«, fragte der Abt.

Es kam keine Antwort.

»Nun denn«, erwiderte Deklan kühl. »Du wirst hier in Dun Righ bleiben, im Schutz der Verteidigungswälle. Ich werde die Nonnen mitnehmen, um Sankt Ninian wieder aufzubauen.«

Und damit stürmte der Abt wieder zum Rundhaus zurück und ließ Isernus einfach stehen, der sich noch immer die brennende Wange hielt. Doch Deklan begann seinen heftigen Gefühlsausbruch schon zu bereuen, noch ehe er das Herdfeuer erreicht hatte. Er wusste, dass Isernus vermutlich Recht hatte. Es war dumm, ohne Wachen zum Kloster zurückzukehren, und Cathal konnte in der gegenwärtigen Krise keine Soldaten entbehren.

»Du bist ein stolzer und dummer Mann, Deklan«, tadelte sich der Abt. »Aber was würde passieren, wenn jedes Kloster, dem die Zerstörung droht, so einfach den Heiden überlassen würde? Was würde aus der Kirche werden? Was würde aus den Anhängern von Christus werden, die auf die Geistlichkeit angewiesen sind, was ihre geistige Führung betrifft? Was würde aus dem Glauben werden?«

Deklan warf sich auf sein Bett und verschränkte die Hände hinter dem Kopf. »Wenn ich mich Palladius etwas früher widersetzt hätte, wäre es nie zu einem Krieg zwischen dem Hochkönig von Eirinn und dem König von Laigin gekommen. Und wenn ich aus dieser Erfahrung etwas gelernt habe, dann dies: dass ich tun muss, was mein Herz mir befiehlt. Und jetzt befiehlt es mir, nach Sankt Ninian zurückzukehren, um mich um meine Herde zu kümmern.«

In diesem Augenblick bemerkte Deklan, dass Isernus in der offenen Tür stand und hörte, wie er mit sich sprach.

»Ich werde mit dir gehen, mein Abt«, sagte der Mönch. »Ich werde die Vorbereitungen allein treffen. Es wäre am besten, wenn wir auf die Soldaten warten, die unter dem Befehl von Tatheus stehen, aber wir können auch morgen Früh aufbrechen, wenn du glaubst, wir sollten die Reise ohne ihre Hilfe machen.«

Deklan schwieg einen Augenblick; er war froh, dass Isernus seine Meinung geändert hatte. »Ich nehme an, wir können warten, bis Tatheus uns begleiten kann. Ich bin sicher, sie werden noch heute Nacht zurückkommen.«

»Wenn du mich dann bitte entschuldigst«, sagte Isernus, »ich möchte mit den Vorbereitungen beginnen.«

»Gute Nacht, mein Bruder«, sagte Deklan aufrichtig.

»Gute Nacht, Vater Abt«, erwiderte Isernus. Kurz bevor er ging, fügte er noch etwas hinzu. »Es tut mir Leid, Vater Abt. Bitte vergib mir.«

»Es ist leicht, Vergebung zu gewähren, mein Sohn, wenn sie mit so viel Demut erbeten wird.«

Isernus war noch nicht lange fort, da kam ein Bote mit der Nachricht, dass Kilian seinen Verletzungen erlegen war. Deklan reagierte nicht weiter auf diese Nachricht, dankte dem Boten nur höflich. Als er danach nach draußen ging, um alles für Kilians Beerdigung vorzubereiten, war sein Herz schwerer als jemals zuvor.

Murrough und seine Gruppe begannen am frühen Nachmittag, einen großen Schwenk zurück zur Festung zu machen. Die zehn Krieger, die ihn begleiteten, verteilten sich in einer langen Reihe, die sich Hunderte von Schritten in die Breite zog, als sie wieder auf die Berge zuhielten. Auf diese Weise konnten sie sicher sein, so viel Gelände wie möglich abzusuchen.

Ia ritt neben dem König; die nächsten Krieger waren jeweils dreißig Schritte von ihnen entfernt, gerade außer Hörweite. Worüber Murrough sehr froh war. Bei dieser Druidin konnte man nie absehen, was sie als nächstes tun würde, und er wollte nicht, dass irgendwelche Gerüchte unter seinen Kriegern die Runde machten und seinen Ruf befleckten.

Aber Ia sagte den ganzen Nachmittag über sehr wenig, bis sie etwa eine Stunde vor Dämmerung an einer verlassenen Siedlung vorbeikamen. Angesichts der leeren Bauernhäuser stieg sie ab und untersuchte die Feuerstelle in einem der Rundhäuser.

»Die Kohlen sind noch heiß«, erklärte sie. »Und die Binsen auf dem Boden sind frisch. Diese Leute sind erst gestern oder letzte Nacht geflohen.«

»Wir sind hier nicht weit von der Festung«, bemerkte Murrough. »Wieso sollten sie ihre Heime verlassen haben, wenn keine unmittelbare Gefahr bevorstand?«

Ia bückte sich neben der Türschwelle und strich mit der Handfläche über den Boden. »Die Bauern haben den Eingang zu ihrem unterirdischen Lager sorgfältig abgedeckt. Sie müssen geglaubt haben, dass Sachsen in der Nähe sind.«

»Wir sind den ganzen Tag lang nicht einem einzigen Sachsen begegnet. Glaubst du, die Wilden sind hier gewesen?«

»Nein«, erwiderte Ia überzeugt. »Noch nicht. Vermutlich haben diese Leute ein Gerücht gehört und sind in den Schutz der Festung geflohen.«

»Reiten wir weiter«, drängte Murrough. »Es ist nicht mehr weit bis Dun Righ, und ich möchte unbedingt vor Einbruch der Dunkelheit wieder dort sein. Alles, was wir seit heute Morgen gesehen haben, sind die verlassenen Häuser ein paar armer Bauern. Es gibt keinen einzigen Hinweis, dass der Feind ins Hügelland vorgedrungen ist. Noch nicht einmal eine weggeworfene Klinge oder ein niedergebranntes Haus. Und doch sind diese Leute weg. Da stimmt was nicht.«

»Cathal sorgt dafür, dass sich die Angst vor den Wilden ausbreitet, um seine eigene Macht zu festigen. Die Bauern und Fischer verlassen sich darauf, dass er sie beschützt, und sie würden ihm mit Freuden einen Teil ihrer Erzeugnisse geben, wenn sie sich damit ihre Sicherheit erkaufen könnten.«

»Das ist eine sehr sächsische Art, die Dinge zu betrachten, Ia«, meinte der König. »Sicherlich müsste Cathal doch damit rechnen, dass die Versammlung seines eigenen Clans verärgert ist, wenn er sich derart selbstsüchtig verhält.«

»Die Versammlung ist letzten Winter aufgelöst worden«, erwiderte die Druidin kühl.

»Aufgelöst? Wenn es keine Versammlung gibt, wer wählt dann den Anführer?«

»Es hat dieses Jahr keine Wahl gegeben. Cathal hat die Berater wegen der Bedrohung durch die Fremden weggeschickt. Er hat einen Kriegsrat einberufen, der jetzt über alles bestimmt, angefangen von der Verteilung des Getreides bis hin zum Lauf des Wassers durch die Festung. Sein Hauptverwalter hat noch immer sein Amt inne, aber nur, weil er ein alter Mann ist, der sich nicht traut, Cathals Handlungen in Frage zu stellen.«

»Wenn das stimmt, hätten Caitlin und ich es doch sofort merken müssen«, sagte Murrough spöttisch. »Es ist schwer zu glauben, dass er uns über eine solch ungewöhnliche Situation nicht in Kenntnis gesetzt hätte. Du musst zugeben, dass es sehr ungewöhnlich für einen Anführer wäre, so etwas zu tun. In Kriegszeiten, wenn sowieso wenig Stabilität herrscht und das einfache Volk ohnehin gegenüber jedem Anführer Bedenken hat, der das Gesetz missachtet, geht ein Häuptling vorsichtig vor.«

»Er ist nicht sehr glücklich über eure Anwesenheit«, bemerkte Ia. »Es hat seine Pläne durcheinander gebracht, denn jetzt hat er einen König und eine Königin in seiner Festung, die ihm keinerlei Gehorsam schulden. Und dann ist da noch ein unabhängiger Druide bei euch, noch dazu ein Dichter des Silberzweigs. Du und deine Begleiter, ihr stellt für Cathal ein ziemliches Problem dar.«

»Ich verstehe das alles nicht«, sagte Murrough kopfschüttelnd.

»Ich glaube, dass Cathal seit einiger Zeit in engem Kontakt mit dem sächsischen Befehlshaber steht. Seit dem letzten Winter beobachte ich aufmerksam, was vor sich geht, und ich bin davon überzeugt, dass der Anführer irgendeinen Pakt mit dem Feind geschlossen hat. Er glaubt nicht, dass er eure Krieger benötigt, weil entsprechend seinem geheimen Waffenstillstand zurzeit keine echte Gefahr besteht. Gleichzeitig macht er sich eure Ankunft zunutze, indem er die Ängste der Leute vor einem Angriff verstärkt.«

»Er muss wissen, dass er sich eines Tages wieder einer Wahl stellen muss. Er wird doch wohl nicht glauben, dass er immer mächtiger und mächtiger werden kann, ohne dass jemand Einwände dagegen erhebt. Die Versammlung der Druiden wird dieses Verhalten doch sicherlich verurteilen. Auf jeden Fall hast du keine handfesten Beweise für deine Behauptung; es beruht alles nur auf Gerüchten, Hörensagen und Intuition.«

»Ich bin überrascht, dass du so über die Intuition der

Druiden sprichst. Bist du nicht selbst mit einer von uns verheiratet?«, schnappte sie. »Cathal hat mich zu seiner Obersten Druidenberaterin ernannt, weil er genau weiß, dass ich es nicht wagen würde, irgendeiner seiner Handlungen zu widersprechen. Sollte ich ihn nämlich öffentlich kritisieren, würden die Überlebenden meines Volkes durch seine Hand sterben. Der Anführer von Dun Righ ist ein schlauer Mann. Cathal hat dafür gesorgt, dass alle über meine sächsische Abstammung Bescheid wissen, denn dann würde es ihm leicht fallen, mich unglaubwürdig zu machen, sollte es notwendig werden.«

»Wenn der Anführer wirklich einen Pakt mit den Fremden geschlossen hat, dient er nicht mehr den Interessen seines Volkes und kann daher von der Versammlung der Druiden als ungerechter Herrscher angeklagt werden«, hielt Murrough ihr entgegen. »Wenn die Vorwürfe wahr sind, hat er entsprechend der Gesetze, denen Anführer unterstehen, all seine Rechte verloren, und es ist deine Pflicht, ihm entgegenzutreten und zu verlangen, dass er für seine Taten Rechenschaft ablegt.«

»Aber wer wird sich auf meine Seite stellen und ebenfalls gegen ihn sprechen? Diejenigen, die innerhalb der Festungsmauern leben, fühlen sich sicher und machen ein kleines Vermögen aus dem Unglück der Landbevölkerung. Die Landbevölkerung wagt es nicht, den Mund aufzumachen, aus Angst, rausgeworfen zu werden und es mit den Sachsen allein aufnehmen zu müssen. Die Versammlung der Druiden hat meine Ernennung zur Obersten Beraterin noch immer nicht anerkannt. Ihre Mitglieder werden sich erst dann laut äußern, wenn der Wohlstand, der durch Cathals Politik nach Dun Righ gekommen ist, wieder zu schwinden beginnt.«

»Dann ist die Versammlung der Druiden genauso im Irrtum wie Cathal«, bemerkte Murrough. »Sie hätte einschreiten müssen, als er die Versammlung des Clans aufgelöst hat.«

»Ich bin hier eine Außenseiterin«, räumte Ia ein. »Ich bin sicher, dass man mir vieles bewusst vorenthält. Die Versammlung der Druiden unterrichtet mich über ihre Entscheidungen erst lange nachdem sie gefällt wurden.«

»Ich kann mir nicht vorstellen, dass ein Rat aus erfahrenen Druiden sich so verhält«, rief der König aus.

»Du bist hier in Dal Araidhe. Die Traditionen, die in Eirinn wertgeschätzt werden, haben in diesem Land keine große Bedeutung.«

Ia wischte Erde über den Eingang zum Vorratskeller und sorgte so dafür, dass er wieder gut getarnt war. Dann erhob sie sich und wandte sich Murrough zu. »Ich habe das Gefühl, dass die Sachsen Cathals Selbstsucht sehr schlau zu ihrem eigenen Vorteil nutzen.«

»Die Sachsen!«, platzte der König ungläubig heraus. »Die Sachsen sollen Cathal benutzen?« Murrough fand die Geschichte immer unglaubwürdiger.

»Hier sind im weiteren Umkreis nirgends genug Fremde, um einen erfolgreichen Angriff auf Dun Righ durchführen zu können«, erklärte Ia. »Ich glaube, dass sie sich durch den Waffenstillstand mit Cathal Zeit erkauft haben, um ihre Streitmacht zu vergrößern, während sie weiterhin über die Halbinsel streifen. Jeden Tag treffen neue Soldaten aus den Ländern der Centi ein. Aldor, der Kriegsführer der Sachsen, ist ein gerissener Mann. Wenn er so tut, als suche er Frieden und ein Bündnis, während sein Heer schwach ist, kann er die Falle zu einem Zeitpunkt zuschnappen lassen, da sein Feind einen Angriff am wenigsten erwartet. Mit überlegenen Streitkräften und dem Überraschungsmoment auf seiner Seite wird es ihm ein Leichtes sein, die Gälen zu schlagen.«

Murrough warf Ia einen schiefen Blick zu; er versuchte zu einem Entschluss zu kommen, ob er ihrer wilden Geschichte glauben sollte. »Ich werde beobachten, was in den nächsten paar Tagen geschieht«, versprach er schließlich. »Ich werde mir jedes Wort merken, das Cathal sagt, und wenn ich gut zugehört und mit Königin Caitlin über diese Sache gesprochen habe, werde ich nach dir schicken. Aber selbst wenn wir deine Geschichte bestätigen, bezweifle ich, dass Caitlin und ich viel tun können, um den Lauf der Ereignisse zu ändern. Wir sind hierher geschickt worden, um dabei zu helfen, die Sachsen aus diesem Land zu vertreiben, nicht um uns in die Angelegenheiten der Dal Araidhaner zu mischen.«

»Ich bin in dieser Situation machtlos«, sagte Ia und senkte den Kopf. »Aber du und deine Königin, ihr seid in der Lage, das Volk von Dun Righ von diesem Tyrannen zu befreien. Ich bin sicher, es wird einen Weg geben.«

Sie hatte kaum zu Ende gesprochen, als einer der etwas weiter entfernten Krieger rief, dass er ein Stück weiter östlich und näher an der Straße nach Dun Righ ein halbes Dutzend Männer zu Fuß gesichtet hatte.

»Es wird schon bald dunkel«, sagte Murrough. »Wir sehen nach, was das für Männer sind, und reiten dann so schnell wie möglich zur Festung zurück.« Er stellte sich in den Steigbügeln auf und bedeutete seinen Männern mit einem Handzeichen, dass sie sich in Formation nach Osten wenden sollten. Die Botschaft wurde von einem Mann zum nächsten weitergegeben.

Die Krieger schwärmten sofort aus, bildeten eine mondsichelförmige Formation, die sich am Fuß eines niedrigen Hügels langsam zusammenzog. Nach kurzer Zeit sichteten Murrough und Ia eine Gruppe von Männern, die inzwischen ein Feuer entfacht und sich darum herumgesetzt hatten.

»Das müssen Sachsen sein«, erklärte Ia. »Gälen würden ihre Anwesenheit niemals so deutlich mit dem Rauch eines offenen Feuers verkünden.«

Murrough nickte; er erinnerte sich daran, dass Cathal ihm geraten hatte, ein Feuer zu entfachen, um den anderen Gruppen ein Signal zu geben, und fragte sich, ob ihnen eine Falle gestellt worden war, schob den Gedanken aber rasch wieder beiseite.

Nachdem der König die Situation eingeschätzt hatte, gab er seinen Männern lautlos das Zeichen, sich ihrer Beute zu nähern. Rasch und leise umzingelten die Krieger die Männer am Feuer, achteten darauf, sich nicht durch auffallende Geräusche zu verraten. Die sechs Männer waren so in ihre Unterhaltung vertieft, dass sie die berittenen Gälen erst bemerkten, als es zu spät war. Am Ende verriet sie das Pferd eines Kriegers, als es laut wieherte, während es im Dickicht wartete.

Bei dem Geräusch sprangen die sechs Männer auf, zogen Schwerter und Äxte. Vier griffen nach ihren kleinen, runden Schilden, aber sie alle standen nach kurzer Zeit in einer dicht geschlossenen Kampfformation neben dem Feuer.

»Werft die Waffen weg!«, rief Murrough. Er war sich der Tatsache bewusst, dass er möglicherweise nicht verstanden wurde.

Keiner der Männer gab ein Geräusch von sich, und so bedeutete der König seinen Kriegern, den Kreis um die Gruppe enger zu ziehen. Nach der Farbe ihrer Kleidung zu schließen, waren es ganz sicher Sachsen. Die Fremden trugen gewöhnlich braune, ungefärbte Kleidung, und die Ledergürtel waren nur selten so schwarz gegerbt, wie es das Leder der Gälen war. Und nur Sachsen trugen so lange Äxte, die eher für den Krieg als zum Holzschlagen geeignet waren.

Einer der Fremden trat vor, nachdem er die Chancen abgeschätzt hatte, und brüllte den Gälen etwas Unverständliches zu. Sein Ton war offensichtlich trotzig und vermutlich auch beleidigend.

Ia verlagerte ihr Gewicht im Sattel. »Sie wollen kämpfen!«, schrie sie.

»Sie haben angesichts der Übermacht unserer Leute gar keine Chance, zu entkommen«, versicherte Murrough ihr. »Ihr Anführer muss das auch sehen.«

Der Sachse, der vorgetreten war, ließ das Blatt seiner Axt hinter sich zu Boden sinken, ohne den Stiel loszulassen. Dann, ohne jemals den Blick von Murrough abzuwenden, ging er langsam auf den König zu, wobei er die Waffe hinter sich herzog. Die Axt hinterließ eine schmale Spur auf der Erde.

»Behaltet ihn im Auge«, befahl Murrough seinen Männern. »Wenn er weise ist, wird er mir die Waffe zu Füßen legen, aber wenn er so wie alle anderen Sachsen ist, müssen wir mit Ärger rechnen.«

Der Mann blieb nur ein paar Schritte vor dem Pferd des Königs stehen. Mit mürrischer Miene stand er da und blickte Murrough an. Dann begann er gleichermaßen plötzlich wie überraschend breit, ja, beinahe freundlich zu grinsen. Der König erwiderte das Grinsen, und einen kurzen Augenblick lang spürte er eine seltsame Verwandtschaft mit diesem Wilden. Bisher hatte er die Sachsen nie als Menschen betrachtet, die seinem eigenen Volk irgendwie ähnelten. Und nun war er überrascht, dass einer von ihnen sogar Anzeichen von Freundschaft zeigte.

Der König konnte deutlich die vielen Narben auf dem Oberkörper des Mannes erkennen, zweifellos die Spuren eines Lebens voller Kämpfe. Sein dunkelbraunes Haar war auf dem Scheitel seines Kopfes zusammengebunden, und zwar so, dass es einen Helm abfederte, wenn dies nötig war. Seine Arme waren voller glänzender schwarzer Tätowierungen, die seltsame Tiere darstellten. Wie anders waren da die blauen Tätowierungen der Cruitne, die gewöhnlich nur aus raffinierten Mustern bestanden.

Der Mann lächelte noch immer, als er jetzt zu sprechen begann, laut genug, dass seine Männer ihn verstehen konnten. Murrough indes begriff nicht das Geringste von dem, was er sagte. Der Sachse hob die große Kriegsaxt, als wollte er sie Murrough übergeben; er stand einfach da und wartete darauf, dass der König näher kam und sie in Empfang nahm.

Während Murroughs Pferd einen Schritt nach vorn machte, ließ der Sachse die Klinge los und legte auch die linke Hand an den Griff, ganz in der Nähe der rechten, was es ihm ermöglichte, auf den König einzuschlagen. Murrough sah dies, aber er war so verblüfft über das Lächeln des Fremden und den Tonfall seiner Stimme, dass er einen Augenblick lang gar nicht vermutete, es könnte ihm unmittelbar Gefahr drohen.

In diesem Moment handelten die Sachsen, und sie taten das so rasch, dass der König keine Gelegenheit hatte, darauf zu antworten. Zuerst sagte der Sachsenführer etwas in seiner eigenen Sprache, das seine Krieger dazu veranlasste, ihre Waffen zum Kampf bereitzuhalten; dann holte er mit seiner großen Axt in einem weiten Bogen aus. Als Murrough endlich begriff, was da geschah, war es bereits zu spät. Die Waffe raste bereits heran, und er hatte keine Möglichkeit mehr, ihr auszuweichen oder die mörderische Kraft abzulenken.

Dann sah der König aus dem Augenwinkel etwas Silbernes aufblitzen, dicht an ihm vorbei durch die Luft wirbeln und sich um die eigene Achse drehend auf den Sachsenanführer zusausen. Murrough konnte kaum vor Schreck aufkeuchen, da hatte der wirbelnde Gegenstand sein Ziel bereits gefunden und traf den Sachsen mitten in die Brust. Blut spritzte aus einer tiefen Wunde, während der Fremde die Axt auf den Boden sinken ließ. Voller Qual packte der Sachse die kleine Klinge, die sich in seinen Oberkörper gebohrt hatte. Die ganze Zeit über starrte er den König an und ein schwaches Lächeln spielte um seine Lippen.

Es dauerte ein paar Augenblicke, ehe Murrough begriff, dass Ia die Klinge geworfen hatte. Die Knie des Sachsen knickten ein, während der König sich umdrehte, um ihr mit einem Blick zu danken, und als er dann wieder den Fremden ansah, lag der mit dem Gesicht nach unten auf dem Boden. Um ihn herum breitete sich eine Pfütze aus seinem Blut aus.

Mittlerweile hatten Murroughs Krieger die verbleibenden fünf Fremden umzingelt. Die Plünderer leisteten keinerlei Widerstand, als sie sahen, dass ihr Anführer tödlich verwundet war, und ließen sich problemlos entwaffnen. Die Gefangenen wurden jeweils mit den Handgelenken an den Sattel eines Pferdes gebunden.

»Wir müssen nach Dun Righ zurückkehren«, erklärte der König, noch immer ganz erschüttert von dem Vorfall. »Es ist viel zu gefährlich für uns, nach Einbruch der Dunkelheit noch hier draußen zu sein.« Sein Stellvertreter ließ die Männer eine Verteidigungsformation einnehmen, und nachdem die Kundschafter die Straße ausfindig gemacht hatten, eilte die Gruppe direkt darauf zu. Murrough wusste, dass es nicht lange dauern würde, ehe sie die äußeren Verteidigungsanlagen der Festung erreichen würden und damit in Sicherheit wären – vorausgesetzt, sie schafften es zur Straße nach Dun Righ.

Der König ritt an der Spitze der Kolonne, neben ihm Ia und ganz in der Nähe drei Krieger mit blanken Schwertern für den Fall eines Überraschungsangriffs. Obwohl es Murrough gelang, sich rasch wieder zu beruhigen – schließlich wusste er nur zu gut, dass sein Verhalten Einfluss auf die Moral seiner Männer haben konnte –, verriet sein Gesichtsausdruck, dass er einen großen Schock erlitten hatte. Er war blass und sprach nur wenig mit seinen Männern, gestattete stattdessen seinem Stellvertreter, die Befehle zu geben.

Nachdem sie den Weg zur Straße gefunden hatten und die Reiter sich wieder etwas verteilen konnten, lenkte Ia ihr Pferd an die Seite des Königs. Murrough spürte ihre Gegenwart, blickte sie jedoch zunächst nicht an.

»Woher hast du gewusst, dass der Sachse mich angreifen wollte?«, fragte er sie.

»Meine Mutter war aus seinem Volk«, erinnerte Ia ihn. »Ich verstehe ihre Sprache.«

Der König wandte ihr mit einer ruckartigen Bewegung den Kopf zu und sah sie scharf an, aber sie wich seinem Blick aus. »Wieso hast du mich nicht früher gewarnt?«, zischte er.

»Ich hatte Angst«, antwortete sie. »Bitte erzähle niemandem davon, was ich dir über Cathal und die Sachsen gesagt habe. Es würde meine Leute und mich in große Gefahr bringen.« Sie schwieg einen Augenblick. »Niemand in Dun Righ weiß von meinen besonderen Fähigkeiten oder davon, dass ich die sächsische Sprache verstehe. Und ich würde es vorziehen, wenn das im Augenblick so bliebe.«

»Nun gut, aber ich werde Königin Caitlin und meinem Druidenberater alles sagen, was du mir erzählt hast, sobald ich mich heute Abend mit ihnen treffe. Caitlin erzähle ich sowieso alles, und Gobann ist mein vertrauter Berater. Du brauchst keine Angst zu haben, dass wir dein Geheimnis verraten werden, bis wir die Einzelheiten deiner Geschichte bestätigen oder widerlegen können.«

»Deine Frau und dein Druide werden heute Nacht nicht zurückkehren«, stammelte Ia. »Sie lagern zurzeit draußen in jenem Wald, der das Heim des Ungeheuers ist, der Glastig. Vielleicht finden sie morgen einen Weg hinaus.«

Murrough antwortete nicht; er zog es vor zu hoffen, dass Ia nicht so gut darin war, die Zukunft zu sehen, wie sie die Gedanken anderer erkennen konnte.

Gobann schwebte lange über dem Wald, wie er es vor zehn Jahren, zur Zeit seiner großen Initiation, getan hatte. Bei dieser Gelegenheit fühlte er sich jedoch nicht gezwungen, ein bestimmtes Ziel anzufliegen, und er hing auch nicht hilflos in irgendeinem Geisterwind. Jetzt spürte der Dichter, dass er ermutigt wurde, hinzugehen, wo immer er hingehen wollte.

Unter sich konnte Gobann die Baumspitzen sehen. Weiter vorn machte er die weit entfernten Berge aus und sogar das schäumende weiße Wasser der Flüsse in den Bergen. Seinen geschärften Sinnen entging nichts von dem, was unter ihm stattfand.

Der Dichter genoss den Flug, genoss die Erfahrung, noch einmal die Gestalt eines Vogels zu haben, als er unter sich in nordöstlicher Richtung plötzlich auf eine ungewöhnliche Bewegung am Waldrand aufmerksam wurde. Gobann konzentrierte all seine Aufmerksamkeit auf die Störung, denn irgendetwas daran faszinierte ihn. Mit seinen hervorragenden Rabenaugen konnte der Dichter deutlich fünf Männer ausmachen, die in Druidengewänder gekleidet waren und sich gerade den Pferden zuwandten, die an den untersten Zweigen einer Eiche festgebunden waren.

Gobann schwebte hinunter in Richtung dieser Männer; er vergaß, dass er nur wenig Übung im Fliegen besaß. Es war, als wäre er schon immer ein Rabe gewesen. Es war, als wäre dies seine wahre Natur. Er zog die Beine eng an den Körper, als er zur Erde glitt, hielt die Schwingen weit ausgebreitet und schwelgte in der Heiterkeit, die ihm diese Freiheit bescherte.

Während er sich dem Waldrand näherte, wo die Druiden ihre Pferde losmachten, warnte ihn irgendein Instinkt, dass er von diesem Moment an sehr vorsichtig sein sollte. Es lag etwas Seltsames in der Luft; ein Geruch, ein Gefühl, das ihn vor drohender Gefahr warnte.

Gobanns Sinne wurden plötzlich von der Nähe dieser fünf Männer überwältigt. In dem ganzen Gebiet, wo die Druiden standen, herrschte ein seltsamer Geruch – kräftig, süß und verführerisch. Der Dichter wurde von dem Duft so angezogen, dass er nicht anders konnte, als seiner Quelle nachzuspüren. Doch hatte er den nagenden Verdacht, dass sein Leben gefährdet war, wenn er nicht höchste Vorsicht walten ließ.

Je schneller und lauter sein Herz in der winzigen Rabenbrust schlug, desto mehr versuchte Gobann sich einzureden, dass dies alles Druiden waren. Sie waren von seiner Art. Von ihnen konnte kein Schaden kommen. Doch jedes Mal, wenn der süße Geruch in seine Richtung trieb, war er so verblüfft, dass er den Atem anhalten wollte. Er war fasziniert von dem Geruch und fühlte sich gegen seinen Willen zu ihm hingezogen. Der Dichter entschied sich, eher dem Pfad größter Vorsicht zu folgen, als seinen neuen, tierischen Instinkten zu vertrauen.

In einem eleganten Sturzflug glitt Gobann näher an die Druiden heran, achtete darauf, dass seine Flügel nicht zu stark flatterten, damit sie nicht durch den Lärm auf ihn aufmerksam wurden. Er war noch immer ein gutes Stück von ihnen entfernt, als zweierlei offensichtlich wurde. Zum einen sprachen die Männer eine schroffe Sprache, die der Dichter nicht sofort erkannte; zum anderen kam der verführerische Duft, den Gobann wahrgenommen hatte, von einem dieser Männer.

Der Dichter entschied, dass es sinnvoll wäre, noch näher heranzufliegen, um das Rätsel zu entwirren. Plötzlich kam ihm der Gedanke in den Sinn, dass diese Männer aus dem nordwestlichen Gallien stammen mochten, da er ihre Sprache nicht verstand. Die Menschen im Baskenland sprachen auf eine Weise, die der Dichter immer als rau und seltsam empfunden hatte. Doch es war ihm ein Rätsel, was fünf baskische Druiden am Rand eines Waldes in Nordbritannien zu suchen hatten.

Ohne große Anstrengung brachte Gobann es zu Stande, etwa vierzig Schritte von der Stelle entfernt auf dem Boden zu landen, wo die Männer ihre Pferde sattelten. Kaum stand er inmitten des verrottenden Laubs, begann er auch schon langsam und möglichst leise auf die Männer zuzugehen, wobei sein Körper bei jedem Schritt unbeholfen von einer Seite zur anderen schwankte. Stand ein Rabe erst einmal auf dem Boden, war all die Grazie und Anmut schnell verschwunden, über die er in der Luft verfügte – das begriff der Dichter bereits nach den ersten Schritten.

Gobann war den Fremden bereits sehr nahe, als er endlich ihre Sprache erkannte, und in diesem Augenblick begriff er auch, was für ein verlockender Geruch das war. Der Mann, der ihm am nächsten stand, drehte sich plötzlich um, sah einen pechschwarzen Aasfresser vor sich und rief ihm ein paar Worte in der Sprache der Sachsen zu. Der Dichter verstand die Sprache nicht sonderlich gut, aber er hatte sie oft genug gehört, so dass er sich erinnerte, wie Sächsisch klang.

Die Entdeckung verwirrte Gobann zutiefst. All diese Männer trugen blaue Druidengewänder nach gälischer Art, aber darunter trugen sie Kettenhemden und Waffen. Zwei von ihnen hielten lange Speere mit eleganten, wie Blätter geformten Spitzen in den Händen. Sie hatten sich als Gälen verkleidet – aber warum sie das getan hatten, konnte der Dichter nicht erkennen.

Der Sachse schritt langsam und ruhig auf Gobann zu und hielt ihm etwas hin, um ihn näher zu sich heranzulocken. Der Fremde konnte schon fast die Hand ausstrecken und ihn berühren, als der Dichter die Quelle des Geruchs sah. Die Arme des Fremden waren bis zu den Ellenbogen mit einer dunkelroten, klebrigen Substanz bedeckt, die von seinen Fingern tropfte.

Blut.

Gobann schrie vor Überraschung auf, als er begriff, was ihm da vor den Schnabel gehalten wurde. Ohne sich umzusehen, schwang er sich entlang eines Pfads, der in den Wald zurückführte, hastig in die Lüfte. Seine Flügel peitschten die Luft, während er weiter und weiter flog, und sein Herz raste vor Entsetzen. Als er an eine Lichtung kam, beschloss er, kurz Pause zu machen und zu verschnaufen. Er kauerte sich in die niedrigen Zweige eines Baumes, überzeugt davon, dass die Sachsen, wenn sie sich entschieden hatten, ihm zu folgen, zu Fuß sicherlich einige Zeit brauchen würden.

Ihm war noch immer übel vom Anblick des mit Blut bedeckten Sachsen, und er streckte die Flügel aus und schüttelte sich. In seinem Rabenkörper steckte eindeutig ein sehr menschlicher Geist. Er zwang sich zur Ruhe, beäugte die Lichtung, um sicherzugehen, dass keine anderen Sachsen da waren, und sah dann in der Mitte der freien Fläche eine große weiße Gestalt im Gras liegen.

Der Geruch des Todes war hier noch viel stärker. Jetzt verstand Gobann, wie der Sachse so viel Blut abbekommen hatte. Es hatte ein Mord stattgefunden.

Ein Teil in ihm – der Aasfresser – sehnte sich danach, einen näheren Blick auf die Leiche zu werfen, denn der Duft des frisch vergossenen Blutes war verlockender als je zuvor. Aber der andere Teil in seinem Innern, der noch immer über menschliche Ängste und Gedanken verfügte, fasste rasch den Entschluss, an diesem Ort nicht länger zu verweilen. Sonst würde er womöglich noch seine Gefangennahme riskieren. Er breitete daher die Flügel aus und stieß sich von den Zweigen ab, flog weiter den Pfad entlang. Er war überzeugt davon, dass er sich nur immer an diesen Pfad halten musste, um früher oder später den Weg zurück ins Lager zu finden, wo Caitlin und ihre Soldaten schliefen.

Gobann folgte dem sich windenden Pfad eine lange Zeit, bis er schließlich zwischen den dicken Baumstämmen ein Licht sah. Instinktiv wusste er, dass dies der Ort war, an dem sein Körper in den Fesseln eines seltsamen Traums lag, während sein Geist in Gestalt eines Raben umherwanderte.

Binnen weniger Augenblicke umrundete er eine Biegung des Pfades – und dann endete das Abenteuer so abrupt, wie es begonnen hatte. Gobann hörte gemurmelte gälische Worte, und auf einmal sah er alles nur noch verschwommen. Schlagartig konnte er seine Flügel kaum mehr heben, so schwer waren sie plötzlich für ihn geworden, und seine Kräfte schwanden rasch. Er konnte nichts gegen diese Beschwerden tun und flog einfach weiter, so gut es ging, bis einer seiner Flügel einen Zweig streifte und ihn dadurch aus dem Gleichgewicht brachte. Er stürzte, doch er kämpfte verzweifelt darum, wieder die Kontrolle über seinen Körper zu erringen. Ein letztes Mal breitete er seine Flügel aus und plumpste dann mit einem dumpfen Geräusch mitten auf dem Pfad in den Staub.

Der Dichter mühte sich noch ein paar Augenblicke länger, seine Glieder zu bewegen, bis er einen Mann sehr nah neben sich stehen sah, der ihn voller Angst anstarrte. Gobann versuchte zu sprechen, wollte dem Krieger versichern, dass er nichts von ihm zu befürchten hatte. Aber der einzige Laut, den er herausbrachte, war ein schwaches Kreischen, das den Krieger dazu brachte, sich rasch wieder zum Feuer in Sicherheit zu begeben.

Gobann musste seine ganze Willenskraft aufbringen, um den Rabenkörper mit den langen, spindeldürren Beinen zum Aufstehen zu bringen, aber erschöpft von der Anstrengung fiel er sofort wieder um. Bevor er es noch einmal versuchen konnte, verschwamm ihm ein letztes Mal alles vor Augen, und er versank in tiefster Schwärze. Gobann lauschte auf seine Atemzüge, die immer mühsamer wurden, aber er konnte nichts tun. Sein Geist kehrte in den Körper des Druidenharfners zurück. Er ließ den Schnabel auf die Erde sinken und den Atem aus seinen Lungen strömen – und dann war da nichts mehr.

Sobald alle Suchtrupps – bis auf einen – wohlbehalten zurückgekehrt waren, ließ Cathal den Kriegsrat in seiner Halle zusammentreten. Murrough ignorierte die Aufforderung. Er gab einem seiner älteren Offiziere die Anweisung, sich um die Übergabe der Gefangenen zu kümmern, und machte sich mit etwas Brot und Wasser zur Mauer auf. Dort setzte er sich nahe der Lücke hin, um auf die Rückkehr von Caitlin und Gobann zu warten, und nutzte die Gelegenheit, eine Weile mit seinen Gedanken allein zu sein.

Aber die Nacht zog sich in die Länge, und noch immer gab es keinen Hinweis auf seine Frau und ihre Gruppe. Schweren Herzens machte Murrough sich mit dem Gedanken vertraut, dass Ia mit ihrer Behauptung wahrscheinlich Recht hatte. Wenn die Gruppe irgendwo tief im Wald lagerte, konnte der König nur hoffen, dass das Ungeheuer, das als die Glastig bekannt war, keine Gefahr für sie darstellte.

Es war schon spät, als Murrough sich schließlich entschloss, Cathals Halle aufzusuchen. Trotz der Sorge um seine Frau hatte er nicht vergessen, wie wichtig es war, dass er keinen der Berichte verpasste, die am heutigen Tag eingegangen waren. Er wusste aus Gesprächen mit Wachen an der Mauer, dass niemand Mawn und Sianan gesehen hatte. Aber er hatte keine Ahnung, ob man irgendwelche Spuren von ihnen gefunden hatte oder ob es Neuigkeiten hinsichtlich der Kriegsvorbereitungen der Sachsen gab. Er stellte einen seiner Krieger zur Wache ab, so dass er sofort Bescheid bekommen würde, wenn Caitlin und Gobann zurückkehrten.

Als Murrough schließlich Cathals Halle betrat, war es schon beinahe Mitternacht. Einige Mitglieder des Kriegsrates hatten sich bereits abseits von der Hauptversammlung hingesetzt und sprachen über Aufgaben, die sie übernommen hatten. Andere hatten sich zum Schlafen zurückgezogen, während drei ältere Männer an einem Tisch bei der Tür noch mit essen und trinken beschäftigt waren. Cathal selbst saß auf einem Stuhl im römischen Stil beim großen Herdfeuer in der Mitte der Halle. Ia stand hinter ihm.

Murrough trat direkt zu seinem Gastgeber und verneigte sich vor ihm, wie es der Höflichkeit entsprach. Aber als er den Blick hob, sah er, dass Cathal ihm einen Becher Met entgegenstreckte. Murrough warf Ia einen besorgten Blick zu. Gemäß der Traditionen konnte nur jemand von gleichem oder höherem Rang ihm – dem König von Munster – etwas zu trinken anbieten. Sollte er die Geste annehmen, würde das bedeuten, dass er Cathals selbst ernannten Status als König des südlichen Dal Araidhe anerkannte.

Ia verdrehte die Augen und warf einen Blick zur Decke, um zu zeigen, dass ihr Anführer offensichtlich eine hohe Meinung von sich hatte – hoch genug zumindest, um das gängige Protokoll zu missachten und Murrough in eine schwierige Lage zu bringen.

Der König von Munster hustete unbehaglich. Wenn er den Becher annahm, konnte dies ein gefährliches Zeichen setzen, denn es würde Cathals Anspruch auf die Königsherrschaft Glaubwürdigkeit verleihen. Schließlich kam Murrough zu dem Schluss, dass eine kurzfristige Beleidigung weniger Schaden anrichten würde als eine langfristige Ehrenbezeugung, die jeder Deutung offen stand. Er beschloss also, den angebotenen Becher so freundlich wie möglich abzulehnen.

»So lange der Aufenthaltsort meiner Frau ungewiss ist, werde ich nichts trinken. Bitte entschuldige«, erklärte Murrough.

Cathal kniff die Augenbrauen zusammen. Sein Gesicht verzog sich zu einem gezwungenen Lächeln. »Ich verstehe deine Besorgnis, König Murrough. Ich bin sicher, dass Caitlin und ihre Krieger morgen wieder zurückkehren. Sie ist eine sehr findige Frau.« Der Anführer deutete auf einen Stuhl rechts von ihm. »Komm und setz dich. Ich werde dir alles erzählen, was wir heute erfahren haben.«

Murrough nahm Platz. Er war erleichtert, dass Cathal sich entschlossen hatte, sich durch seine Weigerung, den Becher anzunehmen, nicht beleidigt zu fühlen. Er ließ den Umhang von den Schultern gleiten, als er sich setzte, und Ia nahm ihn ihm ab, noch ehe der König Einwände erheben konnte. Sie lächelte ihn an, als sie sich den Umhang über den Arm legte. »Erlaube mir, für dich auf ihn aufzupassen, König Murrough.«

Murrough nickte ungeduldig; er spürte, dass hier viel mehr vorging, als er auf den ersten Blick erkennen konnte. Außerdem hatte er das Gefühl, dass er als Außenstehender wenig Aussichten hatte, die vielen Bedeutungsstränge zu entwirren, die seine Gastgeber in ihre Reden und Handlungen woben. Im Gegensatz zu Caitlin oder Gobann war er nicht sonderlich gut darin, verborgene Botschaften zu entziffern.

»Wir glauben, dass deine Königin herausgefunden hat, wo die beiden jungen Druiden sich aufhalten«, erklärte Cathal. »Sie hat am Rande des dunklen Waldes nicht weit von hier Halt gemacht und einen Reiter nach Dun Righ zurückgeschickt, um Fackeln zu holen.«

»Wieso sollte Caitlin an einem so hellen Tag wie diesem Fackeln benötigen?«, fragte Murrough aufrichtig verwundert.

»Vergib mir, ich hätte beinahe vergessen, dass du nicht viel über unser Land weißt. Die Bäume dieses Waldes stehen so dicht, dass kaum Licht in sein Inneres dringt. Unter solchen Bedingungen helfen nur Binsenfackeln. Meine Leute suchen diesen Ort normalerweise nicht auf, und so war es in vielerlei

Hinsicht Glück, dass Caitlin und Gobann in dieser Richtung gesucht haben.«

»Wieso betreten deine Leute diesen Wald nicht?«, fragte Murrough.

»Sie haben eine dumme Angst vor Geistern und Gespenstern, und dann gibt es da eine Geschichte von den Cymru über ein Ungeheuer. Das reicht, um seit Generationen dafür zu sorgen, dass kein Holzfäller seine Axt gegen einen dieser Bäume erhebt. Ich bin davon überzeugt, dass Caitlin und Gobann in Sicherheit sind. Sie müssen die Fährte eurer Druiden gefunden und sich entschieden haben, dass es aus irgendeinem Grund besser ist, die Nacht im Wald zu verbringen. Es gibt keinerlei Hinweise, dass sie den Wald wieder verlassen haben, und ich weiß nur von einem Eingang auf dieser Seite. Der einzige andere mir bekannte Eingang befindet sich in der Nähe von Dun Breteann.«

»Also haben sie Mawn und Sianan gefunden«, sagte der König erleichtert.

»Ich würde es zumindest annehmen«, sagte Cathal beruhigend. »Aber wir haben drängendere Sorgen als zwei junge, verantwortungslose Druiden. Es scheint, als hätten sich die Sachsen nicht weit von hier zusammengerottet und würden sich genau in diesem Augenblick auf einen Angriff auf die Festung vorbereiten. Ich werde dir die Situation kurz erläutern, und dann wäre ich geehrt, wenn wir deine Meinung dazu hören könnten, König Murrough.«

»Ich würde mich freuen, wenn ich dir bei der Verteidigung helfen könnte.«

»Als erstes könntest du mit Deklan von Sankt Ninian sprechen. Sein Gehilfe Isernus hat mir erklärt, dass sie morgen zum Kloster zurückkehren wollen, und nun, da Tatheus und seine Männer zurück sind, sieht es so aus, als wollten die Christen sämtliche Römer mitnehmen.«

»Bischof Patricius hat uns die Römer mit dem erklärten Ziel mitgegeben, bei der Verteidigung von Deklans Kloster zu helfen«, antwortete Murrough rasch, aber höflich; er nahm zu Recht an, dass Cathal wünschte, die Römer würden ihn und seine Männer dabei unterstützen, Dun Righ zu verteidigen. »Sie unterstehen nicht meinem Befehl«, fuhr der König fort. »Caitlin hat die Leitung dieses Unternehmens. Sie könnte den Abt oder Tatheus möglicherweise davon überzeugen, dass sie die Sicherheit der Festung nicht aufgeben sollten, aber die Königin ist nicht hier, und ich fürchte, ich habe keine Möglichkeit, in dieser Angelegenheit etwas zu tun.«

»Das ist doch Wahnsinn!«, platzte Cathal heraus. »Wir brauchen jeden körperlich gesunden Krieger zur Verteidigung dieser Festung. Wenn Dun Righ sicher ist, können wir uns den Schaden ansehen, den Sankt Ninian erlitten hat.«

»Schaden?«, fragte Murrough. »Was für einen Schaden?«

»Vor drei Nächten sind die Sachsen über das Kloster hergefallen. Einer der alten Mönche ist entkommen, und er behauptet, dass die meisten Gebäude niedergebrannt wurden. Erst vor wenigen Augenblicken habe ich traurigerweise erfahren, dass der alte Mönch seinen Verletzungen erlegen ist. Deklan wird ihn vor Anbruch der Dämmerung beerdigen, wie es üblich ist. Der Abt ist ziemlich niedergeschlagen; der Tod seines Bruders hat ihn schwer getroffen.«

»In diesem Fall ist es für Deklan vermutlich besonders wichtig, dass er ins Kloster zurückkehrt. Ich werde mit Tatheus sprechen, aber ich glaube, ich weiß, wie seine Antwort ausfallen wird. Er ist ein Mann, der großen Respekt gegenüber den Befehlen hat, die er bekommt.«

»Sie werden noch keine zweihundert Schritt vom Tor der Festung entfernt sein, dann werden die Wilden sie angreifen und in Stücke hauen!«, versuchte es der Anführer noch einmal.

»Ich fürchte, dass diese Entscheidung trotzdem nicht bei mir liegt. Es tut mir Leid, dass ich in dieser Angelegenheit keine Hilfe bin.«

Cathal biss die Zähne zusammen, um seine Zunge zu beherrschen und seine Enttäuschung zu verbergen, aber Murrough konnte sehen, dass der Mann innerlich wegen des Verlusts der römischen Soldaten kochte.

»Meine Soldaten werden natürlich hier bleiben«, versicherte der König seinem Gastgeber. »Man bräuchte schon eine sehr gut organisierte Streitmacht, um diese Wälle zu stürmen und euch aus der Festung zu vertreiben. Ich habe noch nie von einer sächsischen Bande gehört, die mehr als ein wilder Haufen war, ganz egal, aus wie vielen Kriegern sie auch bestanden hat. Die Sachsen sind rücksichtslos und entschlossen, aber normalerweise undiszipliniert und eigentlich kein Gegner für gälische Krieger. Ich habe sie in der Schlacht von Rathowen gesehen und so spreche ich aus eigener Erfahrung. Sobald ihre Anführer getötet oder verwundet sind, verlieren sie jeden Willen zu kämpfen.«

»Von den Gefangenen, die ihr mitgebracht habt, haben wir erfahren, dass sich weiter oben vierhundert Fremde in der Nähe der Straße sammeln«, grunzte Cathal. »Vierhundert! Ich bete, dass du mit deiner Einschätzung der Sachsen Recht hast, König Murrough, denn obwohl wir ebenso viele Krieger haben und unsere Mauern stark sind, habe ich das Gefühl, dass morgen nicht alles gut gehen wird.«

»Morgen?«, wiederholte Murrough. »Haben die Gefangenen dir gesagt, dass sie morgen angreifen wollen?«

»Nein, das haben sie nicht. Aber ich habe so ein Gefühl«, meinte Cathal. »Das ist alles. Ein Gefühl.«

Der König warf Ia einen Blick zu, die ihn ebenfalls anstarrte, die Augenbrauen hochgezogen. »Wäre es nicht an der Zeit, die Verteidigungsanlagen abzuschreiten?«, schlug sie vor.

Der Anführer warf ihr über die Schulter hinweg einen Blick zu und runzelte die Stirn. »Du hast Recht«, pflichtete er ihr bei. Dann sah er Murrough wieder an. »Ich lade dich ein, mitzukommen und die Verteidigungsmaßnahmen anzusehen, die ich für Aldor und seine Plünderer auf Lager habe.«

»Ja«, erwiderte Murrough. »Ich glaube, das ist eine gute Idee.«

IX

Kurz nach Sonnenaufgang rüttelte Malchedoc Mawn und Sianan wach. Fergus brachte zwei Schälchen mit dickflüssigem Haferbrei, die sie dankbar entgegennahmen.

»Ihr seid zwar vielleicht Verbrecher, aber ich enthalte niemandem meine Gastfreundschaft vor, nicht einmal einem Mörder«, erklärte der Fremde. »Und jetzt esst, damit wir weitergehen können.«

Als sie die Mahlzeit beendet hatten, führte Malchedoc sie zu einer Ecke der Höhle, wo ein großes graues Fell von der Decke hing. Am Eingang lag eine kleine Schultertasche aus gewebtem Schilf, die zum Kräutersammeln benutzt wurde. Sianan dachte an ihre Lehrerin Sila, die selten irgendwohin ging, ohne eine solche Tasche mitzunehmen. Der Fremde schob das Fell beiseite und forderte sie mit einer Handbewegung auf, durch die dahinter gelegene Öffnung zu gehen. Sobald sie im Tunnel waren, nahm er eine Fackel aus einem Eisenständer an der Wand und beleuchtete ihren Weg.

Fergus machte Anstalten, ihnen zu folgen, aber Malchedoc wirbelte herum und hielt ihn zurück. »Bleib hier, Junge«, sagte er mit fester Stimme. »Sag meiner Frau, dass wir zur Versammlung des Baumvolks gegangen sind.«

Die Augen des Jungen weiteten sich und er nickte. Es kam Sianan so vor, als wäre Fergus erleichtert, dass er sie auf diesem Teil der Reise nicht begleiten musste. Schnell wie der Blitz hatte er das Fell wieder beiseite geschoben und war durch den Eingang zurück in den Hauptteil der Höhle verschwunden. Malchedoc lachte ein bisschen in sich hinein, dann gab er einen gutturalen Laut von sich und forderte Mawn und Sianan damit auf, vor ihm herzugehen.

Der Gang war nur etwa vierzig Schritte lang, aber der Boden war sehr uneben. An vielen Stellen tropfte Wasser von der Decke und machte die Steine unter ihren Füßen gefährlich rutschig. Mawn, der nur langsam vorankam, hielt Sianan am Arm, so dass sie beide etwas mehr Halt hatten. Ein Stück vor ihnen knickte der Gang scharf nach rechts ab, Sonnenlicht fiel durch eine schmale Lücke in den Felsen über ihnen. Als sie sich der Biegung näherten, konnten sie das Tosen des Wasserfalls wieder hören.

Der Boden jenseits der Biegung war trocken und eben. Das Sonnenlicht, das in den Gang fiel, war warm und nach dem feuchten Tunnel einladend. Trotzdem spürte Sianan, wie sie ein kalter Schauer überlief. Diese ganze Reise erinnerte sie an die Initiation, der Mawn und sie sich unterzogen hatten, um den Weg der Druiden beschreiten zu dürfen. Dieser Gang unterschied sich nicht sonderlich von dem, der sie in den Hügel der Prüfung geführt hatte, wo sie während des großen Rituals der Initiation eingeschlossen gewesen waren.

Es war ihr vom ersten Augenblick an, da sie in den dunklen Anderswelt-Wald geführt worden waren, klar gewesen, dass um Malchedoc etwas höchst Ungewöhnliches war. Manchmal schien er nichts weiter als ein mürrischer alter Mann zu sein, der es genoss, seine Gefangenen zu schikanieren. Es gab aber auch die seltenen Gelegenheiten, da strahlte er etwas aus, das ihr sehr vertraut war, als hätte sie ihn ihr ganzes Leben lang gekannt. All die außergewöhnlichen Dinge, die sie unterwegs gesehen hatte, hatten in ihr das Gefühl erzeugt, dass sie diesen

Ort nach einer langen Zeit der Abwesenheit erneut aufsuchte, obwohl sie sich nicht erinnern konnte, ob sie Malchedoc bei der Reise in ihrem Geistkörper gesehen hatte. Alles, auf das sie hier stießen, hatte etwas vom großen Ritual der Initiation an sich. Selbst als sie jetzt wieder ins Sonnenlicht traten, hätte dies Teil einer seltsamen, uralten Zeremonie der Druiden sein können.

Malchedoc hatte etwas Unirdisches an sich, doch es gab sehr viel an ihm, das ausgesprochen gewöhnlich war. Seine Haare waren nach Art der Druiden am Vorderkopf kurz geschnitten, obwohl es offensichtlich war, dass er seit einiger Zeit keine Gelegenheit mehr gehabt hatte, sich zu rasieren. Sein Bart war sauber gekämmt, und die langen, sorgfältig abgerundeten Fingernägel seiner linken Hand wiesen ihn als Harfenspieler aus. Dann erinnerte sie sich an die Fürsten der Sidhe, die sie in dieser Halle willkommen geheißen hatten, als sie in ihren Geistkörpern gereist waren. Malchedoc war ihnen sehr ähnlich, dachte sie. Sein Verhalten und seine vorsichtige Art kennzeichneten ihn als erfahrenen, sanften Mann, obwohl er ein Schwert schwang, um seinen Gefangenen zu drohen.

Wieso hielt er es für nötig, sie und Mawn so zu behandeln, als wären sie Verbrecher? Glaubte er, sie würden irgendeine Gefahr für ihn darstellen? Was konnte jemand wie er schon von ihnen beiden befürchten? Und wieso hatte er Mawn und sie selbst nicht ebenfalls als Druiden erkannt?

All diese Fragen gingen Sianan durch den Kopf. Aber am Ende konnte sie sich nur dazu durchringen, Malchedoc eine einzige davon zu stellen. »Wohin bringst du uns?«, fragte sie, als sie den Fuß einer grob aus dem Felsen gehauenen Treppe erreichten, die hinauf ins Licht führte.

»Ich bringe euch an einen Ort, wo ihr die Taten von euresgleichen sehen könnt«, sagte der Fremde mit dröhnender Stimme. Jede Freundlichkeit, die Sianan ihm grundsätzlich zugestand, war jetzt hinter einem wütenden Äußeren verborgen. Mit einem angedeuteten Stoß seines Schwertes forderte er sie auf, die Treppe emporzusteigen.

Am Ende der zehn Stufen befand sich ein zugewachsener Pfad, der offensichtlich wenig benutzt wurde und zurück in den Wald führte. Der Pfad lag an dem Fluss, der sich über die Klippen ergoss. Malchedocs Höhle schien sich in einer natürlichen Höhlung zu befinden, die unter dem Wasserfall lag, und der Gang, den sie gerade entlangmarschiert waren, lag direkt unter dem Fluss.

»Wir müssen nicht weit gehen«, teilte der Fremde ihnen mit. Plötzlich ging er vor ihnen her, erwartete wohl, dass sie ihm folgten. Mawn zuckte die Schultern, als wollte er sagen: »Was sonst können wir tun, als ihm zu folgen?«

Der Pfad führte direkt in den Wald, doch war dieser Teil nicht so dunkel wie der Bereich auf der anderen Seite des Flusses. Schon bald ließen sie den Lärm des Wasserfalls hinter sich. Sie bemerkten beide, dass die Luft stickig wurde und unangenehm roch, als hätte hier seit Generationen kein Windhauch mehr geweht. Der Boden war so trocken, als wäre seit Wochen kein Regen mehr gefallen, und die Bäume wirkten auf groteske Weise knorrig und verschlungen. Am beunruhigendsten war jedoch das Gefühl, dass ein bösartiges unsichtbares Wesen sie aufmerksam beäugte, während sie weitergingen. Manchmal war Sianan sich beinahe sicher, dass die Bäume um sie herum ein Gefühl großen Hasses verströmten.

Mawn war so sehr davon überzeugt, dass jemand sie beobachtete, dass er in der Hoffnung, den Beobachter zu entdecken, hektisch nach links und rechts blickte. Sianan kam es so vor, als verstärkte sich das Gefühl der Vorahnung mit jedem weiteren Schritt. Sie packte die Hand ihres Freundes und hielt sie ganz fest, um sich auf diese Weise zu versichern, dass sie nicht in Gefahr waren.

Ein Stück vor ihnen stand links vom Pfad eine alte Eiche, die dicker und höher war als alle Eichen, die Mawn und Sianan jemals in Eirinn gesehen hatten. Sämtliche Gefühle von Hass und Wut, die dem Wald entströmten, kamen von dem Fleck, wo dieser Baum wuchs, als wäre er das Zentrum eines mächtigen Sturms. Sie gingen rasch an ihm vorbei, da sie den Baum nicht durch ihre Anwesenheit herausfordern wollten.

Sie waren noch keine zehn Schritte von dem ehrwürdigen Baum entfernt, als einer der oberen Äste heruntergedonnert kam. Der dicke Ast krachte durch das untere Blattwerk der umstehenden Bäume und fiel genau dort auf den Pfad, wo sie eben noch gegangen waren. Bei dem Aufprall zerbarst der Ast in winzige Splitter, wirbelte eine Wolke aus Staub und Blättern auf.

Malchedoc blieb stehen, dann rannte er zu der Quelle dieser Störung zurück. Als er begriff, was geschehen war, reckte er die Fackel hoch über den Kopf, um die Situation abzuschätzen. Es dauerte einige Zeit, bis der Staub wieder zu Boden gesunken war; als das schließlich geschehen war, wandte Malchedoc sich an die Eiche. »Sie sind noch nicht verurteilt worden«, protestierte er. »Beherrsche deine Wut, sonst bekommst du es mit mir zu tun.« Und dann ging er davon, ohne sich zu seinen Gefangenen umzudrehen.

Nach weiteren hundert Schritten kam eine Lichtung in Sicht, auf der Bäume in viel größeren Abständen gepflanzt worden waren, so dass sie viel mehr Platz um sich herum hatten. Aber diese hundert Schritte waren die Furcht erregendsten, die Mawn jemals gegangen war. Die ganze Zeit rief der Wald mit einer einzigen Stimme nach ihnen, während die Äste und Zweige hin und her schwankten und knirschten. Unzählige Blätter raschelten im Unterholz und erzeugten ein Geräusch, als würde irgendein gewaltiges Tier sein Gift verspritzen.

Sianan zwang sich, in den Wald zu sehen; sie war fest entschlossen, sich nicht anmerken zu lassen, wie viel Angst ihr das alles machte. Bei einigen älteren Bäumen glaubte sie uralte Gesichter in der Rinde erkennen zu können, deren Augen in wildem Hass brannten. Angesichts dieses Hasses dauerte es nicht lange, und sie gab jeden Versuch auf, ihre Furcht zu verbergen.

Der Rand der Lichtung lag direkt vor ihnen, und Mawn und Sianan hielten sich an den Händen. Die Luft rührte sich kein bisschen, und es war heiß wie in einem Schwitzhaus. Sie näherten sich einem Platz, an dem die Bäume in einem großen Kreis um eine gut gepflegte Wiese standen. Während sie auf das weiche Gras traten, versiegte plötzlich all der Lärm, den der Wald verursachte, als hätte irgendein Anführer der Bäume den Befehl dazu gegeben.

Bestürzt bemerkten die beiden jungen Druiden, dass Hunderte von Vögeln der verschiedensten Arten sich in den Ästen und Zweigen der Bäume am Rande der Lichtung versammelten. Raben, Adler, Seemöwen und Drosseln saßen nebeneinander und beobachteten sie stumm mit tausend Augen. Eulen, Tauben und Krähen, alle so ruhig wie die Erde selbst, voller Bösartigkeit, so reglos und kalt wie Eis. Doch inmitten der Vögel befanden sich auch noch zahllose andere Waldbewohner: Hasen, Kaninchen, Dachse, Otter, Hunde und Hirsche.

Malchedoc wartete in einem Ring aus alten, vom Wetter mitgenommenen Steinen, die den inneren Kreis dieses heiligen Bodens kennzeichneten. Er hielt noch immer die Fackel hoch über sich, und im Lichtschein konnte Sianan erkennen, dass die ganze Wiese einen Durchmesser von etwa siebzig Schritt besaß, obwohl sie viel größer wirkte, weil hier das Sonnenlicht nicht von den dicht stehenden Bäumen abgehalten wurde. Sie konnte deutlich sehen, dass die Steine in dem Kreis mit den Spiralen und Punkten der Alten verziert waren. Wieder einmal wurde sie schroff an ihre eigene Initiation erinnert.

Im sonnenbeschienenen Zentrum des Kreises erhob sich ein einzelner Stein, der sich wie der leblose Stamm einer mächtigen Eiche dem Himmel entgegenreckte. Auf seiner Spitze saß ein riesiger schwarzer Rabe, der größer war als jeder andere, den Mawn oder Sianan zuvor gesehen hatten. Der Vogel erfüllte Mawn mit Ehrfurcht, denn er saß so still auf dem Stein, dass er auch aus ihm herausgehauen hätte sein können.

Malchedoc senkte jetzt die Fackel und löschte die Flammen im Gras. Dann schob er seine Gefangenen stumm zur Säule. Sie waren nur noch wenige Schritte von dem Stein entfernt, als Mawn der schreckliche süßliche Gestank von frischem Blut in die Nase trat. Er hatte seit mehreren Jahren kein Fleisch mehr gegessen und fand den Geruch so unerträglich, dass er sich den Mund zuhalten musste, um nicht zu würgen. Erst dann sah er die riesige Gestalt von der Größe dreier Männer auf der anderen Seite der Lichtung liegen.

Die Leiche war mit dicken Tüchern zugedeckt, und der Stoff hatte einen Großteil des Blutes aufgesaugt. Es war den beiden Druiden sofort klar, dass sie auf den Schauplatz eines beunruhigend gewalttätigen Mordes blickten.

Sianan öffnete den Mund, um etwas zu sagen, aber der Rabe oben auf dem Stein kreischte laut, bevor sie auch nur ein Wort herausbrachte. Alle Blicke wandten sich dem großen schwarzen Vogel zu. Als der Rabe sicher war, dass er die Aufmerksamkeit aller Anwesenden auf sich gezogen hatte, öffnete er seine mächtigen Schwingen und schwebte hinunter auf den Boden, wo er in Reichweite von Mawn und Sianan stehen blieb.

Malchedoc neigte den Kopf vor dem Vogel und legte sich in einer respektvollen Geste die Hand auf die Brust. Dann wandte er sich in einer Sprache an den Raben, die Mawn nicht verstand, obwohl der junge Druide einige cymrische Wörter erkannte. Sianan, die sich mit Sprachen sehr gut auskannte, wusste sofort, dass es sich um einen Dialekt handelte, der in Strath-Clota gesprochen wurde, auch wenn sie selbst die Sprache nicht beherrschte. Dennoch war sie in der Lage, die grundsätzliche Bedeutung dessen, was gesagt wurde, zu erfassen.

»Er heißt den Raben als Königin ihres Volkes willkommen, damit sie über eine ernste Angelegenheit urteilen möge«, flüsterte Sianan Mawn zu.

»Seid still!«, schnappte Malchedoc und fuhr zu ihnen herum. »Die Angelegenheit, um die es hier geht, ist sehr ernst. Es geht um euch und euer Volk. Ich warne euch – strapaziert die Geduld der Waldbewohner nicht zu sehr, sonst werdet ihr ihren Zorn noch zu spüren bekommen.«

Sianan senkte beschämt von den Worten des seltsamen Mannes den Kopf, aber ihr Blick blieb nicht lange auf dem Boden haften. Eine seltsame, krächzende Stimme rief die Versammlung in gebrochenem, aber verständlichem Gälisch zur Ordnung. Sianan blickte auf und erkannte sofort, dass der Rabe gesprochen hatte. Die junge Druidin war verwirrt. Sie hatte viele Geschichten über diese magischen Tiere gehört. Sie hatte auch von ein oder zwei Vögeln gehört, denen beigebracht worden war, Wörter und Sätze in gälischer Sprache zu wiederholen, aber hier sah sie sich zum ersten Mal einem Tier gegenüber, das sich direkt mit Menschen unterhalten konnte.

Sianan war so fasziniert, dass sie den Vogel, der halb so groß wie ein Mensch war und in dessen Augen immer wieder ein unheimlicher Verstand aufblitzte, nur voller Erstaunen ansehen konnte. Es war, als wüsste der alte Vogel irgendwie bereits, was bei dieser bizarren Verhandlung herauskommen würde.

»Diese hier?«, fragte das Tier die Versammlung. »Mörder?«

»Diese Tat wurde von Wesen ihrer Art begangen«, antwortete Malchedoc. »Es waren zweifellos gälische Druiden, die unsere Freundin ermordet haben.«

»Diese hier, Druiden?«, fragte der Rabe in ungläubigem Tonfall.

»Wir sind Druiden«, antwortete Mawn, bevor Malchedoc die Möglichkeit hatte, an seiner Stelle zu antworten. »Wir kommen aus Eirinn, aus den fünf Königreichen.«

»Ihr Mörder?«, drängte der Vogel.

»Wir sind keine Mörder«, mischte Sianan sich ein. »Wir sind zum Waldrand gekommen, um uns eine Gruppe blau gewandeter Männer anzusehen, die in irgendein heiliges Ritual vertieft zu sein schienen. Wir haben angenommen, dass sie Druiden wären. Als wir an der Stelle angekommen sind, an der wir die Fremden gesehen hatten, hat dieser Mann hier – Malchedoc – uns ohne Grund angegriffen. Seither sind wir seine Gefangenen, entgegen den Gesetzen der Gastfreundschaft und ohne Achtung vor unserem Rang.«

Der Rabe starrte Sianan an, zwang sie, ihrerseits in die zwei dunklen Seen zu blicken, die die Augen des Vogels darstellten. Einen Augenblick lang dachte die junge Druidin, dass sie Flammen in der Tiefe der Augen sehen konnte. Dann fing sie eine andere Bewegung darin auf, als hätten die Augen des Raben ein eigenes Leben, als wären sie unabhängig von dem großen Raubvogel. Plötzlich brach der Rabe die Verbindung ab, und Sianan blieb mit dem Gefühl zurück, als hätte der Vogel ihr mitten in die Seele geschaut.

»Diese beiden keine Mörder«, krächzte der Rabe.

»Sie sind vom Volk von Dun Righ«, beharrte Malchedoc; Wut und Enttäuschung ließen ihn die Stimme heben. »Ihr Volk belästigt uns seit drei Generationen, und jetzt bringen sie ihre Bräuche auch noch in diesen Wald! Wie viel müssen wir denn noch ertragen? Sollen wir warten, bis nur noch eine

Hand voll von uns übrig sind, bevor wir ihnen zurückzahlen, was sie uns angetan haben?«

»Wir sind erst vor kurzem aus Eirinn gekommen«, wandte Mawn ein. »Ihr könnt uns nicht für die Taten der Dal Araidhaner verantwortlich machen, die seit drei Generationen hier leben.«

»Ihr seid doch alle gleich«, fauchte Malchedoc. »Ihr nehmt euch, was ihr wollt, ohne die Gefühle meines Volkes zu berücksichtigen. Baum für Baum wird der Wald abgeholzt, damit ihr eure Verteidigungsanlagen errichten könnt. Der Fluss wird von den vielen Leuten verschmutzt, die darin waschen. Die Luft ist voller Rauch von euren Herdfeuern. Das Land wird von euren Kriegern leer gejagt. Eure Straßen zerschneiden Täler, in denen früher nur das Wild hauste. Und jetzt dringt euer Volk auch noch in das Herz unseres Waldes vor, um die Waldbewohner zu ermorden.«

»Diese beiden keine Mörder«, wiederholte der Rabe fest, aber leise.

Malchedoc ballte die Hände zu Fäusten; er bebte vor Wut. Er trat zu der Leiche und griff nach den Tüchern, die sie bedeckten. Als er sich daranmachte sie zurückzuschlagen, schloss Sianan die Augen; sie wollte die blutige Schweinerei nicht sehen. Mawn jedoch musste hinsehen, wie gebannt von dem, was gleich enthüllt werden würde.

Als sie ihren Gefährten nach Luft schnappen hörte, war auch Sianan versucht, die Augen zu öffnen. Aber noch immer konnte sie sich nicht überwinden hinzusehen, und sie blickte stattdessen Malchedoc an, der mit den blutverschmierten Tüchern in der Hand dastand. Als der Fremde bemerkte, dass Sianans Blick auf ihm ruhte, zog er die Tücher weg.

Die Tücher gaben den ganzen Körper preis und ein großer Kopf sackte auf den Boden. Die Augen des Leichnams waren noch immer weit aufgerissen, und einen Augenblick lang konnte Sianan sie nur auf die gleiche Weise anstarren, wie sie die Augen des Raben angestarrt hatte. Sie war so gefangen genommen von dem Blick des toten Geschöpfs, dass es sehr lange dauerte, bis sie begriff, dass sie auf den Kadaver eines wunderschönen weißen Pferdes starrte.

Einige Tage vor dem geplanten Angriff schickte Aldor seine Späher aus, die die Gegend auskundschaften und Informationen über die Stärke der Verteidiger innerhalb der gälischen Festung sammeln sollten. Auch die Krieger, die Murrough und seine Männer gefangen genommen hatten, hatten zu diesen Kundschaftern gehört. Hätte ihr Bericht den Eorl erreicht, wäre ihm vielleicht klar geworden, dass sein Angriff erwartet wurde, denn sie waren näher an Dun Righ herangekommen als alle anderen Kundschafter und hatten einiges von den Aktivitäten gesehen, als die Menschen in der Festung die Verteidigung vorbereiteten.

Andere Sachsen folgten den Suchtrupps, die Sianan und Mawn finden wollten. Der Eorl erfuhr jedoch nie, welche Ziele die Gälen mit diesen Trupps verfolgten; er konnte nur annehmen, dass die Krieger der Dal Araidhaner ausritten, um seine eigene Position auszukundschaften. Offensichtlich plante Cathal einen großen Angriff, und Aldor vermutete, dass es nicht lange dauern würde, ehe die Gälen ihrerseits ihn angriffen. Dies verstärkte die Notwendigkeit, zuerst zuzuschlagen, bevor die Gälen richtig vorbereitet waren.

Eine kleine Gruppe von Männern des Eorl war um den Wald herumgegangen, so weit es ging, nachdem sie beobachtet hatten, wie Caitlin und ihre Krieger ihn betreten hatten. Keiner der Sachsen war allerdings mutig genug, weiter als ein paar hundert Schritte in den Wald vorzudringen. Als die Fremden keinen anderen Eingang oder Ausgang fanden, kehrten sie zu ihrem Lager zurück, ohne auch nur ein bisschen klüger zu sein, was der Grund für den seltsamen Vorstoß sein könnte. Der Anführer des Spähtrupps erklärte dem Eorl, dass der Wald ein heimgesuchter Ort war, an dem es von Dämonen wimmelte. Der Krieger hatte gehört, dass sich normalerweise selbst die Gälen aus Angst vor dem Ungeheuer, das als die Glastig bekannt war, weigerten, den Wald zu betreten.

Trotz der Tatsache, dass er viele Geschichten von alten Sachsenhelden gehört hatte, die auf solche Bestien gestoßen waren, machte Aldor sich öffentlich über seine Kundschafter lustig, als sie von einem Fleisch fressenden drachenähnlichen Wesen sprachen. Tief in seinem Innern jedoch wusste er, dass nur etwas sehr Mächtiges solche Furcht in die Herzen seiner gestählten Krieger säen konnte.

War es möglich, fragte er sich, dass die Gälen weit und breit herumreisten, um ihre Götter für den Kampf gegen ihn zusammenzurufen, wie Tyrbrand es gesagt hatte? Hatte Cathal vielleicht Hoffnung, diese Kreatur, diese Glastig, in den Krieg einbeziehen zu können? Der Gedanke quälte ihn, während er weiter den Angriff vorbereitete. Was war, wenn Tyrbrand Recht mit seiner Forderung hatte, Vorsicht walten zu lassen? Was, wenn sich herausstellte, dass dies tatsächlich der falsche Zeitpunkt war, Dun Righ zu stürmen?

In dieser Nacht fand der Eorl keine Ruhe. Er verbrachte Stunden damit, sich die verschiedensten Möglichkeiten vorzustellen, wie die bevorstehende Schlacht ausgehen könnte. Aldor hatte es nur halb ernst gemeint, als er dem heiligen Mann erklärt hatte, dass der Gott Saxnot ihn persönlich besuchen müsste, um ihn von dem Angriff abzuhalten. Aber es kamen keine Götter zu Aldors Zelt, während er wach in seinem Bett lag. Jedes Mal, wenn er draußen ein Geräusch hörte, sprang er auf, um nachzusehen, was es war. Er begann sich zu fragen, ob Saxnot wirklich die Macht hatte, die Tyrbrand ihm zuschrieb. Was, wenn der Gott der Gesetze sich weigerte, ihm zu helfen? Sollte er die Opferung des weißen Pferdes befehlen, das der heilige Mann ihm gebracht hatte?

Aldor wurde so sehr von Zweifeln geplagt, dass er zu glauben begann, seine Kampfstrategie würde fehlschlagen. Mitten in der Nacht wurde er plötzlich von seiner Unruhe überwältigt und beschloss, zur Festung zu reiten und sich die Verteidigungsanlagen von Dun Righ noch einmal anzusehen.

Im Schutz der Dunkelheit kam der Eorl bis auf Steinwurfweite an die feindlichen Mauern heran, aber er nahm sich nicht die Zeit, mit einem seiner Soldaten zu sprechen, die unterwegs in Stellung gegangen waren. Überzeugt, dass hier alles in Ordnung war, blieb er nur kurze Zeit bei den vordersten Kundschaftern, ehe er sich umdrehte, um zum Lager zurückzureiten.

Auf dem Weg zurück begriff der Eorl, dass er bis auf einen einzigen Leibwächter vollkommen allein ritt. Plötzlich war er über seine eigene Dummheit erschüttert. So verhielt sich kein erfolgreicher Kriegsführer, das wusste er nur zu genau. Er war so abgelenkt gewesen, dass er seine eigene Sicherheit sträflich vernachlässigt hatte. Wenn er wirklich Hoffnung auf einen Sieg am Morgen haben wollte, würde er sich stärker zusammenreißen und auf die vor ihm liegende Herausforderung konzentrieren müssen.

Als er schließlich wieder das Lager erreichte, hatte er alle Zweifel abgeschüttelt, die ihn zuvor gequält hatten. Er hatte beschlossen, dass er am Morgen den Sieg davontragen würde, mit oder ohne Hilfe der Götter.

»Sie haben mir noch nie in einem Kampf beigestanden oder ihre Anwesenheit kundgetan«, sagte er laut, als er wieder in seinem Zelt war. Er setzte sich hin und nahm einen großen Schluck Bier, um sich zu entspannen. »Wieso sollte ich glauben, dass die Götter sich jetzt plötzlich, nach all diesen Jahren, für mich interessieren? Alle Schlachten, die ich gewonnen habe, habe ich einzig und allein auf Grund meines Verstandes und meiner Fähigkeiten als Heerführer gewonnen. Ich brauche keine Geistwesen, die mir helfen.«

Als Tyrbrand dann kam, um Aldor zu bitten, den Angriff noch einmal zu überdenken, war der Eorl voll und ganz davon überzeugt, dass er unbesiegbar war, so lange er an seiner Strategie festhielt.

»Hast du all das bedacht, was ich dir gesagt habe?«, fragte Tyrbrand.

Aldor ließ ein kleines Lächeln über sein Gesicht spielen, aber es war ein Lächeln voller Verachtung und Feindseligkeit. »Ich habe beschlossen, dass der Angriff im Morgengrauen stattfinden wird«, verkündete der Eorl.

»Ich habe Wochen damit verbracht, unterschwellig Zwietracht zwischen den Gälen zu säen, ich habe ihre Gewohnheiten erforscht und ihre Bräuche beobachtet«, sagte Tyrbrand ruhig; er versuchte noch einmal, seinen Herrn zur Vernunft zu bringen. »Ich und ein paar deiner loyalen Krieger haben unser Leben riskiert, indem wir unsere Opfer so nah bei den Befestigungen der Feinde durchgeführt haben, noch dazu in der Verkleidung der heiligen Männer und Frauen der Dal Araidhaner, damit ein Verdacht, hätten sie uns bemerkt, auf jene gefallen wäre, die auf ihre Gesellschaft den größten Einfluss haben. Ich habe sogar mit dem Anführer der Festung persönlich gesprochen, wenn er auch keine Ahnung davon hatte, dass ich etwas anderes als ein blinder Bettler ohne Clan war, dem angesichts seiner Behinderung niemand hilft.«

Aldor hustete abweisend, offensichtlich unbeeindruckt. »Und das soll unseren Kriegern helfen, die Festung zu erobern, wenn es so weit ist? Das glaube ich nicht.«

»Ich habe viele Tage damit verbracht, die Hilfe der Waldgeschöpfe zu gewinnen; besonders die der Raben.«

»Was redest du da?«, fauchte der Eorl. »Werden sich jetzt auch Vögel meiner Kriegstruppe anschließen?«

»Sie sind die starken Geister in diesem Land«, warnte ihn der heilige Mann. »Du darfst nicht schlecht über sie sprechen, denn sie sind sehr mächtig. Die Gälen verehren die Raben ebenfalls, wenn auch nicht als Diener von Tyr, aber einige Stämme der schwarzen Vögel hegen seit langem einen Groll gegenüber den Dal Araidhanern und könnten überredet werden, sich auf unsere Seite zu stellen.«

»Bist du verrückt?«, rief Aldor. »Ich habe mit diesen Aasfressern nichts zu schaffen. Was für eine Hilfe könnten sie schon sein?«

»Du musst geduldig sein«, sagte Tyrbrand warnend, ohne weiter auf die Frage des Eorl einzugehen. »Die Zeit ist noch nicht reif für einen Angriff. Wenn wir bis zum Winter warten, wird der Feind unvorbereitet sein.«

»Bis zum Winter!«, echote der Eorl ungläubig. »Du hast meine Erlaubnis, das zu tun, aber die übrigen Krieger werden morgen in die Schlacht ziehen. Wenn du den Mut hast, dich an dem Angriff zu beteiligen, ist dein starker Arm sehr willkommen.«

»Viele Männer werden sterben«, prophezeite Tyrbrand halsstarrig. Der heilige Mann war offensichtlich überrascht über die Entscheidung des Eorl.

»Wenn du mich nicht sofort allein lässt, wirst du der Erste sein, der stirbt«, kam Aldors wütende Antwort.

Tyrbrand verbeugte sich tief und zog sich zurück; es war im Augenblick anscheinend unmöglich, seinen Herrn zur Vernunft zu bringen. Der Eorl hatte einen schrecklichen Fehler gemacht, aber Tyrbrand sagte sich, dass ein Narr manchmal nur lernen konnte, wenn er für seine Dummheit bestraft wurde. Saxnot, der Gott des Krieges, würde gezwungen sein, Aldor durch eine besonders harte Vorgehensweise zum Gehorsam zu zwingen.

»Wenn die Sonne aufgeht, werde ich dich wecken«, bot Tyrbrand an, während er durch die Zeltklappe verschwand.

»Wenn du nicht vorsichtig bist, könnte ich vielleicht derjenige sein, der dich weckt, und zwar mit meinem Schwert an deiner Kehle«, fauchte der Eorl.

Aber der heilige Mann war bereits verschwunden, und Aldor, der allein zurückblieb, verfluchte seine eigene Dummheit; wie hatte er nur zulassen können, dass dieser Mann ihm Angst eingejagt und so viel Einfluss auf seine Plünderer gewonnen hatte? Eine Weile hatten Tyrbrands fantastische Geschichten über die Götter ihn so sehr von der bevorstehenden Aufgabe abgelenkt, dass er sich selbst in Gefahr gebracht hatte. Als er das erkannte, wurde Aldor noch entschlossener, sich seine Pläne nicht von dem heiligen Mann zerstören zu lassen.

Der Eorl verbrachte den Rest der Nacht damit, sich die örtlichen Verhältnisse um die Festung herum in Erinnerung zu rufen. Er zeichnete Karten der Verteidigungsanlagen, die er gerade besichtigt hatte, auf den Boden und ging jeden denkbaren Gegenangriff durch, den Cathal unternehmen konnte. Als er schließlich einen Weg gefunden hatte, erfolgreich die Wälle zu durchbrechen, war es an der Zeit, die Rüstung anzulegen und sich zum Schlachtfeld zu begeben.

Aldor hätte eigentlich völlig erschöpft und fast schon dem Zusammenbruch nahe sein müssen, aber er verspürte nicht die leiseste Müdigkeit. Ganz im Gegenteil bemerkte er, dass sich mehr und mehr jener besonderen Hochstimmung bei ihm einstellte, die ihn stets in der Schlacht erfüllte. Dies, so wusste er, war das Geheimnis seiner Furchtlosigkeit beim Kampf. Wenn Aldor von der Kampfeswut übermannt wurde, war er unbesiegbar und nicht mehr aufzuhalten. Wenn dieser wilde Zorn in ihm tobte, war es, als würde er sich außerhalb seines Körpers befinden und die Kämpfe beobachten, die rings um ihn herum stattfanden. Diese Gabe hatte ihm häufig geholfen, eine unerwartete Attacke abzuwehren. Sie war auch die Grundlage seines bemerkenswerten Rufes für verheerende Taktiken im Eifer des Gefechts.

Der Eorl hatte bereits in voller Rüstung sein neues weißes Pferd bestiegen, als Tyrbrand in seiner eigenen, eher schlichten Lederrüstung auftauchte. Wie es bei seinesgleichen üblich war, hatte er sich eine leuchtend rote Wollmütze aufgesetzt, die ihm bis über die Ohren reichte. Dadurch war er für alle leicht zu erkennen, denn keiner der Sachsen trug gewöhnlich diese Farbe. Auf der Schulter trug Tyrbrand die schwere Streitaxt mit der breiten Klinge, für die er bekannt war.

»Ich war der Ansicht, du hättest mir von einem Kampf abgeraten?«, bemerkte Aldor, offensichtlich verwirrt, als er den heiligen Mann sah. »Wieso machst du dich jetzt zur Schlacht bereit?«

»Die Götter haben mir gesagt, dass ich dir treu dienen soll«, antwortete Tyrbrand ruhig. »Da du so entschlossen bist, gegen ihren Rat in die Schlacht zu ziehen, besteht der beste Dienst, den ich dir heute erweisen kann, darin, deinen Leichnam vom Schlachtfeld fortzuschaffen. Und um das zu tun, muss ich so gekleidet sein, dass ich ihn gegen die blutdürstigen Gälen verteidigen kann. Ich habe gehört, dass sie ihre Feinde im Krieg köpfen und die getrockneten Schädel als Trophäen über ihre Herdfeuer hängen.«

Aldor konnte seine Wut kaum noch im Zaum halten. »Deine Götter haben dir aber anscheinend nicht gesagt, dass deine Beleidigungen dich das Leben kosten können«, schnappte er; mittlerweile hasste er den Mann aufrichtig. »Wenn du das nächste Mal zu den Göttern sprichst, sage ihnen, dass ich Beleidigungen von deinesgleichen nicht dulde, Tyrbrand. Überbringe den Geistern meine Hochachtung, aber sage ihnen auch, dass ich zu dem Festmahl in Walhall erscheinen werde, wenn ich dazu bereit bin. Ich tue niemals etwas, nur weil ein anderer Mann es will, und ich werde ganz sicher nicht tun, was irgendein Gott will, wie mächtig er auch zu sein behauptet.«

Tyrbrand ließ seine Axt auf den Boden sinken und hielt seinen Wanderstab vor sich. Dann senkte er den Blick, um die Gefahr abzuwenden, die der Eorl mit seinen unbesonnenen Worten heraufbeschwor.

Dieses Verhalten machte den Kriegsführer so wütend, dass er sein Schwert zog, um Tyrbrand niederzuhauen, obwohl der völlig wehrlos war. Doch bevor er das konnte, hob der heilige Mann den Kopf und deutete mit seinem Stab auf das Pferd, auf dem der Eorl saß. Das Tier wieherte schrill vor Angst, und Aldor wäre beinahe abgeworfen worden.

»Dieses Pferd war als Opfer für den großen Gott Saxnot gedacht«, zischte Tyrbrand. »Und du besitzt den Hochmut, auf ihm in die Schlacht zu reiten. Sei vorsichtig, Eorl Aldor, sonst ändern die Götter ihre Meinung darüber, ob sie dich heute ehrenhaft sterben lassen. Verärgere sie nicht, sonst wirst du möglicherweise feststellen, dass deine Wunden nicht ausreichen, um daran zu sterben. Saxnot wird dich nicht in Walhall einlassen, wenn du ihn beleidigst.«

Aldor steckte sein Schwert wortlos wieder in die Scheide und gab seinem Pferd die Sporen, um sich an die Spitze der Marschkolonne zu begeben. Die Fußsoldaten waren versammelt und warteten darauf, den kurzen Marsch nach Dun Righ beginnen zu können. Aus Ehrerbietung gegenüber seinem Herrn ließ sich Tyrbrand ans hintere Ende der Kolonne zurückfallen.

Die Sachsen marschierten rasch zur Festung und nahmen ihre Positionen ein, während die Morgendämmerung allmählich näherrückte. Etwa fünfhundert Schritt von der Öffnung entfernt, die die Gälen als Haupteingang benutzten, machte das sächsische Heer im Schutz eines Hügels Halt. Vielleicht gelang es den Kriegern, so ruhig zu bleiben, weil nur wenige von ihnen jemals so nah an die Festung herangekommen waren; selbst das Klirren ihrer Rüstungen klang sehr gedämpft.

Dies war nicht die Art, wie die Sachsen sonst kämpften. Obwohl die Plünderer für ihre Fähigkeiten bekannt waren, einen Hinterhalt zu legen, zogen sie es noch immer vor, ihre Feinde direkt herauszufordern, sie mit Gebrüll und Liedern und damit, dass sie mit ihren Waffen auf die Schilde trommelten, in Angst und Schrecken zu versetzen. Die Gälen gaben ihnen jedoch nur selten die Gelegenheit, dies zu tun, denn sie griffen meist unverzüglich an, sobald die Sachsen das Schlachtfeld erreicht hatten. Aldor war zu dem Schluss gekommen, dass ein Überraschungsangriff die beste Möglichkeit wäre, die Verteidigungswälle zu erklimmen.

Die Wälle waren zwar eigentlich nicht sehr hoch, aber auf ihrer gesamten Länge mit Speerwerfern und Bogenschützen bemannt, die sich binnen kürzester Zeit überall hinwenden konnten. Es gab nur eine einzige Stelle, an der die Präsenz der Verteidiger etwas schwächer war, und das war bei der Öffnung, denn dort hatten die Gälen nicht genügend Platz, um ihre Leute vernünftig in Stellung zu bringen. Der Eorl ging davon aus, dass die Feinde den Wall nicht lange würden halten können, wenn es ihm gelang, fünfzig Männer durch das Tor und in den Rücken der Bogenschützen der Dal Araidhaner zu bringen. Dann wäre es ein Leichtes, die Gälen zurück zum inneren Wall zu treiben.

Obwohl das Tor zur inneren Festung wahrscheinlich offen stehen würde, um den Gälen den Rückzug zu ermöglichen, rechnete Aldor mit schweren Verlusten, sobald seine Krieger die äußere Verteidigungslinie durchbrochen hatten. Die Dal Araidhaner würden seinen Soldaten vermutlich alles, was sie hatten, entgegenwerfen, um sie zurückzutreiben, und wenn die Sachsen und Angeln erst einmal schwankten, würden sie weggeschwemmt werden wie Treibholz in der Brandung. Dennoch war der Eorl sicher, dass die innere Mauer unter ihrem Ansturm fallen würde, wenn er seine Soldaten zu einem stetigen, entschlossenen Angriff ermutigen konnte.

Aldor blickte die Reihen seiner Männer entlang, die hinter dem Hügel kauerten. Er hatte seine Streitmacht in drei Wellen eingeteilt, die nacheinander angreifen würden. Selbst wenn die Gälen der ersten Reihe schwere Verluste zufügen sollten, würde auf diese Weise die zweite in der Lage sein, einen anderen Teil der Verteidigungsanlage anzugreifen. Als Folge davon würden die Bogenschützen der Dal Araidhaner sich verteilen müssen, und das würde die Verteidiger spürbar schwächen.

Die Plünderer des Eorl trugen lange Kettenhemden, die aus Hunderten von kleinen, miteinander verflochtenen Eisenschlingen bestanden, die die Wucht eines Schwert- oder Axthiebs mildern sollten. War der Hieb allerdings zu heftig, konnten die Eisenschlingen dem Körper, den sie eigentlich schützen sollten, auch allerhand Schaden zufügen. Das Kettenhemd konnte auch keinen Pfeil mit Eisenspitze aufhalten, denn der würde einfach durch die winzigen Lücken hindurchgleiten und die Schlingen auseinander reißen.

Unter dem Kettenhemd trugen die meisten Sachsen ein Lederwams, das verhinderte, dass die Eisenglieder direkt auf ihrer Haut scheuerten, und die Wucht der Hiebe dämpfte. An der Seite trugen die Männer ihre bevorzugten Waffen – scharf geschliffene, einschneidige Schwerter, langstielige Äxte oder Knüppel und Speere mit schmalen gezackten Spitzen. Unter den vierhundertfünfzig Männern, die sich heute Morgen versammelt hatten, waren etwa einhundert, die mit dem kurzen Jagdbogen der Sachsen ebenso gut umgehen konnten wie mit der Axt oder dem Schwert.

Sämtliche Bogenschützen hatten ungefärbte Wollkappen aufgesetzt, die ihre Sicht nicht behinderten. Die meisten anderen Soldaten trugen einen konischen eisernen Helm über einer Lederkappe, um ihren Kopf im Nahkampf zu schützen. Die Helme verfügten alle über ein schmales Stück aus gehämmertem Eisen, das sich vom Stirnteil zum Schutz über Nase und Mund herabzog. Die Schilde bestanden aus grob behauenem Holz, das von einer eisernen Umhüllung zusammengehalten wurde, die zum größten Teil im feuchten Klima Nordbritanniens zu rosten begonnen hatte. Nur ein paar Krieger trugen irgendetwas bei sich, das wertvoller war als ihre Rüstung und ihre Waffen.

Zwei von Aldors Sachsen besaßen lange Messinghörner, die sie bliesen, wenn sie in die Schlacht stürmten oder wenn der Eorl einen Feind verspotten wollte. Diese wunderbaren Instrumente waren meist von britischer oder gälischer Machart und bei Plünderungen mitgenommen oder den Leichen ihrer Feinde gestohlen worden. Keiner der Sachsen konnte dem Instrument mehr als nur einen einzigen Ton entlocken, auch wenn sie alle gehört hatten, wie die Trompeter der Gälen richtige Melodien darauf spielten.

Nur fünfzehn Krieger hatten Pferde, und die waren auch noch unterernährt und erschöpft. Die Reiter gehörten zu den wohlhabenderen Plünderern. Nur die wenigsten Pferde hatten Sättel oder Zaumzeug, denn sie waren von Bauern gestohlen worden, die sich diesen Luxus nicht hatten leisten können. Ihre Besitzer machten jetzt aus dem, was sie hatten, das Bestmögliche, aber Sachsen ritten ohnehin nur selten in eine Schlacht. Pferde galten als hervorragend, wenn es darum ging, Soldaten zu einem Schlachtfeld zu bringen oder den Kriegern die Mühe zu ersparen, ihre Rüstung und ihre Waffen tragen zu müssen. Niemand in Aldors Truppe jedoch hätte daran gedacht, auf einem Pferd in die Schlacht zu reiten. Ihr Herr hätte dies als einen Akt der Feigheit betrachtet.

Wie immer würde Aldor selbst den Angriff zu Fuß und mit gezogenem Schwert anführen. An seiner Seite würde sein Banner mit dem schwarzen Raben vor einem leuchtend blauen Hintergrund wehen, getragen von einem der jüngeren Männer der Truppe. Die Standarte diente im Falle eines großen Durcheinanders oder einer wilden Flucht auch als Sammelpunkt für die Männer, und sie besagte außerdem klar und deutlich, dass der Eorl noch am Leben war und alles noch unter Kontrolle hatte.

Die meisten gewöhnlichen Soldaten in seinem Heer waren an diesem Tag Angeln, die man leicht erkennen konnte, weil sie es vorzogen, blau gefärbte Stoffe zu tragen. Blau galt bei diesem Stamm als heilige Farbe. Sie glaubten daran, dass sie eher zum Weiterleben in Walhall eingelassen wurden, wenn sie im Augenblick ihres Todes Blau trugen.

Ihre Rüstungen waren spärlich, bestanden zumeist nur aus einem verrosteten Eisenhelm, um den Kopf zu schützen, und einem großen Rundschild aus Eichenholzstücken, die mit Lederstreifen zusammengebunden waren. Viele Angeln trugen lange Speere mit blattähnlichen Klingen, die nicht zum Werfen gedacht waren, sondern dazu, den Feind im Nahkampf damit aufzuspießen.

Nur ein paar trugen eine Rüstung am Körper, denn so etwas war in den Landen der Centi sehr teuer. Es gab zwei Arten von Rüstungen: Kettenhemden, die aus Hunderten von miteinander verbundenen Eisenringen bestanden, ungleichmäßig verrostet und vom Wetter braun geworden, und Lederrüstungen. Letztere reichten aus, wenn es darum ging, eine Speerspitze oder einen Schwerthieb aufzufangen, waren aber gegen eiserne Pfeilspitzen oder Äxte kaum von großem Nutzen. Was den Angeln jedoch an Waffen und Ausrüstung fehlte, machten sie mit Grausamkeit und Wildheit wieder wett.

Die Sachsen, die ein weit praktischer denkendes Volk als die Angeln waren, hatten keine besondere Vorliebe, was die Farbe der Kleidung betraf, mit der sie in den Kampf zogen. Sie neigten dazu, das anzuziehen, was gerade greifbar war, je wärmer und schwerer desto besser.

Einige Männer des Eorl hatten sich angewöhnt, die bunt karierte, gewebte Kleidung der Gälen zu tragen, denn sie ließ sich leicht beschaffen und überdauerte mehrere Jahre. Das ließ die Sachsen seltsam wirken, wie ganz besondere Mischlinge: nicht ganz sächsisch und nicht ganz gälisch.

Als die Sonne das Land in ein graues, von Nebelschwaden durchzogenes Dämmerlicht tauchte, schritt Aldor die Reihen seiner Männer entlang, sagte zu ihnen ein paar aufmunternde Worte und versprach ihnen gute Anteile an der Kriegsbeute; so ganz hatte er das Gefühl der Unsicherheit, das ihn in der vorangegangenen Nacht beschlichen hatte, noch nicht abschütteln können. Allerdings waren seine Männer sehr zuversichtlich, wie der Eorl bemerkte, und das heiterte ihn spürbar auf. Aldor hatte den Ruf, jeden Kampf zu gewinnen, den er aufnahm. Er hatte noch nie eine Schlacht verloren. Er versuchte sich einzureden, dass alles gut werden würde.

Der Nachthimmel wurde blasser, als die Sonne sich daranmachte, über den Horizont zu klettern. Aldor warf einen letzten Blick auf seine Krieger und wollte schon gerade den Befehl zum Vormarsch geben, als ein Kundschafter mit einem Bericht auf ihn zugerannt kam.

»Auf der Brustwehr ist gerade Wachwechsel!«, brachte der Mann keuchend hervor.

»Sie sind früh dran. Sie wechseln gewöhnlich erst eine ganze Weile nach der Morgendämmerung«, zischte der Eorl; er wusste, dass der Erfolg des Angriffs davon abhing, dass seine Männer die Öffnung erreichten, bevor die ausgeruhten Soldaten der neuen Wachschicht die Möglichkeit hatten, ihre Positionen am äußeren Wall einzunehmen. Aldor hatte damit gerechnet, sie innerhalb der inneren Verteidigungsanlage einschließen zu können, während seine Krieger sich mit den müden Nachtwachen herumschlugen.

»Sollen wir immer noch angreifen?«, fragte der Kundschafter.

Aldor blickte die Reihe auf und ab, als läge die Lösung dieses Problems irgendwo zwischen den wartenden Plünderern verborgen. Der Bericht des Kundschafters hatte sich in Windeseile im ganzen Heer herumgesprochen. Dies waren keine Männer, die kämpften, um ihre Heime und ihre Familien zu verteidigen. Dies waren Plünderer, die auf leichte Beute aus waren; es gefiel ihnen nicht sonderlich, Risiken einzugehen.

Wenn er jetzt zauderte, konnte er sicher sein, dass die Angeln beginnen würden, das Feld zu verlassen, nicht willens, sich mit ihm auf Gedeih und Verderb zusammenzutun. Wenn sie abzogen, würden seine eigenen Männer ihnen sicherlich folgen, und dann wäre mehr als nur eine Schlacht verloren – seine Position als Kriegsführer wäre in Gefahr.

Doch was konnte er anderes tun, als sich umzudrehen und nach Hause zu gehen? Die neuen Wachen auf der Mauer würden frisch und ausgeruht sein. Die meisten Männer seines Heers hatten seit gestern nicht mehr geschlafen. Und sie mussten noch fünfhundert Schritte über offenes Gelände hinter sich bringen, bevor sie ihren Gegner erreichten. Die meisten würden müde sein, bevor sie auch nur die Chance hatten, einen Hieb auszuteilen. Die Gälen dagegen würden sich nicht rühren müssen, ehe ihre Feinde nicht in Bogenschussweite waren.

Der Eorl ließ den Blick erneut über die Reihen seiner Krieger schweifen, sah dann zur Straße. An hinterster Stelle stand ein Krieger mit einer roten Wollkappe und lehnte sich auf einen Stab. Tyrbrand. Plötzlich wusste der Eorl, wie die Gälen rechtzeitig genug von diesem Angriff erfahren hatten, um den Wachwechsel verändern zu können. Nur Tyrbrand wusste genau, was geplant gewesen war, und von all seinen Kriegern hatte nur der heilige Mann Zeit bei den Gälen verbracht.

Der Eorl vermutete, dass Tyrbrand die Chancen der Sachsen bewusst verringert hatte, weil er hoffte, Aldor so dazu bringen zu können, auf den Kampf zu verzichten. Nur so hatten die Gälen wissen können, dass sie ihre Wachen gerade zu diesem Zeitpunkt wechseln mussten. Aldor kam zu dem Schluss, dass der heilige Mann trotz all seines Geredes über Loyalität ein Verräter war.

Diese Erkenntnis machte Aldor sehr wütend. Er zog sein Schwert und begann, auf Tyrbrand zuzustapfen. Er war jedoch noch keine zehn Schritte gegangen, als ihm eine brillante Idee kam und alle anderen Gedanken sich rasch verflüchtigten.

Die Straße.

Die Straße zur Festung wurde von den Bäumen gut abgeschirmt. Wenn seine Krieger der Straße folgten, würden sie nicht gesehen werden, ehe es für die Gälen zu spät war. Statt fünfhundert Schritte zurücklegen zu müssen und dabei den feindlichen Pfeilen ausgesetzt zu sein, waren es dann lediglich vierzig Schritte zwischen den letzten Bäumen und der äußeren Mauer. Und wenn Tyrbrand die Gälen tatsächlich über Aldors Plan unterrichtet hatte, würden sie aus dieser Richtung keinen Angriff erwarten.

Aldor drehte sich um und gab dem Mann neben sich einen Befehl, der rasch in beide Richtungen an die anderen Krieger weitergegeben wurde. Ein paar Männer hängten sich ihre Schilde über die Schulter, schüttelten mit dem Kopf und verließen die Truppe, aber es war nur eine Hand voll. Erleichtert erkannte der Eorl, dass er noch immer die Unterstützung der meisten Männer besaß.

Aldor war davon überzeugt, dass er Tyrbrand überlistet hatte, und er wandte sich nach dem heiligen Mann um, denn er hatte immer noch vor, ihn wegen seines Verrats zu schelten. Doch bei dem Anblick, der sich ihm bot, fiel ihm die Kinnlade herunter: Neben dem heiligen Mann stand ein Krieger in voller schwarzer Kettenrüstung mit einem strahlend weißen Pferd an seiner Seite.

Der fremde Krieger blickte Aldor direkt an, dann stieg er auf sein Schlachtross und galoppierte auf das Feld. Kaum befand er sich vor den Soldaten des Eorl, riss der Fremde sein Pferd herum und hob herausfordernd seine mächtige Streitaxt. Er schwang die schwere Waffe über dem Kopf, als wäre sie ein Kinderspielzeug. Dann lenkte er sein Pferd auf Aldor zu, wurde von Augenblick zu Augenblick schneller.

Das Gesicht des Kriegers wurde vollkommen von dem Nasenstück seines Helms und einer Lederkapuze verdeckt, die unter seiner Kopfbedeckung hervorschaute, so dass der Eorl keine Ahnung hatte, wer der Mann war. Gerade, als er dachte, der Fremde würde ihn niederreiten, brachte dieser sein Pferd keine vier Schritte vor dem Kriegsführer zum Halt.

Aldor fragte sich, ob dies vielleicht der Gott namens Saxnot sein konnte, der gekommen war, um ihn nach Walhall zu bringen oder ihn vor der Schlacht zu warnen. Oder konnte es einer der anderen alten Götter sein, die Tyrbrand gerufen hatte, um ihm zu drohen? Der Eorl rührte sich nicht, blieb trotz seiner Unsicherheit widerspenstig stehen, und schließlich ließ der schwarze Reiter die Axt sinken. Dann zog er sein Pferd herum und ritt im Trab auf die Festung zu. Binnen weniger Augenblicke hatte er die Hügelkuppe überquert und war aus Aldors Blickfeld verschwunden.

Der Eorl war fest entschlossen, seine Männer nicht sehen zu

lassen, welch grundlegendes Entsetzen er verspürte. Er reckte sein Schwert hoch in die Luft und deutete auf die Straße. Langsam setzten sich die Krieger, wie ihnen befohlen worden war, in Bewegung. Während sie an ihm vorbeizogen, wurde dem Eorl allmählich klar – und dabei überlief ihn ein kalter Schauder –, dass niemand außer ihm und vielleicht noch Tyrbrand die seltsame Erscheinung gesehen hatte. Dies vor allem überzeugte ihn davon, dass Saxnot gekommen war, um seine Unzufriedenheit kundzutun. Aldor spürte jetzt, dass der Angriff zum Scheitern verurteilt war, aber er konnte seine Entscheidung nicht rückgängig machen. Er war zu stolz, um zuzugeben, dass Tyrbrand Recht gehabt hatte. Lieber wollte er in der Schlacht sterben, als zuzulassen, dass seine Männer glaubten, er wäre ein willensschwacher Mann.

X

Während Aldors Heer sich hinter dem Hügel sammelte, traf Deklan, der Abt von Sankt Ninian, die letzten Vorbereitungen, um zu seiner eigenen Gemeinde weit im Süden von Strath-Clota aufbrechen zu können. In den Stunden vor der Morgendämmerung hatte er die Beerdigungsriten für Bruder Kilian durchgeführt und unter freiem Himmel eine Messe gehalten, wie es sein alter Freund Origen von Alexandria getan hätte. Danach hatte er für die Seele des alten Mönchs gebetet. Er hatte ein paar persönliche Bitten hinzugefügt und darum gebeten, dass Christus ihn als Abt leiten und seine Reise nach Sankt Ninian schützen möge.

Als er zum Ende kam, versammelten sich bereits die Kühe um ihn herum. Cathal hatte sich geweigert, einen anderen Platz für ein Grab zur Verfügung zu stellen, und so war der Mönch auf der Kuhweide am Rand des Hügels beerdigt worden. Bruder Kilians letzte Ruhestätte war durch nichts weiter als ein schlichtes Holzkreuz, das mit Lederstreifen zusammengebunden war, gekennzeichnet.

Nachdem Deklan sich verabschiedet hatte, kehrte er zu dem Haus zurück, in dem er und Isernus als Gäste gewohnt hatten. Dort packte er all seine Wertsachen zusammen: den tragbaren Altar, seine handgeschriebenen Evangelien, die Kleider, die ein Geschenk von Patricius Sucatus gewesen waren, und schließlich noch das versilberte Kreuz, das Hochkönig Leoghaire dem Kloster übergeben hatte.

Zufrieden damit, dass alles bereit war, kniete Deklan nieder, um zu beten; jetzt galt es nur noch zu warten, bis Isernus, der sich um die Wagen kümmerte, ebenfalls fertig war. Doch dem Abt fiel es sehr schwer, sich auf seine Gebete zu konzentrieren.

Er schätzte, dass die Reise einen ganzen Tag dauern würde, vorausgesetzt, die Straße war in gutem Zustand und die Gruppe konnte ohne unziemliche Verzögerung in gemäßigtem Tempo marschieren. Deklan wusste nur zu gut, dass sie Unheil heraufbeschwören würden, wenn sie nach Sonnenuntergang noch im Süden umherreisten.

Tatheus hatte die römischen Soldaten, die die Mönche eskortierten, eine Verteidigungsformation zu beiden Seiten der zwei Wagen bilden lassen. Der römische Zenturio ernannte Birinus, einen fähigen Veteran der fränkischen Kriege, zum Anführer der Kundschafter, die der Hauptgruppe vorausmarschieren würden.

Trotz der sorgfältigen Vorbereitungen wusste Deklan, dass er sich erst dann sicher fühlen würde, wenn seine gesamte Gruppe wohlbehalten innerhalb der Mauern des Klosters eingetroffen war. Kilians Bericht über den Angriff der Sachsen auf Sankt Ninian hatte ihn zutiefst beunruhigt. Er war davon ausgegangen, dass Aldor das Kloster zumindest im Augenblick in Ruhe lassen würde. Aber Kilian hatte ihm vor seinem Tod erzählt, dass noch mindestens fünf weitere Überfälle stattgefunden hatten, seit Deklan nach Eirinn aufgebrochen war.

Noch mehr beunruhigte den Abt, dass – wie Kilian ebenfalls gesagt hatte – Cathal verschiedene Hilfegesuche völlig unbeachtet gelassen hatte. Deklan wurde den Gedanken nicht los, dass die Sachsen vielleicht niemals auf die Idee gekommen wären, das Kloster zu überfallen, wenn Cathal sein Versprechen gehalten und die Mönche beschützt hätte.

Als die Sonne im Osten leuchtend rot vor den hellen Wolken aufging, nahm Deklan dies als sicheres Zeichen, dass es später an diesem Tag regnen würde. Die Soldaten waren alle versammelt und Tatheus hatte Birinus letzte Anweisungen erteilt. Murrough und Cathal begaben sich gemeinsam zur Öffnung im Verteidigungswall und warteten mit einer ganzen Reihe von Kriegern am Wachposten.

Cathal hatte Deklan unmissverständlich klar gemacht, dass er die Öffnung augenblicklich schließen lassen würde, sobald der Abt mit seinen Männern und den Wagen durch wäre. Er schärfte ihm außerdem ein, die Öffnung so rasch wie möglich zu passieren, damit sie für den Fall, dass die Sachsen ihnen eine Falle gestellt hatten, nicht zu lange geöffnet wäre. Deklan begriff, dass Cathal nicht die geringste Absicht hatte, ihn und seine Gruppe zu unterstützen, sollten sie angegriffen werden. Als Oberhaupt der Festung galt seine Sorge allein der Sicherheit von Dun Righ.

Als Murrough zu ihm kam, um sich von ihm zu verabschieden, war der Abt noch immer damit beschäftigt, um die beiden Wagen herumzulaufen und sich zu vergewissern, dass auch alles in Ordnung war. Die übrigen Festungsbewohner wachten gerade erst allmählich auf. Innerhalb der Festung eilten Leute hin und her, holten für die Feuerstellen, die sie zum Frühstück benötigten, Wasser und Torf sowie Holz von den Holzschobern, die für die Allgemeinheit bestimmt waren. Ein paar Herdfeuer schickten bereits kleine Rauchwölkchen gen Himmel, kaum dass das Feuer den neuen Zunder entflammt hatte. Die Krieger auf der Brustwehr verließen nach und nach ihre Positionen, als sie von ausgeruhten Soldaten, die die Nacht über geschlafen hatten, abgelöst wurden.

Der Wachwechsel wirkte wenig aufeinander abgestimmt

und schlampig, dachte Tatheus, aber bei den Kriegern handelte es sich ja auch nicht um Berufssoldaten, wie der Zenturio und seine Legionäre es waren. Nur ein paar Gälen hatten jemals in fremden Armeen Dienst getan, und diese wenigen waren froh, dass ihnen jetzt kein Zenturio brüllend befahl, ihre Positionen einzunehmen.

Der Abt bemerkte voller Interesse, dass die Krieger, die während der Dunkelheit Wache gehabt hatten, nicht direkt nach Hause gingen, sondern sich in der Nähe der Mauer des inneren Verteidigungswalls versammelten. Dies ungewöhnliche Verhalten verwirrte ihn ein wenig, denn normalerweise gingen die abgelösten Wachen sofort davon, um zu frühstücken. Er schüttelte sein Unbehagen jedoch ab und sagte sich, dass Cathal vermutlich für den Fall, dass die Sachsen angriffen, genug Krieger bereitstehen haben wollte. Der Abt versuchte, die nervöse Unruhe, die seinen Magen ergriffen hatte, nicht weiter zu beachten, doch konnte er sich des Gefühls, dass etwas Ungewöhnliches geschehen würde, nicht erwehren.

Trotz alledem war er fest entschlossen aufzubrechen, egal, ob die Sachsen nun im Hinterhalt lagen oder nicht. Deklan war verantwortlich für die Gemeinde von Sankt Ninian; seine eigene Sicherheit durfte dabei keine Rolle spielen. Er wollte nicht, dass man sagte, die Sachsen hätten erfolgreich eines der ersten Klöster in Britannien zerstört, während er als Abt gewirkt hatte. Und er wusste, dass die Wilden nicht damit rechneten, dass er so schnell nach dem Angriff zurückkehren würde. Dadurch würde er die Möglichkeit haben, eine gute, feste Mauer um das Kloster herum zu errichten.

Tatheus riss ihn aus seinen Gedanken; er berichtete, dass beide Wagen zum Aufbruch bereit wären und er einen Läufer zu Cathals Kriegern geschickt hätte, um Bescheid zu geben, dass es an der Zeit wäre, für die Gruppe einen Gang freizumachen. Rasch segnete Deklan seine kleine Kolonne und die Wagen setzten sich ruckelnd in Bewegung.

Es war eine langsame Fahrt den steilen Hügel hinunter auf das große Holztor zu, das zeitweise die Öffnung in der äußeren Mauer verschloss. Beide Wagenlenker lehnten sich mit aller Kraft auf die Holzstäbe, die als Bremsen dienten und an den Rädern scheuerten, um die Geschwindigkeit der Wagen zu drosseln. Deklan hatte so viele Nahrungsmittel eingeladen wie möglich, und daher waren die beiden Wagen recht schwer. Die Wagenlenker mussten aufpassen, dass die Wagen auf dem steilen Gefälle nicht zu viel Fahrt gewannen und die eigenen Pferde überrollten.

Doch obwohl sie sehr langsam fuhren, war die Öffnung noch nicht frei, als sie dort ankamen, und die Wagen blieben diesseits der äußeren Mauer stehen. Deklan erkannte, dass die Arbeit noch nicht sehr weit fortgeschritten war und sie wohl eine Weile hier festsitzen würden. Er spürte, wie die nervöse Unruhe in seinem Bauch wieder stärker wurde, und wünschte sich sehnlichst, dass die Reise bereits vorüber wäre. Der Abt flüsterte ein Gebet, flehte seinen Gott an, dass es keine weiteren Verzögerungen geben möge.

Als er das Gebet mit dem Kreuzzeichen beendete, sah er, dass Murrough und Tatheus auf ihn zukamen. Hinter ihnen folgten zwei Soldaten, die Seginus zwischen sich hielten. Der Priester war noch immer gefesselt und geknebelt. Kaum hatten die beiden Krieger Seginus auf den Boden sinken lassen, wandte sich der Abt Murrough zu und blickte ihm ernst in die Augen. »Glaubst du nicht, dass er genug erlitten hat?«

»Das betrifft mich nicht mehr«, erklärte der König. »Du bist jetzt sein Wächter. Ich würde dir aber raten, ihn stets unter strengster Bewachung zu halten. Wie ich diesen Mann kenne, wird seine verräterische Art zurückkehren, sobald er die Zunge wieder frei bewegen kann.«

Deklan wandte sich an einen der Wächter. »Binde ihn los«, befahl er mit fester, aber freundlicher Stimme.

Der Soldat zögerte ein paar Augenblicke, unsicher, ob der Abt jetzt die Autorität besaß, eine solche Anweisung zu geben. Murrough sagte nichts; er wandte sich ab, als hätte er die Worte des Abts nicht gehört.

Deklan atmete vor Wut geräuschvoll aus. »Er gehört jetzt mir«, erklärte er.

Als Murrough begriff, dass Deklan sich nicht umstimmen lassen würde, gab er dem Soldaten den Befehl, den Priester loszubinden.

Der Soldat zog ein Messer hervor und durchtrennte den Strick, mit dem die Handgelenke des Priesters zusammengebunden waren, während sein Kamerad sich daranmachte, die Beine des Mannes loszubinden. Als sie schließlich alle Fesseln gelöst hatten, war nur die Ledermaske noch an Ort und Stelle und wies darauf hin, dass Seginus wegen seiner Verbrechen verurteilt worden war. Deklan nahm sein eigenes kleines Messer und zerschnitt die Maske in Streifen, die auf den Boden fielen.

Seginus blinzelte in den Sonnenaufgang. »Ich danke dir für deine Barmherzigkeit, Bruder«, sagte er dann leise in dem echten Bemühen, seine Dankbarkeit zu zeigen.

»Ich bringe dir eine Menge Vertrauen entgegen, Seginus Gallus«, warnte ihn Deklan.

»Ich werde weiterhin die Ketten an den Beinen tragen, wie Patricius es mir befohlen hat«, antwortete der Priester zur Überraschung aller Umstehenden. »Und wenn ich mich dann als würdig erwiesen habe, kannst du mich von dieser Buße befreien.«

»Ich habe nicht das Bedürfnis, dich noch weiter leiden zu

sehen, Bruder«, antwortete der Abt; er vermutete, dass Seginus einen tieferen Grund für diese Bitte hatte.

Der Priester biss entschlossen die Zähne zusammen. »Tu bitte, was ich sage. Ich möchte für meine Verbrechen büßen und dir zeigen, wie sehr ich sie bereue.« Seginus schloss die Augen und blickte zum Himmel; selbst wenn jemand den Verdacht hatte, dass er log, sollte niemand sehen können, dass sich die Lüge in seinem Gesicht spiegelte. Es war besser, sich zunächst einmal reuig zu geben; später dann, wenn sich die Gelegenheit ergab, würde er zuschlagen.

Der Abt wog seine Möglichkeiten ab. Es mochte besser sein, wie er im Stillen zögernd zugab, wenn er erst einmal sicherstellte, dass Seginus ordnungsgemäß festgebunden war. Unterwegs konnte alles Mögliche geschehen, und er wusste, er würde es bedauern, wenn der Mann in die Wildnis flüchtete, um sich mit den Sachsen zu verbünden oder seinen alten Herrn Palladius zu suchen. Dennoch brachte Deklan es nicht übers Herz, ihn wieder so an den Wagen zu binden, wie es während der ganzen Reise von Eirinn hierher der Fall gewesen war.

»Du wirst zunächst einmal an einem Handgelenk hinten am Wagen festgebunden werden, aber wenn wir beim Kloster ankommen, werde ich dich losbinden. Danach werde ich daran glauben müssen, dass dein Gewissen dich davon abhält, einen Fluchtversuch zu unternehmen.«

»Er weiß nur zu gut, was mit ihm geschehen wird, wenn er denen entkommen sollte, die wollen, dass er gerecht bestraft wird«, fügte Murrough hinzu. »Es wäre genau die Ausrede, die Caitlin und ihre Krieger brauchen, um ihn zur Strecke zu bringen.«

Deklan half Seginus auf den hinteren Teil des zweiten Wagens, wo er festgebunden wurde, dann nahm er seinen Platz neben dem Wagenlenker des ersten Wagens ein. Er sehnte sich inzwischen sehr danach, endlich aufzubrechen – sie hatten schon zu viel Zeit mit all diesem Gerede vertan. Der Abt verabschiedete sich hastig von Cathal und Murrough und erinnerte den König daran, dass Mawn und Sianan zu ihm geschickt werden sollten, wenn die Gefahr vorüber war, da sie Interesse an dem Kloster gezeigt hatten.

»Ich werde sie zu dir schicken, sobald wir sie gefunden haben und die Bedrohung durch die Sachsen wirkungsvoll beseitigt wurde. Wenn Strath-Clota von dem Schatten befreit worden ist, den sie mit ihren Plünderungszügen auf das Land geworfen haben«, versprach Murrough.

Isernus saß auf dem anderen Karren neben dem Wagenlenker, und während er die Öffnung passierte, rief der junge Mönch Murrough einen Abschiedsgruß zu. »Hab keine Angst, Murrough. Wenn überhaupt jemand, dann wird Caitlin die beiden finden«, rief er. »Du musst uns besuchen, wenn dieser Krieg vorüber ist.«

Deklan atmete erleichtert auf, als sie die Mauer hinter sich hatten und auf die Straße kamen. Er blickte sich anfangs nicht um, obwohl er hörte, wie die Krieger die Öffnung wieder verschlossen. Sorgfältig prüfte er den Sonnenstand und kam rasch zu dem Schluss, dass sie mit den verschiedenen Verzögerungen bereits viel zu viel kostbares Tageslicht verschwendet hatten.

»Können wir etwas schneller machen?«, fragte er den Wagenlenker, der die Zügel in der Hand hielt.

Der Mann grummelte, dass er die Pferde während der ersten Tageshälfte und solange das Wetter gut blieb und es nicht regnete durchaus etwas mehr antreiben konnte. Der Abt dankte ihm und nahm dann sein Tagebuch heraus, um sich Notizen zu machen. Während er mit einem Kohlestift etwas hineinschrieb, hörte er, dass die Krieger auf der Mauer hinter ihm ihre Stimmen erhoben, aber er war fest entschlossen, sich nicht von seinen Notizen ablenken zu lassen und erst zu schreiben, was er schreiben wollte.

Sobald Deklan damit fertig war, warf er einen Blick zurück, um herauszufinden, was der Lärm sollte. In diesem Augenblick sah er etwa zwanzig Männer durch die Lücke der äußeren Mauer kommen; mit den Waffen in den Händen stürmten sie der Kolonne hinterher.

»O Herr, lass dies nicht noch eine Verzögerung bedeuten«, stieß der Abt verzweifelt hervor.

Die Worte waren ihm kaum über die Lippen gekommen, da drangen weitere Rufe zu ihm, diesmal aus dem bewaldeten Gebiet, das vor der Festung lag und die Straße vor den Blicken der Wachen schützte. Deklan wirbelte herum und sah, dass weiter vorn eine große Zahl von Kriegern in einer langen Reihe die Straße blockierte.

Diese Krieger hatten die Waffen gezogen und trommelten in einem langsamen Rhythmus mit ihnen auf die Schilde. Immer wieder stießen sie ein leises, summendes Brummen aus, das den Abt verblüffte. In seinem ganzen Leben hatte er so etwas noch nicht gehört oder gesehen. Als der Wagenlenker den Karren anhielt, hörten die Krieger weiter vorn mit dem Geräusch auf und gingen zum Angriff über. Weil die Morgensonne ihn blendete und er nicht sehen konnte, ob diese Krieger Gälen oder Sachsen waren, wurde Deklan nicht sofort klar, was da vor sich ging.

Tatsächlich war der Abt so verwirrt, dass die Krieger schon beinahe die zwei Wagen erreicht hatten, als er endlich begriff, dass es sich um fremde Plünderer handelte. Im ersten Moment vermutete er, dass etwa hundert oder mehr wilde Sachsen ihn mit Äxten und Schwertern in wilder Kampfeslust direkt angreifen wollten. Doch dann bemerkte er, dass rechts und links der Straße noch viel mehr von ihnen auftauchten; sie mussten dort im Hinterhalt gelegen haben.

Deklan erstarrte vor Furcht. Er und seine Gruppe saßen in der Falle. Der Wagenlenker war bereits davongerannt, zurück in den Schutz der Wälle, aber Deklan rührte sich noch immer nicht vom Fleck. Und dann begriff er plötzlich, dass er sich in höchster Gefahr befand, wenn er nicht endlich vom Karren sprang.

Als die ersten von Murroughs Männern beim vorderen Wagen ankamen, sprang der Abt auf die Erde. Einer der gälischen Krieger packte ihn am Ärmel und zerrte ihn zum zweiten Wagen, von dem Isernus bereits von zwei weiteren Männern des Königs fortgeschafft worden war. Der jüngere Mönch wehrte sich gegen die Krieger; er weigerte sich, die Vorräte aufzugeben, die für Sankt Ninian gedacht waren. Am Ende sahen sich die beiden Männer gezwungen, ihn mehr oder weniger zu der Öffnung in der Mauer zurückzutragen.

Deklan wirbelte herum, um einen weiteren Blick auf den Feind zu werfen; er sah, dass Tatheus und seine Männer einen Schildwall gebildet hatten, gespickt mit ihren Speeren, die sie auf die Fremden richteten. Wenige Augenblicke später rannte eine große Gruppe von Sachsen direkt in die fest geschlossene Formation, wobei viele von dem guten spanischen Stahl der römischen Lanzen aufgespießt wurden. Und noch standen Tatheus und seine Männer unerschütterlich und wankten nicht; die Fremden konnten ihnen nur wenig anhaben.

Deklan nahm allerdings an, dass Tatheus und seine Soldaten sich trotz ihrer großen Disziplin nicht lange würden halten können, wenn es den Sachsen erst einmal gelungen war, sie einzukreisen. Es würde nur eine Frage der Zeit sein, bis die Römer allein durch die zahlenmäßige Überlegenheit des Feindes überwältigt und niedergemacht werden würden. Der gälische Krieger, der den Abt zurück zur Mauer gezerrt hatte, ließ ihn plötzlich los, und Deklan wurde klar, dass Murroughs Männer vorhatten, sich den Sachsen entgegenzustellen, um die Römer zu entlasten.

Einem Dutzend Sachsen gelang es, die römische Formation zu durchbrechen, und schon nach kurzer Zeit herrschte solch ein Durcheinander, dass Deklan überhaupt nicht mehr wusste, in welche Richtung er laufen sollte, um Schutz zu finden. Überall waren Krieger, und er war froh, dass er nicht einer von ihnen war, denn er hätte nicht sagen können, wer Freund und wer Feind war. Aus dem Augenwinkel erhaschte er einen Blick auf Isernus, der sich im Zentrum des Kampfgeschehens befand, doch dann schwappte das Handgemenge auch dahin, wo er selbst sich gerade befand. Keiner der Kontrahenten hatte in dieser Situation Platz genug, eine Waffe zu schwingen, und so stießen und schoben sie sich gegenseitig, um die Feinde zu ihren eigenen Linien zurückzudrängen.

In diesem Augenblick rutschte der Abt aus, stürzte hin und rollte in den Straßengraben. Als er sich endlich wieder aufgerappelt hatte, hatte sich das große Durcheinander aus feindlichen Kriegern bereits wieder aufgelöst, und die Gälen waren dabei, zur Festung zurückzuweichen. Bevor der Abt sich versah, lief er auf Dun Righ zu. Das Herz pochte ihm laut in den Ohren, und all die Gedanken, die er sich um die Vorräte gemacht hatte, wurden plötzlich unwichtig. Jetzt ging es nur noch um sein eigenes Überleben.

Während er in seinen alten Sandalen dahinhastete, drängte sich ein Mann in einem Kettenhemd in großer Eile an ihm vorbei, ja stieß ihn auf seinem Weg zur Mauer beinahe um. Deklan sah voller Entsetzen, dass dieser Mann ein Sachse war. Doch der Plünderer war kaum ein paar Schritte weitergerannt, da wurde er von einem Pfeilhagel von der Brustwehr niedergestreckt.

Es war offensichtlich, dass Cathal seine Verteidigung gut

geplant hatte: Ohne sein Einverständnis kam niemand am äußeren Verteidigungswall vorbei. Die Sachsen hatten einen schlechten Zeitpunkt für ihren Angriff gewählt, da sich die besten Krieger von Munster auf der Brustwehr befanden und die neuen Wachen nach einer schlafend verbrachten Nacht noch ausgeruht waren.

Von der gälischen Linie aus schwirrte ein Pfeilhagel durch die Luft, und Deklan ließ sich auf den Boden fallen und hielt sich die Hände über den Kopf aus Angst, getroffen zu werden. Während er so auf dem Boden lag, marschierten etliche Krieger an ihm vorbei und auf die Festung zu, aber es dauerte eine Weile, ehe er begriff, dass es sich um Sachsen handelte. Eine weitere Pfeilsalve hagelte von der Brustwehr herunter, als Deklan gerade daran dachte, wieder aufzustehen. Es blieb ihm gar nichts anderes übrig, als sich wie ein Ball zusammenzurollen und zu hoffen, dass er nicht getroffen wurde.

Der tödliche Pfeilhagel schien die Sachsen jedoch nicht aufzuhalten. Sie rannten weiter auf die Öffnung zu, vor der drei Reihen von Murroughs Männern standen und ihnen den Weg versperrten. Irgendwie hatten Tatheus und ein Dutzend seiner Legionäre es zurück zu Murrough geschafft, und sie hatten sich mit dessen Soldaten vereinigt, um die Fremden mit vereinten Kräften abzuwehren.

Es klirrte und schepperte laut, als die Gälen mit ihren Waffen auf die anrennenden Feinde einschlugen, aber sie konnten den Vormarsch der Sachsen nicht aufhalten. Die wilden Krieger waren ganz eindeutig weder an den Wagen noch an der Ladung interessiert, und auch nicht an den wenigen Gälen und Römern, die ihnen im Weg standen. Alles, was sie wollten, war so schnell wie möglich ins Innere der Festung zu gelangen.

Einmal mehr prallten die Kontrahenten in einem wilden

Gewühl aufeinander. Wieder konnte keine Seite einen Vorteil erzielen und dem Gegner einen wirkungsvollen Schlag versetzen. Nur die Bogenschützen – sowohl die der Sachsen wie die der Gälen – hatten eine gewisse Bedeutung, denn sie ließen ihre Pfeile mit tödlicher Genauigkeit auf die hilflosen Fußsoldaten niederregnen.

Deklan stellte erleichtert fest, dass die Sachsen ihn während ihres Vormarschs ignoriert hatten und er sich jetzt hinter ihrer Hauptlinie befand. Doch dann wurde ihm klar, dass er zuerst an dem Feind vorbei musste, wenn er in den Schutz der Festung zurück wollte. Er dachte daran, einen großen Bogen um die Stelle zu machen, wo der Kampf am heftigsten tobte, doch nach ein paar Schritten stolperte er über die Leiche des Fremden, der sich noch kurz zuvor an ihm vorbeigedrängt hatte.

Der Abt stürzte hart zu Boden, und als er die Augen öffnete, starrte er direkt auf den blutverschmierten Kopf des Kriegers. Entsetzt zwang er sich, den Blick von der nässenden Wunde abzuwenden, und musterte stattdessen die Haare des Fremden. Sie waren von sandgelber, blonder Farbe und wie ein Seil geflochten. Er fragte sich, ob man daraus wohl kräftige Seile herstellen könnte – noch immer war er im Schockzustand und sehr verwirrt.

Und dann fiel dem Abt das Seil ein, mit dem Seginus an dem Karren befestigt war, und er stieß einen wütenden Schrei aus. Im nächsten Augenblick war er wieder auf den Beinen und versuchte verzweifelt, sich zu orientieren. Eine Zeit lang konnte er nicht einmal die Wagen sehen.

»Beruhige dich, Bruder Abt«, sprach er sich selbst Mut zu. »Gott wird über dich wachen, wenn du nur Vertrauen in ihn hast.«

Deklan konnte deutlich erkennen, dass noch viel mehr Sachsen die Festung angriffen, und dann sah er den zweiten

Wagen hinter sich. Der Abt hatte weniger Angst vor den Fremden als vor dem, was geschehen mochte, wenn Seginus entkam. Er zögerte daher, nahm sich die Zeit, in Ruhe abzuwägen, in welche Richtung er laufen sollte. Dann ging er im Straßengraben so schnell wie möglich zum zweiten Wagen. Er hatte ihn jedoch noch nicht ganz erreicht, da hörte er, wie Seginus den Wilden in ihrer eigenen Sprache etwas zurief.

Sobald die Wagen den äußeren Verteidigungswall von Dun Righ passiert hatten, spürte Seginus Gallus, dass er schon bald wieder frei sein würde. Etwas warnte ihn, dass er einen klaren Kopf behalten sollte. Der Priester musterte den Straßenrand, weil er hoffte, vielleicht einen Hinweis darauf zu finden, was vor sich ging. Genau wie Deklan hatte auch er bemerkt, dass die Nachtwachen der Festung nach ihrem Dienst nicht in ihre Hütten gegangen waren, sondern sich hinter der Brustwehr versammelt hatten.

Dies verwirrte ihn, bis er begriff, dass es dafür nur eine einzige Erklärung geben konnte. Cathal musste sicher sein, dass ein Angriff bevorstand. Seginus war so begierig darauf, die Stellen zu entdecken, an denen die Sachsen sich vielleicht versteckten, dass er die Gestalt, die sich neben ihm niederließ, zunächst gar nicht bemerkte. Erst als er seine Aufmerksamkeit vom vorderen Teil des Wagens abwandte, sah der Priester die Geistererscheinung, die sich neben einem Hafersack in eine Ecke gekauert hatte.

Vor Schreck schrie Seginus laut auf, doch weder der Wagenlenker noch Isernus hörten es.

»Schsch. Er sitzt vorne, Bruder«, flüsterte der Geist. »Derjenige, der mich umgebracht hat, ist so nah, dass ich von hier aus die Hand nach ihm ausstrecken und ihn berühren könnte.« Die Gestalt hielt eine dünne, knöcherne Hand hoch und presste die Finger um einen eingebildeten Nacken, als würde er sein Opfer umbringen.

Isernus musste etwas gespürt haben, denn er stand auf und blinzelte über die Vorräte hinweg nach hinten, um sich zu vergewissern, dass der Priester noch immer ordnungsgemäß angebunden war. Seginus blickte den Mönch nicht einmal an. Er starrte nur in die Ferne, als würde nichts seine Sicht behindern.

»Keine Sorge, mein teurer Bruder, er kann mich weder sehen noch hören. Isernus vermutet noch nicht einmal, dass ich hier sein könnte.« Und tatsächlich setzte der Mönch sich wieder hin, nachdem er sich davon überzeugt hatte, dass der Priester nicht geflohen war.

»Was ist geschehen?«, wollte Seginus wissen. »Es ist etwas im Gange. Was hast du getan? Sag es mir!«

»Nicht so laut, Bruder«, antwortete der Geist, und ein Lächeln breitete sich auf seinem Gesicht aus. »Er kann zwar mich nicht hören, aber er hört sehr wohl, was du sagst.«

»Sag mir, was da vor sich geht«, wiederholte Seginus mit jetzt sehr viel leiserer Stimme.

»Dies ist deine Chance, die Freiheit zurückzuerlangen, mein Bruder«, zischte der Geist. »Ich habe mich um deine Rettung gekümmert – und darum, dir die Gelegenheit zu verschaffen, die Arbeit zu beenden, um die ich dich schon seit langem gebeten habe.«

»Was für eine Rettung? Wovon redest du?«

»Von den Sachsen«, kam die geisterhafte Antwort. »Direkt vor uns befinden sich vierhundertfünfzig der wildesten fremden Plünderer nördlich von Eboracum. Sie werden für ein bisschen Ablenkung sorgen, während du fliehst.«

»Während ich fliehe?«, murmelte Seginus verwirrt. »Aber Linus, du hast mir gesagt, ich sollte Deklans Vertrauen erringen. Wie kann ich das tun, wenn ich zu fliehen versuche?«

»Es ist alles vorbereitet«, erklärte der Geist ungeduldig. »Tue einfach, was ich dir sage, und du wirst die Gelegenheit erhalten, Isernus ein für alle Mal zu bestrafen.«

»Ich werde tun, was du sagst«, antwortete der Priester unterwürfig. »Erklär mir einfach, was ich tun soll.«

»Sobald die Sachsen mit ihrem Angriff beginnen, musst du versuchen, die Fessel zu durchtrennen, die dich an diesen Wagen bindet. Du wirst dich beeilen müssen, damit du nicht in den Kampf verwickelt wirst, denn sonst kann ich dir nicht garantieren, dass du den heutigen Sonnenuntergang noch erleben wirst. Wenn du dich befreit hast, sieh zu, dass du vom Zentrum des Kampfes wegkommst. Von da an werde ich dich führen.«

»Also gut«, stimmte Seginus zu. »Es ist also an der Zeit, deinen Tod zu rächen, ja?«

»Ja, es ist so weit«, bestätigte der Geist.

»Und werde ich dich danach jemals wieder sehen?«, fragte Seginus. Er war merkwürdig traurig, dass er schließlich die Verbindung zwischen ihnen beiden durchtrennen würde.

»Um deinetwillen hoffe ich, dass wir uns niemals wieder sehen. Ich werde noch eine Weile damit zubringen müssen, für meine Sünden zu büßen und mich am Leiden meines teuren Freundes Isernus zu erfreuen. Du würdest die Orte nicht aufsuchen wollen, an denen diese Foltern stattfinden.«

»Was wird mit ihm geschehen?«

»Isernus wird mir gehören«, rief der Geist und sein Gesicht verzerrte sich zu einem bösartigen Grinsen. »Mir! Er und ich sind auf ewig aneinander gebunden.«

Seginus war kurz davor, seinen Bruder zu fragen, was er mit »auf ewig aneinander gebunden« meinte, doch da stand der Geist plötzlich auf und starrte nach vorn auf die Straße.

»Sie kommen!«, erklärte er. »Lebewohl, Bruder. Mögen wir

uns nie wieder sehen.« Dann streckte er eine Hand nach Isernus aus. Von seinem Platz aus konnte Seginus nicht genau sehen, was sein Bruder tat, aber es kam ihm so vor, als würde Linus dem Mönch sanft über den Kopf streichen.

»Ich werde dich treffen, Isernus, und zwar schon bald«, versprach Linus, dann verschwand er, und Seginus blieb allein zurück. In diesem Augenblick wich ein großes Gewicht von ihm, und er wusste, dass er Linus ganz und gar nicht vermissen würde.

Er erinnerte sich an den Rat seines Bruders, das Seil so schnell wie möglich zu durchtrennen, und beugte sich lautlos zu einem großen Bolzen hinüber, der aus der Seite des Wagens ragte. Er scheuerte das Seil immer wieder gegen das Metall, und allmählich drehten sich die einzelnen Fasern auf und zerrissen.

Zur gleichen Zeit hörte Seginus Rufe von der Brustwehr, und er begriff, dass die Gälen die sich nähernden Sachsen erspäht haben mussten. Binnen weniger Sekunden hatte er das Seil, das ihn an den Wagen gebunden hatte, vollständig durchtrennt und begann sich anschließend um das Stück zu kümmern, mit dem seine Handgelenke gefesselt waren.

Plötzlich war der Wagen von gälischen Kriegern umringt, die den Wagenlenker und Isernus vom Kutschbock zerrten. In der Hoffnung, nicht bemerkt zu werden, rollte sich der Priester zur Seite, um sich hinter den Getreidesäcken zu verstecken. Nach kurzer Zeit begriff er, dass die Gälen tatsächlich an ihm vorbeigelaufen waren, und er stand auf, um nach den Sachsen Ausschau zu halten.

Bei dem, was er dann sah, stockte ihm der Atem. Alles, was sein Bruder gesagt hatte, war eingetroffen. Hunderte von Fremden befanden sich im Angriff auf die Festung. Die wild aussehenden Plünderer lachten vor Kampfeslust und angesichts der Aussicht auf Beute. Voller Aufregung rief Seginus ihnen etwas zu.

»Ich bin hier! Helft mir!«, rief er, bevor ihm klar wurde, dass sie ihn nicht verstehen konnten. Es war mindestens ein Jahr her, seit er mit einem Mitglied ihres Volkes gesprochen hatte, und dann waren es auch noch Franken gewesen, die einen anderen Dialekt des Germanischen sprachen als diese Krieger. Er musste versuchen, sich Guthwine und Hannarr in Erinnerung zu rufen, die beiden Sachsen, mit denen er in Hibernia gedient hatte.

Als er zu wissen glaubte, was er sagen musste, rief er in einer Sprache, die der sächsischen sehr nahe kam, erneut und bat jeden Plünderer, der ihn hören konnte, um Hilfe. Zu seiner vollkommenen Verblüffung blieb einer der Krieger tatsächlich stehen und richtete seine Klinge auf ihn. Seginus wiederholte sein Hilfegesuch und streckte dem Fremden die Handgelenke entgegen. Im nächsten Augenblick hatte der Krieger die Fessel durchtrennt und stürmte davon, um an dem Kampf teilzunehmen.

Seginus sprang vom Wagen, sobald seine Hände frei waren, und erhaschte einen Blick auf Deklan, der durch das Gewühl auf ihn zugelaufen kam. Verzweifelt versuchte Seginus, ihm zu entkommen, hastete um den Wagen herum und schlüpfte unter die Pferde, die noch immer angeschirrt waren. Er rollte sich gerade noch rechtzeitig außer Reichweite des Abts, dann rannte er davon, um einen sicheren Platz zu finden, an dem er bis zum Ende des Kampfes ausharren konnte.

Während der Priester den Graben an der Straße entlanglief, bemerkte er, dass König Murrough und seine Krieger sich den Sachsen direkt vor der Öffnung im äußeren Verteidigungswall entgegenstellten. Es war offensichtlich, dass die Wachen des Königs hoffnungslos in der Unterzahl waren, und dass sie vermutlich zurück ins Innere der Festung getrieben werden würden. Seginus kauerte sich hinter die Böschung des Grabens, bis er sicher war, dass er nicht gesehen worden war, dann legte er sich flach auf den Bauch, um den Rest der Schlacht zu verfolgen.

Nicht lange danach spürte Seginus, dass sich hinter ihm jemand befinden musste. Er drehte sich rasch herum, aber es war niemand da. Dann hörte er die Stimme des Geistes seines Bruders. »Lieg hier nicht einfach so rum«, sagte Linus ungeduldig in einem spöttischen Tonfall. »Steh auf und suche den Mörder Isernus: Du musst ihn finden, ehe es zu spät ist.«

Seginus sprang auf, begriff aber sofort, dass er keine Ahnung hatte, in welche Richtung er gehen sollte. Hunderte von Männern standen um die Öffnung des Walls herum. Vielleicht war es am besten, zuerst die Wagen zu durchsuchen. Doch selbst von seinem Platz aus war es offensichtlich, dass in der Nähe der Wagen niemand mehr am Leben war. Nicht nur das, der Priester hatte auch das Gefühl, dass Isernus sich irgendwo im Gewühl befand. Er ließ seinen Blick über das Gebiet schweifen, in dem der Hauptteil des Kampfes stattfand.

Sachsen und Gälen hieben mit Schwertern und Äxten aufeinander ein. Die meisten Speerkämpfer hatten sich zurückgezogen, da ihre Waffen im Nahkampf so gut wie unbrauchbar waren. Aber die Bogenschützen beider Seiten schossen Hunderte von Pfeilen auf die Kämpfenden ab, und diese Salven forderten einen tödlichen Tribut.

Plötzlich tauchte ein Mann in dem dunkelbraunen Gewand eines Mönchs taumelnd aus dem Gewimmel auf und sank am grasbewachsenen Rand der Straße, etwa hundert Schritt von Seginus entfernt, rücklings zu Boden. Drei Pfeile steckten dicht beieinander in seiner Brust, und er umklammerte verzweifelt ihre Schäfte.

Ohne einen Augenblick zu zögern, raffte der Priester seine zerfetzten Kleider zusammen und rannte auf Isernus zu; er kümmerte sich nicht im Geringsten um den weiterhin andauernden Pfeilhagel. Seginus sprang um die Leichen herum, die die Straße übersäten, und kam an vielen Verwundeten vorbei, die ihn auf Sächsisch um Wasser baten, aber der Priester achtete nicht auf sie. Er war nur an dem Mönch interessiert. Dem Mörder.

Seginus bemühte sich verzweifelt, Isernus zu erreichen, ehe er seinen letzten Atemzug tat. Es war selbst aus der Entfernung klar, dass seine Verletzungen tödlich waren. Eine weitere Pfeilwolke kam herab. Seginus duckte sich, schützte seinen Kopf, während er rannte, obwohl das sicherlich nicht viel geholfen hätte, wenn ihn eines der Geschosse getroffen hätte. Nachdem der Pfeilhagel versiegt war, blickte der Priester auf und sah, dass Isernus erneut getroffen worden war, diesmal knapp über dem Schlüsselbein in den Hals.

Während seines Dienstes in den Legionen hatte Seginus viele solcher Wunden gesehen. Er wusste nur zu gut, dass eine solche Verletzung das Opfer innerhalb von Minuten ersticken ließ. Jetzt war es für ihn noch wichtiger, Isernus zu erreichen, ehe er bewusstlos wurde – wenn er es nicht bereits schon war. Der Priester rutschte die letzten Schritte über das Gras und kam neben dem Kopf des Mönchs zum Stehen.

In diesem Augenblick öffnete Isernus die Augen. Zu Seginus' Erleichterung war er noch immer bei Bewusstsein. Hier war der Mann, der seinen Bruder kaltblütig ermordet hatte und dadurch all die verhängnisvollen Ereignisse in Gang gesetzt hatte, die danach gefolgt waren. Alles, was Seginus in den Jahren zugestoßen war, seit er mit Palladius zum ersten Mal in Hibernia eingetroffen war, war nur wegen der Sünden dieses Mannes geschehen.

»Ich könnte dich jetzt töten«, brummte Seginus, »und niemand würde jemals erfahren, dass ich es getan habe oder wie sehr du gelitten hast.«

Isernus mühte sich, den Kopf zu heben, und brachte mit großer Anstrengung ein Wort heraus: »Ja.«

Seginus war zutiefst erschüttert. Er hatte erwartet, dass der Mönch sich irgendwie wehren würde, dass er sich weigern würde, sich seiner Sterblichkeit einfach so geschlagen zu geben. Das war nur natürlich. Seginus hatte noch nie erlebt, dass jemand bereitwillig in den Tod ging. Plötzlich fühlte er sich betrogen. Er packte Isernus an den Schultern und schrie ihn an. »Du wirst jetzt noch nicht sterben! Ich werde es nicht zulassen. Ich will, dass du leidest.«

Der sterbende Mönch sah dem Priester in die Augen und flüsterte etwas Unverständliches. Seginus beugte sich zu ihm hinunter und legte sein Ohr dicht an den Mund des Mannes.

»Sprich mich von meinen Sünden frei«, bat Isernus. »Vergib mir.«

»Nein!«, brüllte Seginus. »Das werde ich nicht für dich tun. Wer ist für meinen Bruder da gewesen, als er seinen letzten Atemzug getan hat? Wer hat sein Bekenntnis gehört und ihn gesegnet, als seine Seele in die ewige Verdammnis geflohen ist?«

Isernus verzog vor Anstrengung den Mund, als er zu antworten versuchte. Schließlich gelang es ihm, so viel Luft in die Lunge zu bekommen, dass er sprechen konnte. »Ich habe ihn von seinen Sünden freigesprochen«, keuchte der Mönch. »Ich wollte ihn auf den Weg schicken, aber er hat sich geweigert, das Sakrament anzunehmen.«

Seginus starrte den Mönch ungläubig an. Er weigerte sich, so etwas zu glauben. Isernus versuchte, ihn dazu zu verleiten, ihm die letzten Sakramente zu spenden, damit die Sünde der Ermordung seines Bruders für immer ausgelöscht wäre. Der

Mönch schüttelte den Kopf, dann verdrehte er die Augen, und seine Haut begann sich blau zu verfärben.

Um sie herum verzogen sich die Sachsen von den Befestigungsanlagen, als hätten sie nur einen Spaziergang über die Wiesen und Felder unternommen. Plötzlich hatte alles um ihn herum etwas von einem Traum. Der Priester spürte die geisterhafte Anwesenheit von Linus. Er wusste sofort, dass sein Bruder gekommen war, um sich an Isernus' Qualen zu weiden. Seginus drehte sich um und holte entsetzt Luft, denn da stand das grauenhafte Ungeheuer, das damals, im Gefängnis von Nantes, zum ersten Mal zu ihm gekommen war. Er war entsetzt, denn diese üble Gestalt hatte Linus schon lange Zeit nicht mehr angenommen. Das Gesicht war bleich und wächsern, und die Lippen waren auf eine schreckliche Weise verzerrt, die in dem einen Moment ein Ausdruck der Freude und im nächsten ein Ausdruck glühender Qualen zu sein schien.

Plötzlich rückte die unförmige, von Hass und Rachsucht ganz verzerrte Gestalt seines Bruders näher an Seginus heran und beugte sich über Isernus. Der Priester hörte ein tiefes, gutturales Schnaufen, als die Erscheinung sich über die Schmerzen des Mönchs lustig machte, der sterbend auf dem Boden lag.

»Jetzt weißt du endlich, wie das ist«, zischte der Geist und beugte sich noch tiefer, so dass er nur noch eine Fingerlänge von Isernus' Gesicht entfernt war. »Jetzt verstehst du endlich, wie es ist, wenn dich das Leben langsam verlässt, Tropfen für Tropfen, Atemzug um Atemzug.« Linus streckte eine Knochenhand aus und legte seinem Opfer die Finger um die Kehle, drückte ihm langsam die Luft ab. Der Priester sah, dass der sterbende Mönch sich schwer abmühte, einzuatmen.

In diesem Augenblick begriff Seginus, dass der Geist seines Bruders nichts als böse war. Vielleicht lag es daran, dass Linus seine Aufmerksamkeit auf etwas anderes richtete, auf jeden Fall war der Priester plötzlich von dem seltsamen Bann befreit, der ihn so lange heimgesucht und dazu gebracht hatte, zu tun, was immer der Geist von ihm verlangt hatte. Seginus sah, was sich vor ihm abspielte, und statt sich an der Rache seine Bruders zu erfreuen, stellte er fest, dass er schrecklich angeekelt war.

»Es reicht!«, schrie er und versuchte, die geisterhaften Finger von der Kehle des Mönchs wegzuzerren. Er konnte jedoch nichts tun, denn die Finger des Geistes hatten keine Substanz, auch wenn sie Isernus unaufhörlich das Leben entzogen. »Aufhören!«, brüllte Seginus.

Linus ließ los, drehte sich zu seinem Bruder um und zischte ihn spöttisch an: »Wie kannst du es wagen, mir bei meinem Vergnügen in die Quere zu kommen? Du, der du es zu nichts gebracht, noch nicht einmal im irdischsten aller Berufe Erfolg gehabt hast?« Der Geist streckte die Hand aus und zupfte verächtlich am Gewand des Priesters, dann lachte er schroff. »Verschwinde. Ich bin fertig mit dir.«

Diese Worte trafen Seginus tief. Seit er dem Geist seines Bruders zum ersten Mal begegnet war, hatte er alles getan, um ihm zu helfen, sein Ziel zu erreichen. Jetzt begriff er, dass all dies lediglich dem abartigen Vergnügen gedient hatte, das dieses Wesen empfand, wenn es andere Seelen leiden sah. Er wusste, dass er für diesen Dämon nichts weiter als ein Instrument gewesen war, um Böses zu tun. Seginus konnte den Schmerz, den diese Erkenntnis mit sich brachte, kaum ertragen, und er wunderte sich, wieso er es nicht schon früher begriffen hatte. Er griff in sein Gewand und zog sein Kreuz heraus, hielt es vor sich, wie ein Krieger einen Schild gehalten hätte, wenn ein Pfeilhagel herabprasselte.

»Weiche von diesem Ort, Diener Satans«, begann er, doch Linus lachte nur umso lauter. »Weiche von diesem Bruder

Christi und lasse ihn seinen letzten Atemzug in Frieden tun, oder ich werde Gott bitten, einzugreifen.«

»Bitte tue das!«, schnappte Linus. »Wird dein Gott dich hören? Kümmert er sich um einen, der so viele seiner Befehle missachtet hat? Du und ich, wir haben mehr gemeinsam als nur unseren Vater. Wir sind uns sehr ähnlich, lieber Seginus. Du bist so böse wie ich, vielleicht sogar noch böser. Du bist der Liebe Gottes nicht würdig. Gott erscheint oder verschwindet nicht, nur weil einer wie du ihn bittet.«

Der Priester wartete nicht länger. »Ich rufe den Erzengel Michael und all die Heiligen im Himmel«, intonierte er. »Ich rufe die heilige Jungfrau und ihren Sohn Christus und bitte sie, einzuschreiten und dieses Ungeheuer für immer von der Erde zu verbannen.« Seginus schloss die Augen und konzentrierte all seine Gedanken auf dieses eine Ziel – den bösen Geist von Linus zu vertreiben und Isernus einen Teil seiner Qualen zu ersparen.

Aber nichts geschah. Und als nach ein paar weiteren Augenblicken noch immer keine Antwort vom Himmel kam, begann Linus auf seine übliche hämische Art zu lachen. Er lachte, bis er die gurgelnde Flüssigkeit in seiner Kehle als übel riechenden Speichel versprühte und den Priester benässte, so dass der angeekelt zurückwich.

Dann hörte das Gelächter plötzlich auf. Seginus öffnete zögernd die Augen; er fürchtete sich ein bisschen vor dem, was er sehen würde. Der Geist seines Bruders war noch immer über Isernus gebeugt, aber sein Gesichtsausdruck hatte sich völlig verändert. Linus frohlockte nicht länger. Er hatte Angst. Der Geist wandte seinem Bruder das Gesicht zu, und Seginus konnte jetzt deutlich sehen, dass er von einem unaussprechlichen Entsetzen gepackt wurde. Linus streckte dem Priester eine dürre, knochige Hand entgegen, doch bevor er Seginus berühren konnte, löste er sich auf wie Nebel in der Morgensonne. Nach wenigen Augenblicken war der Geist ohne ein weiteres Geräusch oder einen weiteren Schrei verschwunden, und zurück blieb nur die Erinnerung an sein verzerrtes Antlitz, das sich dem Priester ins Gedächtnis brannte.

Seginus zwang sich, wieder ruhiger zu atmen, während er das Kreuz zurück in sein Gewand steckte. Dann wandte er seine Aufmerksamkeit wieder Isernus zu, und er stellte fest, dass er noch immer das Gefühl hatte, als müsste der Mönch für den Mord an Linus leiden. Er konnte den Gedanken an Rache nicht vollständig aus seinem Kopf verdrängen, denn er war ebenso ein Teil von ihm geworden wie sein Name. Ein Geistesblitz offenbarte Seginus, dass Isernus – sollte er überleben – den Rest seines Lebens unter diesen Wunden leiden würde.

»Ich werde dich nach Dun Righ zurückbringen. So leicht wirst du mir nicht davonkommen, du mörderischer Bastard!«, brüllte er.

Aber Isernus lächelte den Priester einfach nur an, und mit letzter Kraft hob er die Hand, um vor Seginus das Kreuzzeichen zu machen. Dann machte er seinen letzten Atemzug, und seine Augen wurden glasig.

Der Priester beugte sich über die Leiche des Mannes, der so lange das Ziel seines Hasses gewesen war, der für ihn all das dargestellt hatte, was mit der Welt nicht in Ordnung war. Als er Isernus in die Augen blickte, wusste er, dass der Mönch die Wahrheit gesagt hatte. Isernus hatte seinen Bruder von den Sünden freigesprochen. Er hatte Linus den letzten Segen gegeben, auch wenn er für dessen Tod verantwortlich war.

Seginus blickte auf und wusste auch, dass der Geist seines Bruders nie wieder zurückkehren würde. Er war ins Reich der Hölle geflohen, oder wo immer man seine Strafe abbüßen musste. Er war sich jetzt ganz sicher, dass Linus ihn nie wieder belästigen würde. Er war frei.

Die Leiche lag auf dem Rücken. Seginus verrückte den Kopf etwas, so dass das Kinn wieder auf der Brust ruhte, dann schloss er Isernus die Augen, um ihm den Anschein des Friedens zu geben. Danach beugte er sich dicht zum Mönch herab, als könnte der ihn noch immer hören, und flüsterte ein paar letzte Worte. Aber er richtete sie nicht an Isernus; er sprach vielmehr zu Linus.

»Du bist gerächt, Bruder«, sagte er auf Latein. »Du bist gerächt und von deinen Sünden freigesprochen.«

XI

Deklan konnte kein einziges Wort in der heidnischen sächsischen Sprache sprechen, und so konnte er nur raten, was Seginus den Feinden zurief. Er kam jedoch rasch zu dem Schluss, dass es dem Priester nur um Hilfe zur Flucht gehen konnte, und in diesem Augenblick beschloss er, ihn aufzuhalten, koste es, was es wolle.

Der Abt drängte sich furchtlos durch die heranströmenden feindlichen Krieger, doch Seginus hatte bereits seine Fesseln durchtrennt und sprang vom Wagen. Deklan glaubte zu wissen, was Seginus vorhatte, und so umging er ein paar Fremde, um mit ihm Schritt zu halten.

Überall um ihn herum hagelten gälische Pfeile herab. Der Abt wich den umherfliegenden Geschossen auf wundersame Weise aus, aber es gelang ihm nicht, so dicht an Seginus heranzukommen, dass er ihn hätte packen oder festhalten können. Einmal versuchte er ihm einen Schlag zu versetzen, aber er verfehlte Seginus vollkommen. Stattdessen traf seine Faust einen in der Nähe stehenden Sachsen, und er hörte ein Krachen, als seine Knöchel auf die Rüstung des Fremden trafen.

Und als Deklan sich die schmerzende Hand rieb, verlor er den Priester aus dem Blick; als er wieder aufblickte, war Seginus verschwunden. Der Abt verfluchte seine eigene Dummheit. Er hatte wenig Hoffnung, den Priester in der wogenden Menge noch einmal zu finden. Deklan war jetzt von der Masse der feindlichen Soldaten umgeben, und obwohl sie sich aus ihm nicht das Geringste zu machen schienen, wusste er, dass er sich in großer Gefahr befand, sollte einer von ihnen auf die Idee kommen, sich auf ihn zu stürzen.

Der Abt schlängelte sich in der Absicht, zu den Wagen zurückzulaufen, zwischen den Kriegern durch. Er hoffte, einen Platz zu finden, an dem er so lange ausharren konnte, bis der Kampf sich an einen anderen Ort verlagert hatte oder die Sachsen vertrieben worden waren. Deklan war jedoch noch nicht sehr weit gekommen, als das Glück, das ihn bisher begleitet hatte, ihn verließ.

Ein Pfeil, der von den gälischen Verteidigungsanlagen abgeschossen worden war, traf ihn hart in der linken Schulter. Deklan stieß einen lauten Schrei aus – gleichermaßen vor Schmerz wie vor Entsetzen. Die Wucht des Treffers hatte ihn vorwärtsgeschleudert, während sein Kopf gleichzeitig zurückgerissen wurde. Deklan taumelte ein paar Schritte weiter und fiel zwischen zwei toten Sachsen zu Boden. Einige Herzschläge lang blieb er benommen liegen; er hätte niemals damit gerechnet, einen solch schweren Treffer abzubekommen. Als er wieder einigermaßen klar denken konnte, vermutete er zunächst, dass er von hinten von einem Axthieb getroffen worden war.

Deklan fuhr mit der Hand nach hinten, an die schmerzende Schulter, und stellte fest, dass es eine Pfeilspitze war – und keine Axt –, die sich tief in seinen Körper gebohrt hatte. Mit dieser Erkenntnis wurde der Schmerz stärker, und der Abt drehte sich um und legte sich auf den Bauch. Er keuchte vor Schmerzen, als die Eisenspitze am Knochen entlangschrammte, und dann wurde ihm klar, dass er sich so reglos wie möglich verhalten musste.

Aber als er sich etwas erholt hatte, konnte er der Versuchung nicht widerstehen, mit der rechten Hand den Schaft zu packen und zu versuchen, ihn herauszuziehen. Die mit einem Widerhaken versehene Spitze steckte fest, und er wurde beinahe ohnmächtig von der Schmerzwoge, die ihn einhüllte, als er den Holzschaft anfasste. Er würde sich nicht von der Stelle bewegen lassen, ohne dass Deklan durch die Widerhaken grauenhafte Qualen litt.

Der Abt befand sich jetzt in einer ernsten Lage. Er wusste, dass es ein Geschenk des Himmels war, wenn er lebend aus diesem Kampf hervorging, und doch versuchte er es. Irgendwie schaffte er es, auf die Knie zu kommen, ohne dass seine Schulter allzu sehr schmerzte. In der verzweifelten Hoffnung, die Aufmerksamkeit eines gälischen Kriegers auf sich zu lenken, reckte er den rechten Arm in die Luft. Aber um ihn herum schien nur ein Meer von Sachsen zu sein. Von seinem Standpunkt aus konnte er noch nicht einmal sagen, ob der äußere Wall von den Feinden überrannt worden war oder nicht.

Wohin er auch blickte, stürmten die Feinde vorwärts; es war, als wären sie wahnsinnig geworden, denn sie schrien und brüllten und lachten vor Kampfeslust. Deklan konnte sich an keine Situation in seinem Leben erinnern, die annähernd so chaotisch und beängstigend gewesen war – und in der er sich so verzweifelt gefühlt hatte. Jetzt war er nur noch dankbar dafür, dass die Sachsen so bestrebt zu sein schienen, zur Festung zu gelangen, dass sie ihn vollständig ignorierten.

Mittlerweile war das Gewand des Abtes bereits blutdurchtränkt, und ihm wurde von dem hohen Blutverlust leicht schwindelig. Er unternahm einen letzten verzweifelten Versuch und rief etwas in Richtung des Walls, aber das Einzige, was er damit erreichte, war die Aufmerksamkeit einiger in der Nähe stehender Sachsen auf sich zu lenken.

Einer von ihnen – ein großer Mann mit pechschwarzen

Haaren unter dem Helm – kam auf Deklan zugeschritten, ein großes, einseitig geschliffenes Schwert auf den Kopf des Abtes gerichtet. Deklan erkannte ihn fast augenblicklich. Schließlich war er mehrmals ins Lager der Sachsen gegangen, um für seine Herde um Barmherzigkeit zu bitten.

»Aldor!«, rief er. »Eorl Aldor, ich bin verwundet. Hilf mir.«

Der Eorl blieb abrupt stehen und lachte. »Dir helfen?«, fragte er mit deutlichem Akzent auf Gälisch. »Du bist für mich nicht wichtig. Ich habe größere Beute in Aussicht.«

Der Eorl deutete mit seinem Schwert auf die Festung, dann stürmte er davon, mitten ins Gewühl seiner Krieger.

»Ich bin ein Mann Gottes!«, schrie Deklan. Zu spät fiel ihm ein, dass Aldors Volk anderen Göttern huldigte.

Noch mehr Sachsen schwärmten von allen Seiten herbei, wie eine Heuschreckenplage aus dem Alten Testament. Die Gälen wurden allein kraft der bloßen Anzahl ihrer Feinde stetig zurückgedrängt, und es sah so aus, als würden die Fremden nur kurz davor stehen, die Kontrolle über die Öffnung im äußeren Verteidigungswall zu erringen.

Deklan versuchte, die Situation so gut wie möglich einzuschätzen, und entschied sich dann, das Einzige zu tun, das vielleicht helfen könnte, den Sieg davonzutragen. Er faltete die Hände vor der Brust in der römischen Weise, achtete darauf, die Wunde nicht zu sehr zu verschlimmern, und betete um die Erlösung der Menschen von Strath-Clota.

Der Abt war sich nicht sicher, ob Gott seine Bitte bei all dem Kampfeslärm überhaupt gehört hatte, oder ob überhaupt jemand auf ihn geachtet hatte. Aber er bemerkte, dass kurze Zeit nachdem er begonnen hatte, Christus und die Heiligen um ihr Eingreifen anzuflehen, sein Glück und das der Verteidiger von Dun Righ sich vollkommen verändert hatte – das Blatt sich sozusagen gewendet hatte.

Deklan hörte einen gequälten Ruf von irgendwo vom äußeren Wall, für kurze Zeit gefolgt von einer unheimlichen Stille, als hätten alle Krieger auf dem Schlachtfeld zugleich eine Pause gemacht, um Luft zu holen. Dies lenkte den Mönch von seinem Gebet lange genug ab, dass ihm auffiel, dass Aldor plötzlich stehen geblieben war und nicht weiterstürmte. Der Sachsenanführer war erstarrt, er schien sich vor etwas schrecklich zu fürchten. Der Abt hatte nicht die geringste Ahnung, was das sein mochte. Dann gaben Aldors Knie langsam nach, und er drehte sich herum, so dass er in Deklans Richtung blickte.

Erst, als der Kriegsherr den Abt mit aufgerissenem Mund direkt ansah, begriff Deklan, was geschehen war. Zwei Pfeile hatten sich tief in den Körper des Eorl gebohrt; der eine war in seiner Brust stecken geblieben, nachdem er sein Kettenhemd durchdrungen hatte, der andere ragte aus einer Lücke in der Rüstung unterhalb des rechten Arms hervor.

Der Abt erkannte sofort, dass der zweite Pfeil unmöglich aus der Richtung der Festung gekommen sein konnte. Der Eintrittswinkel deutete darauf hin, dass einer seiner eigenen Männer ihn abgeschossen haben musste, jemand, der hinter dem Eorl gestanden hatte.

Deklan hob die rechte Hand, und ohne einen Augenblick daran zu denken, dass der Mann vor ihm ein Heide war, bekreuzigte er sich langsam. Die Augen des Eorl weiteten sich, als er das Kreuzzeichen sah, und seine Furcht schien noch stärker zu werden. Dann fiel er, keine zwanzig Schritt von Deklan entfernt, vornüber auf die Knie.

Der Abt versuchte, näher an ihn heranzukommen, aber er sollte diese Möglichkeit nicht erhalten. Ein Krieger in einem langen braunen Umhang und mit einer roten Wollmütze auf dem Kopf sowie einer großen Kriegsaxt in den Händen näherte sich dem Eorl und warf ihn mit einem brutalen Tritt, der dem Eorl den Atem nahm, zu Boden. Der fremde Krieger stellte sich dann hinter Aldor und lachte, nicht richtig laut, aber laut genug, dass Deklan das Kichern hören konnte.

Der Abt sah entsetzt zu, wie der fremde Mann sich bückte und das Horn aufnahm, das Aldor um die Taille hängen hatte. Er setzte es an den Mund und blies dreimal darauf. Die Sachsen hörten sofort zu kämpfen auf und zogen sich nach einem kurzen Durcheinander rasch zu der Stelle zurück, wo Deklan lag. Dieser plötzliche, stille Rückzug verursachte bei dem Abt noch viel mehr Angst als der ursprüngliche Schock beim Angriff. Die Wilden drehten sich um, weil sie ihn angreifen wollten, so dachte er in seinem verwirrten Zustand.

Deklan sah ihre gehässigen Gesichter, als sie an ihm vorbeizogen wie Gestalten aus dem Albtraum eines Kindes, und er wartete, fest davon überzeugt, dass er niedergeschlagen und getötet werden würde. Ein oder zwei Sachsen sahen auch so aus, als hätten sie ihm gerne einen Tritt verpasst, aber die erwarteten Hiebe kamen nie.

Stattdessen spürte der Abt, wie sein Kopf sich drehte und sein Blick verschwommen wurde. Er gab sich Mühe, auf den Beinen zu bleiben, um den Plünderern zu zeigen, dass er keine Angst vor ihnen hatte, aber sein Körper konnte diese Aufgabe nicht mehr erfüllen. Er suchte in seinem Gewand nach dem kleinen Evangelium, das er stets bei sich trug, und diese Handlung nahm ihm auch das letzte bisschen Kraft, das ihm noch verblieben war. Kaum hatte er das Buch geöffnet, stürzte er mit dem Gesicht zuerst in den Staub.

Als Deklan einige Zeit später erwachte, spürte er, wie er von Händen gepackt wurde. In dem verzweifelten Versuch, die Angreifer abzuwehren, ächzte er laut, trat mit den Beinen um sich, um sie von sich fern zu halten.

»Ganz ruhig, Bruder Deklan«, drängte eine vertraute Stimme auf Gälisch. »Ich bin es, Murrough. Ich bin gekommen, um dich nach Dun Righ zurückzuholen. Wenn du gegen meine

Krieger ankämpfst, wird deine Verletzung nur noch schlimmer.«

Der Abt öffnete die Augen, und sofort begann sich die Welt wie wild zu drehen, als wäre er die ganze Nacht bei einem gälischen Tanz herumgewirbelt. Er konnte gerade noch Murroughs Gesichtszüge ausmachen, der nicht weit von ihm entfernt stand, und er sah auch die verschwommenen Gestalten einiger Krieger, die versuchten, ihm auf die Beine zu helfen, doch dann drehte sich alles um ihn herum so stark, dass er die Augen wieder schließen musste. Aber dadurch wurde der Schwindel nur noch schlimmer, und er musste würgen. Die Übelkeit erinnerte ihn an sein erstes Erlebnis auf hoher See, als er Palladius auf seiner Mission begleitet hatte. Wie hatte Seginus damals über seine Übelkeit auf der Fahrt von Gallien nach Eirinn gelacht.

»Seginus!«, rief Deklan. »Wo ist er?«

»Ich bin hier, Bruder Abt«, antwortete der Priester mit beruhigender und unterwürfiger Stimme, doch Deklan konnte ihn nicht sehen. »Ich erfülle die Pflichten eines Priesters.«

Deklan bemühte sich, seine Augen auf einen bestimmten Punkt zu richten, und schließlich erkannte er, dass der Priester über einer Leiche in dunkelbraunem Gewand kniete. Dadurch erwachte Deklan wieder zu vollem Bewusstsein, denn bei der Gruppe, die nach Sankt Ninian aufgebrochen war, hatten nur er und Isernus die Mönchsgewänder getragen.

Der Abt sah, dass die Leiche mit dem Gesicht nach oben auf der Straße lag. Vier Pfeile steckten in seinem Oberkörper, ein weiterer im Oberschenkel. Die Haut des Toten war kalkweiß, der Mund blutverschmiert, so dass Deklan ihn zuerst kaum erkannte. Er hörte Seginus mit dem Mann sprechen, und so glaubte er einen Augenblick, dass Isernus nach all dem doch noch am Leben wäre. Doch dann hörte er die Worte, die der Priester ausstieß.

»Benedicamus Domino. Deo gratias. Requiescant in pace. Amen.« Seginus bekreuzigte sich, schlug dann das Kreuz über dem Toten und murmelte noch ein paar Worte in der Sprache der Gallier, die Deklan nicht verstand.

Inzwischen wurde der Abt an der Leiche seines Vertrauten vorbei zur Festung getragen. Seine Träger waren bereits nahe bei der Öffnung, als es Deklan gelang, seinen Verstand insoweit zusammenzunehmen, dass er auf das, was er gesehen hatte, reagieren konnte.

»Isernus!«, schrie er, und die ganze Qual dieser Katastrophe schwappte über ihn hinweg. Der Anblick seines toten Freundes auf der Straße war mehr, als der Abt ertragen konnte. Deklan wehrte sich gegen die Krieger, die ihn trugen, aber die Mühe raubte ihm seine letzte Kraft, und er sank in eine tiefe Benommenheit. Die Träger spürten, wie Deklan sich entspannte, und Murrough stellte erleichtert fest, dass er nicht mehr gegen sie kämpfte, denn seine Wunde schien ernst zu sein.

Aber der Abt war nicht bewusstlos geworden. Während er zum Haus des Heilens getragen wurde, hatte er noch immer das Bild vor Augen, wie Bruder Seginus Gallus dem toten Isernus die Sterbesakramente spendete. Als die Krieger ihn dort angekommen auf ein Bett sinken ließen, erwachte er, und ein seltsames Gefühl überkam ihn. Er wusste nicht, ob es nur Einbildung war, aber er war sich sicher, dass er die Stimme seines alten Freundes Origen von Alexandria hörte, der ihn über die im Osten verbreitete Philosophie der Lebenszyklen unterrichtete, wie er es vor seinem Tod so oft getan hatte.

Origen hatte aufgezeigt, dass dies ein Glaube war, den seine Leute mit den Gälen teilten. Der alte Mann hatte oft behauptet, dass die Grundlage der christlichen Lehren darin bestand, dass alles auf Erden und im Himmel sich in großen, stets wiederkehrenden Zyklen bewegte.

Deklan hörte seinen Freund, als würde er im Zimmer neben ihm stehen. Das Gefühl war so stark, dass der Abt sich nicht traute, die Augen zu öffnen, weil er fürchtete, Origen dort stehen zu sehen.

»Wir alle sind an die Kreisläufe des Kosmos gebunden, auch wenn wir ihre Bewegung ablehnen und ihre Macht über uns leugnen«, sagte die Stimme leise. Deklan erinnerte sich, dass Origen immer betont hatte, dass die Bewegung der Kreisläufe zu leugnen einer Leugnung der Erde selbst gleichkäme. Denn hatte nicht Gott selbst alles in Kreisläufen erschaffen?

»Für jedes einzelne Wesen gibt es eine Zeit«, flüsterte die Stimme sanft. »Eine Zeit des Säens und eine Zeit des Erntens. Eine Zeit der Freude und eine Zeit der Trauer. Eine Zeit, deine Mitgeschöpfe zu umarmen, und eine Zeit des Alleinseins.«

Als Deklan diese Worte hörte, entspannte er sich, plötzlich vollkommen sicher, dass Seginus ebenso die Vollendung eines Kreises erreicht hatte wie Isernus. Ihre beiden Kreise hatten sich berührt und drehten sich jetzt wieder in verschiedene Richtungen weiter. Deklan lehnte sich zurück; er schloss die Augen und atmete tief und friedlich ein.

Lesehilfe für gälische Eigennamen

Im Folgenden finden die Leser und Leserinnen ein kleines Betonungswörterbuch, das ihnen dabei helfen soll, gälische Personen- und Ortsnamen, soweit sie in diesen Büchern vorkommen, besser zu »hören«, wenn sie sie lesen. In der rechten Spalte ist zu jedem gälischen Namen in der Liste eine phonetisch angenäherte deutsche Schreibweise des Namens aufgeführt.

Aileesh	Ai-liesch
Ardmor	Ard-moor
Ard-Righ	Ard-rie
Banba	Banva
Beltinne	Bell-china
Boann	Bo-an
Bodhran	Bau-ron
Brandubh	Bran-duv
Brehon	Bre-on
Broch	Broh
Cailleach	Kai-lach
Caitlin	Kaitlin/Kotschlin
Cathach	Kat-ack
Censelach	Kent-schel-ak
Cieran	Kier-an

Conaire	Kon-a-rie
Connachta	Kon-oh-ta
Cruitne	Krit-nie
Cuaich	Kwatch
Cunla	Kuhn-la
Curragh	Kur-ra
Dagda	Dag-da
Dal Araidhe	Dal Ri-a-dah
Desi	Die-sie
Dichu	Die-ku
Eber	Ai-ber
Eirinn	Er-in
Enda	Enda
Eoghan	Jo-an
Eoghanacht	Jo-an-akt
Eothain	Jo-tin
Feni	Fie-nie
Fergal	Far-gal
Fidach	Fie-dak
Filidh	Fiel-ie
Fintan	Fin-tan
Fionn	Finn
Flidais	Flid-aisch
Gallaighe	Gall-a-hie
Gobann	Go-bahn
Goibniu	Giv-nie
Gorm	Gor-um
Inis	Inisch
Inis Tra	Inisch Tro
Laigin	La-hien
Leoghaire	Lie-rie
Macha	Ma-ha
Mannan	Manan

Miach	Mie-ak
Midhe	Mied
Mil	Miel
Molt	Molt
Morrigan	Mo-ri-gan
Murrough	Morr-uh
Niall	Nie-al
Niamh	Nie-av
Nighe	Nie
Oghma	Ohg-ma
Oilleel	Ill-iel
Rathowen	Raad-o-wen
Ruari	Ru-rie
Scathach	Schka-ta
Sciathan-cog	Skie-a-tan-kodsch
Scian Dubh	Skie-an-duv
Senchai	Schen-hai
Sianan	Schie-an-an
Sidhe	Schie
Sidhe-Dubh	Schie-Duv
Sila	Schie-la
Slane	Slein
Teamhair	Ta-ra
Tuatha-De-Danaan	Tu-a-ha-dei-dahn-nan
Torc	Tork
Tuan	Tu-an
Uisnech	Isch-nuk
Ulaid	U-lei

Danksagung

Der erste Name auf meiner Liste der Menschen, denen ich aus tiefstem Herzen zu danken habe, ist natürlich Selwa Anthony. Ohne ihre Treue und ihre Erfahrung hätten diese Geschichten niemals das Licht der Welt erblickt. Danke, Selwa.

Julia Stiles hat alle Manuskripte dieser Serie redigiert und war immer ein Quell wertvoller, objektiver Kritik. Ich bin ihr sehr dankbar für die großartige Arbeit, die sie geleistet hat. Sie ist ganz sicher auf ihre Art eine Dichterin, und vielleicht auch eine Druidin.

Viele Freunde haben mir bei diesem Teil der Geschichte der Wanderer geholfen. Vor allem möchte ich Traci und David Harding danken, die mich mit ihrem positiven Denken, ihrem Verständnis, zahllosen Tassen Tee, Kräutergetränken und ihren immer wiederkehrenden Versicherungen, dass alles gut werden würde, inspiriert haben. Sie hatten Recht.

Ich möchte auch allen bei Random House für ihre Hilfe, Unterstützung und Geduld danken, vor allem Linda Funnell, die sich wahrscheinlich mehr in Geduld üben musste als die meisten anderen Menschen.

Mein Dank gilt auch den vielen Lesern und Leserinnen, deren E-Mails ein Quell dauerhafter Freude für mich sind. Für all jene, die immer wieder angefragt haben, wann dieser Roman fertig sein würde – nun, hier ist er schließlich.

Die Geschichte geht weiter:

Die Wanderer 6

DIE SCHLACHT VON SAMHAIN